法治文稿

Xie Bangyu on Rule by Law

谢邦宇 著

法律出版社
LAW PRESS · CHINA

海邦宇法学文选

目　　录

四、各法律部门专论

五、法学随笔及其他

一、社会主义民主与法制建设

论人民民主专政的理论与实践

鉴往追来,政权问题依然是马克思主义国家学说的一个根本问题。

人民民主专政理论,是我们党领导中国革命在政权建设史上公开树立的一面伟大旗帜,是马克思列宁主义国家学说在中国的具体运用和创造性发展。过去,这个理论不仅指导了我们实现由民主革命向社会主义革命,由农村走向城市的伟大历史性转变,而且也为我国革命胜利后如何建立适合国情的革命政权,以及如何加强社会主义民主政治建设,提供了"间接地建立无产阶级的政治统治"的光辉典范。在庆祝党的诞辰 70 周年和毛泽东《论人民民主专政》发表 42 周年的今天,我们怀着对马克思主义的理论热情来重温这个理论,仍然感觉到它的强大生命力所在。坚持这个光辉的理论与实际,不仅为防范国际政治风云变幻和坚持科学社会主义阵地所绝对必需,而且也是贯彻党的十三届七中全会精神,为搞好有中国特色社会主义建设事业所绝对必需的。

一、人民民主专政理论的形成

人民民主专政理论是我们党和全国人民的宝贵精神财富,是毛泽东思想的重要组成部分。人民民主专政作为马克思列宁主义同中国革命实际相结合的一种国家学说,首先是毛泽东同志集中全党智慧和荟萃我国人民革命思想的结晶,从我国具体历史状况和社会经济政治条件出发,为解决当时革命实际中遇到的国家问题所作出的具体结论。同时,作为我们党所创立的无产阶级专政的一种新形式,这个理论又是我国由新民主主义革命向社会主义革命转变的必然产物。

马克思主义创始人不但创立了无产阶级革命和无产阶级专政的学说,而且还科学地预见到无产阶级组织成为统治阶级的具体形式将会多种多样,明确地指出各国革命有着不同的历史进程,无产阶级必须根据本国的社会历史条件来建立自己的政治统治。换句话说,各国建立无产阶级专政的方式和步骤不同,无产阶级专政的具体形式自然也不同,马克思、恩格斯对此"并没有限于空想,而是期待群众运动的经验来解决"。① 在《共产党宣言》问世的前夕,恩格斯当时曾经设想,无产阶级革命胜利以后,"在英国可以直接建立"无产阶级的政治统治,"在法国和德国可以间接建立这种统治"。② 列宁更是明确地指出,"从资本主义过渡到共产主义,当然不能产生非常丰富和繁荣的政治形式,但本质必然是一个,就是无产阶级专政"。③ 不论是无产阶级在发达资本主义国家与建立民主制度的同时直接建立起来的政治统治,还是在落后国家经过资产阶级革命建立起来的无产阶级的政治统治,都不会违背马克思主义国家学说的这个实质要求。

马克思主义认为,推翻资产阶级国家政权后建立起来的无产阶级专政,它已经不再是"原来意义上的国家",而是一种新的国家形式,新的国家制度。列宁称巴黎公社是"最高类型的民主国家",认为苏维埃政权就是这种类型的直接继续和实践,它标志着"世界历史的新的一章,即无产阶级专政的时代已经开始。不过还要由许多国家来改善和完成苏维埃制度和无产阶级专政的各种形式"。④ 他还指出,苏维埃国家区别于旧式国家的主要特点在于,它不是原封不动地保留旧的国家机器,而是要打碎和废除它;不是限制和压抑群众的独立政治生活,而

---

① 《列宁全集》第 3 卷,第 205 页。
② 《马克思恩格斯选集》第 1 卷,第 219 页。
③ 《列宁选集》第 3 卷,第 200 页。
④ 《列宁全集》第 33 卷,第 89 页。

是要吸引群众,自上而下地直接参加整个国家生活的民主建设。列宁特别强调指出,"新型国家的实质就在这里"。① 事实上,无论是巴黎公社的"尝试"还是苏维埃的"创造",都为我们党提供了可供借鉴的范例。

然而,自从马克思主义关于无产阶级专政的学说诞生以来,由于不断地遭到来自"右"的和"左"的两个方面的曲解,以致造成人们在认识上的困惑,国家学说一直是个混乱不堪的一个问题。当时,在我们党坚持主张建立工人阶级领导的以工农联盟为基础的人民共和国,经过新民主主义走向社会主义的学说之外,围绕国家问题展开的斗争就异常尖锐激烈。首先,是帝国主义和国民党反动派的阴谋破坏,他们企图对新中国即将诞生的人民政权实行"和平演变",以阻止新的曙光出现在东方地平线上。1949 年 7 月,也就是毛泽东《论人民民主专政》刚发表不到一个月的时间里,美国统治集团便哀叹中国革命胜利的定局已超出其控制能力,于是把希望寄托在中国的"民主个人主义者"身上,鼓励他们"再显身手",推翻我们党领导的人民民主专政制度。其次是国内"中间路线"的干扰,某些中间派和民主人士在政治上主张走第三条道路,提出建立资产阶级共和国的方案,幻想使中国走上独立发展资本主义的道路。与此同时,甚至还遭到国际共产主义运动中一股右倾思潮的侵袭。面对这样复杂的斗争形势,我们党能不能坚持住马克思主义的思想理论阵地,能不能在我国再造巴黎公社和苏维埃形式的国家类型,显然不是一般的是非之争,而是关系中国革命两种命运、两种前途的重大原则问题。在这问题面前,我们党和毛泽东同志坚持马克思列宁主义的科学态度,从中国革命的具体实践出发,认真总结新民主主义革命的历史经验教训,以坚持并实现无产阶级在资产阶级民主革命中的领导权,以及必须有一个能够包容民族资产阶级在内的从民主革命到社会主义革命的过渡政治形式为基本条件,在马克思、恩格斯关于"人民政权"、"人民专制"的思想基础上,创造性地提出了"人民民主专政"公式,成功地解决了我国人民政权建设的理论和政策问题。

毛泽东说:"总结我们的经验,集中到一点,就是工人阶级(经过共

---

① 《列宁选集》第 3 卷,第 46、47 页。

产党)领导的以工农联盟为基础的人民民主专政。这就是我们的公式,这就是我们的主要经验,这就是我们的主要纲领。"①毛泽东全面总结中国革命而得出的这个宝贵结论,集中概括了我们党的新民主主义革命理论的精华,在国际共产主义运动史上解决了马克思列宁主义创始人想解决而又未能解决的问题,指导了在一个半殖民地半封建的东方大国里完成由资产阶级民主革命向社会主义革命的直接转变,实现了"间接地建立无产阶级的政治统治"的历史任务,是对马克思主义国家学说和民族殖民地学说的一个重大发展。

第一,它运用无产阶级宇宙观作为观察国家问题的工具,依据自然界和人类社会的辩证规律,指出阶级、政党和国家的存在是一个合乎规律性的历史发展过程,而党的领导和人民民主专政的国家权力,则是自觉地创造其消亡过程的条件。在观察人类进步的远景时,毛泽东认为:"阶级消灭了,作为阶级斗争的工具的一切东西,政党和国家机器,将因其丧失作用,没有需要,逐步地衰亡下去,完结自己的历史使命,而走向更高级的人类社会。"②

第二,它根据马克思主义国家学说的实质,创造性地再现了巴黎公社苏维埃的原则,找到了适合我国历史特点和经济政治条件的新型国家形式,即人民民主专政的国家制度。我们党领导中国新民主主义革命的实践,一方面宣告"西方资产阶级的文明,资产阶级的民主,资产阶级共和国的方案,在中国人民的心目中,一齐破了产";另一方面又以武装割据的道路和红色政权建设的经验证明,中国革命的前途必然是"资产阶级的民主主义让位给工人阶级领导的人民民主主义,资产阶级共和国让位给人们共和国"。③ 毛泽东指出,革命胜利后建立起来的人民民主专政,是实现由资本主义过渡到共产主义、由有阶级社会进入无阶级社会的必要条件和唯一途径。

第三,它根据无产阶级专政的基本原理,坚持处理好民主与专政的辩证关系,精辟地阐明了人民民主专政的内容与本质。用毛泽东的话

---

① "论人民民主专政",载《毛泽东选集》第4卷。
② "论人民民主专政",载《毛泽东选集》第4卷。
③ "论人民民主专政",载《毛泽东选集》第4卷。

说:"对人民内部的民主方面和对反动派的专政方面,互相结合起来,就是人民民主专政。"①这种国家制度必须是民主的,因为它是无产阶级和人民大众争取民主斗争的胜利成果,是从剥削阶级压迫下解放出来的斗争手段,是作为资产阶级民主的对立物而提出来的,一切权力属于人民就成为这个制度的核心内容和根本原则。舍此就同"原来意义上"的国家没有区别,不成其为社会主义的人民的共和国。同时,这种制度又必须是专政的,是因为无产阶级专政的国家也是国家,它是无产阶级在推翻资产阶级的政治统治以后建立起来的本阶级的政治统治,而为了消灭剥削制度和改造整个社会,为了巩固和加强自己的政权(政治统治),就必须对敌对阶级使用专政的手段。尽管在不同时期坚持专政职能的依据和方法并不完全相同,但是在任何时候对反动派和反动阶级都不能施行"仁政",不然就不叫人民民主专政。人民民主专政国家制度的这两个职能是辩证统一的,即民主是专政的理论依据和力量源泉,专政是民主的前提条件和切实保障,二者不可偏废。

第四,它根据民主是一个历史发展过程的原理,从战略高度观察无产阶级国家对人民的民主方面的艰巨任务,指出民主应当成为人民群众进行自我教育的方法,从而把发展人民民主同建设社会主义精神文明,同改造旧世界和建设新世界的历史任务紧密地结合起来。"人民的国家是保护人民的",它用来保证人民当家做主,管理国家,向着生产的深度和广度进军,建设社会主义,实现共产主义的理想。毛泽东说:"有了人民的国家,人民才有可能在全国范围内和全体规模上,用民主的方法,教育自己和改造自己。"②

第五,它根据我国国情和革命经验,科学地分析社会各阶级在人民民主专政国家政权中的地位、作用和相互关系,为新中国政权建设指明了方向,奠定了政策和策略基础。这个总结很重要,不然,建立政权和巩固政权就将成为一句空话。我们党在领导中国革命的长期斗争中,始终不忘争取彻底实现无产阶级民主制,历来极端重视革命领导权问题,极端重视农民问题,统一战线问题,夺取政权的道路和革命前途问

① "论人民民主专政",载《毛泽东选集》第4卷。
② "论人民民主专政",载《毛泽东选集》第4卷。

题。并且,围绕这些关系革命成败的问题同各种错误倾向进行了原则性的斗争,逐步形成和完善了具有中国自己特色的政权建设的政治形态和理论基础,这就是无产阶级领导的、以工农联盟为基础的人民民主专政。应该说,我们党领导中国人民找到了人民民主专政这种科学理论和政治形态是一个伟大创举,它区别于俄国的"工农专政",也区别于我国红色政权时期的"工农苏维埃政权"形式,是富于我国革命历史特色和独特风格的马克思主义国家学说。

我们党对马克思主义国家学说新贡献的基本点和主要点,大致就包括以上这些。我国民主革命胜利和中华人民共和国的成立,不仅反映了我们党坚持走自己的路,不失时机地将无产阶级领导权变成为国家政权的历史轨迹,而且也标志着我们党在思想理论上的成熟和勇气。不言而喻,人民民主专政的理论和政策不是从书本上找来的现成答案,也不是照抄照搬别国革命的具体结论和具体原则,而是我们党和毛泽东同志对马克思主义国家学说的一个发展。

二、人民民主专政的理论

无产阶级专政是马克思主义学说的一个基本原理,构成科学社会主义的核心内容。无产阶级专政的理论一直在实践中,并且取得了瞩目的胜利和发展。根据一个多世纪以来国际共产主义运动的历史经验,无产阶级专政理论的基本内容不外乎这样几个方面,即无产阶级要通过自己的先锋队共产党,在工农联盟的基础上对整个社会实行国家领导;专政的目标是要重新组织社会,消灭剥削和阶级,实现无产阶级的共产主义社会;它要对敌人实行专政的制度,又要对人民实行民主的制度,实质是要建立高度的社会主义民主政治。各国的具体情况不同,无产阶级专政的具体形式可以多样化,但为这些基本内容所决定的实质不会改变。事实上,我国人民民主专政作为一种新型的国家政权形式,一开始就与巴黎公社和苏维埃有着明显的不同。从国家政权的组织形式看,我们实行的是人民代表大会的民主集中制,全国和地方各级人民代表大会及其选出的政府机构就是各级行使国家权力的机关。从国家政权的社会构成形式看,参加国家政权的除工人阶级的代表以外,还有农民和小资产阶级的代表,并吸收民族资产阶级的代表参加国家政权。换句话说,为我国特殊的阶级状况、阶级关系和具体历史条件所决定,我们党在领导中国革命的长期过程中不仅造就了一个巩固的工农联盟,而且还建立了一个工人阶级同非劳动人民的联盟。同样,在我国党领导下形成的统一战线组织,也决定了我国各民主党派在国家政治生活中必然处于发挥重要作用的地位。当然,人民民主专政在结构形式上的中国特色仅仅表明,作为国家政权的参加者无非是代表人民各阶级共同执行无产阶级的政策,实质上依然是无产阶级专政,而不是人民各阶级的联合专政。

我国人民民主专政,作为无产阶级专政或无产阶级政治统治的一种形式,始于新中国成立之后,标志着我们由此而担负起完全不同于新民主主义革命的任务。在新民主主义革命时期,人民民主专政是工人阶级领导下的各民主阶级的联合专政,代表着工人阶级、农民阶级、城市小资产阶级和民族资产阶级的共同利益,所以反映在任务上既有保护社会主义成分的一面,又有资本主义所有制不受侵犯的一面。新中国成立标志着无产阶级已经夺取了政权,我国从此进入新民主主义向社会主义过渡的时期,人民民主专政也就变为社会主义革命的承担者。在这种情形下,它要对生产资料所有制实行社会主义改造,就必然要"直接侵犯私有制",由此便第一次以无产阶级专政的面貌出现,成为马克思所说的"实质上"是工人阶级的政府。这与在民主革命阶段不同,人民民主专政的职能就相应起了变化,它的直接任务之一是要变革生产资料私有制,建立社会主义公有制,使劳动人民在经济上获得真正的解放。1956 年,我国生产资料私有制的社会主义改造基本完成以后,人民民主专政又开始担负起保卫社会主义制度,领导和组织社会主义建设,尽可能大幅度地提高劳动生产率,并在发展生产的基础上逐步提高人民的物质和文化生活水平,创造向共产主义过渡的物质基础和精神条件的任务。正因为它担负的是社会主义国家的无产阶级专政的主要任务,在这个意义上已经就是无产阶级专政,这是确定无疑的。

回顾新中国成立以后的历史,我们党领导社会主义革命和建设取得的主要成就之一,就是建立和巩固了工人阶级领导的、以工农联盟为基础的人民民主专政即无产阶级专政的国家政权。这个新型政权在中国历史上从未有过,它标志着人民当家做主的开始。在建国后的前30年中,特别是在基本完成社会主义改造的7年和开始进入全面建设社会主义的10年中,我国人民民主专政职能的充分发挥,说明它在我国是一种高度灵活的政治形式,在保证人民当家做主方面的确表现出了高度的历史主动精神。反映在政治上,人民通过自己行使国家权力的机关参加制定宪法、法律和各项政策,通过自己的专政机关对极少数危害社会主义事业的敌对分子实行专政,通过自己的职代会等形式直接参加基层企事业单位的民主管理;反映在经济上,人民通过自己的国家机关实行计划经济,参加产品分配,有计划、按比例地发展生产力,进行技术革新和技术革命,向着生产的广度和深度进军;反映在文化上,人民通过自己的国家机关大力发展教育文化和科学技术事业,积极培养社会主义事业各个方面的人才,执行"百花齐放,百家争鸣"的方针,努力提高全民族的科学文化水平,等等。人民之所以能够应用这个新型政权来行使自己当家做主的权力,归根结底,是人民民主专政坚持了无产阶级领导权这个核心,才使得它得以真正成为无产阶级历史使命的直接承担者,不论在民主革命时期还是在由民主革命直接转变为社会主义革命以后的时期,都具有一种能够根据不同历史条件与历史任务进行自我调节和发展的能力,因而能适应革命与社会发展的需要,充分显示出我国人民民主专政的优越性。

人民民主专政理论的伟大和正确,不仅为我国新型政权建设的生动实践所验证,而且也为我国革命的痛苦经历和沉痛教训所鉴别,这是毋庸置疑的。遗憾的是,对于这样一个光彩夺目、今天依然富于直接实践意义的理论,很长时期以来,我们的研究无论在广度或深度上都是不够的。我们以往侧重的是从理论上探寻它和马克思主义国家学说的渊源关系,阐明它是对马克思主义国家学说的直接继承,虽然也注重实证方法,但仅仅着眼于新中国成立前后的初步实践来证明它是对马克思学说的一个发展。可是,对我国人民民主专政的理论和实践本身,以及它在新的历史条件下的实际意义和理论价值,却未能给予足够的重视。在我国遭受"文化大革命"之后,我们今天再就这个问题反思过去和考虑未来,便越发感到深入研究这个理论与现实课题的极端重要性。实际上,"文化大革命"这场灾难不但严重扭曲了人民民主专政理论,一度使它失去应有的光泽和威信,而且这场灾难也有悖于自己的初衷,使人们得以根据这段曲折经历和惨痛教训来重新认识人民民主专政,为这个理论重新恢复威信和继续发展创造了极好的前提条件。比较过去,我们对人民民主专政理论与实践的认识要更加清晰,更加深刻得多了。

(一)关于人民民主专政国家制度的实质

民主问题是马克思主义国家学说的中心内容,也是社会主义国家政治生活的一个本质特征。马克思、恩格斯把民主与专政联系起来进行考察,由此得出"无产阶级变为统治阶级"与"争得民主"相一致的必然结论,指出建立无产阶级专政就是实现无产阶级民主。列宁把民主看做是"人类过渡到资本主义和从资本主义到共产主义道路的一个阶段"的历史范畴,指出"无产阶级专政问题是无产阶级国家同资产阶级国家、无产阶级民主同资产阶级民主的关系问题",认为建立"无产阶级专政是摧毁资产阶级民主和建立无产阶级民主"。① 同样,毛泽东在新中国成立初期也很重视发扬人民民主,认为这是团结一切可以团结的力量,调动一切积极因素,保证社会主义胜利的一个重要问题。可见,按照马克思列宁主义、毛泽东思想的观点,我国人民民主专政的实质只能是对人民实行广泛的民主,坚持国家一切权力属于人民,由全国各族人民当家做主,建立无产阶级民主制即社会主义民主制。

人民民主专政区别于其他类型国家的特殊本质表明,它的任务是多方面的,只是在运用手段时表现为一种暴力,但主要的不是暴力,而是对整个社会实行国家改造,组织社会主义经济和文化建设,发展社会生产力。无产阶级专政作为政治上过渡时期的国体,在经济上主要依靠持续稳定协调地发展生产力,实现从资本主义到共产主义的革命转变;在政治上则主要是消灭阶级,逐步实现由阶级社会向无阶级社会的过渡,即经过无产阶级专政达到国家的自行消亡。而要实现这个根本任务,就必须把握民主问题与国家问题的内在联系,弄清人民民主专政国家制度的本质要求,建立起比资产阶级民主制更彻底、更完备的社会

---

① 《列宁选集》第 3 卷,第 256、619 页。

主义民主制。恩格斯认为"民主共和国甚至是无产阶级专政的特殊形式",①列宁把民主共和国看做是"走向无产阶级专政的捷径",②毛泽东把我们共和国的新型政权概括为"人民民主专政",他们强调的都是建设无产阶级民主制的极端重要性。然而,从20世纪50年代后期至60年代初期,我们党的指导思想的严重"左"倾错误在经济工作上得不到彻底纠正,而且扩展到各个方面还有所发展,以致中断了党的八大开始的发扬社会主义民主的正常步骤,将这样一个关系我们国家性质和根本任务的重大问题置之度外。尤其到了"文化大革命"中,人民民主专政的国家制度被单纯解释为"阶级压迫"和"阶级镇压"的工具,"专政"被推及于社会生活的各个方面,民主更是没有存在的余地。显然,这种混同"专政与专政任务","割裂民主制与国家制度"的内在联系,用单纯"暴力"解释专政实质、用"镇压"取代专政任务的观点与做法,在理论和实践上都是极端错误和极端有害的。就像我们曾经看到过的,在指导思想上把人民民主专政国家制度搞得浑浑噩噩,最终必然为林彪、江青反革命集团所利用,变为他们肆意歪曲、篡改以致取消人民民主专政的口实。

(二)关于专政与民主的关系

马克思主义认为,民主首先是一种国家制度,社会主义民主制度就是社会主义的国家制度。发展社会主义民主,是决定这种国家制度发展方向的大问题。因此,我们处理民主与专政的关系,不仅要看到这是一切国家共有的问题,而且更重要的是必须用国体与政体相统一的观点来看待社会主义民主。

论及无产阶级专政与无产阶级民主的关系,马克思主义经典作家从来就有过两种提法。一种提法是,无产阶级要通过民主来实现自己的专政。列宁视苏维埃制度为最高民主制,认为有了它,无产阶级才能实现自己的专政和统治。这就是指的国体和政体的关系,专政是国体,民主是政体。国体通过政体来实现,无产阶级专政的国体要通过无产阶级的民主政体来实现。换句话说,如同以往任何阶级实行专政必须

---

① 《马克思恩格斯全集》第22卷,第274页。
② 《列宁选集》第3卷,第231页。

通过它的政权组织形式一样,无产阶级专政的实现也不例外。历史上最主要的政体可以有君主制和民主制两种,但无产阶级专政的实现则只能通过社会主义民主制。另一种提法是,把民主同专政对应起来,用"新型民主"对无产者和一般穷人,又用"新型专政"对资产阶级,两者结合起来。用列宁的话说,无产阶级专政就是"新型民主的"和"新型专政的"国家①。毛泽东讲人民民主专政也是这样提出问题的,主要是强调必须分清敌我,专政是对敌人,民主是对人民,专政属于镇压职能,民主是民主权利。上面两种提法的含义和性质不同。说国体必须通过政体来实现,是指专政与民主绝对不能分开,把民主与专政相对应,是指敌我界限不容混淆,民主与专政又必须分开。民主的提法不同,其性质也不同。政体意义上的民主即民主制度,是一种政权组织形式,主要内容是人民行使国家权力,强调的是人民通过自己的代表机关来管理国家事务和经济文化事业,对国家大事当家做主;而民主权利意义上的民主,尽管它同民主制度即政体有关,派生于民主制度,但它强调的仅仅是人民享有宪法和法律所规定的各项权利和自由,因而只构成民主制度的一项内容却不是其全部内容。由此可见,按照马克思主义关于国体通过政体来实现、国体与政体相统一的观点来看待民主与专政的关系,就意味着要实行人民当家做主,而不是一般地说人民享有民主权利,何况这种民主权利也要由人民行使国家权力来保障,不然将失去任何意义。

马克思主义国家学说关于民主与专政辩证统一的基本观点告诉我们,发展民主是社会主义公有制的固有要求,也是社会主义制度在政治生活中的必然反映。在这方面,毛泽东曾经作出过创造性的贡献,特别是在《关于正确处理人民内部矛盾的问题》中还作出了进一步的解决。但由于我们受"左"的错误思想的影响,实际上在处理民主与专政关系时,恰恰忽视了民主建设的社会主义性质,只注意从上层建筑的范畴来考虑问题,一味强调集中而把民主仅仅看做是一种手段,或者干脆当成作风问题和方法问题,根本就不承认民主在一定阶段又是目的,发展民主是社会主义的一项根本任务。因此,我们虽然在理论上确认了社会

---

① 《列宁选集》第 3 卷,第 200 页。

主义民主制,但在相当长的时间内并没有从国家政治法律制度上为发展这种民主制提供任何切实可靠的保障,以致民主与专政的关系一度遭到破坏,人民民主专政的本质要求被弄得面目全非。不难看出,民主与专政相互关系的辩证法,体现了我们国家政治生活民主化、国家权力社会化和经济管理科学化的客观规律,任何时候都是违背不得的。

(三)关于人民民主与社会主义法制

在我国,社会主义民主与社会主义法制几乎是同时确立的。人民群众不但破坏一切反动的政治统治,建立了自己的民主制,而且破坏一切反动的统治秩序,建立了崭新的革命法制。马克思主义的国家学说和法律观是统一的,它认为国家与法产生于相同的社会物质生活条件,同属于社会政治法律上层建筑的范畴。法律是统治阶级的意志表现,是统治阶级运用暴力强制推行的国家意志形态。社会主义革命的直接产物之一,就是无产阶级的革命法制,用法律来"指明道路",并且"根据法律管理国家"。① 从根本上说,坚持人民民主专政的理论和实践,就是要坚持发展社会主义民主和法制的方针。

建国初期,我们党曾不失时机地领导全国人民制定了包括宪法在内的许多法律、法规和规范性文件,用法律形式将人民民主的胜利成果巩固下来,使社会主义法制建设逐渐开始走向正常发展的道路。不幸的是,起步艰难,随着"左"的错误指导思想的出现,"左"的政策和路线愈演愈烈,不久便一味强调"以阶级斗争为纲",把群众运动与法制建设对立起来,甚至公开提出"要人治,不要法治"的口号,致使刚刚开始的法制建设又被人为地中断。由于在我国实行人民民主的历史不长,过去在民主革命的急风暴雨时期搞群众运动又的确主要不依靠法律,即使有了法也是依政策不依法,所以旧中国留下来的缺少民主传统、轻视法制的历史遗产就表现得分外突出,影响也更加普遍。直到"文化大革命"前夕,我们党也未能把党内民主和国家社会政治生活的民主加以制度化、法律化,没有处理好民主与法制的关系。认真吸取"文化大革命"的经验教训,这将大大有益于我们今天增强民主意识和法律意识,笃行明辨,深探力取,搞好社会主义民主政治建设和法治文明建设。

---

① 《列宁全集》第 10 卷,第 353 页;第 29 卷,第 180 页。

（四）关于人民民主专政与党的领导

无产阶级领导权是我国人民民主专政的核心问题，是保证无产阶级历史使命得以贯彻始终的关键所在。我国人民民主专政作为人民当家做主的一种政治形式，之所以能适合作为人民当家做主的一种政治形式，之所以能适合中国革命的长期性和发展的连续性，之所以灵活有效并具有高度的历史主动性，原因在于我们解决这个问题是成功的。早在新中国成立初期，我们党在加强对人民民主专政的领导时就比较注意执政党的特殊地位，重视处理党政关系和党群关系问题，对整个国家和社会的领导坚持实行民主集中制的原则，因而给国家政治生活带来了生动活泼的局面。但是，转入社会主义建设阶段以后，我们党的主要领导人逐渐对这个问题失去了警觉，既看不到由人民代表参加国家和社会管理会不可避免地产生一种脱离群众的潜在因素，又看不到党政干部中可能受到特权制、官僚制残余影响的实际危险，以致不可能从制度特别是法律制度上采取有效措施来防止腐败倾向的滋生和蔓延，彻底解决好"社会公仆"不至于蜕变为"社会主宰"的问题。尤其到了20世纪50年代后期，随着个人崇拜的逐步发展，民主制实际上便变成了没有民主的个人集权制，党内民主生活再也无法正常了，甚至连国家权力机关、行政机关、司法机关和各种经济文化组织、群众组织一起，有效行使自己法定职权的保证都通通被取消了，只剩下一个民主凌夷、法制荡然的局面。在"文化大革命"中，我国民主法制生活这种不正常的状况，以及由此而造成的社会主义民主缺少法制保障的漏洞，最终还是被林彪、"四人帮"所利用，变成了他们取消党的领导、"以帮代党"直至完全否定党的领导的借口。这个惨痛教训说明，党内民主状况如何对发展人民民主关系极大，要想使党始终成为巩固人民民主专政国家制度的根本保证，就必须把加强和改善党的领导提到民主政治建设的高度，坚持党风建设与政权建设一起抓的方针，从思想上反对一种错误倾向，从制度上作出切实可靠的保障。无产阶级领导权和人民民主专政是一个共存亡的问题，无论过去、现在或将来，都必须引起高度的重视，适应历史发展的新情况和新问题加以认真的解决。

从新中国成立到党的十一届三中全会，我国人民民主专政走过了30年艰难曲折的道路。我们在新型国家政权建设问题上，有成功也有挫折失误，有经验也有深刻教训，但无论从哪个方面进行评价，得出的结论只有一个，即人民民主专政理论是经得起实践检验和考验的，是发展了的马克思主义国家学说。这个理论的正确和伟大，不仅表现为在它顺利发展的时候能够保障人民当家做主，而且还表现在它经受到严峻考验的时候，又能成为全国人民战胜各种邪恶与黑暗的天然屏障。对人民民主专政理论与实践的再认识，使我们进一步体会到毛泽东所说的，"这是一个很好的东西，是一个护身的法宝，是一个传家的法宝"。

三、人民民主专政的实践

早在 42 年前，毛泽东在《论人民民主专政》这篇光辉著作中就曾指出："我们现在的任务是要强化人民的国家机器，这主要指的是人民的军队、人民的警察和人民的法庭，借以巩固国防和保护人民的利益。"今天，我们重温这段话感到格外亲切，认识到继续坚持人民民主专政不但完全合乎现实生活的需要，而且更为建设有中国特色社会主义的事业所绝对必需。我们毫不动摇地坚持四项基本原则，坚持建设有中国特色的社会主义，其中很重要的一条，就是坚持人民民主专政。

党的十一届三中全会以来，我国寻求到一条建设有中国特色的社会主义的道路，沿着这条道路全面开创了社会主义现代化建设的新局面，并且正开始探索由计划经济体制向市场经济体制转变的新思路，这同我们党坚定不移地坚持人民民主专政是分不开的。我们的人民民主政权以组织经济文化建设、发展社会生产力为根本任务，坚持发展社会主义民主和法制这个方针，不断完善人民代表大会制度，不断完善共产党领导的多党合作和政治协商制度，不断巩固和发展最广泛的爱国统一战线，为我国社会安全和稳定创造了良好的环境，充分调动了我国各族人民当家做主的主动性、积极性和创造性。正因为我们拥有人民民主专政这个"护身法宝"和"传家法宝"，才能够运用这样的"法宝"对整个社会实行国家改造，有效地发挥我们社会主义国家制度的优越性，取得领导中国改革开放和现代化建设的举世瞩目的巨大成就，为在上世纪最后 10 年我国经济和社会发展奠定了比较坚实的政治基础。

在新的历史条件下,我们党不但坚持了马克思主义关于无产阶级专政的必然结论,而且还根据社会主义的根本任务赋予了人民民主专政在新时期应有的时代特色。首先,我国人民民主专政以发展高度民主作为最重要的政治任务之一,已成为我国社会主义制度不可动摇的一项基本原则。它要求我们在发展社会主义民主的历史过程中,坚持党的"一个中心"、"两个基本点"的基本路线,坚持反对资产阶级自由化,按照民主集中制的原则继续改革和完善我国经济政治体制和其他管理体制,采取一切有效措施来巩固社会主义制度,以保证人民能够真正当家做主,对少数破坏社会主义事业的敌对分子实行专政,从而保证我们的国家机关能够顺利地领导和组织社会主义现代化建设。其次,我们已经不再是一般地从阶级对立的意义上强调属于人民的一切国家权力不可废弃,而是从国家政治制度建设的高度来观察人民民主专政,根本点是着眼于社会主义民主的发展方向,适应民主与专政相统一的两种职能在内容和形式上出现的新变化,采取实际有效的措施和政策来贯彻执行"一切权力属于人民"的宪法原则,保证这种权力既能代表人民和服从人民,又能防止社会的"公仆"蜕变为社会的"主宰"。也就是说,我们在新时期坚持人民民主专政的理论和实践,是把它同发展国家的民主职能与彻底消灭阶级、建设两个文明的根本任务联系起来考察的,这就使得它能够完全符合我国的阶级状况,反映我国国家政权的广泛基础,体现我国国体和政体的高度统一,确实有可能按照宪法实施保障的要求来解决"一切权力属于人民"的问题。今天,我们重提继续坚持人民民主专政,既不是指我们党和毛泽东同志在创立这个理论时所得出的一些具体结论,也不是指人民民主专政转变成新型政权后所实行的各种具体原则,而是指人民民主专政在经历了以前两个阶段后进入新时期的条件下,特别是面对 20 世纪 80 年代以后"和平演变"与"反和平演变"已成为国际范围内两种制度进行较量的严酷现实,我们应如何根据无产阶级专政的成果和经验,继续高举人民民主专政这面旗帜,而最终是要进一步探索科学社会主义在中国的再实践问题。正是在这个意义上说,党的十三届七中全会再次强调在新时期必须继续坚持人民民主专政,其意义就要比过去更加重大和深刻得多。

必须看到,我们是有能力、有信心依靠人民民主专政的理论和实践,坚持科学社会主义阵地,保障人民当家做主和国家长治久安的。人民是国家和社会的主人,国家的一切权力属于人民,这是我国国家制度的核心内容和根本准则。我们知道,人民当家做主并依法享有民主权利是需要有制度(健全的法律)作保障的,因而这种制度的建立健全和不断完善,又必须依靠整个社会主义民主机制的建立和完善。因此,我们党在认真总结以往经验教训的基础上,对坚持人民民主专政提出了更高的要求,这就是从制度上突出了两个最根本的问题,即社会主义民主和社会主义法制问题。事实上,这些年来我们又积累了许多新鲜经验,这就为我们探索政权建设和民主政治建设的有机结合别开生面,创造了极好的条件。目前,国际政治风云变幻,共产主义运动受挫,社会主义处于低潮,尤其在前苏联解体、东欧社会主义国家相继发生剧变之后,在我国坚持人民民主专政所要做的工作就更加艰巨也更加自豪,但最主要、最根本的是需要重新学习和掌握人民民主专政的理论,认真总结吸取国际共产主义运动的沉痛教训,深刻认识和把握我国的国情,深入探讨和解决民主与专政的一些重大问题,及时有机综合和科学概括科学社会主义再实践的新鲜经验,直接服务于建设有中国特色的社会主义事业。

改革开放以来,邓小平同志根据马克思列宁主义同中国革命具体实践相结合的原则提出的一系列观点和理论,特别是建设有中国特色社会主义的基本理论,其中包括社会主义民主与法制、人民民主专政的观点和理论,都是毛泽东思想的重要组成部分,都是在新的历史条件下对毛泽东思想的继承和发展。因此,我们今天所要继续坚持的人民民主专政,实质上就是在新时期经过邓小平同志创新发展了的人民民主专政理论与实践。必须看到,邓小平对人民民主专政学说的新发展和新贡献是多方面的,尤其以下几个基本点更需要我们深刻领会和正确运用。

首先,正确分析我国现阶段的阶级关系和阶段斗争形势,阐明了在新时期必须坚持人民民主专政的理论依据和客观依据。党的十一届三中全会以来,邓小平同志经过认真总结历史教训和周密考察社会现实状况,不仅重新肯定了党的八大前后关于估计和处理社会主义社会的矛盾和阶级斗争问题的一些正确的原则,如在社会主义改造基本完成以后无产阶级同资产阶级之间的矛盾不再是国内的主要矛盾,革命时期的大规模骤风暴雨式的群众阶级斗争已经基本结束,要正确区分和处理敌我两类不同性质的社会矛盾,把正确处理人民内部矛盾当做国内政治生活的主题,等等,而且在认识上大大深化,作出了基本估计,得出了许多科学结论。党中央指出,"在剥削阶级作为阶级消灭以后,阶级斗争已经不是主要矛盾,由于国内的因素和国际的影响,阶级斗争还将在一定范围内长期存在,在某种条件下还有可能激化"。① 这个正确估计告诉我们,"社会主义社会中阶级斗争是一个客观存在,不应该缩小,也不应该夸大"。② 无论缩小或者夸大都是错误的,毫无根据的。我们党过去曾为此付出过巨大代价,从党自身的痛苦经历中学习并终于领悟到,如何正确处理我国现阶段的阶级关系特别是正确分析阶级斗争形势问题绝不可重犯过去的错误,必须时刻保持清醒的头脑和高度的警觉,今后应采取的态度是既要避免搞阶级斗争熄灭论,同时又要反对把阶级斗争扩大化。邓小平说:"目前我们同各种反革命分子、严重破坏分子、严重犯罪分子、严重犯罪集团的斗争,虽然不都是阶级斗争,但是含有阶级斗争。"③既然阶级斗争确实存在,我们就不可小看,掉以轻心。他指出,"在阶级斗争存在的条件下,在帝国主义、霸权主义存在的条件下,不可能设想国家的专政职能的消亡,不可能设想常备军、公安机关、法庭、监狱等的消亡。"又说,"对于一切反社会主义的分子仍然必须实行专政。不对他们专政,就不可能有社会主义民主。这种专政是国内斗争,有些同时又是国际斗争,两者实际上是不可分的。"④三中全会以来,国内阶级斗争出现的激化现象,如反革命分子的活动,"四人帮"残余势力的反扑,一小撮唯恐天下不乱者的破坏,剥削阶级残余分子的故态复萌,经济领域的严重犯罪,其他各种刑事犯罪分子的活动,特别是两年前在北京发生的那场政治风波,这一切都充分证明党中央和小平同志的分析和论调是完全正确的。

---

① 《关于建国以来若干历史问题的决议》。
② 《邓小平文选》第2卷,第183页。
③ 《邓小平文选》第2卷,第253页。
④ 《邓小平文选》第2卷,第169页。

其次,对现阶段专政对象和阶级斗争特点的概括,为正确运用人民民主专政的职能指明了方向。人们根据多年来的曲折经历,对我们党在处理社会主义社会的矛盾和阶级斗争问题上的拨乱反正是易于取得共识的,但对于剥削阶级被消灭以后在一定范围内存在的阶级斗争和以往的阶级斗争究竟有什么区别,在新时期、新的历史条件下专政的对象是谁,思想认识上却是混沌未分的。据此,邓小平同志以其高度的马克思主义理论水平和深透的政治洞察力,对这样的问题及时作出了明确的回答。他指出:"在社会主义社会,仍然有反革命分子,有敌对分子,有各种破坏社会主义秩序的刑事犯罪分子和其他坏分子,有贪污盗窃、投机倒把的新剥削分子,并且这种现象在长时期内不可能完全消灭。同他们的斗争不同于过去历史上的阶级对阶级的斗争(他们不可能形成一个公开的完整的阶级),但仍然是一种特殊形式的阶级斗争,或者说是历史上的阶级斗争在社会主义条件下的特殊形式的遗留。"[1]按其性质来说,"一种是敌我矛盾,一种是阶级斗争在人民内部的不同程度上的反映",[2]而在改革开放不断深入的条件下,则表现为资产阶级自由化和坚持四项基本原则的尖锐对立。在这种情形下,我们坚持人民民主专政国家职能,如何用马克思主义的阶级观点去处理带有阶级斗争性质的社会矛盾和社会现象,如何处理这种特殊形式阶级斗争中的两类矛盾,就显得更加重要和更加迫切。在这方面,小平同志运用唯物主义辩证法的观点得出的结论,为我们在新时期坚持毛泽东同志关于运用法律手段正确处理两类不同性质矛盾的理论与实践,提供了指导性线索。

第三,反复强调坚持四项基本原则,鲜明地突出了人民民主专政的实质和地位。在全党全国工作重点转移到经济建设上来,集中力量发展生产力作为全国人民的根本任务被提了出来之后,邓小平同志十分关心在中国实现四个现代化的前提条件问题,及时旗帜鲜明地提出四项基本原则,阐明了我们的立国之本。他指出,"我们必须坚持社会主义道路,坚持无产阶级专政,坚持共产党的领导,坚持马列主义、毛泽东思想"等四项基本原则,并且针对社会上出现的极少数人企图动摇这

---

① 《邓小平文选》第2卷,第169页。
② 《邓小平文选》第2卷,第370页。

些基本原则的错误思想和错误倾向,又多次反复强调决不允许在这个根本立场上有思想的动摇,"如果动摇了这四项基本原则中的任何一项,那就动摇了整个社会主义事业,整个现代化建设事业"。① 小平同志把坚持人民民主专政当做"四个坚持"的一项内容,从实现四个现代化的根本前提来讲加强民主和专政的问题,把它看做社会主义现代化建设的一个组成部分,这就赋予人民民主专政这个概念一种全新的含义,从而进一步同过去基于"阶级斗争为纲"的理论和一味强调"专政"的做法完全区别开来。我们今天所要的人民民主专政,就其内容而言,是要实现绝大多数人民对极少数敌人的专政,实现绝大多数人民享受的最高类型的民主。小平同志根据社会主义民主理论和中国现实情况反复告诫我们,要弄清加强专政与发展民主是辩证统一的关系,"只有绝大多数人民享有高度的民主,才能够对多数敌人实行有效的专政;只有对少数敌人实行专政,才能够充分保障绝大多数人民的民主权利"② 如果这种统一关系一旦遭受破坏,专政离开了民主就会变成林彪、"四人帮"式的法西斯专政,而民主离开了专政就会导致资产阶级自由化。总之,离开对人民的民主和对敌人的专政,也就谈不上人民民主专政。与此相联系,人民民主专政的一项重要职能,就是整个国家要进行社会主义革命和社会主义建设。"所以,在当前条件下,使用国家的镇压力量,来打击和瓦解各种反革命破坏分子、各种反党反社会主义分子、各种严重刑事犯罪分子,以便维护社会安定,是完全符合人民群众的要求的,是完全符合社会主义现代化建设的要求的。"③这里同样说明,没有专政就没有民主,没有民主就没有社会主义,也就不会有社会主义的现代化。这就是人民民主专政在我国政治生活中的实质所在,也反映了人民民主专政在我国新时期的历史地位和历史作用。

第四,强调由过去搞政治运动的办法向着遵循社会主义法制原则的方向转变,进一步明确了实行人民民主专政的形式和方法。邓小平同志多次指出,要巩固和发展安定团结的政治局面,必须加强人民民主

① 《邓小平文选》第2卷,第173页。
② 《邓小平文选》第2卷,第373页。
③ 《邓小平文选》第2卷,第373、374页。

专政的国家机器,动员和组织广大人民群众同各种破坏安定团结的势力进行有效的斗争,坚决打击和防范制止各种刑事犯罪活动。同时,他又强调这种斗争不能采取过去搞政治运动的形式来进行,而必须遵循法制原则,一定要在法律的范围内进行。他在谈到党的十一届五中全会向全国人民代表大会提出建议,取消"七八"宪法第45条中关于"四大"(大鸣、大放、大字报、大辩论)的规定时指出,我们坚持发展民主和法制,这是我们党的坚定不移的方针。但是实现民主和法制,同实现四个现代化一样,不能用大跃进的做法,不能用"大鸣大放"的做法。这并非不要发扬社会主义民主,而是实践已经证明"四大"不是一种好办法,它"只能助长动乱,只能妨碍四个现代化,也只能妨碍民主和法制"。① 这就告诉我们,"四大"的办法与法制统一的原则水火不容,发扬社会主义民主绝不能采用"四大"的做法进行,加强专政也绝不能靠采用政治运动的方式来搞,都必须统一到法制原则上来。据此,小平同志特别重视法制建设,反复强调民主必须制度化、法律化,要用法律形式来确定各种具体社会关系,通过法律来解决大量的社会矛盾,做到有法可依、有法必依、执法必严、违法必究。他还特别要求我们,处理社会矛盾和阶级斗争问题都要按宪法、法律、法令办事,要学会运用法律武器,并且强调这是现在和今后必须尽快学会的一个新课题。

第五,关于民主与法制并重和有机结合的思想,揭示了人民民主专政的本质要求和基本特征。邓小平同志高屋建瓴地把握我国政治生活的主题,坚持共产党领导下的国家政权的正确发展方向,将民主问题以及与之密切相关的法制问题相提并论,提出发展社会主义民主与法制是我们坚定不移的战略方针,从而在实际上提示了人民民主专政的本质要求和基本特征,把我国新型国家政权的理论与实践推到了一个新的境界。这个重大进步与精辟概括,是在人民民主专政问题上反思过去、钩深致远而得出的结论,深刻体现了我们党对于这个问题的历史使命感。在邓小平同志的倡导下,党的十一届三中全会以来,我国民主政治建设和法制建设的历史进程大大加快,实现社会主义民主的形式和渠道日益创新增多,党内民主已逐步成为推动人民民主发展的有效途

---

① 《邓小平文选》第2卷,第257页。

径,健全各种法律机制也开始取得明显进步,国家政治生活和社会生活的主要的、基本的方面正在开始被纳入法治轨道。所有这一切,都说明全社会的民主法制观念正在日益增强,人民民主专政理论在新的历史条件下正以社会主义民主理论的形式,逐渐成为我国亿万人民群众的活生生的实践。十多年来,小平同志就民主与法制讲民主问题讲得最多、最深刻、最全面,其中特别具有现实意义和理论价值的,是他关于民主必须制度化、法律化的精辟论述。他把制度与民主问题联系起来考察,反复强调要适应社会主义现代化建设的需要,适应党和国家政治生活民主化的需要,就必须改革党和国家的领导制度。尤其在谈到"文化大革命"的深刻教训时,他说不是个人没有责任,但是领导制度、组织制度问题更带有根本性、全局性、稳定性和长期性,这种制度问题"关系到党和国家是否改变颜色,必须引起全党的高度重视"。① 因此,"为了保障人民民主,必须加强法制。必须使民主制度化、法律化,使这种制度和法律不因领导人的改变而改变,不因领导人的看法和注意力的改变而改变"。② 这就说明,民主和法制作为防止历史悲剧重演、抵制个人专断现象出现的强大武器,首先要求把民主作为一种国家制度、国家形式用法律加以确立,否则是靠不住的。实现民主制度化、法律化是社会主义民主政治建设的任务,目标具体,易于见效。民主制度化、法律化确切体现出二者的相互关系,民主以法制为形式为保障,法制则以民主为内容为基础,使人民当家做主有章可循、有法可依,不再依"社会公仆"的作风是否民主为转移。解决民主制度化、法律化,是我国国家制度、社会制度的本质要求和基本特征,反映了我国人民当家做主的事实和社会主义制度自我完善的需要,这样有助于克服用静止的观点看待国家问题,在民主问题上澄清各种形形色色的错误认识。一句话,"要继续发展社会主义民主,健全社会主义法制。这是三中全会以来中央坚定不移的基本方针,今后也绝不允许有任何动摇。我们的民主制度还有不完善的地方,要制定一系列的法律、法令和条例,使

---

① 《邓小平文选》第2卷,第293页。
② 《邓小平文选》第2卷,第136页。

民主制度化、法律化".① 这就是无产阶级专政学说在中国具体实践得出的新结论。

通过邓小平同志对人民民主专政理论与实践新发展的一个举要，我们可以更清楚地看到，作为毛泽东思想的一个组成部分，作为建设中国特色社会主义理论的一项基本内容，它始终是马克思列宁主义同中国具体实际相结合的产物，是中国共产党人创造性地发展了的马克思主义国家学说。人民民主专政是发展着的理论和活生生的实践，从提出这个理论到今天已经 42 年了，这中间不论有什么样的曲折经历，也不论国内阶级关系发生了怎样的新变化，但为其内在的生机与活力所决定，它总是要不断向前发展的。江泽民同志在党的十三届七中全会上指出，"建设中国特色社会主义是一篇大文章。邓小平同志已经为它确定了基本思路和基本原则。这是在新的历史条件下对马列主义、毛泽东思想的重大发展"。而坚定不移地坚持人民民主专政，加强民主和法制建设，就恰恰包括在这篇大文章之中。我们笃信，沿着党中央指引的方向，坚持从建设中国特色社会主义的实际出发，集以往政权建设、法制建设和民主政治建设之大成，继续探索总结人民民主专政的新鲜经验，这对于我们用心做好这篇大文章所产生的影响必将是不可估量的。

（1991 年仲夏写于中共中央党校）

---

① 《邓小平文选》第 2 卷，第 359 页。

关于社会主义法制建设的几个问题

社会主义法制建设,是建设有中国特色社会主义理论和实践的重要组成部分。党在市场经济条件下如何加强法制建设,不但是建立社会主义市场经济体制的客观需要,而且也是关系建设有中国特色社会主义的一个重大问题。我们党有着领导社会主义法制建设的丰富经验,但对于在市场经济条件下搞法制建设却是近两年来遇到的一个崭新课题。现围绕这个新的课题,讲几个问题。

一、我国社会主义法制建设的成就

我国法制建设与政权建设、经济建设同时起步,也经历了一条艰难曲折的发展道路。党的十一届三中全会确立发展社会主义民主与法制的根本方针,标志着我国法制建设进入一个重要的转折时期。三中全会以来,邓小平同志从总结建国以后正反两个方面的历史经验教训出发,科学地概括了对社会主义本质和社会主义发展客观规律的认识,客观地分析了实现四个现代化宏伟目标和保证国家长治久安所必需的基本条件,在反复强调四项基本原则的同时,又深刻地分析了民主与法制、法制与专政、法制建设与经济建设的辩证关系,明确地提出了从党和国家领导制度的高度确立法制建设地位的结论,全面地论述了法制建设的方针、任务和指导思想,从而在新时期极大地丰富和发展了马克思主义的国家观和法律观,为我们党如何领导社会主义法制建设指明了方向。我国新时期的法制建设,就是在邓小平法制思想的指导下进行的。

改革开放十五年来,我国法制建设以立法工作为主旋律,兼及司法、行政执法和法律文化设施建设等各个方面,都取得了国内前所未有并为国外刮目相看的伟大成绩。主要是:

——以法定制,社会主义法律体系已初步形成。我国现行宪法改变了以往高度中央集权的立法体制,通过扩大全国人大常委会的立法权,同时也扩大国务院和地方的立法权,确立了全国人大特别是以全国人大常委会为核心的立法体制。迄今,包括宪法和宪法修正案在内,全国人大及其常委会共制定了 230 多个法律和有关法律问题的决定或补充规定;国务院制定了 600 多个行政法规(不包括法规性文件);地方各级人大及其常委会也制定了 2600 个地方性法规。立法速度之快,为各国立法发展史所罕见;立法规模之巨,几倍于新中国成立后前 30 年立法的总和;立法内容之广,几乎覆盖国家和社会生活的各个方面。经过十五年来的努力,我国社会主义法制日益走向健全,以宪法为核心的、以基本法为主干的社会主义法律体系已经初步形成,整个国家开始跨入法制文明时代。

——严格司法,国家的审判职能、法律监督职能正在日益强化。随着公安和政治实务部门组织建设、业务建设、思想和作风建设的普遍加强,我国司法活动在发挥国家结构的审判职能和检察职能方面,坚持实事求是、有错必纠的方针,复查处理了历史遗留的一大批政治案件,平反了"文化大革命"造成的大量冤假错案;伸张法制的尊严和权威,对林彪、江青反革命集团案进行了历史性的审判;为加强人民民主专政,保卫社会主义现代化建设事业的顺利进行,开展了厉行打击严重危害社会治安和严重破坏经济秩序等各种犯罪活动;为调整经济关系和维护经济秩序,维护社会治安和促进物质精神文明建设,维护和督促行政机关依法行使职权,还通过日常办案活动充分运用法律手段,有力地推动了法律的贯彻实施。仅以日常审判工作和检察工作为例,从 1983 年至 1992 年,各级人民法院共审结刑事案件 3704626 件(判处人犯

4486056 名),审结经济犯罪案件 457841 件(判外人犯 499521 名),审结合同纠纷 4010910 件,民事案件 13592841 件(含涉及民事案件 9312 件);1988~1992 年,行政案件平均每年以 35.5% 的速度递增,各级法院共受理了 84305 件,并办理行政机关申请强制执行的案件 131328 件;自 1983 年以来,人民检察机关立案侦查贪污、贿赂、偷税抗税、假冒商标等犯罪案件共 407400 件,严肃查办侵犯人民民主权利和渎职犯罪案件 46542 件,10 年中,共批准逮捕犯罪嫌疑人达 478 万名。这些数字充分表明,我国司法职能是人民民主专政的有力保障。

——依法行政,政府法制工作已有相应的发展。国务院法制局重新成立八年来,肩负着对国务院各部门工作进行统筹设计、综合研究、组织协调、具体指导的重要任务,坚持思想建设、组织建设、业务建设并重的方针,积极开展政府法制工作,在我国法制体系中的地位与作用日益突出。近年来,各级政府为了更好地运用法律手段管理经济和社会事务,都建立起相应的法制工作机构。据不完全统计,全国已有半数以上的政府部门聘请常年法律顾问,为政府依法行政提供咨询、代理诉讼等服务。政府还恢复和建立了监察、工商行政管理、税务、海关、商检、卫生检疫等一批行政执法机关,并赋予它们相应的行政执法权,使日常行政执法活动得以加强。尤其《行政诉讼法》和《行政复议条例》的先后公布实施,为我国政府部门的行政执法工作更是注入新的活力,这就使国家行政管理向着民主化、科学化、法律化的道路迈进了一大步,在制止权力滥用、防腐反贪、廉政建设方面所起的积极作用日益得到加强。

——强化职能,司法行政工作已开始进入新的历程。重建司法行政机关十四年来,在服务改革开放,加强法制宣传教育,开展律师公证工作,进行民间调解组织建设,组织司法外事和对外司法协助等各个方面,都已作出重要成绩。比如,通过"一五"普法规划的实施,在全国 7.5 亿普法对象中就有 93% 的人参加了学习法律常识的活动,而目前正在进行的"二五"普法比前一次势头更好,大大激发了群众自觉要求依法管理和依法办事的热情,各省、自治区、直辖市依法治理的试点工作已全面推开,其中提出依法治市规划和实施办法的城市就将近 200 个。

以上成绩的取得,标志着我们党领导法制获得巨大成功,社会主义法制建设已经走上顺利发展的道路。但也必须承认,我们在立法方面还谈不上完备,有些立法权的划分并不十分明确,立法技术也不够完善,立法的协调配套还有待加强,特别是"有法不依"的现象相当突出,已经制定的法律没有得到充分的贯彻实施;在司法方面"执法不严"、"违法不究"的现象时有发生,地方司法保护主义屡禁不止,腐败之风在政法部门有所蔓延,严重违法乱纪、执法犯法、滥用司法权的事例并非个别;在行政执法方面,还有相当数量的领导干部没有把握住转变政府职能这个主题,不习惯也不善于用经济的、行政的法律手段处理国民经济中宏观调控和微观调节的问题,不少干部墨守"行政至上"的旧观念,动辄搞行政干预甚至行政专横,致使滥用行政权力,忽视了"依法行政";在法律监督方面,相当一部分领导干部不懂得权力必须受约束的道理,既不能自觉地肩负起各自应该履行的监督职能,又不能自觉地将自身领导行为置于法律监督之下,以致国家的政治民主化、法律化以及廉洁奉公、勤政为民还缺少必要的法制保障。凡此种种,究其原因既有历史的也有现实的,但主要还是贯彻党指导法制工作的方针不力,各级领导干部普遍重视不够,在领导制度、组织制度上对于如何保证各级党组织、党员干部在宪法和法律范围内活动缺乏切实有效的监督,特别是在市场经济条件下缺乏切实有效的法制领导。所以,我们对法制建设的成就不能估计过高,只能说是已经走上了顺利和健康的发展道路,但同我国法制建设本身的实际要求和期望目标相比,仍然存在很大差距,同社会主义现代化建设的客观进程并不相适应。

二、我国法制建设的新情况和新特点

按照马克思主义观点,经济运动总要为自己的发展开辟道路,经济关系必然要反映为法治原则。同样,法运动必须与经济运动相适应,反映现实经济关系的法原则也必须体现经济运动过程的发展方向和本质要求。因此,在市场经济条件下的法制建设不同于过去,必然呈现出许多新的情况和新的特点。

（一）法制建设的新情况

"法治"是市场经济的本质属性,建立市场经济的客观进程一旦启动,市场不再处处受制于计划直接管理,对经济活动的调节作用随之大大增强,客观上必然强烈呼唤法制,导致新的法律问题层出不穷。就目前情况看,围绕市场经济提出的法律问题几乎无所不包,其中尤其突出的是:

1. 市场主体日益增多,主体身份也已发生变化,但如何确保主体间的相互关系必须平等,主体的自主权必须落实,主体进入市场的资格必须界定。这就要求我们尽快在调整利益结构的基础上明晰产权法律关系,进一步完善以企业法人为核心的民事主体法律制度。

2. 市场客体迅速增加,货物市场和商品市场的具体客体的交换行为无法覆盖流通领域,业已发展兴起的要素市场(土地、劳动、资本市场)又缺乏针对新客体的法律调整。这就要求我们尽快稳定民事法律关系类客体,进而建立和健全包括所有权在内的整个物权法律制度。

3. 市场内容(各种商品交换关系)愈来愈复杂,原来民事法律行为的构成标准已不相适应,亟须对民事法律行为的形式作出概括规定。这就要求我们尽快根据丰富多样的市场内容来规范民事法律行为及其法定行为模式,完善各种形式的契约或合同法律制度,特别是完善对期货合同、抵押合同、典当合同等新型契约形式的法律调整。

4. 市场信用规模空前发展,信用形式大量增加,信用原则开始涵盖债权债务关系和物权关系的各个方面,但我国合同制度很不健全(仅限于原则要求),诸如债券股票、期货交易、预购赊销、信托行纪、消费信用、储蓄借贷、银行借贷、分期付款、国际结算、保险业务等信用性极强的经济关系的法律调整都不健全,甚至有的仍为"空白"。这就要求我们继修改经济合同法之后,尽快制定证券法、票据法、银行法、保险法、借贷基本法、消费信用法、期货交易法、信托法等一批信用特征鲜明的法律和配套法规,尽快健全信用法制,建立我国高层次的、新型的、具宏观调控功能的民法借贷制度。

5. 市场竞争日益成为正常经济机制,市场主体理应享有平等的地位和机遇,不能因所有制形式不同、财力大小有别、隶属关系如何而显失公平。这就要求我们继不久前制定的《反不正当竞争法》之后,继续以此为龙头,参考国外维护竞争秩序的法制,制定一系列有关这方面的法律,以全面实行主体竞争的平等原则和公平原则,鼓励和保护公平竞争,制止损害其他经营者合法权益和扰乱社会秩序的不正当竞争行为,保护经营者和消费者的合法权益,保障市场经济的健康发展。

6. 市场体系日益发展,在一般商品市场特别是生产资料市场获得蓬勃发展的同时,金融市场、技术市场、劳务市场、信息市场和房地产市场等生产要素市场也呈现出很好的发展势头,标志着全国统一的开放的市场体系正在逐渐形成中。为市场经济的统一性要求所决定,全国统一的开放的市场体系与地方保护主义、行政条块分割所不相容,这就要求我们的立法改变以往单行机制多于总体机制的状况,既要加快民事、经济立法步骤,又要尽快完善以民法机制为核心的市场经济整体法律机制。

7. 市场开放导致国际经济联系日益密切,国内市场与国际市场法制一体化的趋向日益明显,但我国法制对待中国人与外国人、内资与外资、沿海与内地之间的优惠政策与法律保护却形成很大的差别待遇,对于涉外、境外经济活动中还没有学会按照国际通行准则办事。这就要求我们不仅要将涉外经济立法逐步融入我国整体法律机制,而且应按照市场经济的开放型、国际型特点,将国内市场经济法制同国外有关法律和国际惯例衔接起来,尽快与国际经济贸易接轨,遵守国际经济贸易领域的法制秩序,借以充分保障自身的合法权益,增强在国际市场的竞争能力。

8. 建立市场经济需要增加科技投入,依靠科技进步,而完善市场经济又必须促进科技与经济的有效结合,加速科技成果的商品化和向实现生产力转化。这就要求我们不断完善促进科学技术进步、高新科技成果商品化、保护知识产权的法律制度,并根据科学技术革命对法学所产生的深刻影响,适应社会关系的不断改变,逐步建立航空法、太空法、核能法、交通法等一大批新的法律部门,学会在立法、司法、行政执法和法学教育、法学研究、法律服务和法制宣传等各个方面采用新的手段和方法,以加快现代法制民主化、科学化的客观进程。

9. 市场环境已发生巨大变化,企业走向市场的条件愈来愈好,但在劳动用工方面的市场配置程度仍然很低,工资分配制度方面的平均主义仍然存在,加强培育劳务市场与健全社会保障制度的进程仍然极不协调。这就要求我们以转换企业经营机制为中心环节,抓紧深化企业的劳动人事、工资分配、社会保险等三项制度的改革,尽快健全我国劳动法制,制定劳动法以及与之相配套的工资法、工时法、劳动保护法、劳动争议仲裁制度和社会保障法等,逐步使我国劳动关系的法律调整走向合同化和标准化。

10. 市场发育要求政府转变职能,根本改变过去直接管理企业、干预市场的职能和做法,实行两权分离、政企分开和官商分开,由计划管理转向宏观调控。这就要求我们进一步加强政府法制工作,通过法律规范政府行为,界定政府管理范围,设置政府管理的具体行为模式,主要是通过产业政策和法律手段引导企业,依靠工资、价格、利率、税率、汇率等经济杠杆来调节市场,重点抓好规划、协调、监督、服务、信息,逐步制定并健全包括计划法、预算法、银行法、政府投资法、税法和国有资产管理法在内的一整套宏观调控的法律制度。

市场经济中出现的法律问题远远不止这些,而且将会继续增多和扩展,这是我们在新旧体制转换过程中所始料不及的。这些新情况的出现,给我国法制建设带来了许多新的问题和矛盾,需要我们弄清当前的法制建设究竟与过去有什么不同的特点,从而透过市场经济与法制建设的内在联系,构筑新的条件下加强法制建设的思路,实现法治经济的客观要求。

(二)法制建设的新特点

我国经济体制改革的目标模式,是要建立社会主义市场经济新体制。党的十四大以来建立这种新体制的初步实践已经充分说明,交易制度是经济过程的中心制度,按照市场共同规则的要求,用一定的法律形式将它加以确认和表现出来,恰恰是经济基础对上层建筑提出的一般规律性要求,也是"经济关系反映为法原则"的一种历史必然。基于这样的规律性要求和历史必然,我国社会主义法制建设现已进入一个新的发展时期,即由计划经济体制向市场经济体制转换,法制建设的外部条件和内在根据发生相应变化,法制建设的指导思想和工作重点也必然要深刻变革和实现转变的新时期。在新时期市场经济呼唤法制,与过去计划经济体制下法制居于行政手段之后的地位不同,这就决定了我国法制建设具有以往未曾有过的一些新的特点和要求。

第一，法制建设的客观依据起了变化，立法工作需要寻求新的发展起点。市场经济体制与计划经济体制不同，反映于法律机制的表现形式也不相同。市场经济运行的基础是市场主体的利益关系，作用媒介也是市场，组织经济的方式是靠法律规范和竞争行为，而计划经济以国家行政权力为运行基础，主要媒介作用是计划，组织经济的方式则是行政命令和统制行为。在两种体制的转换过程中，原来通过法律机制反映出来的这种权利义务关系与行政服从关系、法律机制与权力机制、竞争行为与统制行为之间的差别一时难以消除，还会不可避免地发生矛盾和摩擦，这就给我们的法制建设增加了难度和力度。客观实际的变化使得法制建设不能继续按照过去的路子走下去，需要重新确立法制建设的新思路。

市场经济是商品经济充分化的必然结果，它和商品经济是相互联系的概念和经济形式，各自从不同角度来界定同一种经济类型，但在本质上并无差别。它们都是"法治"经济，都要求用法律形式全面规范社会经济活动主体的权利、义务和行为规则，也要求全面规范政府的行为。况且，我们所要建立的市场经济秩序，本质就必须是一种法律秩序。法治经济的这种本质特征就是要求经济关系法律化，这不仅应成为全社会的共识，而且也应成为我们党领导法制建设、开拓新的发展起点的思路。

第二，法的功能作用发生变化，要求由作为一般的社会调节器逐渐转向为经济建设指明道路。在很长的时间里，我们国家试图用政府的行政计划代替所有的商品货币关系，法的功能作用在国家经济生活中的地位无足轻重，社会流行的观点是把法当做"专政"和"镇压"的代名词，主要是起"刀把子"的作用。改革开放以来，我们党在处理计划与市场的关系问题上，虽然经济政策几经演变，而且每个阶段的提法也都反映了对市场的不同重视程度，但并没有从根本上解除姓"资"姓"社"的思想束缚。因此，反映在对待法的功能作用上，主要强调的只是要用法律来"巩固改革成果"，为经济建设"保驾护航"。我们党真正发现法律对市场经济的导向作用，深刻感到必须运用法律手段管理经济，是在邓小平同志南巡讲话和党的十四大以后逐渐明确起来的。

法制对市场经济的导向作用,完全取决于我国建立市场经济新体制的特殊本质要求。世界市场经济制度的产生、发展和确立经历了一个漫长的历史过程。在价值规律的支配下,由简单商品经济逐渐发展为用契约规范约束交易行为乃至全部经济行为的自由经济,再从自由经济发展成为受一定资源、市场、劳动力等生产要素和生产组织约束的垄断经济,最后发展并确立起受政府计划调控的现代市场经济制度,其间跨越了几个社会形态。与此相反,我国建立社会主义市场经济体制是前所未有的事业,它的形成发展过程区别于世界市场经济制度,即主要不是靠"自发"而是靠"培育",实际上是一个"人为"的转换过程。而由传统计划经济、产品经济向现代市场经济转换过程中,第一位重要的就是依靠法律来"指明道路",舍此别无选择。

①我国搞市场经济与其他实行市场经济的国家不同,不积极超前总结世界市场经济的成功经验和法律规则,不尽快制定符合我国国情和世界通例的市场经济法律体系,便不足以改变在公有制基础上因长期计划体制形成的行为习惯和运行体系以及传统意识和文化习俗。

②我国搞市场经济体制在时间上比世界主要发达国家要晚几百年,但发展目标却是要在上世纪末初步建立起这种体制。为缩短市场发育和发展的历史行程,只能把党的改革决策与法制决策紧密结合起来,通过政府的宏观调控,采取法制导向的方式。

③我们要建立的市场经济体制,包括市场主体、市场客体、市场内容、市场体系、市场运行机制、市场调控手段、市场行为约束和保障体系等,所有这些主要环节和层次都是市场固有的要求,它们要形成框架只能以法制为先导。

④民主和法制是社会主义的内在属性和本质要求,社会主义现代化要求政治、经济和社会生活的民主化、制度化,民主政治、法治经济、法治社会是三位一体的重要任务,坚持法制导向作用,为推动民主政治建设和精神文明建设、引导市场经济体制的建立和发展所绝对必需。

第三,立法结构的布局发生相应变化,已由健全单行法律机制逐渐转向完善总体法律机制。实行改革开放以前,政府直接经营企业和参与生产经营活动,主要靠行政命令和行政手段处理政府和企业、企业与企业之间的关系,除行政法之外,经济立法也富于浓厚的行政色彩。改革开放以来,随着社会主义商品经济的发展,国家直接计划管理的领域相应缩小,经济立法的速度由此大大加快。截至 1991 年年底,我国经济方面的法律已占全部立法总数的 40% 以上。但是,受理论突破、政策演变的局限,这些经济法律大都是为计划经济体制服务的单行法律,根本不可能建立起调整经济关系的法律体系,形成总体法律机制。现在情况不同了,我们要尽快形成的全国统一的开放的市场体系,它需要促进和保护公平竞争,因而必须坚决打破各种形式的分割、封锁和垄断。正因为这个缘故,在客观上就要求改变过去立法结构不合理的布局,实现由单行机制向总体机制的转变,把建立市场经济法律体系的任务提到议事日程上来。

第四,法制建设必须是全方位的,法的实现已成为关键。法运动的全过程是由法的形成和法的实现两个大的阶段构成的,前一阶段表现为立法,后一阶段要求法在社会中运动,通过一系列的法律手段对社会关系的调整,产生法功能作用的社会效果和结果。从国家的法制结构功能看,法运动的后一阶段尤其重要,只有在这个阶段才能使法的作用得到充分发挥,法的目的得以实现,最终满足统治阶级对法的需要。法实现的意义在于:一则使法律完成对重要社会关系、社会活动的调整和组织控制,保证社会有领导有秩序地运行;二则通过法的运作来实现统治阶级用法律形式所反映的利益要求,巩固其统治地位。但是,在计划经济体制下我们党很少研究法的运动过程及其规律,也很少提出解决法的有效实现的一般条件,因为主要靠行政手段取代法律手段,国家和社会的利益大都依靠行政权力的干预来实现,对法的实现机制是不可能考虑很多的。

在市场经济条件下所以将法的实现提到关键地位,不是一般地出于解决“执法不严”的需要,而是为法治经济的走向所决定,不这样就不能用法律引导、推进和保障改革的顺利进行,法制就不成其为法制,而没有法制也就没有社会主义。只有通过立法程序将国家和民族的利益设定为许多社会关系的法律模式,公布法律使之进入社会调整,并经过法的运动(操作实施)把法律规范模式转化为社会关系,使法的规范要求转化成人们的合法行为,直至有了法的结果(权利被享用、义务被履行、禁令被遵守),具体表现为法律调整所形成的社会关系或社会秩序的现实状况,才能在建立市场经济体制中真正谈到法的实现。在这里,经济关系法律化的要求推动立法机制的运行,表现为具体法律的制定,但要使这些法律的规范要求以人的行为中介,转化成社会现实的过程和结果,还必须把相互联系的各种法律手段与社会中各种积极因素结合起来,形成有效的法的实现机制。当前法制建设中的种种情况表明,要在全国规模上解决法的实现机制必须进行两方面的努力:一是要通过健全法制原则、司法制度和执法机制,为法的实现提供切实的保障;二是要创设保证法实现的其他基本条件,比如有效的社会监督,以及物质和精神文明条件的不断改善等。

三、市场法制建设的现状和任务

市场经济呼唤法制,法制建设出现新的情况和特点,提出高难度、多层次、全方位的要求,促使我们必须高度重视市场法制建设。但是,随着新旧体制转换过程的启动和加快,我国原有法制建设的格局被打破,新的适合市场经济需要的法律体系又远未形成,这就给我们党领导和加强法制建设增加了时代的紧迫性。确切地说,我们加强市场法制建设面临着两重任务:一方面要通改革的途径,清理原有的经济法律,废止与市场经济不相适应的法律,修改、充实基本可行的法律,以满足新旧体制换轨阶段的法需要,引导和保障市场经济的顺利发展;另一方面,要转变立法思想,把立足点从经济行政法移到民商法上面来,按照市场经济体制的实际需要,通过对已有法律的修改、补充或废止,逐步建立、健全一整套适应市场经济的法律制度。这两方面的任务是相互关联的,要通过自我完善的方法来实现。为此,我们必须对市场法制的情况有一个梗概了解和基本估计,只有这样才能更好地提出任务和完成任务。

(一)市场法制建设的现状

总的来说,我国市场法制建设是个薄弱环节,尽管有关经济方面的法律法规为数甚多,但由于大都是单行法律,单行法中又主要是组织法和管理法,而必须要有的基本法(民法典)却没有制定出来,即使已有的基本法(如《民法通则》)又过于原则和抽象,所以经济法律既没有一个合理的机制结构,也不构成一个完整的法律体系。尤其需要指出的是,这些法律大多具有强烈的计划性和行政性特点,主要是为计划经济、产品经济体制服务的,严格说来还不成其为"市场经济法制",因而与市场经济体制的需要是明显不相适应的。这种"不适应",集中反映了我国市场法制建设的落后状况。具体说来,可概括为以下几点:

1.民法机制陈旧落后。它在流通领域的功能主要表现为,以平等自由、等价有偿为保护手段,以确认商品生产经营者的主体资格、主体地位和人身保护,确认商品者的静态物权和动态债权为核心内容,通过反映商品流通过程中的各种交换关系,保障民事经济活动主体的公平竞争,引导、保障和推进经济体制改革的顺利进行,达到促进社会主义商品经济、市场经济的健康发展的目的。但由于种种原因,诸如我国市场主要是依靠政府放松统制和运用行政力量组织推动的方式和路子发展起来的,而同社会分工和商品生产发展的程度并无明显联系,这就决定了民法一开始便具有很强计划性、单行机制多于总体机制的弱点和特点,难以适应市场的需要;各类不同市场的发育情况极不协调,尤其要素市场的发展远远滞后于各类商品市场,致使经济运动中不协调、低效率的状况无法改变,民法也不可能配套发展;我国幅员辽阔,各地情况复杂,经济发展不平衡,市场调节功能在不同地区、不同部门、不同领域差别很大,市场缺少公平竞争秩序,反而是垄断的和分割的,使得民法作用范围大大缩小并带有许多的随意性;鉴于前几年经济发展曾出现较大波动,以政府或部门支持和干预为背景的各种贸易战和封锁割据十分严重,不仅人为地分割了市场发展的合理区域性效应,也严重阻碍了民法的发展;近几年来,商品经济发展给市场运行带来的许多法律问题,如经纪行为与居间、代理行为有何区别,经纪人应有何种法律地位,如何确定物权总体概念和界定各种具体物权,怎样实现产权制度现代化和对国有资产的专职管理,怎样对待不同物品所有权的风险转移,设定权利的取得时效和消灭时效,以及规定默示条款的有效期限,等等,在民法中概无反映,同世界市场经济运行的法律机制不相衔接,因此民法调整横向财产关系的作用无从发挥。

2.经济法与民法严重错位。本来,经济建设与法制建设是一个同步发展的客观进程。但现实生活中存在着的改革与法制不可分割的客观必然性,同经济法制的内在适应性之间发生矛盾,一方面是改革迫切要求对变化了的经济关系进行法律调整,甚至要求许多改革措施直接以经济立法的形式出台;另一方面改革的开创性又难免导致发展中的经济关系具有暂时的不确定性,传统观念对法律的认识也限于反映稳定的社会关系。这就给经济关系法律化增加了难度,而"时不我待",既然落后的民法不可能提供现成的东西,于是经济法应运而兴。立法速度越快,经济法数量越多,民法的本来面目越是被扭曲,所以也不可能建立健全调整发展着的市场关系的法律体系。

3. 行政法过多地进入民法领域。行政法与民法同属于国家的基本法,虽然两种法律手段的质的规定性不同,即各自的调整对象、当事人所处的地位、处理纠纷的程序、承担责任的方式都不同,但它们都要调整国家机关、企业事业单位、社会团体和公民之间的法律关系,内容也都涉及权利义务问题,且行政法调整的社会关系中也含有不少经济因素,在这些方面又有着密切联系。然而,我国行政法制建设一开始就带有"行政至上"的色彩,即行政干预突出,行政范围不断扩大,行政因素渗入经济生活的各个方面,而且政府行为大量直接进入本来仅仅适用民法规范的领域。由于行政权具有广泛性和强制性的特点,采取行政隶属关系取代本来具有民法特征的相互协调关系,既把行政法自身发展引向了不确定的地步,又造成了"民法危机",影响到市场法制建设的正常格局。

此外,与市场法制建设相配套或协调发展的其他法律制度的建设,有的不相适应(如刑事保护手段),有的不健全(如劳动法制),有的甚至近似于"空白"(如社会保障法律体系),有的亟须完善和强化(如行政执法机制,法律监督机制和廉政法制等),同样也反映了市场法制与市场经济的不相适应的状况。

(二)市场法制建设的任务

自从党的十四大提出建立社会主义市场经济体制的目标模式以来,我国经济运行方式发生的变化是非常重大而又深刻的,已开始由过去协调经济运行的行政权力机制和体系向着法律化的机制的方向变革,以至新旧体制的转换过程牵动着整个社会和国家生活的各个方向,标志着我国改革进程的全面深化。市场经济需要法制,而我国市场法制落后于现实,以致制度和法规出现了"真空",社会管理出现了"空隙"和"漏洞",在社会经济政治生活方面不能不产生某种程度的混乱。而且,新旧体制转换过程中出现的摩擦和碰撞又不可避免,这样也会引起一定的无序状态。然而,经济运动要为自己开辟道路是不等待法制是否健全的,经济关系也不会自发地形成法原则的,单靠改革措施来明晰经济生活中的是非标准和改革界限也是行不通的,除了加强法制建设别无其他更好的门径。

现在的问题是,必须坚持改革开放与法制建设的统一,重视改革决策与法制决策的结合,用法制来体现改革精神,又用改革精神来推进法制建设。党的十四届三中全会刚刚通过的中央《关于建立社会主义市场经济若干问题的决定》,非常及时地回答了这个问题,提出了当前形势下领导法制建设的总体目标和行动纲领。《决定》在全面勾画社会主义市场经济体制的基本框架的同时,明确提出我国"法制建设的目标是:遵循宪法规定的原则,加快经济立法,进一步完善民商法律、刑事法律、有关国家机构和行政管理方面的法律,上世纪末初步建立适应社会主义市场经济的法律体系;改革、完善司法制度和行政执法机制,提高司法和行政执法水平;建立健全执法监督机制和法律服务机构,深入开展法制教育,提高全社会的法律意识和法制观念"。

按照《决定》的规定,我国法制建设的目标是以加快经济立法为起点,以建立适应市场经济的法律体系为主导,又以法律实施为条件,以法的实现为目的的一个多层次、主次有序的完整目标。其中主要环节相互关联又互为条件,但主导性线索是建立市场经济的法律体系。为了加快在上世纪末实现这个近期目标,我们必须抓住各个主要环节,解决好以下几项任务。

第一,加快立法步骤,尽快完善以民商法为主的各项法律制度,充分满足市场经济的法需要,实现法资源的合理配置。

我国现有立法的主要内容是经济行政法律,而民法、商法作为调整商品经济的基本法律,迄今寥若晨星。民商法内容很多,几乎覆盖整个流通领域。近两年来,我们国家的立法思路正趋于清晰,民商立法开始得到重视,许多重要的民商法律将陆续出台。从民商法的角度看,在市场主体法方面除现有的"三资"企业法外,还应制定国有企业法、集体企业法、私营企业法、个体经营法、合伙企业法、股份有限公司法、有限责任公司法和公司基本法等；在市场关系方面，亟须在《民法通则》的基础上制定一部统一的民法典，并根据交换关系的新发展不断完善各项民事法律制度，特别是债权制度以及包括所有权在内的物权制度；在市场行为方面，继新近制定的《反不正当竞争法》、《消费者权益保护法》和修订过的《经济合同法》之后，应抓紧制定证券法、票据法、价格法、商业法、广告法、房地产法、仲裁法和担保抵押法等。通过这些立法，用法律形式把经济关系法律化的要求确认下来，使市场经济的法需要通过具体的规范要求和行为模式表现出来，形成市场机制运行的共同准则。

市场经济体制是一个整体结构，要使其处于协调有序的法律状态，不但需要有民商法承担调整横向经济关系的基本任务，而且还需要制定有关国家机构和行政管理方面的法律，承担对国家经济活动进行纵向管理的职能，以加强国家对市场经济的宏观调控。因此，应通过法规清理，适时修改和废止与建立市场经济体制不相适应的法律和法规。同时，应通过制定经济行政法律对政府行为作出全面规范，对行政管理活动范围做出明确的法律界定。

现行刑法有的条款（包括罪名和刑罚等）已经与建立市场经济体制不相适应，也需要适时修改、补充或废止，以加强惩罚刑事犯罪和经济犯罪，更好地发挥刑法保护手段在建立市场经济体制中的作用。

第二，严格司法和行政执法，建立健全执法监督机制和法律服务机构，保障法律的贯彻实施。

目前，有法不依、执法不严、违法不究的现象时有发生，甚至司法违法、执法犯法的现象也屡见不鲜，执法不严已成为法制建设中的一个突出问题。这个问题的实质是"执法偏私"和"以权谋私"，已严重破坏社会主义法制的基本原则，损害法制的尊严和统一，是必须从制度上加以解决的。首先，应改革、完善司法制度和行政执法机制，加强执法队伍的思想政治建设和业务培训，提高司法和行政执法水平，做到依法审判和依法执法，通过民事审判、经济审判和行政执法工作为发展市场经济服务。其次，要加强国家权力机关和专门机关的法律监督职能，并通过立法建立对执法违法行为的追究程序，以及追究责任、实行赔偿的法律制度。再次,为了在全国畅行依法管理和依法办事,适应日益增长的法律咨询服务的需要,还必须加强法律服务中介机构的建设,制定会计法、审计法、律师法和公证法,等等,建立各种行业协会组织的法律制度。

第三,加强社会保障,深入开展法制教育,把法律交给人民,提高全社会的法律意识和法制观念。

把法律机制与社会机制、市场法制管理与社会综合治理结合起来,逐步实现社会管理法制化,是建立市场经济体制的一项内在要求。这就需要抓紧制定劳动法和社会保障法,建立和健全养老保险、待业保险、医疗保障等各个方面的法律制度,对市场竞争造成的失业现象实行有效的社会救济,以维护社会稳定,促进市场经济的良性循环。同时,要继续开展普法教育,让全体人民学会运用法律手段来保卫自己的民主权利,维护自身的合法权益,也需要使法制教育尽快走向法律化、制度化的轨道,进而为法的实现奠定牢固的广泛的社会基础。

总之,党的十四届三中全会提出的法制建设目标,核心要求是要在上世纪末初步建立适应社会主义市场经济的法律体系,标志着我国法制建设从此获得一个新的发展起点。到下个世纪中叶,我国将基本实现社会主义现代化,达到第三步发展目标。与此相适应,我国的法律制度也将更加成熟、更加定型化。可以预期,在我国,一个以宪法为指导的、以社会主义经济法律体系为主干的、具有中国特色的社会主义法律体系和法制体系,它的形成将是指日可待、确定无疑的。

四、法制建设与法制领导

我国法制建设的方向已经明确,但航道需疏通,否则不会一帆风顺。现在,我们面临的主要问题不仅是担子重、责任大,而且也由于我们思想准备不足,"法治"经济的思路尚未普遍形成,因而不善于用法律引导和推进市场经济的顺利发展。要切实改善和加强党对法制建设的领导,必须看到今天的法制建设已不是原来意义上的法制建设,仅仅满足于实现政治领导的一般要求是不够的,更多的是需要从领导观念和领导方式上作出实际努力,其中突出的一条就是要把握市场法制建设的特点和规律,牢固树立起"法制领导"的新概念,把党的改革决策与法制决策紧密结合起来,直接实现领导与法治的结合。正由于领导法制建设的内容和方式已发生重大变化,我们才必须把法制领导摆在整个领导活动的恰当位置上,认认真真地解决几个带有根本性的问题。

(一)正确处理法制建设与改革的关系

社会主义的根本任务,是解放生产力和发展生产力。以经济建设为中心,坚持党的"一个中心、两个基本点"的基本路线,"一手抓建设,一手抓法制",恰恰体现了社会主义的本质要求,是改革所绝对必需的。小平同志说,"政治体制改革包括民主和法制",[①]而我们坚持"两手抓,两手都要硬"的方针,这就更加体现了经济体制改革与政治体制改革的统一。同时,法制作为政治体制的一项重要内容,它与民主政治建设相关联,又为经济改革、经济发展所须臾不可离开,也足以说明搞法制就是一项改革事业。正确处理法制与改革的关系,目的在于用法制体现改革精神,又用改革精神来建设法制,从而切实解决法制领导的问题。

我国法制建设是贯穿于改革全过程的。没有改革就没有民商法律,没有改革也不可能建立适应市场经济的法律体系。我国原有的经济法律,恰恰是与旧体制相伴而行的,是旧体制的一整套运行体系、行为习惯和观念意识在法律上的表现。它的实质在于排斥流通领域固有的民商法机制,试图依靠国家的权力,用行政手段取代一切法律调整。本来,《民法通则》是改革的一项成果,如果不突破过去对商品经济理论的认识误区,不恢复商品经济的"合法地位",就不会有民法的应运而生。现在提出要进一步完善民商法律,同样也为深化改革所使然。今后,我们更需要用改革的思路来总结以往法制建设的经验,不然,在上世纪末就无法初步建立起适应我国社会主义市场经济的法律体系。

(二)正确处理法律体系与法律体制的关系

我们将要初步建立的市场经济的法律体系,与我国市场经济体制的基本框架应是相一致的,只能是一个多层次的、结构有序的、功能强化的法律体系。这个法律体系与市场经济体制基本框架,它们的形成

---

① 《邓小平文选》第3卷,第244页。

是一个不断探索、不断积累的过程,因而初步建立起来不等于"健全",即使健全了也不意味着"完善"。必须指出的是,由初步建立到完善既是一个认识不断深化的过程,又是一个制度渐渐趋于成熟和定型化的过程。因此,判断"完善"的主要标准,是要看在市场经济体制下对法资源配置起基础作用的"法律机制"是否形成和确立起来,实质上不是法律体系本身,而是指市场经济的法律调整体制问题。

在我国,对市场经济的法律体系及其调整体制是从来不作区分的,但实际上这个体制问题又确实存在,而且是一个不依人们意志为转移的客观事实。比如,在西方国家特别是发达资本主义国家,尽管各国的立法例不尽相同,调整经济关系的具体做法还有"民商分立"和"民商合一"之别,但本质上都是实行民商法调整体制。在我国习惯把调整经济关系的法律统称为"经济法",不提经济法律体制而仅仅使用"经济法制"的概念,但我们从原东欧国家中找到这种法律体制的原形,实际上是一种典型的经济行政法调整体制。因此,我们不应讳言,而应实事求是地提出这个调整经济关系的法律体制问题,不然我国的立法规模会愈来愈大,而新旧法律调整体制却根本没有转换,到上世纪末初步建立起来的法律体系就未必能适合社会主义市场经济的需要,甚至还会影响国民经济持续、快速、健康的发展。

要正确处理这个问题,关键是要尊重市场经济关系的法律选择。早在 2000 年前,简单商品经济在罗马奴隶制社会一经形成,就选择了罗马法作为自己的基本法律形式,由此罗马法便成为"商品生产者社会的第一个世界性法律"。[①] 人类近代生产方式的发展史表明,商品经济可以在不同的社会经济制度中发展,反映商品经济的法律形式也可以为不同社会制度的国家所采用。商品经济的发展史,同时也是民法以其旺盛的生命力遍及世界各国的历史。西欧资产阶级革命胜利后,把罗马法"巧妙地运用于现代的资本主义条件",[②]不但以罗马法为蓝本统一了各民族国家的法制,而且用它把刚刚诞生的现代社会的经济生活翻译成司法法规语言,制定了像《法国民法典》(《拿破仑法典》)

① 《马克思恩格斯选集》第 4 卷,第 248 页。
② 《马克思恩格斯选集》第 3 卷,第 395 页。

这样一部"典型的资产阶级社会的法典"。① 在现代市场经济制度下，西方国家仍然继承罗马法传统，只不过民商法的内容和形式比罗马法更加完备，但罗马法确立的一系列民法原则和制度没有变，正如恩格斯早就预见到的"一切后来的法律都不对它作任何实质性的修改"。② 当然，我国市场经济体制是同社会主义基本制度结合在一起的，究竟要建立什么样的法律调整体制，还必须从本国实际出发，走自己的路。但也不可否认，我国市场经济的方法同资本主义市场经济并没有区别，社会本质属性不同并不影响我们学习和借鉴国外经验，我们完全可以用西方国家的民商法体制当做基本参照系，来探索建立我国市场经济的法律调整体制问题。

（三）正确处理法制领导与观念更新的关系

建立一种新的法律体系和法律体制，是全新的开创事业。因此，必须解放思想，实事求是，更新观念。解放思想包括更新观念，只有更新观念才能大胆探索和试验。处理法制领导与更新观念的关系，同样是加强法制建设的一个先决条件。

我国法制建设中存在的许多突出问题和难点，其中不少就是由于观念没有更新而引起的。比如，在立法思想上如果不转变商品经济的法律观念，树立市场经济的法律观念，进一步完善民商法律就相当艰难；如果不转变"行政至上"的观念，树立行政行为法律化、行政活动程序化和依法行政的新观念，行政立法就不可能民主化科学化；如果不转变必须"先有政策、后制定为法律"的观念，树立市场经济法律需要"适当趋前"的新观念，立法当然"滞后"的状况就无法根本改变；等等。在司法实践中原有体制形成的许多观念还在程度不同地发生作用，给严格依法办事带来的问题很多。比如审理民事、经济纠纷案件，如果不改变对不同所有制企业、不同民事主体实行区别对待的旧观念，树立市场经济法律观要求的所有性质不同的企业、地位不同的民事主体一律平等的新观念，就会采取"优先照顾"、"重点保护"的做法，甚至片面强调保护某类企业、某种主体的利益而损害其他企业、主体的合法权益。又

---

① 《马克思恩格斯选集》第 4 卷，第 248 页。
② 《马克思恩格斯全集》第 21 卷，第 454 页。

如目前兴起的期货交易,原本是现代市场经济中一种正常的、比较高层次的交易形式,它能加快货物和资金的周转,减少交通运输等费用,推动企业获取销售信息和提高经营水平,促进生产力的发展,但如果不改变过去将这类行为视为非法经营的旧观念,树立期货交易合理、加价转卖合法的新观念,就不可推动期货市场的发展。还有,在市场经济条件下经纪人在生产和消费之间起着桥梁和纽带的作用,无论传递信息还是为商品流通牵线搭桥都不可或缺,但如果不彻底改变过去将经纪人定性为"居间剥削"的旧观念,树立经纪人从事有偿信息服务合理合法的新观念,就不可能把经纪人推向更广阔的经济舞台,在经营方式管理上将经纪人行业引上高层次、规范化的轨道。如此等等,不一而足。更新观念如此重要,是因为它影响法制建设的各个环节,直接关系到市场法制建设的发展方向。

(四)正确处理法治和人治的关系

我们提倡法治绝非"食古不化",更非照搬资产阶级"法治原则",而只是把法治看做发展社会化大生产和商品经济的必然产物,强调把民主法制观和现代大经济观联系起来,目的是要加快经济发展和民主政治建设,做到依法领导和依法而治,为实现社会主义现代化提供切实可靠的保障。事实上,我们党高度重视法制和法制建设就包括遵循法治方针的内容,党章与国家宪法作出相呼应的规定,要求"党必须在宪法和法律的范围内活动",就明白无误地反映了我们党是重视"实行社会主义法治"①的。邓小平同志说:"现在从党的工作来说,重点是端正党风,但从全局来说,是加强法制。"②小平同志不但把加强法制纳入党的全局性工作的视野,而且把它作为政治体制改革的重要内容,看成是一个与改善党的领导同等重要的问题。他强调指出:"要通过改革,处理法治和人治的关系,处理党和政府的关系。"③我们应该把这些看做

---

① 1979 年 9 月 9 日《中共中央关于坚决保证刑法、刑事诉讼法切实实施的指示》(即 64 号文件)。第一次提出"实行社会主义法治"的口号。1989 年 9 月,江泽民同志在外国记者招待会上重申,"我们一定要遵循法治方针","江泽民答记者问",载《人民日报》1989 年 9 月 27 日。

② 《邓小平文选》第 3 卷,第 163 页。

③ 《邓小平文选》第 3 卷,第 177 页。

是邓小平法制思想的一个方面,同样是对马克思主义、毛泽东思想的新贡献。

毋庸讳言,市场经济是一种"法治"经济,我们要在中国领导建立社会主义市场经济体制,自然是要搞法治的。搞法治而不搞人治,也是变革领导方式,为现代领导制度所绝对必需的。市场经济又是一种充分社会化的经济,在现代市场经济制度下社会发展变化快的一个突出特点是,社会化大生产必然导致宏观管理的思维方式、组织结构和管理方式的重大变革,使得法治成为现代社会活动的一般要求。现代化管理需要的是大经济观念,以及与大经济观念相适应的法制领导,必然要选择法治、抛弃人治。相反,小生产方式需要的小生产观念,以及与这种观念相适应的"家长制"领导方式,只能是选择人治、排斥法治。实践也证明,领导市场经济凭"家长"个人说了算,不搞法治,光依靠个人的才智、经验和威望决策行事,是不能取得成功的。

当然,我们国家缺少执法和守法的传统,人治思想根深蒂固,旧体制下形成的以人治为主的一整套东西也不会立即消除,实行法治绝非易事,而将是一个长期努力的过程。但发展市场经济已畅通了走向法治社会的流向,从现在起,只要我们立足改革的长远目标,根本转变领导原理、领导观念和领导方式,实现由人治向法治的转变与过渡,建立市场经济体制和市场经济法律体系就必定能获得法制领导的可靠保障。

加强法制与道德实践

一、导　言

　　文明,是社会进步状态的标志,通常泛指某个社会所创造的物质财富和精神财富,或者看做是这个社会各种进步因素的总和。人类社会由野蛮进入文明,是由社会分工、生产剩余和阶级产生而引起的。用恩格斯的话说,不论奴隶制、封建制还是资本主义制度的"文明时代",它们的基础都是一个阶级对另一个阶级的剥削,因此"卑劣的贪欲是文明时代从它存在的第一天起直至今日的动力;财富,财富,第三还是财富——不是社会的财富,而是这个微不足道的单个的个人的财富,这就是文明时代唯一的、具有决定意义的目的"。[①] 人类社会伴随着三大奴役形式而依次出现的三个"文明时代",其共同特点是阶级冲突贯彻始终,它们的全部发展都是在经常的矛盾中进行的。"如果说在这个社会内部,科学曾日益发展,艺术高度繁荣的时期一再出现,那也不过因为在积累财富方面的现代一切成就不这样就不可能获得罢了。"[②]

　　社会主义社会的诞生,标志着人类文明史从此进入一个崭新的时

---

①　《马克思恩格斯选集》第 4 卷,第 173 页。
②　《马克思恩格斯选集》第 4 卷,第 173 页。

代。社会主义精神文明是建立在社会主义公有制基础之上,以共产主义思想为指导的,因而与以往所谓"文明时代"相比较,这种精神文明又是最光辉灿烂的。实践告诉我们,在社会主义整个历史时期的不同发展阶段,尽管社会主义精神文明的内涵与外延还会不断地发展变化,建设这种精神文明的方式方法还会日益多样化,但有一条始终是不会变的,即它的本质特征与核心永远同共产主义这种先进的社会制度与思想体系联结在一起。为此,我们在新时期所要建设的高度精神文明,按其主要内容来说总不外乎两个方面:一是要求把科学、教育、文化艺术等方面的建设提到与社会主义现代化建设相适应的高度水平;二是要求全国人民在政治、思想和道义上保持团结和一致,具有高尚的社会风貌,实行社会主义民主并使之制度化和法律化,建立起法制的极大权威和良好的社会治安秩序,使人们的政治思想、道德观念和精神面貌达到理想的良好状况。而法制建设与道德实践,恰恰是其中的重要内容。所以,从法制与道德的相互关系来考察社会主义精神文明建设的问题,同坚持社会主义道路、充分发挥社会主义制度的优越性是密不可分的。

二、法律与道德的关系

法律与道德同属于历史范畴,都是社会上层建筑的重要组成部分。法律与道德,对于任何统治阶级,都是须臾不可离开的。在人类早期发展史上虽然未产生对法律规范的需要,调整社会成员之间的相互关系依靠的是原始习惯的约束力,但历史是向前发展的,社会的"经济运动会替自己开辟道路",①经过三次社会大分工终于导致了原始公社制度的解体,产生了国家和法。不过,统治阶级用来调整人们之间关系的法律规范,是以"国家意志"的形式出现的,实质上它是一种特殊的社会规范,是统治阶级意志的表现。在任何社会,统治阶级又不单是靠法律一种形式来反映和表现自己的意志,他们需要社会规范也不限于法律一种,事实上他们表现本阶级的意志还要通过哲学、宗教、艺术、教育等各种形式,需要的社会规范除法律外还有道德、礼仪、风俗、习惯、纪律,

---

① 《马克思恩格斯选集》第 4 卷,第 482 页。

等等,而其中起着广泛影响和重要作用的首先是道德规范。如同国家不能没有法制,没有法制就不成其为国家一样,社会也不能没有伦理道德规范,没有伦理道德就不成为社会。法制与道德这种相互依存关系和重要地位告诉我们,社会主义精神文明的内容不仅包括科学昌明、教育发达、社会风气良好、人们民主意识健全、精神境界和道德水平高尚,而且需要法律基本知识的宣传与普及、法学的繁荣与发展、人们法制观念的确立与增强,以及人们养成遵纪守法的良好习惯和崇高品格。因此,加强法制建设与道德实践,正是社会主义精神文明建设自身所固有的要求。

其实,法制建设与道德实践二者并重和相互结合,并非自今日始,古时候人们就已经懂得这个道理。我国古代曾有法家与儒家两大学派,他们的观点大相径庭:以商鞅、韩非为代表的法家极力夸大法、术、势的作用,鼓吹严刑峻法。他们把法制与道德对立起来,根本否认道德的社会作用,奉行的是非道德主义;而以孔丘、孟轲为代表的儒家学派,他们虽则不主张放弃和废止刑罚,但却竭力夸大道德作用,宣扬的是道德决定论。显然,这样两种观点都是错误的,所不同的仅仅是儒家总算看到了道德与法律的不同作用,即使在夸大道德作用时也还没有离开二者的相互关系。自秦汉以来,历代封建统治者虽然也曾接过"法治"或"德治"的口号喧嚣于一时,但实际上他们都是凌驾于法律之上为所欲为的,搞的都是皇权统治或者封建主义的专政,归根结底还靠的是"人治"。直到现在,这种"人治"论的流毒与影响也不是完全被肃清了。对于"文化大革命"的十年动乱,人们记忆犹新,往事历历在目。林彪、江青"反革命集团"疯狂推行一条极"左"路线,恣意编造出一套所谓贯穿今古的"儒法斗争史"来制造混乱,宣扬和提倡古代法家否定道德作用的法治主义,暗中偷运和公开奉行19世纪末德国资产阶级思想家尼采的"权力意志论",进而把践踏法制、扼杀民主和破坏道德发展到极端,几乎将我国的物质文明和精神文明毁灭殆尽。在这方面,他们正是利用了我们在"文化大革命"以前一段时期内,人为地中断法制建设与对道德实践表面抬高、实际贬低的严重"左"倾错误。有鉴于此,我们在处理法制建设与道德实践相互关系的问题上,实在有必要进一步拨乱反正,依据坚定不移地发展社会主义民主与法制的方针,把二者有机地联系起来,既强调依法治国,又不忽视道德实践。

三、马克思主义的法律观与道德观

马克思主义的法律观与道德观告诉我们,法是统治阶级的意志表现,是阶级压迫的工具;而"一切以往的道德论,归根结底都是当时的社会经济状况的产物。而社会直到现在还是在阶级之中运动的,所以道德始终是阶级的道德"。① 但必须同时看到,任何阶级的法律与道德都不是凭空产生的,而是决定于现存的统治关系,是"当时的社会经济状况的产物"。事实上,"道德的基础不是对个人幸福的追求,而是对整体的幸福,即对部落、民族、阶级、人类的幸福的追求。这种愿望和利己主义毫无共同之处。相反的,它总是要以或多或少的自我牺牲为前提"。② 即使在纯粹私有制占统治地位的社会里,也不能说,凡是统治阶级的道德原则与规范统统都是极端利己主义的。"因为国家是属于统治阶级的每个个人借以实现其共同利益的形式,是该时代的整个市民社会获得集中表现的形式"。③ 所谓"共同利益",当然是指统治阶级的整体利益和长远利益,其中除了带有阶级色彩的私利而外,也有一些是作为一个国家和社会得以生存和发展的公共利益。不管统治阶级的根本利益将会怎样受到被统治阶级的反抗与侵害,在其内部阶级成员个人和集团利益、整个阶级长远利益之间将会怎样产生矛盾,但正因为客观上存在着这个社会的"共同利益",所以决定了统治阶级的道德实践既有维护其阶级利益的一面,又有维护整个社会和国家的利益,防止敌我阶级和本阶级内部进行侵犯的一面。这样一来,为什么剥削阶级在上升时期或夺取政权以前总需要有点自我牺牲的精神,为什么剥削阶级统治集团总要"强奸民意",为什么在统治阶级内部对待本阶级的理论学说主张会有积极成员与消极成员之分,凡此种种,也就不足为怪了。正如马克思、恩格斯所说的,"在这一阶级内部,这种分裂甚至可

---

① 《马克思恩格斯选集》第 3 卷,第 134 页。
② 《普列汉诺夫哲学著作选集》第 1 卷,第 551 页。
③ 《马克思恩格斯全集》第 3 卷,第 70 页。

以发展成这两部分之间的某程度上的对立和敌视，但是一旦发生任何实际冲突，当阶级本身受到威胁，甚至占统治地位的思想好像不是统治阶级的思想这种假象，它们拥有的权力好像和这一阶级的权力不同这种假象也趋于消失的时候，这种敌视便会自行消失"。① 由此可见，统治阶级提出的道德要求与某些思想原则，不论在其内部会出现什么样的麻烦，但不影响问题的本质，因为他们所关心的还是如何使本阶级内部，以及本阶级与被统治阶级之间的关系得到有效的调整。

当前，我们强调法制建设与道德实践的社会作用，固然在理论上也涉及法和道德的继承性问题，但主要还是从建设社会主义精神文明的迫切实践意义来提倡的，至于其他则暂且不论。综观社会主义现代化建设和社会主义社会的矛盾问题，摆在我们面前的情况是，迄今党风、民风和社会治安尚未根本好转，在前进中仍然存在一股损害革命队伍肌体、毒化人们思想、污染社会风气，危害革命事业的逆流。而要制止这股逆流，这就亟须加强社会主义法制，加强共产主义思想教育，提高全党全国人民的政治觉悟和法制观念，增强识别和抵制资本主义、封建残余的腐朽思想和剥削阶级生活方式的能力，调动大家同一切歪风邪气、违法犯罪作坚决斗争的积极性与自觉性。因此，法制建设与道德实践既是理论问题又是实践问题，而首先是一个直接实践的问题。

在建设社会主义精神文明的过程中，切实加强法制建设与道德实践，关键在于搞好党风。我们党是领导社会主义物质文明与精神文明建设的核心力量，能不能搞好党风，不仅直接影响整个社会思想状况与道德风尚的好坏，而且是关系到社会主义现代化建设事业的成败，乃至党的生死存亡的大问题。而要发挥党组织在精神文明建设中的战斗堡垒作用，就必须保持全党的共产主义思想的纯洁性，抓好党性、党风、党规、党法的教育，坚持党组织在宪法和法律规定的范围内进行活动，要求每个党员严格依法办事，按照共产主义的精神和原则在各方面起模范带头的作用。只要党风搞好了，法制建设与道德实践就会卓有成效，较快地把社会主义精神文明搞上去。

---

① 《马克思恩格斯全集》第3卷，第53页。

四、法制与道德以及社会主义精神文明建设

社会主义精神文明的建设是一项长期的任务。从现在起,把它放在十分重要的位置上,当做全党全国人民的根本任务之一来抓,各方面的条件是非常有利的。党的三中全会以来,经过拨乱反正,全国的工作重点已经转移到以经济建设为中心的社会主义现代化建设上来,国民经济正在继续好转,国家立法工作大大加强,社会主义民主有了大的发展,科学、教育、文化、卫生、体育事业也正在蓬勃发展,这就为社会主义精神文明建设奠定了初步的物质基础和思想基础。当前开展的"五讲四美"活动,"文明礼貌"活动,搞好环境卫生和植树造林活动,特别对社会治安的"综合治理",为精神文明的建设丰富了内容和创造了有利条件。业已开始的法制建设和道德实践的客观进程,预示着整个历史时期的发展方向,其势必转化为全国人民的自觉行动。要切实加强法制建设与道德实践,条件固然是重要的,但从它们自身的特性与要求出发,似应处理好以下几个方面的关系。

(一)法制宣传教育与共产主义思想教育

从表面上看,似乎一个是解决遵纪守法问题,一个是解决理想道德问题,关系是有的,但并不十分密切。其实不然,二者不是一般地有联系,而是联系十分紧密。在国家的政治生活和社会生活中,任何公民都必须爱护和保卫公共财产,遵守严格的劳动纪律,维护良好的社会秩序,尊重社会公德,保守国家机密,这些都是宪法和法律的法律规范,但同时又体现了共产主义道德规范的要求。违反它们是要受到社会舆论谴责的,情节严重、触犯国家刑律的,还要追究刑事责任,给予必要的法律制裁。而要真正按照这些行为规则办事,光有法制宣传教育而没有共产主义思想道德品质的教育,或者光有共产主义思想道德品质的教育而没有法制教育,都是不牢靠的。因为法制宣传教育只告诉人们什么是法,什么是违法犯罪以及为什么要守法,至于能不能真正做到守法,主要还是取决于人们思想觉悟的高低与道德品质的好坏。当然,如果人们法制观念普遍增强,同样也有助于整个社会道德实践效果的巩固与提高。所以,应当把法制宣传教育与共产主义思想教育有机地结

合起来进行。现在中学已设置了法制教育课,为共产主义的政治思想教育、道德品质教育与法制宣传教育寻求到一条有效途径,再向前发展一步,应该是从小学至大学都开设法制课,甚至从城市至农村,在机关、商店、街道、厂矿和所有企事业单位都把法制宣传教育纳入政治学习的必修内容之一,形成制度,坚持经常化。

（二）破坏社会公德与违法犯罪

根据目前刑事犯罪活动特别是青少年犯罪现象严重突出,社会治安尚未根本好转的实际状况,以及资本主义、封建主义腐朽思想、剥削阶级生活方式的腐蚀破坏与社会主义反腐蚀破坏这种新的斗争特点,在全国人民特别是在广大青少年中搞清破坏社会公德与违法犯罪的关系,这对于加强法制建设与道德实践是非常重要的。必须使人们懂得:在破坏公德与违法犯罪之间,并不存在一条不可逾越的鸿沟。因为凡是法律所禁止的行为,必然是为道德所谴责的行为;而为法律所保护的行为,同样是为道德所颂扬的行为。不过,破坏社会公德的行为并不统统等于违法和犯罪,只是除极少数特别严重的行为外,其余多数违反道德要求的一般性行为还是属于思想觉悟和意识修养的问题。但也绝不是说违反道德的一般性行为无关紧要,现实生活中举不胜举的大量实例说明,尽管这种行为刚开始不构成违法和犯罪,但如果置社会舆论批评而不顾,依然屡教不改,我行我素,最终就有可能走上犯罪道路。所以,在加强法制建设与道德实践过程中,我们要善于运用典型案例与典型调查报告去说明破坏社会公德与违法犯罪的关系,通过树立共产主义道德风尚,达到更有效地预防犯罪和减少犯罪的目的。

（三）立法思想与道德原则

加强立法工作,就是要从实际需要出发,根据需要和可能,区别主次缓急,逐步制定比较完备的法律,实现国家管理的制度化和法律化,目的是要有法可依,有效地保障社会主义民主,达到这种民主的制度化和法律化。我们不仅要制定国家的根本大法即宪法,而且要依据宪法原则制定各种部门法、单行法规法令、条例和实施细则,制定和健全一整套社会主义规章制度。在立法时,必须考虑道德规范的要求,或者在法律规范中直接体现这种要求(这也是常见的情况),或者从不断发展变化的实际情况出发,将看起来属于道德规范的某些东西用法律规范固定下来,即将道德规范上升为法律规范。从总的方面说,把建设社会主义精神文明写进宪法是完全必要的,因为我们坚持民主立法的思想,我们的法制本身就是精神文明的一项重要内容,又是保障精神文明建设的重要手段。正确处理立法思想和道德原则的关系,反映了法制建设与道德实践的统一,社会主义法制与社会主义精神文明的统一。

(四)司法建设与道德建设

有了比较完备的立法,并不等于就能做到有法必依、执法必严、违法必究,还必须同时加强司法建设,其中包括公、检、法机关的组织建设、思想建设和业务建设,包括建立和完善一整套的社会主义司法制度和司法原则,只有这样才能保证严格依法办事不致流于形式。尤其在加强司法建设中注意加强政法队伍的思想品德的建设,更是具有特别重要的意义。我们所需要的一支宏大的司法队伍,他们必须是真正忠于法律制度、忠于人民利益、忠于事实真相的执法人员,必须是具有忠于职守、严格依法办事、不徇私情、不图私利、不畏权势的高尚精神,以及具有大公无私、刚直不阿、敢于坚持真理、不惜以身殉职的高风亮节。一句话,我们的法律工作者应该是精通业务的,具有特殊品格和高尚情操的执法人员。

综上所述,正确认识和处理好这样几个关系,对于进一步搞好法制建设与道德实践,促进社会主义精神文明的建设必将起到积极的作用。当然,人们的法律思想和法制观念、社会风尚习俗和伦理道德观念,归根结底,是受社会政治思想制约的。因此,为了保证使社会主义精神文明建设真正卓有成效,在今后我们更应该自觉遵循党的三中全会以来的路线、方针和政策,认真坚持四项基本原则,不仅要抓好法制建设和道德实践,而且要从多方面做出切实的、持久不懈的努力。

（原载《法学杂志》1982 年第 3、4 期）

传统法文化与法治文明建设

当今世界已经进入全球化时代。全球化进程方兴未艾,它给我们带来的不仅仅是人类的融合与和谐,而且也带来了摩擦与冲突,甚至在局部地区和有的国家还出现战争与和平、生与死的抉择。在思想文化领域里,姑且不论所谓"文明冲突"的范围广度和激烈程度,但有一个事实是必须承认的,这就是全球化进程的确改变了人们自古已经习惯且又视为当然的生活习惯、思维方式和行为选择模式,而在价值观念失落的今天,却又还来不及给人类带来应有的新秩序。尽管人类的价值观念从来就是在变化的,而且传统文化中最基本、最核心的东西始终是普遍的和永恒的,但也必须看到,搞现代化光靠市场经济是远远不够的。我们还需要社会主义的民主与法治,需要建立现代化的道德秩序,因而需要认真解决传统法文化与法治文明建设的关系问题。

一、传统法文化与法治文明释义

何谓传统法文化?何谓法治文明?这都是涉及法制或法学现代化的重要问题,只不过迄今众说纷纭,似乎讨论仍未充分展开。

笔者以为,如果把法制现代化或法学现代化理解为由传统法律向现代法律转型的一个运动过程,那么,传统法文化无非是这一过程中的一种历史现象或静止的画面,而法治文明则是这一过程的核心要求或发展流向。换句话说,我们如果立足于现代化的行为过程看问题,以市场经济的法需要和法文化的连续统一体为基本出发点,那么,所谓的"传统法文化",应是指以往的即作为一种历史现象来研究的法文化;而我们所要建立的"法治文明",又恰恰是存在于现实中的反映商品经济、市场经济固有要求的法治本质和文化选择的"法文化传统"。

"传统法文化"和"法治文明"的含义不同,我们对其所采取的态度自应有所区别。对待"传统法文化",应当像研究所有的历史现象一样,肯定什么或否定什么,继承什么或扬弃什么,目的全在于"古为今用"或"洋为中用";而对待"法治文明"就不同,由于法治文明贯穿于人类由人治走向法治的全过程,它总是兼具民族特色、阶级属性和时代精神的法文化流向,因此对它主要是应解决使其如何适应时代选择的问题。笔者以为,按照这样的思路来处理"传统法文化"和"法治文明"的相互关系,是为法治文明建设所绝对必需的。

在我国,以党的十五大明确提出依法治国、建设社会主义法治国家的基本方略为标志,揭开了民主政治建设崭新的一页,意味着法治文明进程已经开始启动。随着党在治国方略上革故鼎新的伟大转折,通过法治国家的初步实践愈来愈表明,依法治国的确与人类社会文明和进步事业息息相关,建设法治国家更是整个社会文明建设的一个特殊组成部分,是我们国家制度文明的核心内容和关键所在。我们所要的这种制度文明即社会主义法治文明,它不但符合发展社会主义市场经济的客观需要,更重要的是它顺应了现代民主政治、社会运动的一般要求和发展趋势,是建设有中国特色社会主义文明的必然选择。

必须看到,建设社会主义法治文明是前无古人的伟大事业,不论我们已经具备何种良好的法制环境,也不论我们正在创造哪些有利的社会条件,最紧要的是需要做出巨大实际努力,要善于充分把握和利用"后进机遇",并且要善于将其同有效发挥"跟进效应"结合起来。固然,法律从来就是人类进入文明社会的一个重要标志,但现代意义的法治毕竟是西方民主制度和宪政制度的产物,是同资产阶级法治国相伴而产生的。而历来重视自己民族文化的中国人,尽管早在一个半世纪前就已深刻地意识到国家的文化危机,并且自鸦片战争以来,为寻求一种全新的文化转变,就从未停止过奋斗牺牲和艰苦探索,但却在漫长的岁月里不知"法治"为何物,更谈不上用"法治文明"来观察国家问题。直至在邓小平理论的正确指导下,中国共产党人依靠改革开放的伟大实践才找到了我们国家现代化道路的正确答案,并在义无反顾地走上社会主义市场经济道路的同时,也发现了市场经济在本质上是一种"法治经济",进而发现现代法治与民主、正义、人权和科学技术等紧密相联系,从继续推进我国政治体制改革的要求出发,把依法治国、建设法治国家的治国方略明确地提了出来。因此,走向法治恰恰是市场经济和全球化时代的一种理性选择,其本身就具有普遍性、统一性、约束性、协调性和实效性等文明属性,本质上就是联结物质文明和精神文明的纽带,而且主要还表现为制度文明的一种文明状态。这就表明,在我国畅通法治文明的必由之路实为情势所使然,我们据此提出传统法文化与法治文明建设的问题,对于在法治进程中如何实现"后进机遇"和"跟进效应"的直接结合,毫无疑问是十分必要的。

二、传统法文化对建设法治文明的意义

建设法治文明必须立足于本国的制度文明,坚持面向全球化时代的法治目标,这是不言而喻的。更由于建设社会主义法治文明是一项伟大的创新事业,根本不存在可供选择的理想模式,这就需要我们从现在起认真总结依法治国的经验,注意汲取人类法文化的一切优秀成果,重视借鉴其他法治国家一切成功的做法,并通过各种法治文明形式的比较与综合,最终完成具有我国自己特色的法治文明建设。

我们要汲取的人类法文化优秀成果,自然也包括学习古人,弘扬我国古代法文化的优秀传统在内。我国古代自两汉至明清,两千多年来受儒学的影响极深,实行的是"礼治"。礼者,规矩准绳也。但是,礼治既非刑措主义,亦非人治主义,又非礼刑合一,它重视的是等级秩序,所谓"德主刑辅"、"明德慎罚",实际上是一种德重刑轻主义。礼治以道德为基础,在某种意义上强调了道德建设与法制建设的统一,这个思想是有重要意义的。此外,法家主张法治,提倡"法不阿贵",强调在法律面前人人平等。在法家看来,法乃规矩权衡,无规矩不成方圆,无权衡

不足以量轻重,无法律不足以定是非曲直。应当说,这些思想也是具有积极意义的。不过,法家提倡的"法治"是专制主义的严刑酷法,出发点是搞集权政治,是为"树君威而行法令"的,且又重刑轻赏,刑九赏一,采取重刑连坐主义,这些又是绝不可取的。

我国是一个封建专制历史悠久的国家,在我国封建法文化传统中,总的说来是精华少于糟粕,消极因素多于积极因素。我们党领导的新民主主义革命,本来也肩负着肃清封建主义在思想政治方面残余影响的任务,但新中国成立后对于这一点估计不足,未能完成这项任务。于是,我们国家在相当长的时间里,封建残余影响总是同"左"的东西形影不离,并且又总是随着批判资本主义、资产阶级而"暗度陈仓"。迄今,封建的法观念意识仍和伦理观念混杂在一起,甚至有的被不加区分地融合在我们的法律文化之中。

首先,影响最深的莫过于同封建专制和家长制联系在一起的"人治"传统。20世纪90年代以后,尽管人们不再经常议论"权大还是法大"之类的问题,但这并不意味"以权压法"、"以权代法"甚至"言出法随"的现象就已化为陈迹。事实上,法律的尊严、法制的权威尚未完全确立起来,在我国实现法治的普遍性原则仍将是一个长期的话题。近两年来随着依法治国进程的全面启动,人治传统开始受到现代法治观念的冲击,但要在短期内被彻底摒弃还是相当困难的。

其次,就是历代封建帝王采取的重农抑商政策,以及在其背后起作用的伦理观念。在我国最具影响的哲人从孔子到宋代理学家,莫不认为过度追求物质欲望是可鄙的,"文化大革命"中更出现"狠斗私字一闪念"。而反映在法观念上就更加突出,诸如"重刑轻民"的现象司空见惯,"以政代民"、"以政代商"的做法习以为常,权利观念淡薄,法律义务本位为先,这些都是不讲求公平、公正,也不重视等价有偿原则的。

再次,我国古代法律是与民主相对立的法律,且富于保守性,过多注重习惯法,其目的不是用来调整权利义务关系,而主要是用来调和人际关系的。因此,在我国厌恶诉讼的社会心理根深蒂固,反映在司法实践中,迄今讲求"私了"和"息事宁人"的现象比比皆是,而司法机关在适用法律时又往往具有强烈的地方保护主义和排外主义倾向。

此外,我国古典法文化传统还有一个特点,就是把社会秩序与个人自由截然分开,认为要保持社会秩序的安全,就必须限制个人自由。这样,反映在法律上就明显地表现出一种偏好政治结构的倾向,为了保证社会的安定,甚至用损害一部分人的利益去满足另一部人的利益,或者在地区间搞法律差别待遇,而更多的是表现为立法上的义务本位,以及强制性规范大大多于任意性规范。

诸如此类,都是蕴涵于我国古典法文化传统中的陈腐法观念意识。长期以来,由于对它们潜移默化的影响未能引起足够的重视,以致蹈常袭故,特别是新中国成立后的头30年里,始终是和社会主义的法文化意识混杂在一起。现在,这种情况已经起了变化,但没有从根本上根绝传统法文化中这些消极因素,在有些问题上其影响仍灼然可见。所以,我们抓法治文明建设必须警惕传统法文化中的糟粕,切不可不加分析,否则就会影响依法治国、建设法治国家的进程。

同样,学习和借鉴国外成功的法律制度和法治经验,也切不可离开国情实际,采取"拿来主义"的做法。诚然,西方国家实行法治有着比较悠久的历史,但它们有一个共同点是无法抹杀的,这就是在厉行法治的社会现实过程中都只能消灭封建专制下那种公开的不平等现象,但却永远改变不了资本掩盖下产生的那种新的不平等现实。推而质之,就连作为东亚政治模式特征之一的法治在内,也难克服这种局限性。这里需要指出的是,我们承认西方法治的局限性并非否定其内含的文明因素,恰恰相反,同样应该承认这种法治文明正是它们得以保持政治稳定、经济繁荣不可或缺的前提和基石。具体说来,这些国家的法治具有体现现代法治效应的一些共同特征,比如法律制度健全完备,社会生活的各个领域均有法可依,几乎没有"法律空白";有法必依、执法必严、违法必究,社会成员大都养成了崇法守法的观念意识;奉行法律至上,实行官民平等,以法护廉;以及法治与德治相互结合,互为条件,互相促进。所有这些,都应该看做是整个人类法文化优秀成果的重要组成部分。既然地球只有一个,人类本是一家,我们建设社会主义法治文明就没有理由拒绝学习借鉴。

三、社会主义法治文明的内涵

依法治国、建设社会主义法治国家是一项伟大工程。从法文化角度看,固然可以对法治文明作广义上的理解,但必须明确,其核心还在于"依法治国"之"法"所应体现法律本身的文明属性,法制各个环节的良性循环就应符合公开、公平、公正、正义和效益等理性要求,达到举国上下以知法为根本、守法为习惯、崇法为文明和护法为己任,在全社会形成上有道揆、下有法度的有序状态,从而使法治文明对整个国家制度文明起着确认、维护、保障和促进的作用。换言之,法治文明作为广义文化范畴的一个特殊构成部分或重要方面,它的核心要求在于规范人与人、人与社会、人与自然的关系,而要处理好人与社会、人与自然的关系,前提又是必须处理好人与人的关系——本质上是利益关系即法律上的权利义务关系。因此,法治文明的本质内容就是要确立符合人民最高利益和忠实反映时代精神的法律规范、法律设施和法律思想观念,并同追求人与社会和自然的和谐的道德规范并行不悖,同当今全球化的大趋势完全一致。如同物质文明要与全球经济秩序接轨一样,法治文明也要同全球法律秩序接轨,要达成这个目标,就必须根据"物有本末,事有始终"的道理,政府应率先要求自己严格依法行政并全面实行领导行为的法律化,全体公民也都要树立自己的法律人格和道德人格。

在法学特别是行为法学的视野里,我们要建设的法治文明与改革开放和现代化建设带来的文明多样性和文化多元化趋向关系密切,并同我国文化的结构性调整交织在一起,必然要带来社会生活和经济秩序的调整与变革。这种以法秩序文明为先导的法治文明,又以法行为的规范、模式、观念和习惯为变革的原点或起点,直接影响着国家法律资源的重新配置和法律资源保护系统的重新构建,实际上又是基于社会新的法需要对社会利益结构和各种利益关系的调整与分配,因而反映在法律制度上则是对整个社会的权利与义务作出新的安排。可见,法治文明作为社会秩序和制度文明的一种时代选择,它最集中地体现出制度安排和法治效应所体现的公平、公正和正义合法性问题,并且至少应包括以下三个基本方面:

1. 根据物质文明与精神文明不断发展所提出的要求,公平分配国家的法律资源(社会基本权利和义务),并根据国际合作以谋共同发展的原则,积极参与国际间的资源和利益的分享。尤其公平分配国内法定资源直接关系到满足个体的需要,是可供个体具体享受的利益,经法律确认后即转化为实际权利,变为满足个体合法要求的对象资源。只有通过公平分配不断扩大法定资源的种类和数量,完善国家法资源分配系统(即立法系统),才能加强现代社会民主政治的合法性基础。

2. 从加强民主政治建设的战略性目标出发,按照民主法律化、制度化要求,健全和完善法律规范的保护系统,确保人民真正当家做主。法定资源的保护系统是由保护性规范构成的,主要包括规定国家对资源分配的保护性强制措施,以及对滥用权利、不履行义务、违反禁令的行为如何追究法律责任,以及实施法律制裁等内容。通过强制履行义务和对违法者进行惩罚,既维护了原来正常的社会关系(表现为利益互补关系或利益补足关系),又满足了必要时改变原来这种关系中资源量状况的可能性,这对实现法资源分配的基本价值具有重要意义,实质上构成衡量法律效益和法律公正的现实性评价手段。

3. 适应全球化时代的大趋势,实行改革决策与法制决策相结合,把提高法文化意识视为面向世界、面向未来的需要,在法治进程中渗透多元化文化之间的平等、理解和互补,使我国法治文明建设一开始就成为一个开放的区系统。这对我国积极参与全球化进程是非常必要的,因为我们有能力总结继承本民族法文化传统中的精华,也有条件加倍努力学习域外法文化传统中的长处,理所当然地应对全球化时代的法治文明作出更大的贡献。

综观上述三个基本方面,如果人们承认秩序和文明是人类社会得以维系和发展的必要条件之一,那么,公平、公正或正义就应该是社会秩序和制度文明的法律伦理本质。

四、结　语

现在,不论是民族国家还是国际社会,也不论是诸多文明或文化区域内部,无不产生对秩序和公正的迫切要求。究其原因,是由于当代社会各种异质异形的政治模式、市场模式和文化价值类型的差异极为突出,引起全球性新的结构性变化所致。历史发展到今天,重建社会秩序及其公正或正义基础的问题跃然眼前,因而建设具有时代特征的法治文明也愈来愈成为人类共同关注的一个问题。早在几年前就有一位美国教授说过,"在未来几十年中,对价值体系的寻求将成为人们的一个中心要求"。① 笔者以为这种看法不无道理,如果把我们所要建设的法治文明也看做这个"价值体系"的一个组成部分,那么,这种寻求不但现在已经开始,而且还将被当做下个世纪的一项战略任务,我们仍将继续为之付出更大的努力。

现代化建设的确为我们实行由人治向法治的转变提供了客观依据,改革开放又为我们依法治国、建设法治国家创造了"照国际惯例办事,与国际惯例接轨"的法律环境,因而在我国通向现代法治的势头从来没有像今天这样强劲,加快法治进程的节奏也从来没有像今天这样快速。在国际上,科学技术和生产力将实现新的飞跃,经济全球化的进程还会继续加快,国际关系也将更加错综复杂,但是"要和平、求合作、促发展已经成为时代的主流",②因此如何按照和平、平等、公正、合理的原则有效地处理和解决当今世界面临的种种问题,建立一种国际政治经济新秩序,这个时代的现实与要求也同样会给我们建设法治文明带来许多的机遇。可以预期,国内国外机遇极好,我们的法治文明建设定能有一个好的发展起点。

不过,机遇和挑战总是相伴而行的,建设法治文明的过程中也会遇到诸多阻力。国内"人治"观念的根深蒂固,来自体制和意识形态的制约,以及各种消极现象对依法治国的干扰,都不是凭人们的良好愿望所能克服的。国际范围内的情况也不例外。进入 90 年代,冷战刚刚结束不久,人们看到的不仅仅是全球化时代带来的发展机遇,而且还有日益

---

① 指美国著名东亚问题专家罗伯特·斯卡拉皮诺教授在 1994 年 12 月北京大学主办的"21 世纪的世界和中国"国际学术研讨会的发言,其主题是"瞻望未来的挑战"。转引自《太平洋学报》1995 年第 1 期,第 33 页。

② 江泽民在中国共产党第十五次全国代表大会上的报告,见《中国共产党第十五次全国代表大会文件汇编》,人民出版社 1997 年版,第 43 页。

严重的经济和社会发展问题,有在两极对抗时期被忽视的种种全球性问题,特别是国际和平与安全仍然受到以美国为首的四方国家推行的强权政治与霸权主义的严重威胁,这就说明人类渴求的秩序和公正绝不会轻易地变为现实,建设法治文明也不会是一帆风顺的。当然,机遇和挑战并存原本就是正常现象,本质上说来,法治文明建设所面临的挑战又何尝不是一种机遇。必须承认,不论我们面临着多少新情况新问题,但它毕竟为我们寻求建立包括新的法律秩序和伦理准则在内的价值体系提供了机会,并且确定无疑地向我们展示出一种努力的方向,这就是建设法治文明的过程中必然伴随有融合就有摩擦,有和谐就有冲突,事物的发展总是离不开阻力与助力的互动互补作用,根本问题在于我们是否有勇气迎接挑战,将阻力化为助力,最大限度地把握住各种机遇。

必须清醒地认识到,正当我们实行依法治国和建设法治文明的时候,也正是全世界进入重新"估定一切价值"和重建国际政治经济新秩序的一个关键时期。我们处于这个世纪之交的重要历史时期,面对全世界各种文化思想和文明形式的相互激荡的历史潮流,不管建设法治文明的任务多么艰巨,我们首先应明确坚持建设有中国特色社会主义法治文明的价值取向,同时还应适应现有国际政治经济秩序,加快同国际接轨,紧跟现代法治效应趋向的进程。应该说,对我国法治文明建设的主要挑战还是来自国内,因此立足本国实际,加快改革步伐,把依法治国特别是依法行政扎扎实实地坚持下去,把国内经济发展和政治稳定的事情办好,这才是最根本的。由于我国是国际社会公认的大国,我国在经济上的崛起已引起全世界特别是其他大国和周边国家的重视,因此我们建设法治文明的实践对外界的态度也会有极大的影响,这就需要我们努力在国际上树立一个守规则和负责任的大国形象,或者说社会主义法治国家的文明形象。我们完全有理由相信,在我国建设社会主义法治文明和道德秩序的努力定会取得成功,也将成为全国人民的普遍共识和自觉实践,因而它的发展前景是美好的,对全人类文明和整个人类社会进步将会作出的贡献也是确定无疑的。

(原载《福建政法管理干部学院学报》1999 年第 2 期)

公民意识·民主意识·法律意识

公民意识、民主意识和法律意识同是一种社会现象,产生并服务于相同的社会关系,在社会意识形态领域里又都是同我们社会的指导思想(马克思主义)紧密地联系在一起的。在我国新时期的意识形态研究活动中注入这些新的内容,对于提高我国公民的素质,坚持四项基本原则,反对资产阶级自由化,加强社会主义民主与法制建设,促进两个文明建设和全面改革的伟大事业,无疑是非常必要的。

一、公民意识

公民意识属于社会意识的范畴。它是个宪法概念,也是精神文明的重要内容。彭真同志在《关于中华人民共和国宪法修改草案的报告》中首次指出,宪法规定的公民义务具有法律强制的性质,但更重要的是要求公民提高自己作为国家和社会的主人翁的自觉性,提高自己对国家、社会和其他公民的责任感,按照社会主义、集体主义原则来处理公民个人同国家和社会的关系、同其他公民的关系,建立同社会主义政治制度相适应的权利义务观念和组织纪律观念,养成社会主义的公民意识。党的十二届六中全会在指出加强社会主义民主和法制建设的根本问题是教育人的问题时,又再次强调要"增强社会主义公民意识"。它是由我国新时期科学社会主义再实践派生出来的一个理论问题和实际问题,必须引起全党和全国人民的高度重视。

从社会主义公民意识问题的提出到现在,我们国家已经发生了很大变化。一方面,随着全面改革的进行和经济建设的发展,党的实事求是的思想路线已经深入人心,四项基本原则日益富于创造精神和旺盛活力,社会主义精神文明建设取得了重大进展。另一方面,随着新宪法的实施和民主与法制的加强,我们整个中华民族的思想道德素质和科学文化素质正在不断提高,一代有理想、有道德、有文化、有纪律的社会主义公民已开始日渐增多,国家安定团结的政治局面得到了巩固和发展。实践证明,我们在全体公民中间培养和增强社会主义公民意识是有理论和客观依据的,是适应社会主义现代化建设需要,有利于国家长治久安、民族兴旺发达的一个正确方针。

我国人民关心国家事务的高度政治热情和主动精神,各族人民为现阶段共同理想而进行的创造性劳动,社会主义新型关系的逐渐建立和发展,以马克思主义为指导的理想建设、道德建设和民主法制观念建设的积极性的显著提高,社会治安秩序和社会风气的日益好转,这些都是我国社会主义公民意识的生动体现。从本质上说,这种公民意识是每个公民在自己的实际生活中被意识到了的社会主义生活现实,即有关社会主义、集体主义原则在公民个人同国家、社会的相互关系中的具体体现,以及有关社会主义民主、法制、道德的法律观点和心理情绪的反映。同社会意识一样,公民意识也来源于并且依赖于社会存在,是人们对周围社会环境、社会关系和社会过程的认识。社会存在和社会历史条件决定着公民意识的内容。

我国社会主义公民意识究竟包括哪些内容,根据建国以来的历史和现实,笔者以为似应包括下列几个主要的方面。

1.国家和社会的主人翁的责任感。这是人民当家做主所必需的,它构成我国社会主义公民意识的基础。我国公民有了这种主人翁责任感,就能自觉地关心国家的前途和命运,自觉地维护和改善社会秩序,不断地改进工作作风和端正工作态度,培养和提高自我主体意识,讲求与自己身份相适应的人格、风格和国格,自觉地坚持四项基本原则。

2.社会主义公有财产神圣不可侵犯的观念。"各尽所能,按劳分配"是我国社会主义经济的一项基本原则。同时,我国宪法公开申明保护社会主义公有财产,宣布"社会主义的公有财产神圣不可侵犯"的原则。这种制度和原则作用于公民意识,首先要求每个公民自觉地培养"各尽所能"的劳动态度,正确对待"按劳分配"原则,树立"劳动致富"的思想,按照国家计划搞好各种形式的责任制。同时,也要求每个公民自觉地同侵占国家和集体财产、侵占他人合法财产、破坏社会主义经济秩序的违法犯罪行为作斗争,保卫社会主义的公有财产和经济制度,坚持社会主义道路。

3. 以马克思主义为指导的文明观念。我国公民意识是社会主义精神文明的一个重要组成部分,它的具体内容与发展方向必须适应精神文明建设根本任务的要求。因此,我国公民必须是有理想、有道德、有文化、有纪律的社会主义公民。他们的公民意识必须充分体现出社会公德,体现出集体主义、爱国主义和国际主义的精神,特别是要反映出以马克思主义为指导的各种文明观念。

4. 公民权利与义务不可分离的观念。我国是个发展中的社会主义国家,它的本质特征之一,就是要把以往那种权利与义务分离的历史颠倒过来,真正实现"没有无义务的权利,也没有无权利的义务"。我们国家的、社会的与公民个人的根本利益相一致,反映在宪法和法律中,则是公民依法享有权利和依法履行义务的不可分离。公民坚持这条马克思主义的原则,是必须具备的一种觉悟。讲公民意识,这是其中重要的一条。

5. 社会主义的法制观念。我国的法律是党领导全国人民制定的,是广大人民的意志和利益的集中表现。基于我国社会主义法律的本质和作用,每个公民都必须遵守宪法和法律。增强法制观念,养成严格依法办事的生活习惯,树立遵守法制光荣、违反法制耻辱的良好风气,这是构成我国社会主义公民意识的又一项重要内容。

总之,我们国家正朝着高度民主、高度文明的社会发展,这种社会存在必然会给我国公民意识增添新的内容,使它日臻完美。随着改革的不断深入,人们的生活条件、社会关系和社会存在时刻都在起变化,我国公民意识也必将日益增强。

二、民主意识

我国社会主义公民意识的核心内容和重要组成部分,是社会主义的民主意识。它是国家和社会的主人所必须具有的意识,是他们当家做主所必须采取的正确态度和行为观念。

十一届三中全会以来,我们党和国家把建设高度民主当做社会主义的伟大目标之一,反复强调没有民主就没有社会主义现代化,强调民主必须制度化和法律化,始终不渝地坚持四项基本原则,通过改革经济体制发展国民经济,积极着手政治体制改革的准备工作,切实推进从制度上保证党和国家政治生活的民主化、经济管理的民主化、整个社会生活的民主化。随着社会主义现代化建设事业的发展,社会主义民主的内容和形式会不断发展,公民的民主意识也会相应地不断增强。

我国宪法规定,国家的一切权力属于人民。但是,人民究竟怎样通过选举、罢免、考核、监督、质询、舆论等方式,以及通过政党、社会团体、群众组织等渠道直接参与国家与社会事务的管理,大家仍然是陌生的。历史留给我们的民主传统太少,人民虽然争得了民主,成了国家和社会的主人,但也有一个不习惯、不善于依法行使民主权利的问题。这种情况说明,民主受社会经济结构的制约和各种复杂因素的影响,一时还达不到理想的高度与规模,因而民主意识很难得到充分的反映。同其他事物的发展一样,民主意识的养成与增强也需要有一个过程,绝不是单凭主观愿望能一蹴而就的。我们必须承认,在群众中的确有些人很缺乏民主意识,他们不懂得或者忘记了只有社会主义才能救中国这条颠扑不破的真理,不珍惜今天来之不易的民主生活。在他们看来,民主这种政治制度是个抽象的绝对的东西,社会主义民主同资本主义民主、个人主义似乎不存在原则界限,以为讲民主就是"以我为主",可以"为所欲为",甚至把本质上属于绝大多数人的社会主义民主也视为"不民主",总想用西方民主制的模式来改造我们的社会主义民主制。因此,他们割裂发展民主制同巩固社会主义制度之间的联系,追求不要专政、集中、法制和纪律的民主,往往置危害社会秩序和四化建设于不顾。造成这种现象的原因是多方面的。我们的目标是要建设具有中国特色的社会主义的高度民主,但我们的民主制现在还不完备,加之几年来我们在政治思想战线上软弱混乱,对一切"左"的和"右"的错误倾向抵制不力,产生这样那样模糊认识和错误观点也是不足为怪的。社会主义愈发展,社会主义民主也愈发展。公民中严重缺乏民主意识的状况必须改变。应该说,在认识民主问题上的是与非,完全可以通过政治思想工作和群众自我教育的方法来解决,这是确定无疑的。

有些人利用群众中对待民主问题的一些糊涂观念和错误认识,到处鼓吹资产阶级自由化观点,反对以四项基本原则为立国之本,抹杀社会主义民主和资产阶级民主的本质区别,大肆宣扬"纯粹民义",主张资本主义制度,并且用这种错误思潮来毒害我们的青年,危害国家的安定团结,干扰当前的改革和开放,阻碍社会主义现代化建设的进程。他们绝不是一般地缺乏民主意识的问题,而是要摆脱共产党的领导,否定社会主义的道路。我们对于这种错误思想,必须旗帜鲜明地坚决反对。

坚持四项基本原则,反对资产阶级自由化,是我们党在十一届三中全会以来的根本宗旨。据此,我们需要的公民意识和民主意识,必须以坚持四项基本原则为前提,以反对资产阶级自由化为原则,以促进改革、开放、搞活的方针为根本。在正确路线指导下,公民意识与民主意识相互联系,缺一不可。民主意识若不以公民意识为基础,就不是广泛高度的民主意识;公民意识若不以民主意识为核心,也就不是完全的新型的民主意识。所以,我们提倡的是反映民主现实,符合精神文明要求的公民意识,是体现公民觉悟、推动四化建设的民主意识。

三、法 律 意 识

在我国,每个公民对社会主义法律的认识并不完全相同,比如对法律常识的了解有多寡之分,守法态度有好坏之别,依法办事的觉悟有高有低,甚至还存在着敌视和破坏社会主义法制的现象。然而,不论人们的认识怎样不同,态度有何差异,但有一点必须共同遵循的,这就是所有公民都要遵守宪法和法律,无条件地服从国家法制。正因为这样,我国社会主义公民意识又属于法律意识的范围。公民意识受法律意识的调节,而法律意识又寓于公民意识之中。

　　法律意识作为社会意识的一种表现形式,它是社会意识反映于法律方面,用法律思想、法律意念、法律观点的方法来反映并作用于社会存在的。法律意识与公民意识同是一种社会现象,建设民主政治和实施宪法法律的一致性决定了它们彼此不能孤立存在,在其内容与表现形式上又是互为补充的。

　　首先,从公民意识的表现形态来说,它必须服从宪法观念与宪法意识,是一种以宪法观念意识为根本的社会主义法制观念。这就决定了培养公民意识和增强法制观念关系密切,二者互为条件,互为影响。增强法制观念有助于加深公民对自己法律地位的了解,认识到依法约束自己行为的必要性,激发同各种严重违法犯罪活动作斗争的积极性,更加自觉地维护、巩固和发展社会主义的民主成果。同样,公民意识的增强又有助于提高人们的法制观念水平,鼓舞公民的政治热情,推动他们关心国家法制和宪法的实施与保障,从而能更好地维护法制的权威性,对整个国家生活实行公民监督提供有效的保证。

　　其次,从民主意识与法律意识的关系来说,民主意识是法律意识的前提和基础,法律意识是民主意识获得进一步发展的支持和保证。一方面,民主意识与法律意识相伴而行,只有人民当家做主才能建立社会主义法制,才能制定出真正反映人民意志的法律,充分发挥法律应有的社会功能。另一方面,法律意识是对民主意识的确认和保障,只有增强法律意识才能保证公民正确行使民主权利,确保人民当家做主的主人翁地位,有效地提高干部群众守法执法的积极性与自觉性。一句话,没有民主意识就没有法律意识,没有法律意识也就没有民主意识。

　　我国社会主义的法律意识,就其实质与表现形式来说,主要还是一种宪法观念和宪法意识。而构成其基本内容的东西,则是全体公民基于四项基本原则的要求,对我们国家法制、现行宪法和法律的一种有意识的态度。我国现行宪法是新时期治国安邦的总章程,反映于公民意识,它不但要求每个公民充分认识并努力争取实现宪法规定的各项民主权利,而且要求每个公民都应以主人翁的态度来学习、掌握并运用好这个总章程。实际上,公民依法对自己的权利义务所采取的有理性、有意识的态度,就体现了公民意识与宪法意识的有机结合。为我们的社会主义的经济制度、人民民主专政的国家制度、人民代表大会的政治制度以及指导我们事业的理论基础(马克思主义)所决定,它们完全符合广大人民的共同意志和根本利益,是他们的正确世界观的组成部分,也是他们的政治思想在法律领域中的实际表现。

国无法不治,民无法不立。我们提倡增强以宪法意识为核心的公民意识、民主意识和法律意识,于国于民都是有益之举,绝非权宜之计。但是,迄今并非所有公民都已经认识到这个问题的重要性,突出的表现是,还不能自觉地按照精神文明建设的要求规范自己的行动,处理好这几个意识之间的关系。这就需要我们从实际出发,采取切实有效的措施,搞好普法教育,增强公民的公民意识、民主意识和法律意识,提高公民的素质,这无疑是保证我国社会主义现代化建设获得成功的必备条件。

(原载《政治与法律》1987 年第 5 期)

二、依法治国与领导法治

执政党治国方略的法治选择

从十月革命后列宁始创社会主义法制的理论和实践,中经东欧和亚洲地区许多社会主义的苦寻探索,直至中国共产党的十五大明确提出"依法治国,建设社会主义法治国家",才揭示了治国基本方略与社会主义基本目标之间的必然联系,最终作出执政党治国方略的法治选择,承担起人类社会由人治向法治根本转变的历史使命。在科学社会主义史上,这是对马克思主义国家观与法律观的一个新贡献。它是以苏联东欧国家演变为资本主义,其他社会主义国家探索治国道路所付出的沉重代价换取得来的,因而对当代社会主义运动的复兴发展,以及对社会主义国家通过改革走上法治道路,都具有理论和直接实践的意义。

一、执政党在法制问题上的历史教训

无产阶级通过暴力革命夺权政权后,执政党怎样治理国家?靠"人治"还是靠"法治"?这是从执政那天起就面临的一个重大抉择,而且是寻求理性治国模式所绝对必需的。马克思说,"所有通过革命和取得政权的政党或阶级,就其本性说,都要求由革命创造的新的法制基础得到绝对承认,并被奉为神圣的东西"。① 这就是"安邦定国,立宪为先"。无产阶级专政是一种新型的国家形态或政权形式,为其所肩负的历史任务所决定,它代表着与资本主义根本对立的一种崭新社会形态。这就要求执政党在取得领导地位的合法性之后,更应该全面实行"依法定制",用法律将生产方式固定化和文字化,依靠法律"指明道路",实现执政方式与治国目标的统一,昭示法制在整个制度文明中的极端重要性。

国无法不治,民无法不立。苏联东欧社会主义国家的剧变,中国社会主义建设的曲折发展,虽然同社会主义制度无关,但在很大程度上是由于轻视法制,治国方式出现严重失误的必然结果。因此,"要明确地懂得理论,最好的道路就是从本身的错误中、从痛苦的经历中学习"。②如果这样来总结社会主义国家的历史教训,那么,执政党在治国问题上至少有以下几个关系明显处理失当,是直接影响了治国模式的法治选择的。

(一)"专政"与"法制"的关系

国家与法产生于相同的社会物质生活条件,无产阶级夺取政权后本应立即创建社会主义法制,这是巩固无产阶级专政,保证社会主义伟大事业继续前进的必由之路。然而,无产阶级政党在执政后采用什么方法治理国家才能达到长治久安,法律在这方面的作用如何,科学社会主义理论并未提供现成的答案,国际共产主义运动也来不及提供成功的经验。列宁在十月革命后的最初年代,曾经按照马克思主义的国家学说和巴黎公社的原则,为开创社会主义法制的理论和实践做出过重大努力,在领导苏维埃政权摧毁旧法制和建立新的革命法制,运用纲领性文件(《被剥削劳动人民权利宣言》)明确新政权的性质与任务,通过根本大法(苏俄宪法)确立苏维埃国家根本制度等方面,都取得了富于始创意义的成就。在苏维埃政权日趋巩固的情况下,列宁还及时提出了"加强革命法制"这个坚定不移的口号,③认为"拒绝用法令指明道

---

① 《马克思恩格斯全集》第36卷,第238页。
② 《马克思恩格斯选集》第1版第4卷,第458页。
③ 《列宁全集》第2版第42卷,第353页。

路"就是"社会主义的叛徒"。① 同时,为了有效地发挥法律的功能作用也采取过一系列强有力的措施,不但亲自起草、修改过一百多项重要的法律、法令、条例和决议,而且还提出了执政党领导立法、人民参加立法、严格执法守法、坚持法制统一和加强法律监督等许多重要的法制原则。但是,列宁在十月革命后的第七年便过早逝世,受当时复杂环境和各种原因的影响,他所做出的实际努力毕竟是有限的,不可能从政治体制和治国方略上解决好"专政"与"法制"的关系问题。

新中国成立后,执政党在这个问题上也同样存在认识误区,主要表现在对革命根据地时期的政策经验不加分析地绝对化,将它推广应用于全国,一开始就出现重政策轻法律的倾向;在实践中又把群众运动和遵守法制对立起来,认为按照法律办事"束手束脚","运动来了可以不要法"。由于党对如何在中国建设社会主义缺乏足够的思想和理论准备,建国初期这种认知失误不但没有及时修正,在党的八大以后反而不断受到指导思想的"左"倾错误的支持,后来竟发展到干脆以"政策代替法律",并公开主张"群众运动是天然合理的",索性用群众运动形式当做"专政手段",致使在"文化大革命"十年动乱中将法制搞得荡然无存。其实,毛泽东早在1945年回答民主人士黄炎培提出的共产党执掌全国政权后怎样才能跳出人亡政息的历史"周期率"问题时就正确指出过:"我们已经找到新路,我们能跳出这周期率。这条新路就是民主。只有让人民来监督政府,政府才不敢松懈。只有人人起来负责,才不会人亡政息。"②遗憾的是,这个正确认识在后来并未升华为党的治国理论,相反,在治国实践中却把"人民民主"变成了"阶级斗争为纲",以为"人民当家做主"和法制建设是对立的,巩固专政只能"由大乱而大治",结果把"法治"当做垃圾扫地出门。

(二)群众运动与法制建设的关系

无论在十月革命或新中国成立后的最初年代,新生的革命政权都曾面临过一个"旋风"时期或"疾风暴雨式"的时期,执政党在这样的特殊时期为了彻底打碎旧的国家机器,彻底砸烂旧法制,特别是为了粉碎

① 《列宁全集》第2版第36卷,第188页。

② 黄炎培:"延安归来",载《八十年来》,文史资料出版社1982年版,第148页。

资产阶级和一切反动势力的疯狂反抗和复辟企图,在治理国家的实践中一度重视群众运动形式,将依靠法制摆在第二位,这也是从实际出发,是完全必要的和可行有效的。倘若从理论上看,加强法制会不会妨碍群众运动?开展群众运动是不是一定要取消法制建设?两者的关系究竟是对立的还是统一的,对执政党治理国家到底会产生什么样的影响?不论哪个执政党,当时都没有引起足够的重视,更谈不上解决这类问题。甚至在"旋风"或"疾风暴雨式"的时期已经基本结束的情况下,仍继续坚持主要靠群众运动形式而不靠法制形式的治国模式。事实说明,这种做法绝不是什么解决"大乱达到大治"的好方法,而只能导致党的领导失控,社会陷入无政府状态,人民的政治权利和基本人权失去保障。

这个历史教训告诉我们,执政党治理国家必须注意处理好群众运动与法制建设的关系,绝不可把它们看成是互相排斥、截然对立的,否则法制必遭破坏,国将不国。本来,它们是完全统一的,关键是要处理得当。一般说来,总是先有革命的群众运动,取得革命胜利后才制定自己的法律;而不是先制定了法律,再发动群众运动,法律一经制定并付诸实施以后,又必定能够促进和保障群众运动的健康发展。无产阶级夺取政权、争得民主后,加强法制首先是要打击反革命势力和刑事犯罪分子的破坏活动,支持人民群众的革命斗争,保障经济建设的顺利进行。同时,也是为了使国家机关及其工作人员办事有法可依、有章可循,防止滥用国家权力,更有效地保护人民的民主权利和合法权益。历史已经证明,十月革命后制定的苏俄宪法、苏俄民法典和许多刑事法律,新中国的"五四宪法"和"惩治反革命条例"、"惩治贪污条例"等,都不曾有害而恰恰是有利于群众运动的。像新中国成立初期进行的镇压反革命运动以及"三反"、"五反"等一系列大规模群众运动,就是依法放手发动群众,群众运动必须遵守法制的有力例证。可是,中国在1957年以后又出现一种倾向,认为无产阶级专政可以不要法制,法制只会束缚群众手脚。有人还援引列宁在1906年针对资产阶级和无产阶级革命"旋风"时期讲过的一句话,即"专政的科学概念无非是不受任何限制的、绝对不受任何法律或规章拘束而直接凭借暴力的政权",①用来支持上面的看法。殊不知列宁这是针对立宪民主党关于人民革命不能破坏现行法律的谬论而说的,一是对待资产阶级国家的法律和规章,不直接凭借暴力就不可能实现无产阶级革命;二是指在某些情况下"对反革命作战的紧急措施",如国内战争和对反革命作战的情况要求超越法律界限,专政就"不应受法律的限制"。② 重要的是,列宁在革命"旋风"时期强调这个问题的同时,他就非常明确地指出,无产阶级夺取政权后必须彻底破坏整个资产阶级法制,坚定不移地加强新的革命法制,实行新的苏维埃法律,无产阶级专政也正是依靠这些法律的。由于对列宁的话断章取义和加以曲解,实际上便导致了我国刚刚起步的法制建设的突然中断,随后更是被无休无止的群众运动形式所取代,最终连已经制定的法律也成了一纸空文。这种情况在斯大林时期就曾有过,在中国更加突出,说明社会主义国家的执政党都没有解决好这个问题。

(三)执政党与国家政权的关系

共产党是无产阶级的先锋队、战斗司令部和最高组织形式,没有共产党的领导,就没有无产阶级革命的胜利和无产阶级专政的建立。正是在这个意义上,无产阶级政党在革命胜利后成为执政党和领导社会主义事业的核心力量,自然是马克思主义学说得出的必然结论。因此,执政党要领导国家作出一切重大决策,是绝不与其他任何政党分掌国家领导权的。执政党这种领导地位一经宪法确认便具有合法性,由此就产生一个与国家政府的关系问题,但国家宪法和法律并没有同时规定执政党与国家政权的活动范围和相互关系的一般规则,一开始就留下一个"边界失范"的空白,使二者的关系变得模糊不清。而在领导革命和建设的实践中,又把党领导一切变成了"高于一切"和"大于一切",国家权力都高度集中在执政党手中,结果便把执政党的领导职能和国家、政府职能混同和等同起来,并由此推导出"党政不分"乃天经地义,甚至引申出执政党可以享有"超越国家法律之上"的特殊权力的结论。这样一来,执政党要不要受国家法律的约束?要不要在其领导

---

① 《列宁全集》第1版第31卷,第318页。

② 《列宁文稿》第3卷,人民出版社1978年版,第103页。

人民制定的宪法和法律范围内活动？如此严肃重大的问题似乎便简单化了，因为在科学社会主义理论中找不到现成的答案，列宁虽有过一定实践但也没有找出解决问题的有效途径，于是这个极大疏忽便被服从党的"绝对领导"的观念所掩盖，成了长期以来不去认真考虑解决的一个重大问题。

执政党在处理党和国家政权的关系上之所以会出问题，而且出了问题又感觉不到它的危害性，当然也并非偶然现象。究其原因，在很大程度上是执政党对无产阶级专政学说作了片面科学性的理解，不恰当也不符合实际地强调了暴力专政的一面，因而没有把握住民主与法制这个精髓。新生的社会主义国家，所制定的宪法主要是用来巩固革命胜利成果，明确规定执政党领导地位的，至于执政党应该通过何种合法方式来担负领导权，实际又应该怎样领导人民治理国家和管理社会，国家政权则无法依照宪法对执政党实行法律约束的保障。换句话说，宪法只能规定执政党的法律地位，但对执政党如何"执政"，它就无权过问了。于是，"党政不分"不可避免，"以党代政"无人敢问，执政党与国家政权的正常关系自然同法治无缘。两种不同性质的职能被混同，大凡涉及法律方面的问题，本应由不同国家机构分别依法解决的，就只能在党的"统一领导"或"一元化领导"的名义下，由党的中央及地方各级党委"拍板定案"，或者由党的领导人"个人说了算"，至于这样做是否会影响国家权力机关和政府行政职能的正常发挥，是否会分散执政党统揽全局的注意力，这一切统统无关紧要。况且，执政党主要领导人同时就是国家元首或政府首脑，这就决定了"以党代政"的最终表现形式必然是"家长制式"的治国方式，只要一切听命于党的领袖人物，而民主与法律制度无法兑现并不重要。

马克思指出，"法律应该以社会为基础"，"应该是社会共同的、由一定物质生产方式所产生的利益和需要的表现，而不是单个的个人恣意横行"。① 然而，由于全国上下通行以党代政，执政党的政策和国家的法律之间的正常关系也就必然遭到破坏。在相当长的时期内，社会主流观点是党的政策"大于"或"高于"国家的法律，政策可"代替"法

---

① 《马克思恩格斯全集》第6卷，第289页。

律,因此政策是法律的"灵魂",法律不过是政策的具体化和条文化,不过是执政党的工具和手段。这样,党的政策与国家法律之间的法治界限就不见了,党的政策无须经过民主立法程序便可任意赋予国家法律的普遍效力,"以社会为基础"的法律便被以党的宗旨为出发点的政策所取代,社会主义法的性质和作用也被抹杀,法律作为"肯定的、明确的、普遍的规范"便变成了可有可无的东西。这个错误实践给国家民主与法律建设造成的最大危害就在于,它否定了法制的权威,将执政党凌驾于国家法律和国家机构之上,如果执政党一旦出现政策失误就必然导致法律苍白无力,而法制荡然无存,民主也就自然不能存在。以往这个教训足以说明,执政党和国家政权的关系是不能混为一谈的,"党政不分"、"以党代政"的做法只能破坏国家政治生活的民主化、法律化,动摇社会主义的根本制度。

(四)"人治"与"法治"的关系

古往今来,在治国问题上始终存在着"人治"与"法治"两种根本对立的思想主张和治国方式。作为治国思想,这样的争论在认识论领域里将永远存在下去,而作为治国方式,世界各国在它面前都将受到检验并作出选择。西欧国家在取得资产阶级革命胜利以后,率先顺应潮流完成人类史上由人治向法治的转变,进入了法治社会,鉴于这次转变所暴露出来的局限性和不彻底性,历史才又选择了无产阶级作为由人治彻底走向法治的直接承担者。不幸的是,执政党不加区分地将资本主义法律制度与人类法文化遗产统统当做被摧毁的对象,又把法治视为资产阶级独有的"专利",结果自觉或不自觉地拒绝了法治选择,有负历史赋予无产阶级的重托。尽管社会主义国家如苏联和中国,在历史上都长期受封建专制主义统治,经济上曾经是小生产方式占统治地位,但缺少民主与法律传统,不讲求科学与法治,以及人民对旧法制的仇恨心理特别强烈,所有这些历史现实因素绝不能成为执政党拒绝法治的理由。确切地说,在当时这种社会现实面前,执政党除了在思想上排斥法治以外,其中一个重要原因是在处理阶级、政党和领袖相互关系的问题上失去警觉,而新确立起来的领导制度、领导体制恰恰又在客观上造成党内民主生活的非正常化,助长了个人迷信的发展,这才使得党的治国方式最终嬗变为十足的"人治"。无独有偶,这种现象不但发生在斯大林时代的苏联,而且在毛泽东时代的中国更加典型突出。

毛泽东的人治观由来已久,早在新中国成立初期就已初露端倪。1958 年是他讲"人治"、"法治"问题讲得最多,也是讲得最充分的一年。在同年 8 月召开的协作区主任会议上,毛泽东说,法律这个东西没有也不行,但我们有我们这一套,还是马青天那一套好,调查研究,就地解决问题。又说,不能靠法律治多数人,多数人要靠养成习惯。民法刑法那么多条谁记得?宪法是我参加制定的,我也记不得。韩非子是讲法治的,后来儒家是讲人治的。我们每个决议案都是法,开会也是法。我们的各种规章制度,大多数、90%是司局搞的,我们基本不靠那些,主要靠决议、开会,一年搞四次,不靠民法、刑法来维持秩序。人民代表大会、国务院开会有他们那一套,我们还是靠我们那一套。在毛泽东讲这番话时,刘少奇插话提出,到底是法治还是人治?法实际靠人,法律只能作为办事的参考。① 在毛泽东看来,"人治"比"法治"好,他也确实是不喜欢西方法治的。他在 1973 年 11 月 12 日接见基辛格时对美国的"水门事件"很不理解,他轻蔑地把这个事件说成是"放屁"。② 1976 年元旦凌晨,他接见尼克松的女儿朱莉和女婿戴维·艾林豪威尔,当他听说在美国反对尼克松的人很多,还有人要求审判尼克松时,还特别加重语气说:"好。我马上邀请他到中国来访问。"③这个消息传到美国后,连费正清教授也对此评论说,"它使得美国人认为毛似乎支持和谅解一位违背美国宪章,犯有罪过而不光彩地下了台的总统。人们只能得出这样的结论:毛太不注重美国人的这些原则。"④

其实,毛泽东、刘少奇作为执政党领导人所主张的"法实际靠人"的人治,这一点同社会主义国家流行的"政治路线确立之后,干部就是决定的因素"的观点,以及我国古代儒家提倡的"为政以德"、"为政在人"的思想主张,并无区别。儒家讲"政者,正也","为政在人"强调是

---

① 转引自全国人大常委会办公厅研究室:《人民代表大会制度建设四十年》,中国民主法制出版社 1991 年版,第 102 页。

② 郭思敏:《我眼中的毛泽东》,河北人民出版社 1990 年版,第 285 页。

③ 于俊道、李捷:《毛泽东交往录》,人民出版社 1991 年版,第 454~455 页。

④ [美]费正清:《观察中国》,傅光明译,世界知识出版社 2001 年版,第 108 页。

正人先正己,并没有说不要法律;法家在过"以法治国"、"垂法而治"的主张,但强调的是皇权至上,是指皇帝在专制独裁条件下要靠法律手段来治民治吏和治国,实际上还是一人居于法律之上的"人治主义";而毛泽东、刘少奇主张的"法实际靠人",就是只重视人的作用而轻视法的作用,只重视"为政以德"而轻视法律制度的建设,仅仅把治理国家当做一种政治统治而忽视了管理,因此既强调"政治挂帅"又特别注意专政的一面,既号召"思想领先"又要求不断"斗私批修"和"兴无灭资",结果把执政党的治国方略导入了儒家传统的误区。必须指出的是,毛泽东为实现他的治国主张的确付出了巨大努力,甚至在"文化大革命"中他还公开提出"要人治,不要法治"的口号,虽然也只是主观上有"为民做主"的愿望,但最终还是把自己置于宪法和法律之上,没有能够避免"和尚打伞,无法无天"所酿成的历史悲剧。这就不难理解,毛泽东所依靠的这"一套"并不是毫无边界的,这个"边界"就是要看能否实现他个人"说了算"的领导方式,"能"则可以导向一种重视人的因素,"不能"则靠"个人崇拜"、"领袖权威"来运动群众,"打倒一切"。同样,透过这个教训也不难发现,执政党治理国家采取个人权威型、封建家长型这种"人治主义"方式是很不得人心的,它与民主政治背道而驰,同法治相冲突,永远满足不了社会主义民主制度化、法律化的要求。邓小平说,"制度好可以使坏人无法任意横行,制度不好可以使好人无法充分做好事,甚至会走向反面。即使像毛泽东同志这样伟大的人物,也受到一些不好的制度的严重影响,以致对党对国家对他个人都造成了很大的不幸"。①

二、执政党治国方略的再认识与理性选择

历史是无情的。苏联和东欧国家的社会主义事业毁于一旦,偌大一个中国曾被林彪和"四人帮"弄得魔舞妖颠,很重要的一个原因,就是执政党在法制建设上出现严重失误,治国方式选择了人治,致使社会主义制度动摇了根基。对于关心社会主义前途和命运的人们,尤其对

---

① 《邓小平文选》第 2 卷,第 333 页。

正在探索如何振兴社会主义的执政党来说,为了更加科学地把握社会主义的发展趋势和历史命运,展望未来,就必须在总结过去经验教训的基础上,立足于"法律是一种政治措施,是一种政治"的高度,①把执政党治国方略的理性选择摆在恰当的位置上,经过再认识达到深探力取,从而把这个问题解决得更好一些。

(一)共产党执政历史经验的法治思路

共产党执掌国家政权后的第一件大事,应是立宪为先,依法定制,设官而治。社会主义国家的执政党大都这样做了,但又都做得不够好。主要是在治理国家的问题上把专政与法制对立起来,混同执政党领导与国家政权的关系,因此宪法对执政党的活动范围、活动方式规定的有效约束机制显得无能为力,新的国家制度并不能将执政党的主要注意力从"阶级统治"引向按阶级的共同意志进行"阶级管理","官"、"民"在法律面前人人平等的原则也被忽视,更没有适时地实现由革命法制向法制建设的重点转移。可以说,由于执政党一开始就对如何合理运用和有效控制公共权力的问题缺少思想准备,未曾获得自由自觉的主动权,因而是不可能明确地对治国方式进行法治思考的。

人心思治,人心思法。"治"和"法"这种天然内在联系,从来就是人类认识自我、统治阶级探索立国之本和治国之道想回避也回避不掉的重大问题。然而,在社会主义由理论变为实践,又由一国实践变成多国实践,直至社会主义国家形成同资本主义相对立的两个强大阵营的情况下,执政党这时却恰恰独尊单一的社会主义发展模式,看到的只是社会主义发展中取得的骄人记录,并不曾探索过社会主义在本国的具体形式问题,这是根本觉察不到法律与治国方式之间这种天然内在联系的。如同1492年哥伦布发现新大陆使东西两半球会合,就意味世界已开始面向全球化时代一样,由于过去的五百年内历史记录的仅仅是世界局部力量融合所引起的冲突与融合,更多的却是战争、瘟疫和灾难,而到了20世纪90年代初人们看到的则是一番别有洞天的景象,是市场经济和信息传播的全球化,是一种超越国家和国界的力量在起作用,所以这时人们才明显觉察到当今世界的确是进入了全球化时代。

---

① 《列宁全集》第2版第2卷,第140页。

执政党对法治的认识也大体如此。正当社会主义世界同资本主义世界泾渭分明,政治制度和意识形态壁垒森严,社会化大生产还尚未发展到足以冲破国家和地区的限制,尤其东西方经济关系中相对隔绝和对峙的冷战状态持久激烈的时候,执政党都把自己的主要精力放在办好本国的事情上,是不可能强烈地意识到法治和民主同是当今各国社会运动的一般性要求的。而现在情况就不同了,世界大多数国家包括社会主义国家在内都被裹胁进入全球化时代,都被卷入市场国际化的洪流,至少在发现市场经济的同时也重新认识了法治,所以对于法在治理国家中的地位和作用问题也就自然可以被纳入思路了。

在这里必须指出,不管执政党过去对法治存在何种认知困难,也不管选择人治出于何种主观偏爱,实际上从社会主义国家成立那一天起,这种崭新的国家形式或政权形式就已经同"法治"结下了不解之缘。比如反映在国家结构形式上,马克思主义一般主张建立民主集中制的单一制共和国,认为它是一种"历史的进步",裨益社会生产力的发展,有助于国家的团结和统一,并且在实际上能给地方比联邦制更多的民主与自由。这就是新中国成立后采用单一制国家结构形式的理论依据,并在单一制国家范围内依靠实行民族区域自治制度来解决民族问题。而十月革命胜利后的俄国,苏维埃的国家结构形式也是单一制民主共和国,后来发展为苏维埃社会主义共和国联盟,同样也符合马克思主义,因为马克思并不一概否认联邦制,认识在某些"例外"情况下(如民族矛盾突出的国家)也可以采用联邦制。社会主义国家采用民主共和国政体这种"现成的政治形式",恰恰就是在政权性质上与现代法治连接起来了。

在社会主义国家,为无产阶级政党的发展历史和革命斗争经验所决定,尽管随着社会主义事业的勃兴也曾出现过执政党转变治国领导方式的趋势,但要求放弃长期以来已经熟悉和习惯的行政领导方式,一跃而进入法治领导,的确又是一个两难选择。而这个转变也不是单纯依靠改变领导方式就能奏效的,关键是要看执政党有没有树立正确的马克思主义法律观,能不能把法律观同国家观统一起来,进而把握"领导"与"法治"的内在联系,妥善处理好民主与法制、政权建设与法制建设的关系。这一点至关紧要,实际上它是执政党治理国家的本质反映,也是作出法治选择的先决条件。列宁曾不止一次地指出,"在党的代表大会上是不能制定法律的","意志如果是国家的,就应表现为政权机关所制定的法律",并且要求苏维埃各级干部学会"根据法律管理国家",成为"严格按照法律办事的模范"。可惜的是,列宁较早揭示的领导与法治内在联系的重要思想在其晚年来不及得到进一步阐发,也没有引起布尔什维克党的足够重视,甚至还被有些执政党有意隐去或回避了。

(二)治国方略法治选择的必然

无产阶级专政采用民主共和政体,同"资产阶级统治的正规形式"一样,自然也属于法治型的统治模式或治国形式。始初,这种政治体制是稳定的,对保障社会主义建设的顺利发展起到了决定性的作用。尽管如此,但由于共和国的基本形式和宪政制度的基本原则并没有获得可靠的保障和实现,尤其国家内部权力结构的实质内容和具体制度并不完善,所以原本法治型的现行政体仅仅是个发端或起点,反映在执政党治国方式上不可能发展成为名副其实的法治。从苏联和东欧国家蜕变前的情况看,社会主义国家的统治模式虽然顺应历史潮流也含有法治选择的因素,但却没有解决现代社会中法律应具有的至高无上的地位问题,还不是一种依据法律进行治理的社会;反映于国家内部权力结构,理论上一切权力属于人民,人民是国家和社会的主人,但实际上政权机构如何组成,权力如何分配和制约,各种权力的运转和行使应遵循什么原则,社会各种力量通过何种途径和方式来参与国事,以及参政议政的效力又如何,这一切都直接掌握在执政党手中,也不具备现代法治赖以实现的国家向下转移权力结构的要求。所以,社会主义国家的治理方式向着原有发展起点的反方向发展,最终走上了人治道路。这种结局的出现同社会主义基本制度没有必然联系,主要是和国家领导体制相关,而起决定性作用的原因,就是没有解决好权力与法律的关系。

治理国家必须以制度为依托,制度对采用何种方式治理国家具有决定性和稳定性的意义,但它需要以国家权力为中介,"有权支配"对执政党来说才是最要紧的。这个权力是人民依法确认和赋予的,权力的操作运行最终表现为执政党担负国家领导权,并具体化为国家对社会的整个法律管理活动体系。于是,如何处理权力与法律的关系,就成为衡量不同类型的国家治理方式的基础性判据。本来,国家政权和法律制度是社会控制体系的核心部门,都富于国家强制力的特征,它们对构成这个系统的道德、宗教、文化艺术和思想舆论等其他因素有着决定性的影响。但由于执政党实行的"人治"是以权力为轴心,又以行政等级秩序为纽带的,这就使得权力可以不受法律限制或凌驾于法律之上,权力行使主体也可以置身于法律之外,最终就变成了绝对权力和不确定的权力。这样,就大大地限制了国家结构功能和法治结构功能在治理国家中的应有效应,把人治变成了权力之治,个人之治。

鉴于执政党治国历史过程中暴露出来的种种弊端,实在有必要经过反思和觉醒,并通过改革的途径重新对治国模式作出理性的选择和安排。走向法治其势必然,舍此是没有出路的。

其一,依法治国是历史发展的趋势。历史唯物论认为,每一个时代的经济、政治不但决定这个时代的社会意识,而且这种社会意识同以往时代的社会意识还具有一定的历史联系性和继承性。现代法治作为一种治国理论或治理模式,就是需要这样认真对待的问题。按照马克思主义国家学说,国家政权的内部职能具有两重性:一是执政党要运用国家政权压迫被统治阶级,维持其统治地位,保护自身的社会政治经济利益;二是执政党要行使国家和社会的管理职能,发展经济、科学技术和文化教育事业等,维护其社会秩序,保证国家长治久安和促进社会持续发展。国家的性质可以不同,但这两种职能是共同的。前一种职能因阶级属性完全相反,是不能继承的;后一种职能为不同国家制度在执行社会管理方式的相同或相似之处所决定,是能够继承的,无产阶级完全可以借鉴资产阶级的某些统治经验和管理形式。比如,资产阶级在反封建专制的宪政运动中提出的保护公民权利、限制政府权力的"要法治,不要人治"的基本口号;资产阶级确立的一些法治原则,如"主权在民"、"分权制衡"、"法律面前人人平等"和"罪刑法定",等等。它们无一不体现对封建专制的批判与否定,构成民主政治的核心内容。还有,资产阶级法治中的代议制、普选制和公务员制度等,对确立议会的立法权威地位,保证国家公职人员必须面对社会、对社会负责并接受社会监督,以及对实行用人制度的法律化都是具有积极意义的。这些反映现代法治实质所在的东西,执政党在否定其阶级属性以后,无疑能为社会主义法治所批判汲取,达到"为我所用"。列宁说,"我们不能设想,除了以庞大的资本文化所获得的一切经验为基础的社会主义以外,还有别的什么社会主义"。列宁在谈到执政党管理国家的问题时更加明确指出,"我们不向资产阶级学习,又应该向谁学习呢?资产阶级是怎样管理的?当它还是统治者的时候,它是作为一个阶级来管理的"。这里讲的"阶级管理",就是指按阶级的共同意志来管理,按体现阶级共同意志的法律来管理,而不能是任何个人的为所欲为。据此可以认为,依法治国与现代法治间的历史联系和批判继承,恰恰反映了人类走向法治的趋向,依法治国将是一种更高层次的理性选择。

其二,依法治国是社会主义制度趋于完善的重要内容和鲜明标志。就国家管理而言,执政党及其领导的政府是人民利益的忠实代表,但有史可鉴,倘若没有法定程序和制度的保障,未必就能完全履行为人民服务的宗旨。实际情况正是这样,执政党按照人治方式治理国家所积累下来的许多社会问题和现实矛盾,足以说明社会主义制度还是不够完善的。本来,执政党的意志应该包含在国家政权的意志之中,但长期以来党的领导方式与国家的统治模式并不和谐一致,政治体制内隐法治要求是一回事,治理国家实行家长制式的人治又是另外一回事。这样,人民当家做主却又不能"以法治权",社会主义制度的政治民主性就失去了法制保障,不能不给物质文明建设和精神文明建设带来一定的影响。

实现权力法治化,是依法治国的关键。一般说来,限制国家权力主要不外乎包括这样一些内容,即依法设定取得行政权力的合法程序和必要条件,依法界定行使行政权力的合法行为模式,以及依法对行政主体超越权限、滥用权力或消极不履行法定职权的行为追究法律责任。当然,这不是实现权力法治化的全部内容,还需要相应建立和健全国家的权力制约机制。我们不采用资产阶级根据"以权力约束权力"的原则建立起来的"三权分立"制度,而是根据本国国情实行"议行合一"的制度,它的特色就在于建立社会直接制约的机制,重心放在保护国家权力机关对国家其他行政机关的决定和制约作用上面,最终是要达到社会控制国家的目的。可见,执政党这个思路是完全正确的,只是暂时在政治体制方面还存在比较多的问题,还需做出巨大的实际努力,人民才能真正依法"保护工人免受自己国家的侵犯"。[①] 为了充分展现社会主义制度优越于资本主义制度,治理国家重要的一条,就是必须坚持深化政治体制改革,依靠社会主义制度自身的力量实现自我完善,真正走上法治道路。

其三,依法治国是实现社会主义现代化的必要条件。首先,现代化与法治关系密切。现代化是个含义广泛的范畴,我们常说的"四个现代化"并不是它的全部内容,除这些物质技术现代化的具体内容外,还包括法律和制度的现代化,特别是人的自身、人的素质和观念的现代化。现代化不仅仅是个经济建设问题,它涉及社会生活各个领域,乃至这些领域的深层变革问题。作为现代化一个重要组成部分的法治,它渗透现代化各个领域,构成现代化的必备条件。离开了社会主义法治,也就没有社会主义的现代化。其次,依法治国是发展社会主义市场经济的内在要求。就转变政府职能来说,要求依法明确政府管理经济的职权范围的行为方式,真正实行政企分开,并依法建立起实现宏观调控的决策系统、监测预警系统、行政监督系统和法规系统,实现组织系统的法治化。就管理而言,要用法律手段解决政府行为失范的问题,更要将管理市场经济的各种手段都纳入法治轨道,以实现国家经济管理的制度化、规范化和程序化。此外,培育市场、转变产业经营机制、活跃市场主体和建立统一的市场体系,也都有赖于社会主义法律体系、法制体系的建立和健全,没有一套完整的现代市场组织体系和法律制度,是断然实现不了预期目标的。还应看到,以交换价值为取向的市场经济既可刺激生产力的发展,同时又内隐产生消极因素的可能性。尤其我国市场经济起步较晚,目前又处在新旧两种体制交替的转型时期,就更加容易出现各种混乱、消极、腐败的现象,实行依法治国的迫切性也就更为突出。

其四,依法治国是社会主义民主政治建设的总体目标和必然要求。现代民主政治的主要特点是,国家的权力主体是人民而不是正在行使权力的国家政府机构,国家政府机构只是权力主体实现管理国家和社会市场的工具;公民在政治、经济、文化和社会生活各个方面享有完全

---

① 《列宁全集》第 2 版第 40 卷,第 205 页。

平等的权利,并通过权利和义务相一致的原则来实现平等;民主政治在本质上是一种程序政治,只有按法定程序参与政治,才能真正形成公平竞争、稳定合作的民主秩序;政治过程必须是开放的和透明的,公民才有机会参政、议政和督政。为这些主要特征所决定,实现民主政治是社会主义国家的基本国策,也是社会主义制度文明的重要标志。制度文明包括政治文明和法治文明,它们和物质文明、精神文明一起,完整地体现了社会主义的总任务和奋斗目标。所以,依法治国是建设民主政治的内在要求,离开了依法治国也就离开了民主政治建设的总体目标。

(三)"依法治国"思路的形成和依据

在中国,没有粉碎"四人帮"的胜利和"文化大革命"结束后的反思,没有法学界的拨乱反正和法制建设的新觉醒,也就没有执政党依法治国思想的提出。"依法治国"就是实行法治,而且是中国共产党在新时期重新寻找治国道路得出的具体答案,是具有本国特色的一种法治选择。这个治国思想或治国方针的提出,从根本上改变了执政党治理国家的传统方式,揭开了中国社会主义法制史上崭新的一页。同我国改革开放的发展过程相适应,执政党治国思想的法治选择也是渐进式的,因而构成有中国特色社会主义理论和实践的一个重要方面。

1. 依法治国思想的形成过程

以党的十一届三中全会为起点,从发展时段看,执政党提出"依法治国"的思想大体上经过了以下步骤:

(1)在粉碎"四人帮"以后的两年徘徊时期,执政党面临十年动乱积累下来的许多严重的政治问题和社会问题,虽然重建党和国家正常生活秩序是百废待举、百业待兴的艰巨任务之一,但由于党的指导思想没有根本转变,党的十一大并不能克服"左"倾错误的严重干扰,领导五届全国人大一次会议进行的修宪活动也不可能彻底地恢复宪法原则。当时全国人民思治思法,迫切要求加强法制,但执政党的治国思想仍处于游移状态。

(2)以党的十一届三中全会为伟大转折和主要标志,在邓小平理论指导下,纠正"文化大革命"及其以前的"左"倾错误,全国拨乱反正,恢复实事求是、解放思想的传统和路线,实现全党全国工作重点向现代化建设的转移,要求改革一切不相适应的管理方式、活动方式和思想方式,重新论述民主与专政、民主和集中、民主和法制问题,强调加强社会主义法制并使民主制度化、法律化,提出"法律面前人人平等",确立社会主义法制的基本原则,向着法治迈出了坚实的一步。全会以后,立法工作被摆上全国人大及其常委会的重要议程,在短短的四个月内,首批制定了《刑法》、《刑事诉讼法》等七个重要法律,为依法治国创造了一个良好开端。1979 年中央 64 号文件明令取消党委审批案件的制度,首次提出要实现"社会主义法治"方针,进一步表明了执政党的法治意向。

(3)进入 20 世纪 80 年代以后,党和国家领导人叶剑英、彭真等多次提出要"以法治国"和"厉行法治",提出搞现代化要学会运用"经济杠杆"和"法律手段",要运用法律手段为现代化建设和改革开放"保驾护航"。至 1982 年 9 月党的十二大胜利召开,随着全面开创现代化建设新局面的纲领的制定,执政党把建设高度民主当做社会主义的根本目标和根本任务之一,进一步强调民主建设与法制建设的统一,加快实现民主制度化、法律化的实际步骤,提出严格执法和知法守法,并将"党必须在宪法和法律的范围内活动"这条极重要的原则写进了党的新章程。党的十二大关于治国思想和治国方式的重要决策和举措,在许多方面发展了马克思主义的国家观与法律观,并与现代法治相接近,标志着执政党已开始做好领导方式向法治转变的思想准备。

(4)1984 年 10 月党的十二届三中全会通过《关于经济体制改革的决定》,在总结建国后特别是十一届三中全会以来经济改革经验的基础上,在理论上突破了把计划经济同商品经济对立起来的传统观点,提出了公有制基础上的有计划商品经济的新概念。根据这个基本理论与基本实践,对于改革中出现的许多民法、商法问题主要不再靠行政手段而是通过民事立法的途径来解决,这说明执政党已开始把民主与法治同商品经济联系起来考察,实际上无异于率先在经济领域迈开了依法治国的步伐。

(5)1987 年党的十三大明确提出,"法制建设必须贯穿于改革的全过程",强调实行"党政分开"是政治体制改革的关键,并且为解决权力过分集中的现象,又进一步在下放权力、实行政企分开和改革政府机构方面作出了许多决策,并对如何完善社会主义民主政治的若干制度提出了新的要求。这就说明,执政党决心将依法治国推向全国各个方面,包括民主和专政的各个方面。1989年夏天经过那场政治风波之后,同年9月江泽民在和中央第三代领导集体其他成员举行的中外记者招待会上再次重申,"我们绝不能以党代政,也绝不能以党代法","我们一定要遵循法治的方针"。这是执政党治国思想的升华,经过二十多年的治国实践探索,完成了由"法制"到"法治"一字差的深刻转变。

(6)以1992年初邓小平南巡谈话和党的十四大为新的发展起点,执政党在找到中国实现现代化道路的正确答案的同时,发现了市场经济也就发现了法治选择的客观必然。1997年党的十大明确提出"依法治国,建设社会主义法治国家"的治国方针,把依法治国与法治目标结合起来,完成了执政党治国方略的理性选择,标志着中国从此走上了法治道路。

"前事不忘后事之师"。这是历史反思的结果,又是时代新觉醒的里程碑。执政党完成这次历史性选择的时间不算太长,但依法治国的初步实践已经充分表明:在我国实行社会主义法治根基深厚,意义深远。一方面,我国社会主义法律体系的基本框架已经初步形成,实行法治的时机和条件极好,依法治国是具有充分客观依据的;另一方面,执政党作出法治选择以总结以往的经验教训为前提,思想和理论的准备都很充分,提出依法治国是具有坚实理论基础的。

2. 依法治国的理论依据

党的十一届三中全会以后,邓小平在总结国际共产主义运动和我国革命与建设正反两方面经验教训的基础上,最早提出依法治国的思想和原则,并从理论和实践的结合上作了全面深刻的论述。他说,"为了保障人民民主,必须加强法制。必须使民主制度化、法律化,使这种制度和法律不因领导人的改变而改变,不因领导人的看法和注意力的改革而改变。现在的问题是法律很不完备,很多法律还没有制定出来。往往把领导说的话当作'法',不赞成领导人说的话就叫'违法',领导人的话改变了,'法'也就跟着改变"。① 1980年8月,邓小平在中共中央政治局扩大会议上的讲话中指出,"我们过去发生的各种错误,固然

────────────

① 《邓小平文选》第2卷,第146页。

与某些领导人的思想、作风有关,但是组织制度、工作制度方面的问题更重要……我们今天再不健全社会主义制度,人们就会说,为什么资本主义制度所能解决的一些问题,社会主义制度反而不能解决呢?这种比较方法虽然不全面,但是我们不能因此而不加以重视。斯大林严重破坏社会主义法制,毛泽东同志就说过,这样的事件在英、法、美这样的西方国家不可能发生。他虽然认识到这一点,但是由于没有在实际上解决领导制度问题以及其他一些原因,仍然导致了'文化大革命'的十年浩劫。这个教训是极其深刻的。不是说个人没有责任,而是说领导制度、组织制度更带有根本性、全局性、稳定性和长期性。这种制度问题,关系到党和国家是否改变颜色,必须引起全党的高度重视"。① 邓小平同志还强调要实行党政分开、克服以党代政的现象,指出"法律范围内的问题应该由国家和政府管",②"党干预太多,不利于在全体人民中树立法律观念",③"政治体制改革包括民主和法制",④"要通过改革,处理好法治和人治的关系,处理好党和政府的关系。党的领导是不能动摇的,但党要善于领导,党政需要分开",⑤"我们要在全国坚决实行这样一些原则:有法必依,违法必究,执法必严,在法律面前人人平等"。⑥

邓小平的这些精辟分析,从根本上揭示了一个颠扑不破的真理:工人阶级政党作为执政党只有实行依法治国,才能巩固无产阶级专政的国家政权,发展社会主义,保证国家的长治久安和兴旺发达。这个真理体现了邓小平民主与法制思想的精髓,构成我们执政党实行依法治国方略的理论依据,在社会主义制度下,像邓小平同志这样面向世界和未来,高屋建瓴地看待法治问题的极端重要性,以非凡的理论勇气阐明执政党治国方略法治选择的历史必然,在科学社会主义和党的发展史上从来未曾有过,这是对马克思主义国家与法的学说的重大发展。

---

① 《邓小平文选》第2卷,第333页。
② 《邓小平文选》第3卷,第163页。
③ 《邓小平文选》第3卷,第163页。
④ 《邓小平文选》第3卷,第224页。
⑤ 《邓小平文选》第3卷,第177页。
⑥ 《邓小平文选》第2卷,第254页。

（四）法治是时代发展走向

国际工人运动蒙受重大挫折后,社会主义目前在世界范围内正处于低潮,它与资本主义之间的力量对比关系发生了巨大变化。但是,世界经济一体化的趋势不可逆转,和平与发展仍然是当今世界的两大主题,国际政治经济新秩序的格局亟待形成并正在形成,洲际之间、国家之间相互依赖的程度日渐紧密,以国际经济新秩序的法律表现形式为中介,人类走向法治已成为全球化时代的一个鲜明标志。在这个时代,不但有着法治传统的西方国家依然固守法治原则,试图经过新的努力来完善其法治国的框架设计,而且连专制主义和人治传统根源深厚的东方国家也先后同法治结缘,开始引进现代法治的理念、原则和制度,思考治理国家的法治选择了。在市场制度国际化和信息传播全球化的伟力推动下,世界大多数国家比以往更加重视各国历史经验,认识到任何一个国家要实现经济现代化,除了必须有一个在国家宏观调控下对资源配置起基础性作用的经济体制,有一个富于现代意识并致力于实现现代化的政府系统外,不能没有一个足以保障经济正常运行和社会政治稳定的法治环境。可见,一个国家是否选择法治固然同本国的政治法律制度紧密相关,但影响作出法治选择的经济因素同样是不可忽视的。法治之所以是全球化时代的发展走向,除了民主与法治已成为当今各国社会运动的一般性要求外,还有一个起着重要作用的因素,就是市场经济在本质上为"法治"经济,不走法治道路就不能实现现代化。

第二次世界大战即将结束时成立的联合国,半个多世纪以来所通过的许多重要国际文件,如《联合国宪章》、《世界人权宣言》和《国际人权公约》等几十个重要宣言和公约,无一不构成人权保护的法律依据和重要形式,体现国际法治的重要内容。1959 年在印度召开的国际法学家会议,曾围绕当代法治展开过热烈讨论,会上形成的《新德里宣言》更是集中反映了多数国家对现代法治的共识。《新德里宣言》把法治原则几个方面的主要内容概括为:"(1)立法机关的职能是创造和维持个人尊严得到维护的各种条件,并使'人权宣言'中的原则得到实现。(2)法治原则不仅要规范行政权力的滥用,也需要有一个有效的政府来维持法律秩序,但赋予行政机关以委任立法权要有限度,它不能取消基本人权。(3)要求有正当的刑事程序,充分保障被告辩护权、受公开审判权、取消不人道和过度的处罚。（4）司法独立和律师自由。司法独立是实现法治的先决条件，法律之门对贫富平等地开放，等等。"①尤其值得一提的是，世贸组织（WTO）已于 1997 年年底正式开始运作，它又进一步为国际社会提供了许多新的市场规则，将大大有助于促进民族国家和国际社会的法律接轨，也有助于推动国际法治的发展。

现在，各国不同程度和不同规模的法治实践表明，每个国家立法中体现的法治精神已愈来愈突出，宪法和法律至高无上的地位也体现出以法为先、宪法为本，崇尚宪政精神是建设法治国家的一个首要标志。宪法是现代法治的原点和基点，必须按照宪法的民主精神和基本原则来治理国家，巩固确立人民权力至高无上的地位，保障公民和各种社会组织的宪法权利的充分实现，提供权利救济的可靠手段，依法使宪法授予政府的各种权力得以有力维护和有效制约，防止权力的滥用，在全体公民中培养和增强宪法意识，保证宪法的最高权威在全国上下畅行无阻。同时，还要求以宪法为核心制定完备的法律体系，切实解决好治国利民"有法可依"的问题。

现代法治要求恪守法制统一和法律普遍有效遵循的原则，维护宪法和法律的尊严。任何国家机关、任何政党特别是执政党及其领袖人物，都必须在宪法和法律规定的范围内活动，都必须严格依法办事，坚持有法必依、执法必严、违法必究，绝不允许任何组织和公民个人享有凌驾于宪法和法律之上的特权。

现代法治坚持"依法定制"，包括宪法、法律和行政法规的制定和实施，政府机构和司法组织的设置，国家领导制度、组织制度、司法制度和其他各项具体制度的确立，国家公共权力的运行和控制，以及国家公职人员的编制、职务、权限、考核、奖惩和职务行为模式等，都必须按照民主与法律程序行事，实现民主制度化和制度民主化，以保证制度和社会的稳定，以及民主政治和人权的充分实现。

现代法治坚持"法律面前人人平等"的原则，要求所有公民都必须毫无例外地遵守宪法和法律，按照平等的原则办事，依法平等享有权利和履行相应的义务，每个公民的合法权利和利益都同样受到法律的保

---

① 李步云：《走向法治》，湖南人民出版社 1998 年版，第 74 页。

护,违法犯罪时适用法律平等,绝不允许任何人违反宪法和法律而不受法律制裁。

现代法治要求保证司法独立,使司法机关能够依法独立行使国家审判权、检察权,行政机关能够依法行政,法律监督机关能够依法实行监督,不受任何组织或个人的干预,以便维护法律的权威,确保司法的公开、公平和公正。

现代法治为其固有的含义和要求所决定,它具有社会公正性、政治民主性、权利平等性和法律权威性的本质特征,从来就是人类社会文明和进步的重要标志。"法治"的重要性愈来愈成为人们的共识,多数国家也莫不都在向往法治,原因在于大家深信这种制度文明一旦得以建立起来,就能有效地实现政治的长期稳定,经济的持续发展,社会的全面进步,并能使正义得到伸张,人权获得可靠的保障。

(五)依法治国与现代法治

我国实行的社会主义法治,属于现代法治的范畴。社会主义国家采用民主共和政体,作为同君主政体或专制独裁政体相对立的一种统治模式或政治形态,它本身就内含法治选择意向,要求实行民主政治。用恩格斯的话来说,共和国是"资产阶级统治的正规形式",①也是无产阶级及其政党"将来进行统治的现成的政治形式"。② 当然,社会主义法治与现代法治的联系主要不在于民主共和制政体形式,而是取决于它的内容是怎样把这两种治理国家的法治形式融合在一起的。由于社会主义法治的建立晚于现代法治,但基于共和国的基本形式和民主宪政制度的规定,这两种法治形式之间存在着一种历史性联系,所以现代法治确立的许多内容、原则和制度,都可以为社会主义法治兼容接纳和批判吸收。何况社会主义法治又是适应现代法治潮流而勃兴的,它本身就是这个动态流向的一个组成部分,自然就交叉融合于现代法治之中了。只不过中西法文化传统的历史特点不同,人治与法治的分野与走向有别,加之社会主义法治的建立历尽艰难曲折,作为一种新的法治理论和治国实践,还有许多重大问题尚待探索或正在摸索之中,这就决定了

---

① 《马克思恩格斯全集》第 7 卷,第 402 页。
② 《马克思恩格斯全集》第 4 卷,第 508 页。

社会主义法治并不等于现代法治,而是具有中国特色的社会主义法治。

社会主义治国模式或社会主义法治,是现代法治的高层发展和理想形态。所谓"高层发展",就是社会主义法治的起点高,它始于现代法治就可避免少走不少的弯路,缩短自身理论构建的探索过程,有助于较快地经过分析比较和有机综合的途径,成功克服现代法治历史遗留下来的靠其发展又难以避开的局限性,从而通过社会主义制度的自我完善,找到解决国家内部权力结构合理有效调控和实现宪政基本制度的可靠办法,把现代法治理论及其实践推向一个新的更高层次的境界和水平。所谓"理想形态",就是我们的法治定位是社会主义法治,它建立于社会主义公有制为主体、多种所有制经济共同发展的经济基础之上,政治基础立足于以宪法为核心的社会主义法律制度,最高原则是一切权力属于人民,政治原则是多党合作、政治协商和"一国两制",又实行民族区域和基层自治的原则,目的是建设社会主义法治国家,为实现富强、民主、文明的社会主义国家的总任务而奋斗。所以,社会主义法治在根本性质上又区别于现代法治,它应是有着更高要求、更加理想的现代法治。

(六)依法治国的核心内容与基本要求

党的十五大明确提出:"依法治国,就是广大人民群众在党的领导下,依靠宪法和法律规定,通过各种途径和形式管理国家事务,管理经济文化事业,保证国家各项工作都依法进行,逐步实现社会主义民主制度化、法律化,使这种制度和法律不因领导人的改变而改变,不因领导人看法和注意力的改变而改变。"[①]这是对"依法治国"方针的科学概括,也是对"依法治国"核心内容的完整表述。从这里不难看出,为现代法治基本含义和社会主义法治本质要求所决定,"依法治国"必须是全面的而不是片面的,是全国规模的而不是局部的,是长远之计而不是临时举措。具体说来,依法治国作为执政党治理国家的法治方略,它的内容构成有如上述包括法治的主体、前提、途径、对象和目的要求在内,都十分明确而又肯定,必须根据这些内容的各个方面的内在联系,认真

---

① 江泽民:"在中国共产党第十五次全国代表大会上的报告",载《中国共产党第十五次全国代表大会文件汇编》,人民出版社 1997 年版,第 31 页。

贯彻执行才能发挥法治的整体效应,成为名副其实的法治。

依法治国,实行社会主义法治,这是有特色的现代法治。换句话说,如果把治国方略的手段(依法治国)同目标(建立法治国家)统一起来考察,那么,社会主义法治的主要内容或核心内容就不是"依法治国"概念所能替代的,作为完整的治国方略至少这样几个方面是缺一不可的:一是基础性条件需要建立健全一整套民主制度和法律制度;二是运作过程需要始终贯彻学法守法、崇法护法、严格执法、自由安全、公平公正和法律面前人人平等的原则;三是法治机制需要在立法、司法、行政执法、法律监督和法律中介服务等各方面严密配套和相互制约;四是基本要求或关键环节是需要解决依法行政和依法独立行使司法职权的问题。所以,讲依法治国就是讲实行法治,就是要经过依法治国了解社会主义法治,探索我们党提出的社会主义法治理论。

依法治国的基本要求也就是社会主义法治的基本要求,从我国实际情况出发,同时借鉴现代法治的有益经验,把依法行政和依法独立行使司法权两个问题作为关键环节来解决,是具有特殊重要意义的。

首先,依法行政是衡量现代法治国家的重要判据和根本标志。目前,我国政府正在全面推行依法行政,鉴于以往政府行为严重失范、行政执法无度乃至权力失控的情况至今依然突出,行政至上、行政干预的现象屡有发生,"权"与"法"的关系被扭曲颠倒,依法行政实际上已成为影响依法治国的一个关键问题。改革开放以来,国务院已制定的行政法规就达到800余件,国务院各部门和地方各级人民政府已制定的行政规章更超过30000余件,现在的主要问题不是无法可依而是有法不依,执法不严,滥用权力,行政执法程序缺少统一性和规范化,执法效率不高又无时限制约,行政执法行为是否发生法律效力并无明确的主体要件和程序要件的要求,尤其对违法行政和以权谋私的现象难以纠正。固然,这种情况同现有行政法规体系的内部结构不尽合理有关,但问题主要还是对政府各级领导行为缺乏有效的法律调控。必须看到,领导行为原来就具有两重性,即具体表现为与领导体制相联系的职务行为,以及作为一般社会成员所共有的行为特征和行为规律的非职务行为。在行为过程上,领导职务行为更多地受国家偏好政治结构的制约,具有追求组织目标的趋向,而领导的非职务行为所受的制约和影响要少得多,无不具有追求个人目标的欲望。因此,现代法治国家普遍注意到领导行为两重性的矛盾统一过程和实际情况,十分重视运用法治手段调控领导职务行为。在我国,随着反腐败斗争和廉政建设的不断深化,执政党和政府已开始注意综合运用党纪、政纪、法纪手段对领导行为进行调控,但要进一步解决领导行为法律化,还需要从解决依法行政入手,才能有效防止领导权力的异化和腐败,确保领导秩序的稳定性和权威性。由于依法行政涉及的内容与范围都十分宽泛,国家各种行政管理行为无一不与人民群众息息相关,能否严格规范行政执法行为,切实解决好依法行政这个关键,不但直接关系政府的威信和形象,而且最根本的是关系我们能不能真正建立起一个"法治政府",最终"把国家由一个站在社会之上的机关变成完全服从这个社会的机关"。①

其次,"司法独立"是现代法治的一块基石。就治国而言,司法控制是社会控制的最后一道防线,古往今来所有国家都实行司法权与行政权的分离,设立司法机关独掌司法职能,专理民刑诉讼争案件,目的就在于通过司法活动维护统治秩序和社会秩序,亦即维护法律秩序和法治权威。在阶级社会或有阶级存在的社会里,法是统治阶级的意志表现,这就决定了法律实体价值不可能是超阶级的平等,并不存在绝对的"公正审判"或"司法平等"。但从法律的实施和运用来看,如果把公正司法和司法平等作为一个价值目标形式来追求,经过努力而能有效地防止出现枉法审判、专横裁决和行政任意干预司法的现象,无疑是有重要意义的。新中国成立后,执政党把党的领导与"司法独立"人为地对立起来,认为这是"反对党的领导"和"向党闹独立性",便简单地否定了司法机关独立行使职权的原则。显然,这是一个认识误区,因为我们的法律是执政党领导人民制定的,它本身就是取得国家意志的一般表现形态的党的意志,司法权的行使在宪法和法律规定的范围内进行,坚持司法机关依法独立行使职权的原则不但没有脱离党的领导,而是恰恰坚持了党的领导。实践证明,由于执政党过去长期未能跳出这个认识误区,致使国家的司法审判职能和法律监督职能形同虚设,损害了司法机关在人民群众中的应有形象,反而削弱了党对司法工作的领导。

---

① 《马克思恩格斯全集》第 19 卷,第 30 页。

我国现行宪法明确规定,人民法院是国家的审判机关,人民检察院是国家的法律监督机关,它们分别依照法律规定独立行使审判权和检察权,不受行政机关、社会团体和个人的干涉。这说明我国和所有实行法治的国家一样,已承认司法机关依法独立行使职权的原则,而且已确立为一条重要的宪法原则。但是,这条原则作为现代法治的一块基石,它毕竟是外来政治形式移植于我国的新事物,能不能在司法实践中成为保障司法公开、公平、公正的一道有效防线,还要靠依法治国来解决。鉴于目前司法机关受行政干预和外界其他因素干扰的情况相当普遍,司法腐败现象也比较突出,尤其需要深化司法审判制度的改革,健全和完善审判方式和司法组织制度,规范司法权的运行方式,加强对司法职务的法律调控,建立起足以排除外界干扰的有效抗衡机制,为贯彻司法机关依法独立行使职权的原则提供切实保证。

（七）法治条件下领导方式的深刻变革

在依法治国的条件下,执政党领导方式的深刻变革,是建立法治新秩序的根本前提。传统政治体制的主要弊端是权力过分集中,党政不分,以党代政,造成党的组织权力化和行政化,把国家的治理方式变成了家长制统治和个人专断。而实行法治,恰恰是要克服政治体制的种种弊端,把执政党和国家政权两种不同性质的职能分开,正确处理好权与法的关系,使国家结构系统各个组成部分都能依法独立运行,从制度和法律上保证党的基本路线和基本方针的贯彻实施,保证党在治理国家的活动中充分发挥总揽全局、协调各方面的核心领导作用。有了这个根本前提,法治有望,社会主义就能立于不败之地。

必须看到,执政党领导方式的深刻变革,是治国方略法治选择的必然要求。不论人治或法治,各自都有与其相应的领导原理和领导方式,反映在合理分配和有效控制公共权力的问题上,国家权力结构的运行也截然不同,有"依人而治"和"依法而治"之别。我们实行的是社会主义法治,而绝不是"食古不化"或者"照搬"西方国家的法治模式。执政党既然选择了法治,当然就有一个领导方式由人治向法治转变的问题,否则"陈旧的东西总是力图在新生的形式中得到恢复和巩固",①以往

---

① 《马克思恩格斯书简》,人民出版社 1965 年版,第 33 页。

实行人治所形成的治国思想、行为模式和习惯观念就会继续发生作用，弄不好又要重新回到人治的道路上去。其实，领导方式或治国思想的变革并非今日始，由封建主义人治到近代资产阶级法治，由近代法治向现代法治过渡，再由现代法治向着更高级的社会主义法治演变，这样的思想变革从未中断过，在整个人类进入法治社会前也永远不会完结。如果说这个变革过程在具体时段上有什么不同，也只能说是在社会主义条件下执政党领导方式的变革更具有始创性，遇到的困难和需要付出的努力将会更多，尤其"旧中国留给我们的，封建专制传统比较多，民主法制传统很少"，①这样的变革也将比以往更要深刻和伟大得多。

执政党领导方式的深刻变革，关键是领导观念的更新和变革。在认识论和实践的领域里，怎样探索建立适应社会主义市场经济需要和民主政治发展要求的法治上层建筑，对我们来说是一个全新的课题，思想观念意识的转变要比创设具体制度和法文化设施更加艰巨复杂得多。法制是执政党担负国家领导的制度保证，法治是执政党实现治国方略的理论基础，不"转变思想观念，转变政府职能，改变工作方式"，②就不可能实现人治到法治的"质的飞跃"。在执政党作出法治选择以前，领导方式的变革主要是围绕正确处理"人治和法治"的关系问题展开的，而现在情况起了变化，变革的重心已转移到"要法治，不要人治"上面来了。不言而喻，领导观念的变革至关紧要。社会主义法治意识的核心是执政党的领导意识，这就要求执政党必须具备反映人民当家做主的主体意识，必须具备正确的公民意识、民主意识和法治意识，而这一切不经过思想观念的深刻变革，是不能有效把执政党领导与依法治国有机地结合起来的。

本质上说来，由人治向法治转变是一个行为过程。在这个过程中，如同意识反映人的各种需要一样，执政党对法治的需要也应反映在领导者的意识之中。执政党只有将自身领导思想和领导方式的变革寓于整个行为过程，才能保持法治进程的良性循环，避免产生消极的效应反

---

① 《邓小平文选》第 2 卷，第 332 页。

② 朱镕基："在全国依法行政工作会议上的讲话"，载《光明日报》1999 年 7 月 7 日。

馈,具体设定和有效调控领导干部的法定职务资源,通过激励或限制的手段,使领导意识得以导向合法需要、合法动机和合法行为,使党的法治意识同法治要求、职务行为、国家结构功能直接联系起来,并使这种联系转化为法治目标的顺应态势,具体表现为法治系统的自控作用。

三、创造由人治向法治转变的社会条件

我们正处在社会主义现代化建设的关键时期。社会主义法治进程已经启动,整个社会对法律资源分配系统和权利保护系统的期望价值愈来愈高,国家对法律控制力量的需要也在不断进行调适,人民对依法治国、建设法治国家的要求日益迫切。在这种新情况面前,如何积极创造由人治走向法治的社会条件,加快实现执政党治国方略的步伐,已成为我国民主与法制生活中的一件大事,继续推进政治体制改革的一个具有重要意义的实际步骤。

(一)抓住机遇,迎接挑战

总的说,依法治国前景广阔,法治观念日益深入人心,法治环境正在得到改善,实行社会主义法治的机遇极好。从国内看,法制建设以立法为"龙头",截至目前,全国人大及其常委会制定的法律和有关法律问题的决议已有390多个,国务院制定的行政法规已有800多件,包括地方人大制定的地方性法规8000多件在内,全国共有法律法规的总数已超过9000多件,且涵盖的法律部门相当齐全,各个法律部门中基本的、主要的法律大多已制定出来,法律法规也比较配套,标志着以宪法为核心的社会主义法律体系的框架已基本形成,实现法治的基础性条件已经具备。不但如此,我国立法系统的有效性和权威性也在提高,司法系统的有序运行开始备受重视,行政执法系统的健全日益瞩目,法律监督系统的力度已稳定加大,法律中介服务的覆盖面也在扩大,法律信息系统逐渐沟通发达,法律手段设施的现代化程度有了明显改进,全民族的法律文化素质正在得到改善,法律专门人才和队伍建设的发展规模令人振奋,领导干部带头学法用法之风正在兴起,以及社会政治稳定大局得以可靠保持等,都是过去无法比拟的。从国际社会看,政治民主化和秩序国际化已成为现代法治的一般要求,大多数国家作出法治选择已成趋势,国际法治的原则、制度和有关机构发挥作用的领域日渐增多,法治国际化的潮流已经不可逆转。无论国内国际,都表明实现社会主义法治的条件已经成熟,时机对我们十分有利,真可谓天造地设,顺乎民心。我们应当抓住这个有利机遇,发展这个机遇。

然而,在偌大一个缺少法治传统的中国实行法治,必然要引起国家生活各个方面的巨大变化,导致人们思想观念的深刻变革,由此也必然会遇到许多这样那样的阻力,特别是来自我国转型时期和全球化时代的种种挑战。这些挑战主要是表现在四个方面:其一,"设官而治"的国家管理体制。自古以来,所有国家莫不通行这种国家管理体制,社会主义国家也不能跨越社会历史通行的这个特定阶段。与其他社会形态和国家形式所不同的,只是在社会主义条件下人民当家做主,"官"与"民"的关系起了本质变化。但是,在社会主义国家受社会历史条件和各种社会因素的制约,人民一开始并不能直接管理国家,还只能由执政党担负国家领导权,通过选举代表、委派干部和招聘公务员等途径,参与国家和社会事务的管理。由于"官"和"民"的地位毕竟不同,利益关系原本有别,如果不能用民主政治原则和法治要求来规范和理顺官民关系,历史遗留下来的官僚陈迹和腐败现象就无法消除,百姓的利益就会受到权力的侵害,人民就不可能成为法治的主体。其二,封建专制主义法律观念意识的影响。我们党领导的新民主主义革命本来就肩负着在思想政治方面肃清封建残余影响的任务,但在新中国成立后对此估计不足,并未领导人民完成这项任务。反映在法制方面,长时期内封建专制主义的法文化意识和人治传统,总是同"左"的东西形影不离,并且总是借"兴无灭资"而"暗度陈仓"。即使到了今天,封建法观念意识仍然和伦理道德观混杂一起,被不加分析地融合在社会主义法律文化之中,成为影响法治的消极因素。其三,两种体制暂时并存造成的困难。为我国渐进式的改革进程所决定,实现由计划经济到市场经济两种体制的根本性转变还需要有一个过程,在改革过程中原有计划体制下形成的一套行为规范、行为习惯和观念意识是不会轻易地消失的。这就使得人治和法治两种根本对立的治国思想、治国方式和治国原则必然要发生摩擦和碰撞,从而给依法治国增加新的难度和阻力。其四,价值观念的混乱与落差。西方有位经济学家说过,"市场过程中的中心制度即交换制度,强调利益与信念之间的差别"。① 市场是不承认信念"边界"的,它将利益与信念分开,只要有利可图,就会像水银泻地一样无孔不入。它不但打破了各国许多人已经习以为常的生活方式,改变了人们崇法守法的利益追求和行为选择方式,而且在市场国际化还来不及给人们带来新的法律秩序和伦理准则的情况下,使得全球性价值观念大失落成为一种时代现象。我国也受到这种现象的冲击,无疑也给依法治国造成许多阻力。

诚如上述,依法治国机遇虽好,但面临挑战殊多,整个法治进程并不太平。机遇和挑战并存,阻力和助力相随,有融合就有摩擦,有和谐就有冲突,这本来就是事物发展的辩证法。冷静思索,面临挑战又何尝不是一种极好的机遇。固然,在实行社会主义法治过程中还会出现历史遗留和现实难免的问题,社会主义法治本身就是在探索中前进的,但重要的是整个法治进程已经启动,市场经济和民主政治毕竟是加快现代法治进程的巨大动力,恰恰是来自各个方面的挑战为我们探索有中国特色的法治道路揭示了努力方向,使我们能更好地立足于现实,把党的治国方略真正落到实处。

(二)创造走向法治的宏观社会条件

执政党领导方式的深刻度,旨在开发法治社会的内在动力,创造走向法治的微观社会条件。但是,仅有内在动力是不够的,还必须开发创设法治社会的外部环境,也就是创造法治的宏观社会条件。就二者的关系而言,微观转变条件是前提和关键,宏观转变条件是基础和保证。具体说来,主要应在以下几个方面做出实际努力,才能造就走向法治的宏观社会条件。

1. 大力发展社会生产力,畅通人治走向法治的社会流向

我国第十个五年计划纲要指出,"从新世纪开始,我国将进入全面建设小康社会,加快推进社会主义现代化的新的发展阶段"。从依法治国的角度看,法运动必须与经济运动相适应,经济和社会的发展必然为法治不断提供新的机遇,加快法治的客观进程。根据我国目前国民经济整体素质不高,国际竞争力不强,阻碍生产力发展的体制性因素依

---

① 〔美〕布坎南:《自由市场和国家》,北京经济学院出版社 1988 年版,第 53 页。

然突出的情况,通过加强制度文明和精神文明建设,自觉地调整生产关系与生产力、上层建筑与经济基础中不相适应的部分,在较长时期内完全有条件保持较快发展速度,到 2010 年实现国内生产总值比 2000 年翻一番的目标。而经济愈发展,生产社会化程度就愈高,与社会化大生产相适应的大经济观念就愈加深入人心,社会对民主化、科学化和法律化、制度化的要求也就愈强烈,于是就能从根本上排除小生产条件下所产生的"家长制"领导方式和"经验型"领导原理。人类生产方式的发展史早已充分证明,大经济观念和小生产观念所需要的管理方式与领导原理是截然不同的,反映在对待治理国家的价值取向上,社会化大生产必然选择法治,小生产除实行人治外别无选择。商品经济及其充分化了的市场经济,它的社会化要通过商品交换的途径来实现,这在客观上也必然提出逐步建立经济新秩序的要求,不然就缺少可靠的法制保障。这种经济新秩序在本质上就是法律秩序,它要求贯彻公平与法治原则,把全国的经济活动以及政府管理经济活动的行为统统纳入法治轨道。只有这样,有关企业本身和企业间的行为规则和制度,市场调节机制和运行的行为规则和制度,才能形成市场经济的法律体系。换言之,社会生产力愈发展,市场经济愈完善,就愈要求政府转变职能,坚持依法行政,畅通走向法治的流向。

2. 建设制度文明,加快法治进程

人类社会进入文明时代的一个显著标志,就是随着生产工具的改进和生产力的提高,出现了商品生产和商品交换,而后导致了私有制、阶级以及国家和法律的产生。虽然国家和法的产生也意味着阶级剥削和压迫的加剧,阶级矛盾和阶级斗争的不可调和,但它们毕竟是人类社会结构、社会组织和行为方式趋向文明和进步的表现,可以说"国家是文明社会的概括",[①]法律是人类文明"主要的一项"。[②] 事实正是这样,实行社会主义法治就意味着崇尚法律至高无上的权威,把严格依法办事当做治国方式,而它的主要内容、基本原则和形式特征更是无一不体现社会主义制度的文明属性。江泽民总书记也指出,"依法治国是

① 《马克思恩格斯选集》第 1 版第 4 卷,第 172 页。

② 《董必武政治法律文选》,法律出版社 1986 年版,第 520 页。

社会进步、社会文明的一个重要标志,是我们建设社会主义现代化国家的必然要求"。①

社会主义法治的政治民主性特征,归根结底,取决于社会主义根本政治制度。马克思说,"在民主制中,国家制度本身就是一个规定,即人民的自我规定。在君主制中是国家制度的人民;在民主制中则是人民的国家制度"。接着,他指出民主制的基本特点即:"在民主制中,不是人为法律而存在,而是法律为人而存在;在这里人的存在就是法律,而在国家制度的其他形式中,人却是法律规定的存在。"②这就告诉我们,民主制内含法治取向,法治是一般民主制所规定的形式。民主与法治构成现代宪政制度的本质规定,它们在制度上这种内在联系,特别是反映现代法治本质特征的各项原则精神,都充分说明它们同是政治文明的重要内容和具体体现,也是社会文明的重要组成部分和核心标志。依法治国的实际状况如何,无疑是代表了我们国家和人民的文明程度和发展水平。由于"制度问题更带有根本性、全局性、稳定性和长期性",这就要求我们在创造走向法治的宏观条件方面立足于制度文明建设的高度,坚持以制度的革故鼎新为纽带和杠杆,为实行法治提供可靠的制度保障。

需要指出的是,在我国,人们总习惯于将人类文明区分为物质文明和精神文明两大领域,又总是把制度创新发展的成就纳入社会文明范畴之中,从来就不承认"制度文明"的独立存在。显然,这种思维定式是不恰当的,也是不符合人类社会发展历史和我国体制改革的实际的。事实上,社会形态的更替和发展都莫不以社会制度和体制的更新进步为轴心,人类物质和精神生产的解放和发展也莫不靠制度建设来维护和支持,包括我国改革开放以来所取得的一切成就都是与制度的创新建设联系在一起的。由此可见,制度文明是个客观存在,理应与物质文明、精神文明一起共同构成整个社会文明的三大层次或三大领域。"法治"本身就是一种制度文明,是整个制度文明的重要内容,是对社

---

① "实行和坚持依法治国　保障国家的长治久安",载《人民日报》1996 年 2 月 9日。

② 《马克思恩格斯全集》第 1 卷,第 281 页。

会文明起着确认、巩固、维护、保障和促进功能作用的一种文明形式。厉行法治是在制度文明的范围内进行的,它的发展必然要受到整个制度文明状况的影响,因而加强制度文明建设对依法治国至关重要。不然,社会主义国家内部制度一旦出了问题,相信现成制度永恒必要性的一切理想信念,就会像苏联东欧国家那样,在现存制度实际崩溃以前就已彻底破灭。

3. 加强精神文明建设,增强现代法治效应

我们的奋斗目标,是要把中国建设成为一个"富强、民主、文明的社会主义国家"。这是现行宪法向全国人民指明的道路,它融物质文明、制度文明和精神文明三位于一体,体现了执政党治国方略与国家民主宪政制度的高度统一,突出地揭示了法治文明与整个社会主义文明之间的内在联系,为建立适应社会主义市场经济发展的思想道德体系,构建法治国家的广泛社会基础,指明了精神文明建设的发展方向。

坚持两手抓,建设社会主义精神文明,是邓小平理论的一个重要内容。我们党始终致力于发展生产力,一手抓物质文明建设,并同改革与发展相适应,以"有理想、有道德、有文化、有纪律"为目标的;一手抓精神文明建设。这两手都要硬,而法制建设始终贯穿于改革开放和现代化建设的全过程。但是,实行法治并不等于提倡"法律万能",治理国家还必须相应采用其他手段,特别是思想道德教育的手段。这就是江总书记指出的,"我们在建设有中国特色社会主义,发展社会主义市场经济的过程中,要坚持不懈地加强社会主义法制建设,依法治国,同时也要坚持不懈地加强社会主义道德建设,以德治国"。[①] 在依法治国过程中强调法律与道德的不可分离,这对如何认识法治的道德基础,把握法律与道德的联系和区别,实行依法治国与道德建设的协调发展,是具有重要意义的。

古今中外,法律与道德的关系一直是法学家、哲学家们争论不已、涉及统治阶级治国方式的一个永恒话题。在中国古代,儒家主张法律应以道德为基础,认为"礼"、"乐"、"道"体现的道德对君主运用权力和法律具有很大的指引和制约作用,但法家持反对意见,认为"法虽不

---

① 江泽民:"在全国宣传部长会议上的讲话",载《光明日报》2001 年 1 月 11 日。

善,犹愈于法";①儒家把制约法律的道德视为人类普遍道德,谓之"仁、义、礼、智、信",进而引申为"三纲",而道家不赞成这种观点,认为法律、道德均无正义与非正义之分。在中国古代思想家看来,"法治"与"刑罚"相通,"德治"与"礼治"一致,唯孟子既反对"上无道揆",也反对"下无法守",主张"徒善不足以为政,徒法不能以自行"。② 在西方法学家那里,值得一提的是对待法治与德治的态度问题。进入自由资本主义时期后大多数人开始特别重视法律的作用,主张建立法治国,赋予法律在社会规范体系中特别重要的地位;而到了现代这种倾向尤为突出,甚至出现了"社会法律化"现象,认为整个社会控制体系的发展趋势是"法律的加强",以及包括道德在内的其他社会控制的"减弱"。然而,按照历史唯物论的观点,法律和道德是两种联系十分密切的社会现象,但究竟如何继承人类历史上有关这方面的一切优秀理论遗产,把它建立在马克思主义的基础上,却是探索社会主义法治理论和实践的一个新课题。在社会主义条件下,社会主义道德是在社会上占统治地位的道德,它作为法的道德基础就是社会主义经济基础的反映,因此许多基本道德原则也必定是我国宪法所提倡的基本社会公德,并在法律中又将社会主义道德的基本原则(如社会主义、爱国主义、集体主义和人道主义等),用法律制度上的权利义务形式加以具体化、规范化和条文化。

依法治国所依之法与道德的不可分割性联系,决定了社会主义的法具有广泛的道德基础,但它们毕竟是两种社会关系的不同形式。具体说来,法的形成受社会诸多因素的影响和制约,其表现形式要以国家的确认为标志,而无产阶级道德的形成先于社会主义国家政权,与国家确认并无必然联系;法是关于人们权利义务的规定以及违反这种规定的制裁或救济措施,而道德并无正式或确定的表现形式,多数情况下是关于人们应该作为或不作为的社会评价的一般原则;法律以国家强制力为后盾,它的实施有赖于一套法律机制的运作,而道德存在社会舆论、善良风俗和人们内心信念之中,它发生作用缺少像法律那样的保障

---

① 《慎子·威德》。
② 《孟子·离娄上》。

机制;法律调整的范围是特定的,比道德调整的范围要狭窄,一般说来违反法律的行为大多同时受到道德的谴责,而违反道德的行为就未必都属于违法行为。基于法和道德这种又相联系又相区别的关系,在精神文明建设中内涵道德支持法制的需要,在法制建设中也存在道德配合的需要,这就决定了它们在许多情况下可以相互渗透甚至有时交叉一致,但却不能等同或相互替代。因此,为了有利于社会规范系统严密结构的形成,促进系统调控手段综合功能的发挥,有效地规范、引导、矫正和评价人们的行为方式,积极创造走向法治的宏观社会条件,必须正确处理法和道德的关系,解决好法制建设与道德建设紧密配合和相互支持的问题。实行法治有了道德规范体系的配合与支持,法治的社会基础会更加深厚,法治的社会环境会更加有序,依法治国的进程就会加快。

4. 加强法制领导,实现执政党领导行为法律化

这是从微观与宏观的结合上创造走向法治的社会条件,保证贯彻实施依法治国方略所绝对必需的。依法治国是执政党对其传统治国方式的否定,也是探索党在新时期治国方略作出的重大抉择。由于实行依法治国、建设法治国家是马克思主义在中国的最新实践,面临的新情况新问题自然层出不穷,诸如执政党和国家的法制决策怎样才能符合时代潮流的法治工程设计,新的法律机制应该具备什么样的结构观念,法律功能又如何成为一切法制活动的目标和判据,法律手段的本质特点和实际运作之间怎样才能保持一致,法律信息为什么是法制决策、法制管理和法制建设的可靠基础与必备条件,以及法治条件下的法制工作具有哪些新的特点和规律等,所有这些都需要重新认识和探索,依靠党原先领导法制工作的方式是解决不好的。这就需要适应依法治国的新形势,加强党的法制领导,并把它作为党的领导活动的一个新内容贯穿于依法治国的全过程。应该说,法制领导是党政分开原则在法治实践中的具体体现,其表现形式是党对法治原则、法制工作方向、法制建设各个环节和重大决策的领导,以及向国家司法机关推荐主要领导干部,而它的本质要求则是适应现代法治的特点,遵循法制建设的客观规律,坚持以法的实现作为检验领导功能及其影响力大小的唯一标准。

依法治国是一个渐进过程。在这个过程中,我们党在实际上承担

着继续反对封建主义人治传统和克服资产阶级法治局限性的双重使命,因此党的法制领导不是一般地追求领导水平和领导艺术的提高,而应该重点研究法治过程中的规律,特别是执政党领导行为法律化的规律,以及如何经过这种行为的中介作用把领导与法治结合起来,以满足治理国家的法需求和法行为合法性选择。至于如何加强法制领导,我们暂时还缺少足够的经验,但根据我国法制建设和依法治国的实际状况,从解决领导行为法律化入手应是确定无疑的。既然是法律化就应在"化"字上下工夫,不能满足于一般决策和号召,也不能停留在学习一点法律常识或法律知识的水平上,而应该把法律当做一门重要科学来学习,真正研究一些涉及立法、执法(含司法)、守法和法律监督各个方面的现实问题,深入到社会主义法制建设各个具体环节,把党的一般领导行为同法定职务行为分开,重点是切实解决领导职务行为的法律化、民主化和科学化的问题。这就要求共产党员特别是党的各级领导干部从我做起,以学法为先,树立守法为荣、执法为己任、护法为神圣的责任感,养成依法办事的习惯,自觉地接受法律监督,成为厉行法治的模范。只有这样,党在宪法和法律范围内的活动才具有真正的意义,实现执政党领导行为法律化才不会是一句空话。

执政党作出治国方略的法治选择之后,如何把握机遇,迎接挑战,创造走向法治的社会条件,这是我们实际要做的一件大事。整个依法治国过程又是一个行为过程,其中"法"与"治"之间内在联系的切入点是领导行为,法行为和法治目标导向都以领导行为作中介,整个法运动过程就是执政党领导人民依法治国的行为过程。所以,依法治国与法制领导关系极大,实现执政党领导行为法律化是必然得出的结论。依法治国是在党的领导下实行法治,建立法治国家有理由获得党的领导活动(行为)法律化的支持,达到领导职务行为同依法治国的和谐一致。这是健全法律约束机制的需要,也是社会主义法治独具的优势所在。

建设法治政府的行为思考

一、引　言

　　党的治国方略作出法治选择以来，我国走上的现代法治道路已渐渐开始畅通，社会主义民主法制建设和政治文明建设也将循序步入宪政轨道，依法治国特别是依法行政所取得的成绩格外令人瞩目。

　　不久前，国务院制定并公布的《全面推进依法行政实施纲要》（下文简称《纲要》）与我国《行政许可法》相呼应，自觉顺应全面建设小康社会和依法治国进程的客观必然，又公开树立了一面"建设法治政府"的旗帜。此举符合潮流，顺乎民心，国人莫不称颂，全社会普遍认同。建设法治政府乃鸿篇巨制，做好这篇文章尚有许多重大理论问题和实际问题需要大家深探力取，但最终主要还是依靠执政党治国基本方略的实践来解决。

　　鉴于马克思主义行为价值观是哲学世界观的动态表现，它十分重视对人、对人的需要以及对人的行为与社会关系（社会存在）的客观研究，尤其对人的行为及其规律的研究，这个观点理应成为我们建设法治政府的重要指导思想。据此，不但要把建设法治政府当做一项巨大社会工程，同时更需要把它看做是一个复杂的行为巨系统。我以为，从行为系统角度研究依法行政和建设法治政府的问题可谓深中肯綮，似应不是多余的。首先,人的需要是人的一切行为活动的动因,只有当"需要"上升为观念形态即表现为价值形态,"价值形态"在具体行为中凝聚为现实的价值目标,"价值目标"与"客体对象"的高度整合又形成具体的实践目的,而人的"有目的行为活动"便是人的一种"能动特性"。观察建设法治政府问题立足于人的行为和社会形态,将人的行为及其规律当做价值对象,又将人的社会活动以及由此而产生的社会关系视为人进行自由自觉活动的条件和产物,这正是坚持了马克思主义的行为价值观,坚持了唯物史观关于人与社会相统一的观点。其次,建设法治政府体现了全国人民根本利益的需要,而人的"自由自觉的活动"恰恰是人的需要的实现机制,能真正使全国人民将自由自觉的能动特性变成建设法治国家的社会环境。此外,在马克思主义法律观看来,法的产生和适用必须以利益关系为基础,又以社会结构为前提,因此法的普遍原则总是变化发展的,利益关系反映于政治法律上的权利与义务关系同样也是发展变化的,这就揭示了依法治国和建设法治政府也必定是一个发展的动态流向。我们如果这样地提出问题和认识问题,那么,全面推进依法行政、建设法治政府的思路也许比传统思维模式更要清晰得多,至少不至于把视野局限在静态研究的画面上,只顾法律规范和制度安排,而忽略了法运动过程的行为中介和行为价值取向。

有感于此,本文不揣冒昧,拟立足于行为分析对建设法治政府这篇大文章做些思考,并就个中几个现实问题谈点看法,不妥之处尚祈方家正谬。

二、行政立法与行政执法行为

安邦治国,立宪为先。依法定制,重在制度建设。我国全面推进依法行政,建设法治政府,当以崇宪守宪护宪为根本,又以严格执法为手段,这是社会主义法治的一般规律性要求,也是我们党和政府的执政方式、领导方式实现由人治向法治根本转变的理性选择。

我国社会主义法治的初步实践表明,依法行政应是依法治国的必由之路,而建设法治政府则是实行高度法治的必然要求。从经济全球化和政治现代化的历史走向看,当今国际社会已呈现出一种法治化的趋势，各国立法中体现出来的法治精神愈来愈突出，宪法和法律至高无上的地位也愈来愈被人们所认同，为了更多更好地制约政府权力，莫不普遍将依法行政视为法治的首要问题。而我国依法治国的实践也恰恰与各国趋同，事实上就无异于认同，依法行政的确是衡量现代法治国家的一个重要判据和根本标志。政府是国家的载体，它代表国家管理经济、文化和社会事务，也就是治理国家和管理社会，其权力行使的依据是宪法和法律，还是"长官意志"和"行政命令"，自然关系到执政党治国模式或统治模式的选择，我国既然选择和确立了法治的基本方略，就理所当然地要通过立法来规范国家权力和政府行为。立法是一种国家行为，是国家权力机关的日常职能活动，为走上法治道路所使然，依法治国首先就要解决"有法可依"的问题，所以加强立法便成为我国社会主义法制建设的主旋律。但是，依法治国仅仅"有法可依"是远远不够的，还必须为"执政为民"提供更多的法律依据和可靠保障，其中尤其重要的是通过继续加强行政立法和政府法制工作的门径，对国家机关和国家公务员的职责权限、活动范围、行为规则和行为模式做出明确规范，依法理顺官民关系，将政府行为特别是行政执法行为完全纳入法律框架，以保证建设法治政府的行为过程适应法运动的内在需要，以及整个国家管理活动符合法治目标的正确导向。

古往今来，所有国家莫不通行"设官而治"的国家管理体制，我国是社会主义国家，但受时代局限和历史条件诸多因素的制约，人民还不能直接参与治理国家和管理社会的事务，在长时间内只能通过选举代表、委派干部和招聘公职人员等途径来行使当家做主的权力，这就说明我们的国家管理模式同样不能超越以往历史长期通行的"设官而治"的阶段。必须清醒地看到，这种国家管理体制实际上已把国家变成了社会部分成员手中的工具，由于"官"与"民"的权力（利）地位毕竟有别，这就决定了部分社会成员同社会大多数成员间的利害冲突又是格格不入的。历史经验证明，新中国成立后在很长时间内行政权力机关的运行机制之所以畅行无阻，改革开放以来党内政府内的腐败现象之所以一度愈演愈烈，滥用职权压制民主和严重侵犯公民、法人和其他组织合法权益的事件之所以时有发生，应该说同我们当初不适当地强调官民关系"完全平等"和根本利益"完全一致"，而忽视他们之间在事实上存在的差别,曾对官民关系失去高度警觉是有着直接关系的。我们应该吸取这个深刻教训,尤其在走上法治道路的今天,更需要高度警觉和依法克服"设官而治"的历史局限性。

目前,我国立法工作依然保持不断加强的态势,立法质量也日渐提高,距离基本形成中国特色社会主义法律体系的目标已经为期不远。仅就行政立法而言,近二十年来经过全国人大及其常委会制定的行政法律已有60余件,国务院制定的行政法规有800件左右,再加上接近数以万计的地方性法规,现行行政法律、法规、规章和规范性文件的总数量可谓蔚然大观。但是,已形成基本框架的我国行政法律规范体系却并不尽如人意,主要表现是这个体系的内部结构仍然不尽合理,总的来说行政行为法所占的比重较大,而行政组织法、行政程序法和行政救济法、行政监督法则相对薄弱得多。突出的是迄今尚缺少一部统一的行政程序法,这就使得行政执法行为暂时还很难实现法制的统一性和规范化要求,以致给依法行政带来许许多多的问题。正如《纲要》所指出的,主要是"行政管理体制与发展社会主义市场经济的要求还不适应,依法行政面临诸多体制性障碍;制度建设反映客观规律不够,难以全面、有效地解决实际问题;行政决策程序和机制不够完善;有法不依、执法不严、违法不究现象时有发生,人民群众反应比较强烈;对行政行为的监督制约机制不够健全,一些违法或不当的行政行为得不到及时、有效的制止或者纠正;行政管理相对人的合法权益受到损害得不到及时救济"等。正由于这些问题的存在,又导致多年来行政法进入私法领域的现象屡见不鲜,政府行为往往干预市场过多,不但造成了行政执法的"错位"、"缺位"和"不到位",而且地区间、部门间往往在同类执法活动中各行其是,明明执法效率不高却又大多缺少时限制约,就连行政执法行为是否发生效力也无主体要件和程序要件的明确要求。这样,在行政执法过程中滥用权力的现象便极易发生,客观上也确实给少数行政执法人员以权谋私和枉法行政提供了可乘之机。这就是政府行为失范和行政执法行为失控的后果,在一定程度上也损害了人民群众的利益和政府的形象。从政府立法工作的前景看,上述问题固然可以得到解决,但也绝不可掉以轻心。

实践告诉我们,行政行为法和行政组织法是依法行政得以正常运行的保证,它的一切规范必须以行政主体为对象,应是防止以权谋私的主要手段。而要切实健全行政执法的行为法和程序法,政府立法中至少有以下几个问题是需要认真解决的:

(1)应制定国家公务员法,完善行政主体的资格和职务机制,对主体的执法资格、职责权限和行为范围作出严格界定,并根据执法分工的需要来规定行政执法人员的任职条件;

(2)应制定统一的行政程序法,全面规范行政执法的法定程序和法定形式,明确界定作出行政处理和行政处罚决定、实施行政强制措施的条件和决策权限,尽可能减少行政主体的自由裁量权;

(3)应完善和落实违法行政责任机制,按照行政执法主体违法责任自负的原则,明确规定行政主体在行政违法活动中违法行政、以权谋私的各种行为所应承担的法律后果;

(4)依法规定行政执法行为各个环节相互制约的关系,严格限定各个环节行使权力的行为边界,健全权力制衡机制,有效防范和制止行政失职行为、越权行为和权力滥用的行为;

(5)应健全行政监督法,增大行政执法行为的透明度,扩大公民民主参与的范围,畅通"民可告官"的渠道,为行政相对人在其合法权益受到侵害时有效行使自救手段创造良好的法律环境。

诚然,实现行政执法行为的规范化和程序化十分重要,解决以上问题也可增加一道行为程序的保障,但要付诸实践又的确不是一件容易的事情。受立法指导思想、体制因素和法观念形态的制约,要真正使问题得到解决,关键还有赖于政府立法行为的科学化、民主化。改革开放以来,我国立法工作已经实现了日常化和制度化,党和国家在解决决策科学化、民主化方面也做出了重大实际努力。但是,反映在行政立法方面的非理性成分依然未能杜绝,一个突出的问题就是受部门、地区或行业利益的驱动,人民利益高于一切的原则总是面临着"政府特殊利益"行为的挑战,以致出台的行政法律法规或地方性法规往往带有明显的部门倾向和地区差别待遇的痕迹,而正在健全中的立法程序既无力克服"长官意志"的独断行为,也无法形成消除这种部门倾向和地方分割的有效机制。现实说明,试图依靠行政立法标准化的单一手段来纠正各种弊端是相当困难的,在短时间内也是难以奏效的。这就要求我们从建设法治政府的目标出发,围绕法制工作的指导思想进行一场法意识和法行为观念的深刻变革,变"行政至上"为"法律至上",下决心实现由人治向法治的根本转变与过渡。据此,一方面要继续提高立法者自身素质,学会独立掌握和运用法律手段,拥有完善的立法信息,切实有效地发挥专家服务系统的功能作用,创造逐步实现立法职业化的良好环境;另一方面,要在努力健全立法程序的同时,进一步坚持和健全合议制度,认真实行修正案制度、法案辩论制度、听证制度和立法监督制度,依法克服立法和决策过程中可能经常出现的从众心理和从众行为,变立法行为的非理性为科学性,进而保证政府立法群体行为的民主性与合法性。我以为,只有经过这样的努力来完善行政行为法和行政程序法,才能确立国家行政立法的权威性,更好地发挥行政执法行为在建设法治政府中的积极推进作用。

三、依法行政和职务法律行为

职务法律行为是个体法律行为的特殊形式,是个体在法定职务上依法行使法定职权的行为。按照不同职务类型,它大致可分为立法行为、行政行为、司法行为、法律监督行为和法律服务行为等,通常所说的立法官员行为、行政官员行为、法官行为、检察官行为、律师行为和公证行为就是对不同职务行为的一般表述。现代社会的职务法律行为日益复杂多样,整个社会各种职务法律行为整合在一起,便共同构成了一个国家对社会的法律管理活动体系,即国家的资源调控和保护活动体系。这个活动体系的性质表明,法的实现过程不仅是国家意志和利益的实现过程,而且也是国家拟订资源分配和调控方案,并通过法律手段使其在社会现实生活中变为现实存在的过程。不过,这个过程不会自发地实现,只有通过担任一定法定职务的个体的有意识行为,也就是一定个体的职务行为才能完成。换句话说,不同类型职务法律行为构成的国家法律管理活动的行为体系本身并不能高效稳定地运转,要充分发挥法治政府的整体结构功能,就必须最佳地管理和控制职务法律行为,不然便无法将在职个体的意识行为统一到法治目标上来。况且在职个体的相对独立性以及由此而相应产生的心理动机和意识行为的局限性,又总是要转化为一定行为取向的，如果一旦其行为模式的选择背离了法治目标的导向，就必定对依法行政产生负面影响，干扰法治政府建设的进程。所以，职务法律行为（含行政执法行为）是现代法治社会最具普遍意义的法行为，也是一定社会的法律得以实现的重要保证。

行政执法行为成为全面推进依法行政的聚集点，原因不但是它反映了国家意志和政府主张，行为主体是国家依法设置安排的行政官员和法律服务人员，行为内容主要是制定和适用表现为国家意志一般形态的法律法规，或为法律的适用提供专业服务，而且更重要的是，行为结果又通常具有国家强制性和法律约束力，行为范围又比任何类型职务法律行为更具有广泛性和普遍性，是与公民、法人和其他组织合法权益关系最为密切的职务法律行为。当我们把视线转向国家结构功能和宏观社会环境的时候，便不难发现建设法治政府决不仅仅是各级政府和政府各部的职责，而恰恰是所有国家机关组织和全社会的大事。所以，从整个行为系统来观察和发现问题，讲依法治国的行为过程就不能把注意力局限于行政职务行为，而必须将所有的职务行为统统纳入视野。

其一，必须弄清职务法律行为的特殊属性和本质特征。"法律面前人人平等"是一条重要的宪法原则，在法律面前无特权可言，不但官民平等，包括政府各部门、各个机关在内都必须在宪法和法律面前平等，绝不允许任何人、任何机关组织例外，即使立法机关的活动也必须受到宪法的约束。在这个意义上，职务法律行为与公民个体法律行为别无二致，他们都具有共同的属性。但如前所述，在"设官而治"的国家管理体制下，"官"和"民"的权力地位毕竟有别，因而决定了职务法律行为还有自身独具的特殊属性。它具体表现在，一则职务法律行为与法定职务相联系，是担任一定法定职务的行为主体以国家名义实施的法律行为，这就在法律上为在职个体设定了特殊地位；二则职务法律行为与法定职权相联系，包括权力和责任，反映在法律上是权力和职责（义务）的统一。前者系职务特征，区别于公民在其他社会组织中担任的职务和享有的地位，并且在职个体的职务和地位是依照严格的法定程序取得的，具有相对确定的性质，非经法定程序不得随意变更或取消，在职个体也无权将其职务和地位让与他人。后者系职权特征，实际上表现为国家对资源的调控和保护权,是法律赋予在职个体的一种权力,因而职务法律行为在某种程度上就是一种权力行为,是法定在职个体在其职责范围内所享有的一种支配力量,即国家权力的体现和具体化。并且,它还是一种区别于其他权力形式的制度化权力,其权源出自法律规范,又与法定的职务或职权相联系和相适应,往往是更加非个人化的权力。

在法律实践中,具体职务法律行为是基于行为主体要素和环境要素的交互作用而产生的。主体要素,是指与职务法律行为主体紧密联系在一起的行为动机、行为能力和思想意识水平而言;而环境要素则是指一国的国情而言,主要包括体制环境、对象环境、文化环境以及工作生活环境。弄清职务法律行为的特殊属性,同时又把握它的构成要素,对依法治国至关重要,具体到政府决策和行政执法活动中有助于扬长避短,也就是在严格行政执法的同时加强同其他各类职务法律行为的协调配合,可造成行为互动和优势互补的格局态势,这样有助于实现国家法律管理活动体系中各种行为机制的交互作用,达成法治进程的综合效果。

其二,必须重视职务法律行为的双重特性。从行为过程看,职务法律行为涉及在职个体与法定职权的关系,它一方面表现出这类行为是体现国家意志的,既是代表国家行使职权的行为,又是在职个体合法取得自己所需法定资源的手段;另一方面又表现出这类行为富于个体行为的外在形态,但它对行为对象、被管理者来说,又是法律的运动形态,并构成对公民、法人和其他组织的合法行为机会和法定资源的分配状况。针对职务法律行为这种双重特性或特征,相应要求又具体表现在三个方面:(1)法律必须要求在职个体在行使职权时严格遵循法的指导思想和基本原则,用正确的法意识指导自己的行为过程,始终保持个人意志同国家意志趋向一致;(2)法律必须要求在职个体以实现法的作用为己任,既要妥善调整公民、法人和其他组织的社会行为,又要自觉接受宪法和法律的约束,要把依法行使权力和履行法定职责有机地统一起来;(3)法律必须限制法定职务嬗变为社会自由职业,防止在职个体把行使职权变成谋取自身资源需要的唯一手段。

行政执法过程暴露出来的问题说明,在职个体滥用职权将依法设定的法律关系模式转化为现实的非法互补关系,直接结果不但影响了受控个体或组织的资源分配状况和合法行为机会,而且也阻碍了国家对资源的调控和保护。一旦发生这类职务犯罪行为和非法行为,公民、法人和其他组织依法享有的合法行为机会就必然减少甚至干脆被剥夺,他们便不可能通过合法行为去获取自己应当享有的法定资源,而一些不法个体或组织则可趁机大搞"权钱交易",通过贿赂在职个体不正当的职务法律行为,从而非法获取本应属于他人的法定资源。为了有效防止这种行为的重复出现,确保社会稳定和正常法律秩序的良性循环,全面推进依法行政就必须对此引起足够的注意,既要依法防患于未然,又能依法制止于已然。

其三,必须研究职务法律行为的全过程。随着国家立法和政府决策日益科学化、民主化,解决这个问题的时机与条件比以往任何时候都好。事实上,职务法律行为的运作过程应当是有规律可循的。根据对各种不同类型职务法律行为全过程的考察,我们就不难发现在它们的运作过程中存在着带有共性的情形,这就是行为动机、行为实施和行为效果缺一不可。据此,职务法律行为的全过程似应是由这样三个阶段构成的。

(1)行为动机阶段。在职个体受其内外因素相互作用的驱使,导致职务行为动机的激发和形成,由此启动整个行为过程并决定行为的发展方向。然而,职务行为动机的形成又来自行为主体的多层需要,其中某种需要特别强烈时就会引发行为的主导动机,如果职权的正常行使无法满足主导动机的需要,便势必出现职责要求与其个人需要之间的矛盾和冲突,在职个体这时就有可能产生滥用职权的行为动机。

(2)行为实施阶段。在职个体使其行为动机得以外化为具体的职务行为,并直接表现为行为目标、行为方案和具体职务法律行为。在这个阶段,担任法定职务的在职个体,为了实施法律或适用法律,他们需要查明事实和实际情况,选择可供适用的法律规范,作出执法决定方案,直至具体执行决定,由此便构成在职个体实施法律的整个行为轨迹。

(3)行为效果阶段。在职个体实施法律的程度和结果如何,法律效果与社会效果是否能满足预期目的,这是衡量其行为质量的标志。一般说来,严格执法和正确履行职责权力,职务法律行为都能取得良好法律效果和社会影响,何况我国宪法和法律是执政党的主张和人民意志的统一体现,在运动全过程从来就是要求反映人民根本利益的。但实际情况是,有的法律在反映社会法需要方面不够真实,或有的法律出台时考虑社会实际承受能力不够,或立法和执法的具体环节上还存在不足,这就难免有时也出现法行为动机和法行为效果并不一致的现象。

综观职务行为全过程,从行为运作过程的时序上把握其几个必经阶段,并仔细考察各个阶段的具体情况和特点,研究总结出它们的一般规律,对全面推进依法行政和建设法治政府是具有现实意义的。在我国,法律难以有效贯彻实施一直是一个"老大难"问题,究其原因也是多方面的,其中执法人员不能正确有效地履行法定职务就是一个重要的因素。我们探讨职务法律行为的基本属性、主要特点和行为规律,出发点应是有助于加强对在职个体职务行为的法律调控,为当前解决行政执法难和行政执法不力的问题找到一个实质性的突破口。这样,我们便可较好地优化职务法律行为的体制环境,减少这种行为正常实施的外在阻力,承认和满足在职个体自身的合理需要,改善他们的工作和生活条件,同时又注意健全职务法律行为的激励机制和监督机制,把对职务行为的法律调控落到实处,其结果必然能为建设法治政府的进程注入巨大动力,创造社会基础性条件。

四、领导职务行为的法律调控

全面推进依法行政,建设法治政府,依法调控职务法律行为势在必行,尤其对领导职务法律行为的调控更是理所当然。职务行为构成国家的法律管理活动体系,不同类型的职务行为又构成这个体系结构的组成部分,具体形成实现诸多结构功能的法行为机制,离开了对整个职务行为的法律调控,法律管理活动体系便无法高效运行,职务行为机制也不可能化为政府运行的基本准则。更为重要的是,领导职务行为在所有职务行为中位居核心层次,它在国家法律管理活动体系中的职务功能是反映国家意志行为的最高表现,而领导职务行为的影响力又直接关系国家法律管理活动体系的实际状况与运转方向,所以加强对领导职务的法律调控更带有全局性和根本性,是建设法治政府的关键所在。

从职务行为看,领导行为具有两重性。领导行为是在特定体制下实现领导功能的一种理性行为,本质上又是同国家和社会领导结构中某个具体法定职务职权相联系的一种行为模式,或者说是在这个结构中占有支配某个法定职务位置的人所应有的一种行为表现。相对非职务行为而言,任何一个领导者不论他具有什么特定角色,他首先是国家的一个公民和社会成员中的一员,像其他个人一样,他也有自身的资源需要和利益追求,就其行为特征和行为规律看,他也并非是"不食人间烟火"的。这就是领导行为两重性的具体表现,它既是与领导体制相联系的职务行为,本身又是具有与其他公民和一般社会成员所共有的行为特点和行为规律的非职务行为。值得注意的是,正由于这种"两重性",又使得行政职务行为在行为过程上独具两个鲜明特色:一是领导职务行为比一般职务行为更多地受到国家偏好政治结构的制约,普遍表现出追求组织目标的倾向或态势;二是领导的非职务行为受政治偏好政治结构的影响和制约较少,又莫不具有追求个人目标的动机或欲望。两种不同行为倾向构成矛盾的统一体,二者相互对立,此长彼消或此消彼长,怎样才能激浊扬清,显然是一个关系领导干部能否"清正廉明"的大问题。因此,廉政法制建设如何针对领导职务行为的两重性,高度重视运用法律手段调控领导职务行为,愈来愈成为当代法治国家的普遍共识。当然,各国的历史传统和社会政治经济文化因素不同,走向法治的具体进程殊异,这就决定了各国在运用法律手段调控领导职务行为的具体途径、实施步骤、调控范围和执行程序等各个方面不尽一致,实际成效也就存在着明显的差别。

在我国随着反腐斗争和廉政建设的不断深入,为法运动与经济运动必须和谐一致的发展所使然,党和政府已经越来越重视运用党纪、政纪和法纪相结合的综合手段来加强对各级领导行为的调控,并在依法治国的实践中已始见成效。现在的问题是,各级领导干部依法行政的观念虽在日益增强,依法行政的能力和水平也在明显提高,但国家对领导行为的法律调控依然同现实要求存在着明显的不相适应,尤其同全国人民向往法治的期望值相去甚远。这就说明,社会主义法治仍处于苦寻探索的实践中,目前还面临着许多亟待解决的理论问题和实际问题。具体到领导职务行为的法律调控，就有以下几个问题是比较突出的。

1. 领导职务行为法律调控的重点不够明确

作为一种职务行为，领导行为的构成要素中突出地蕴涵着领导者、被领导者和作用对象（社会环境）之间的矛盾，且集中体现在领导职务行为和非职务行为对立统一的过程中，矛盾的主要方面又是行为性质的政治性、行为内容的超前性、行为方式的系统性和行为表现的单向性，这就决定了法律调控的重点始终应该是各级政府、政府各部门领导干部的职务行为。然而，我们对此却缺乏明确的认识，习惯做法是混同领导干部的职务行为与非职务行为，在分析个案成因和采取相应对策措施时又总是"千篇一律"，以至这些年来的调控力度虽在不断加大，但实际成效同预期望目标依然存在着惊人的距离。现在是我们明确法律调控重点的最好机遇，建设法治政府的重要性和紧迫性要求我们不断创新理论和思维，包括对领导行为进行法律调控的再认识在内，一定要改变相沿成习的模式。其实，我们将领导行为的调控重点定位在领导职务行为上面无非是按规律办事，它并不排除对各级领导干部非职务行为的调控，原因是法定职务上行使职权受行为模式的约束外，的确也有许多其他非职务行为与领导职务行为极易混同或相互交叉的情况。比如，在社会活动和市场交易过程中，领导干部通常扮演着"经济人"的角色，如果这种角色行为所追求的政府自身利益同人民利益的效用函数相冲突，就必然导致角色错位，变成政府或在职领导干部个人的"特殊利益"行为。又如，"为官一任，造福一方"，这个说法原本对提倡"执政为民"具有积极意义，但它也内含干部追求升迁的动力，甚至并不否认地方政府也有其地方利益。类似的情况固然不少，然而不足为怪，因为在市场经济条件下，政府自身利益的主体意识正在明显激增，而在政府决策行为中对领导行为的"两重性"还未来得及给予足够的注意，所以相应的行为约束机制也自然滞后。不过，明确了对领导行为进行调控的重点，这个问题也就迎刃而解。

2. 领导职务行为的法律调控目标不够全面

毋庸置疑，根据行为特征及其规律来设定领导职务行为法律调控的目标是依法治国所绝对必需的。但是，重心和出发点似应不是一般地预防、遏制和约束领导行为负效应的产生和滋长，而主要是应放在调整、管理和协调领导行为，提高领导效益和实现领导功能上面。必须知道，领导行为寓意深刻，行为与秩序、生活与法律之间从来就是互动的，单凭制定行为规范和作出制度安排并不足以解决执法过程的内在问题，要想从根本上解决以政府运作方式为核心内容的诸多变量因素，除非把握领导行为调控的共性要求，包括调控的作用、任务和目标在内，都必须服务于国家的政治功能和法治走向，否则于事无补。正是基于这一点，法律调控的内容绝不可满足于惩治某个具体的个体行为或群体行为，而是要着力于整个职务行为，其中主要包括确认领导体制、领导关系、领导条件等因素的法律地位，规范领导机构和组织体系的建立，界定法律上的权责关系，对领导行为实行管理、调节和监督，理顺主体结构间的关系，规定领导行为的法律后果特别是对违法行政行为的法律制裁，以及领导行为的法律行为程序和保障程序等。

3. 领导职务行为法律调控的模式有待形成

依法对领导职务行为实行调控，是严格依法行政的首要条件和根本所在，目的是要通过对领导行为的调整、管理和协调来提高行政领导效能，保证国家结构中的领导功能得以最佳发挥。但严格说来，这仅仅是一般性的要求，尚不能成为领导职务行为法律调控的具体模式。实质意义的调控模式，首先必须合乎领导行为的规律，需重视职务行为与非职务行为之间的摩擦与冲突，并能依靠健全领导体制与行为激励机制促使矛盾对立面的转化，或运用法律功能限制和遏止行为的负面转化，促进行为正面转化的实现。从行为系统看，我们需要的领导职务行为调控模式更不应是单一结构功能型的，而应是具体由领导职务行为的行为选择、行为激励、行为矫正、行为监督和行为导向等多种机制组成，不失为整体结构功能型的法行为调控模式。这种形式的模式，它至少包含了行为前的"自我控制"，行为中的"监督控制"，以及行为后的效果满足和"惩罚与矫正"等基本内容，自然是比较全面和有效的。可以笃信，有了这样的领导职务行为法律调控模式，政府必定有能力解决以自身运作为中心的依法行政推进机制，把建设法治政府的原则要求贯彻始终。

必须承认，探索领导职务行为法律调控模式是建设法治政府的迫切需要,但我们的认识又绝不可停留在这个水平上,同时也必须承认现代法治的实质是个政治现代化的问题,而解决这个问题的关键又在于领导制度的现代化,反映在政治法律上就是要求实现领导行为的全面法律化。而法律化所涉及的问题殊多,无论在其内在要求与外在形态上,抑或从它与宏观社会法律化的直接联系进行考察,对其作出价值判断都不是一个法律调控模式所能概括无遗的。但确定无疑的是,我们根据依法行政和建设法治政府的内在要求,尽快形成领导职务行为的法律调控模式,并把它当做推动法治进程的行为中介与切入点,这对于实现领导行为的法律化或法治化的确具有特殊意义。

五、转变政府职能和国家行政管理法律化

我国目前稳步推进的政治体制改革,以坚持和完善社会主义民主政治制度为主题,又以全面推进依法行政、建设法治政府以及建设政治文明和全面建设小康社会为重要目标,正围绕着转变政府职能、改革和完善决策机制以及深化行政管理体制改革等主要内容走向全国规模,又无一不关系着执政党领导方式和执政方式的深刻变革。对全国人民来说,长期以来向往的法治国或法治社会已不再是一幅可望而不可即的静止的画面,而是变成了一个感同身受和看得见的动态流向。

转变政府职能,改进行政管理方式,提高国家行政效率,形成公正廉明、透明高效的行政管理体系,从来就是市场经济的内在要求和走向法治社会的历史必然。如同发展社会主义民主和法制一样,政府机构改革与政治体制紧密关联,是我国进行政治改革的先导。上届政府任期内开始进行的政府机构改革与以往多次机构改革不同,既考虑到了改革与发展的需要,又兼顾了社会的实际承受能力,尽管也带有过渡性,但它已不再是单纯系统地进行机构调整和人员的重组,而是注重政府法制工作的内部因素和运行机制,把机构改革同职能转变直接结合起来,首次展现了政治改革的实质性进程,为实现国家行政管理体制改革迈出了可喜的一步,并对依法治国、依法行政起到了积极的推动作用。现在,我们不再一般地重提政府机构改革,而是把转变政府职能和深化行政管理体制改革当做两位一体的任务明确地提了出来,必将有

助全面推进依法行政,这在实践和认识的领域内也是独具创新特色的一件大事。

国家行政管理体制取决于国家政权的性质,本质上属于国家公务管理。从管理领域看,它是国家的一种综合性的全局管理,几乎涉及国家政治、经济、文化、教育、军事、卫生和生态环境等各个领域的各个方面,而且是通过政府的决策管理、计划管理、领导管理、授权管理、监督管理、协调和公共服务管理等诸多途径来实现的。管理的手段方法愈多,运用最佳手段获取最佳效果的概率就愈高。根据党的十六大精神和国务院《纲要》,我国转变政府职能和深化行政管理体制改革的活动与现代法治社会走向趋同,始则要求建立科学化、民主化的行政管理体系,继则改革现行管理体制以完善各个方面的行为机制,终则实现政府领导行为和行政管理的规范化、法律化和制度化,因而必将推动由传统经验型管理向现代管理的根本转变,使整个国家行政管理活动名副其实地成为法治政府建设的最高表现。至于如何把建设法治政府的内在要求具体外化成依法规范化的行为体系,又怎样将这个行为体系变成社会大多数成员共同接受的行为模式,固然是不能一蹴而就的,但最根本的是我们已经把政府运作当做中心并把行政管理体制法律化当做了主题,因此不论转变政府职能还是建立健全各种法行为机制,都为我们制定判据和决定取舍创造了先决条件。

根据转变政府职能和深化行政管理体制改革同步进行的具体实际情况,从某种意义上说,我们还需要把握好二者互动互补、互为因果关系的运行规律,坚持各级政府领导行为法律化先行一步,通过领导率先垂范的影响力来强化和实现深化行政改革的价值取向。这样解决问题应是切合现实的,首先是因为政府领导行为的法律化具有先决性,没有各级领导干部的带头躬行实践,任何决策便不会产生号召力。行政管理法律机制要适用于政府职能,各级行政首长就必须以身作则,特别是法律赋予政府机关的权力义务关系要变为现实的社会关系,领导行为的中介作用是断然不可缺少或被取代的。政府领导的行为取向在于实现国家政策和国家目的,中心是严格依法办事,其行为法律化的先决性恰恰又是现代法治固有的社会公正性、政治民主性和权利平等性在政府行为过程中的具体体现,也是"上有道揆"和"下有法守"的有机整合。其次,政府领导行为法律化带有根本性。政府工作最主要的和最本质的活动集中体现在政府职能上,包括旨在推行国家领导体制、国家行政管理体制的基本行政法律行为在内,都是宏观领导行为的重要组成部分,也是现实生活中最常见、最普遍而且作用最为广泛有效的一种领导行为。尽管他们并不都具有行政执法的性质,其中直接发生法律后果的领导职务法律行为也只占相当小的一部分,但它对整个国家职务法律行为的发生和行为实施过程却具有根本的性质。如果说全面推进依法行政是转变政府职能的起点,那么,实现政府领导行为法律化就是建设法治政府的基本环节,是直接关系国家行政管理的规范性、有效性和合法性的一个大问题。此外,政府行为法律化还富于效率性和廉洁性。领导行为本身就是一个复杂系统,其中政府领导行为构成要素甚多,行为机制层层叠叠,行为性质也千差万别,这就要求严格区分哪些行为是日常行政行为,哪些行为又是能够引起法律后果的职务法律行为,尤其需要研究实施行政领导行为的法律依据,力求避免出现"先入为主"和"少谋武断"的情况,以及由于行政权行使不当和滥用行政权界限不清,发生行政违法行为也无法自我控制和自我调节的情况。还有,由于我国市场经济起步较晚,两种体制暂时并存造成的困难也是不可小视的。为我国渐进式的改革进程所规定,实现由计划体制向市场体制的根本转变还需要有一个过程,在这个发展过程中原有体制下形成的一整套政府行为规范、行为模式、行为习惯和观念意识是不会轻易消失的,有时还会借"行政至上"、"行政专横"的旧作风抬头,甚至利用行政执法行为的盲目性和任意性"暗度陈仓",从而在依法行政中造成新的摩擦与碰撞,给建设法治政府带来体制性的障碍。同样,在实施依法治国基本方略的过程中也会遇到类似的问题,这就是长期以来"人治"思想影响根深蒂固,历史形成的一套法观念、法行为作风也会同现代法治精神相冲突,影响社会主义法治的客观进程。为了提高政府工作效率,切实加强廉政建设,我们必须把实现政府行为法律化当做深化行政管理体制改革的核心内容来抓,以期顺利推进建设法治政府的宏图大业。

　　说到底,实现政府职能转变和深化行政管理体制改革其势必然,二者相辅相成,不能顾此失彼,也不能任意割裂。基于政府行为在国家行政管理活动和法运动过程中占有特殊重要的地位,它直接关系到建设法治政府的法行为满足程度和发展状况,这就要求我们必须明确无误地把转变政府职能当做实现政府领导行为法律化的前提,把深化行政管理体制改革当做国家行政管理活动法律化的动力。我们有足够的理由相信,只要这样抓住关键和把握希望所在,同时又动员举国上下坚持不懈的努力,实现建设法治政府的奋斗目标必定指日可待。

独立审判与党的领导

在林彪、"四人帮"极左路线的干扰破坏下，社会主义被封建法西斯主义所取代，公检法机关遭到了一场空前浩劫。现在，他们设置的森严禁区已被"炸开"，人民民主的司法原则和司法制度得以重新确立，发扬民主和加强法制其势必然，我国无产阶级专政在经受严峻考验之后重新变成了铁一样的政权。但是，同其他战线相比，我国司法战线的理论工作还是相当落后的，迄今许多重要理论问题的是非尚未澄清，每每提及独立审判的问题时，不少同志依然谈虎色变，总是心有余悸。这就说明，在独立审判和党的领导问题上，必须进一步弄清是非，这已成为我们面临的一项迫切任务。

一、独立审判的会议及其确立

人民法院独立审判并非今天新提出来的问题。人民法院独立进行审判，只服从法律，这是我国宪法和人民法院组织法早就确立的一项重要原则。它是在彻底摧毁旧的法律和法制的基础上产生的，既是人民革命的胜利成果之一，又是区别新旧两种法律、两种司法制度的显著标志之一。然而，这样一项健全革命法制、保障社会主义民主的重要法律制度，想不到在"文化大革命"开始后竟然被以毒草之罪名而横加批判,继则打入冷宫,化为乌有。从此,民主陵夷,法制荡然,独立审判就成了一个莫大的禁区。直到林彪、四人帮反革命集团被粉碎,魔法解除了,反革命思想体系被炸开了,重重禁区被冲破了,独立审判的原则才得以沉冤大白,重见天日。我们党和人民在同林彪、"四人帮"的殊死搏斗中,付出了高昂的学费和血的代价之后,终于从惨痛的教训中重新发现了独立审判原则的重大意义。在党的十一届三中全会上,它作为全党全国人民的统一认识加以重申和强调,并以立法的形式予以重新确认,这就恢复了这个原则的本来面目和应有光泽。应该说,独立审判作为社会主义司法制度的一条重要原则,它的法律化不仅意味着民主对反动、法制对专横的否定,而且也宣告了马克思主义国家观和法律观的胜利。

在资产阶级革命早期,英国思想家洛克适应发展资本主义经济的要求,代表本阶级同封建贵族分享权力的愿望,首创三权分立说,为君主立宪制度制造了理论根据。继洛克之后,法国启蒙思想家孟德斯鸠在提出自由、平等、博爱等思想主张的同时,又进一步发展分权理论,提出了著名的"三权分立"学说。作为资产阶级反对封建专制和争夺统治权的政治口号,他主张国家的统治应该是分享的,应由议会行使立法权,君主掌握行政权,法院专管司法权,以达到权力分别独立,实现相互间的制约和平衡。启蒙思想家卢梭在此基础上更加发展和完善了资产阶级民主学说,从自己提出的社会契约论出发,进而确立人民主权思想,并且把它提到天赋人权的高度,锋芒所向直指封建等级特权、君权至上的蒙昧主义。资产阶级夺取政权以后,根据卢梭的自由、平等和人民主权思想,把分权原则用立法的形式固定下来,宣布以"三权分立"作为政权组织的基本原则,规定立法、行政和司法三权分别由议会、政府和法院执掌,于是司法独立的原则便由此产生。

所谓"司法独立",就是法院独立行使司法权,审理案件只服从法律,不受任何他人或任何机关(立法机关或行政机关)的干涉。法国的《人权宣言》、美国的《独立宣言》以及后来许多资本主义国家的宪法,几乎都明确规定了司法独立的原则。与此同时,这些国家的法律还专门规定了法官终身制,以此作为司法独立的一项重要保障。然而,他们确立和推崇司法独立原则,其中很重要的一个原因,在于简化并且有效地监督国家机关,通过国家机关处理日常事务的分工来宣扬司法的公平与正义,掩盖其法院并不公平、公正的实质。事实上,资产阶级革命胜利后建立起来的法院同议会和政府一样,都是维护资本主义制度的工具,而他们的法官则不过是被精心挑选出来为本阶级忠实、终身地服务的奴仆罢了。早在一百多年以前,马克思、恩格斯就对此作过深刻分析,指出资产阶级的法律是资产阶级的意志表现,他们的法庭是特权阶级的法庭,他们建立法庭的目的"是为了用资产阶级良心的宽广来填补法律的空白";①虐待穷人、庇护富人是资产阶级审判工作中十分普遍的现象,"法律压迫穷人,富人管理法律","对穷人是一条法律,对富人是另外一条法律",因此"法律的运用比法律本身还要不人道得多";②法官都是来自资产阶级,他们都袒护自己的同类,都是穷人的死对头,"如果认为在立法者偏私的情况下可以有公正的法官,那简直是愚蠢而不切实际的幻想! 既然法律是自私自利的,那么大公无私的判决还能有什么意义呢?"③由此可见,西方国家创导和宣扬的司法独立原则,其实并不独立也很难独立,在很大程度上不过是一种法律谎言而已。

诚然,资产阶级提出的司法独立原则虽然无法超越其时代和阶级的局限,难免理论和实践处于惊人矛盾的状态,但也必须承认,这个原则又的确是具有历史进步意义的。它是资产阶级反对封建司法专横擅断的产物,而且在革命胜利后把它当做一条重要的宪法原则确立下来,使它成为近代法治的一项内容和标志,这在人类社会必然由人治向法治转变和过渡的历史发展进程中无疑是始开先河的。同样,我们还必须看到,尽管司法独立的原则价值不可否认,但在无产阶级革命胜利以后,在我们这样的社会主义国家里,也不可能把它简单地接过来为我所用。只能说,这并不妨碍我们学习和借鉴资产阶级民主制的一些具体形式,经过批判汲取而用其有益的成分,这对于我们建设和健全人民民主法制又是非常必要的。实践也已经证明,我国宪法和人民法院组织

---

① 《马克思恩格斯全集》第8卷,第536页。
② 《马克思恩格斯全集》第1卷,第703页。
③ 《马克思恩格斯全集》第1卷,第178页。

法所确立的依法独立审判的司法原则,的的确确是我们党领导人民司法工作的一项极好的制度。

必须指出,独立审判和司法独立,它们是名虽似而意已全非的两种司法制度。我们主张独立审判的原则,从根本上说,是我国审判机关实现无产阶级专政任务本身所固有的要求,并且为无产阶级民主制所绝对必需。人民法院要做到有效地打击犯罪、保护人民,就必须忠于法律和人民,忠于人民利益,忠于事实真相。这里一个最重要的问题,就是必须坚决维护法律的尊严,维护法制的严肃性和权威性,不折不扣地依法办事。法律的严肃性要求审判机关准确地认定事实,正确地理解法律,而且要坚持不懈地提高司法人员的思想理论和业务水平。法律的权威性,则要求审判机关在组织人事关系上保持应有的独立性,以保证在行使审判权、适用法律方面不受外界的干扰和影响,只能服从法律。这样,人民法院审理案件就能比较有效地防止偏差和错误,依法办事也就多了一层保障。我们强调独立审判,就在于维护法制的权威性,要求做到国家的审判权统一由人民法院行使,审理案件必须依法办事,其他机关和任何个人都不得进行干涉。独立审判这种确定的含义表明,作为一条重要的社会主义法制原则,它充分体现了法制的严肃性和权威性的辩证统一关系,从当前和长远的观点看问题,我们能不能坚持这项原则,无论从理论或政治实践方面说,对发展社会主义民主和法制都是一个至关重要的大问题。

二、"人民法院独立进行审判,只服从法律"的理解

一般地说,宣布独立审判为社会主义司法原则是比较容易的,但要真正将这个原则贯彻始终,坚持毫不动摇,把理论与实践价值统一起来,则是要困难得多的一件事情。人们还清楚地记得,独立审判原则确立之初,它曾为崭新的人民司法制度增添过绚丽的色彩,然而在20世纪50年代末期就开始横遭厄运,被当做错误的东西加以批判和否定。如果说对独立审判原则的最初发难是出于对民主和法制的恐惧,那么,"文化大革命"伊始,林彪、"四人帮"则把这种恐惧推向了顶点。而在我国无产阶级专政史上曾经出现过的最黑暗的一幕,恰恰就是这种恐

惧所造成的恶果。

前事不忘后事之师。独立审判本来属于社会主义的司法原则,但却蒙罪沉冤,连同社会主义法制统统被践踏殆尽。我们看到,正确的原则和制度一旦被剥夺国家意志的属性,随之而来的必然是权力的专横,于是少数人可以随意将自己"特权化"的野蛮意志和非法要求强加于审判机关,非法枉法审判就成了司空见惯的现象,冤、假、错案便比比皆是。在林彪、"四人帮"控制专政机关的日子里,他们制造种种谎言为其推行"全面专政"披上件件合法的外衣,但终究也掩盖不了一些法院为他们充当执行"帮派意志"的工具的实质。在司法工作中,既然依法办事的原则遭到可悲的捉弄,继之而来的自然是特权化"长官意志"的横行霸道。于是"追究思想倾向"的所谓政治犯罪就比比皆然,霎时间"以言治罪"骤然成风,哪里还有法院应有的独立性,又怎么会有公安、检察、法院三机关的分工制约以及一系列的审判制度与诉讼程序?就像"文化大革命"要求人民关心国家大事,而国家大事又不让人民关心一样,保护人民民主权利需要坚持独立审判的司法原则,但一种超封建的独立的审判果然出现了,它恰恰是为了彻底取消人民的一切民主权利。有法不依、无法无天这种恶劣的空气一经蔓延开去,如有人还谈论什么独立审判,实际上就成了一个打上"长官意志"印记的橡皮图章了。在"文化大革命"中,多少人因为关心国家大事,坚持真理,为了捍卫无产阶级专政和社会主义而奋斗,但结果却是招来了意想不到的残酷迫害:轻则抄家批斗,游街示众,拷打收监;重则非刑致残,处以极刑,投入血泊之中。在全国广为传诵的张志新烈士,不过是惨遭林彪、"四人帮"法西斯专政野蛮杀害的一个典型代表而已,其实类似这样的惨案,从老一辈革命家到一般人民群众,又何止千千万万!人民感谢勇士们用鲜血换来的教训:一个社会主义国家,如果不能保证审判机关享有应有的独立性,势必就给野心家、阴谋家提供可乘之隙,为他们恣意扼杀民主、践踏法制、侵犯人民民主权利开放绿灯,发放通行证。因此,为了不容历史的悲剧重演,坚持独立审判原则便成为一个必不可缺的保证。

实践是检验真理的唯一标准。正反两个方面的经验告诉我们,"人民法院独立进行审判,只服从法律"的社会主义法制原则,应当成为我们党领导司法工作的一项极为重要的保障措施。遗憾的是,以往的教训并没有使所有的人都认识到这一点,以致为法律所重新确认的原则,至今依然不能彻底地贯彻实施。围绕要不要坚持独立审判制度,现在还照样存在不少错误认识和糊涂观念,无疑都是加强社会主义法制的思想障碍。因此,旧话重提,疑义相析,不是多余的。

有人把"人民法院独立进行审判,只服从法律"这条司法原则,与西方国家的"司法独立,法官只对法律负责"的司法原则等同起来,由此断言独立审判是资产阶级的"黑货",继续加以批判。对于这种望文生义的形而上学的观点,我们必须予以澄清。众所周知,社会主义同资本主义是两种不同的社会制度,它们的法律制度和法制原则又是两种性质不同的上层建筑,各自赖以形成的社会经济基础有别,所体现的阶级意志和服务对象自然各异,这是马克思主义的基本常识。在任何时候,我们也绝不能把两种不同性质的事物相提并论,否则就会混淆两种制度的原则界限。同样,我们也不能离开一个社会的经济基础和具体历史条件来观察问题,不能只看现象不看本质,只注重形式而忽视内容,否则又将陷入法律虚无主义的泥坑。如果不是这样提出问题和分析问题,偏要在"独立审判"和"司法独立"之间"画等号",最终只能是否定唯物辩证法的同一性,取消事物的质的区别,在理论和实践中造成极大的混乱。况且,我们党把独立审判原则作为全党的统一认识重新提了出来,本身就是要在法学界和司法战线进行拨乱反正,我们又怎么能不顾历史教训和现实情况而继续维护"禁区"呢?

也有人把"人民法院独立进行审判,只服从法律",仍然看做是"不服从党的领导","向党闹独立性"。这当然是一种站不住脚的无稽之谈。殊不知独立审判是一个完整的司法原则,这个原则的确立不但丝毫没有离开党的领导,恰恰相反,它是在党的领导下制定的。作为审判机关的一种活动(行为)方式,是指审判活动的全过程都必须独立进行,因为国家的审判权不允许任何机关或个人分享和左右,从根本上说是不允许外界干涉和影响的;只服从法律说的是法院独立审判案件的前提条件,是指法院审理案件时必须恪守依法办事的原则,不服从任何机关或个人的指令。这样两方面结合起来,就是说审判机关的职能及其活动对其他机关或个人是保持独立的,对国家的法律则是绝对服从的。把绝对服从法律作为独立审判的先决条件，是由于我们的法律是在党的领导下，按照国家的根本制度，在广泛发扬民主的基础上，由人民代表大会制定的，它体现了全国人民的共同意志和根本利益，也集中反映了党的路线、方针、政策和主张，所以只服从法律就是只服从全国人民的意志，只服从党的领导。不言而喻，任何把独立审判与党的领导对立起来的观点，不但在理论上是错误的，在实践中也是极为有害的。

当然，有的人在口头上也承认独立审判同司法独立是有着本质区别的，也懂得坚持独立审判原则对维护法制和保障人民民主权利的重要性，但总是觉得这是过去批判过的东西，为了避嫌起见，执行中总是放不开手脚，以为还是按老框框办事保险。这样一来，党法不分的现象便照样普遍存在，而那些有碍独立审判原则的制度也一如既往，审判人员的积极性和创造性无从发挥，一系列制度和诉讼程序无法贯彻，致使独立审判的原则徒托空言，对健全社会主义法制产生不利的影响。显然，这正是心有余悸的一个具体表现。现在，摆在我们面前的问题是，应该从法学界和全国司法工作的实际出发，坚持实事求是的科学态度，一定要正视林彪、"四人帮"极左路线的流毒和影响，认清重新端正思想路线的必要性和迫切性，不再回避实践是检验真理的唯一标准的讨论这一课，要解放思想，冲破禁区，自觉地忠于法律和事实，做维护法制的模范。

新中国成立已经三十周年了。我国无产阶级专政的历史，有胜利的时候，也有失误的时候。就司法工作而言，哪些做法是正确的，哪些做法是错误的，实践已经给我们作出了明确的回答，现在主要是如何从中总结出经验教训的问题。人民法院是无产阶级专政工具的重要组成部分，本身既是一个独立的政权单位，自然就应该享有一定的自主权，就应将审判活动同审判人员的积极性结合起来，不应像过去那样，即要不要坚持独立审判一个样，我们必须认真地解决人民法院保持相应独立性的问题。这个思想认识问题不解决，或解决得不好，便无法使我们的审判工作转移到正确的轨道上来，转移到社会主义现代化建设上来。

三、审判独立与党的领导的关系

中国共产党是我们国家的执政党,担负国家领导权,是领导全国人民革命事业的核心力量。人民法院作为我国无产阶级国家政权的一个重要组成部分,它必须在党的领导下独立开展审判活动,这是确定无疑的。"独立审判"反映了我国人民民主专政的新型国家政权的本质所在,同样是无可置疑的。实践证明,任何动摇或者削弱党领导司法工作的倾向,都会导致人民民主专政的动摇和削弱。因此,正确理解党对人民法院的领导,始终是贯彻独立审判原则的一个亟待解决的重要问题。

在"文化大革命"中,党如何领导审判工作的问题被林彪、"四人帮"搞得非常混乱,加上我们在执行过程中的某些具体做法失误,就使得这样一个并不难解决的问题,似乎变成了一个十分复杂的问题。突然间独立审判成了"禁区",长期以来人们再也不敢提、不敢碰,甚至谈虎色变。现在还有人还对独立审判讳莫如深,可见恐惧心理影响之深,这就说明十分有必要将与其相关的几个理论和实践问题加以澄清。

首先,党的领导不是目的,而是为了保证人民法院独立进行审判,只服从法律的原则得以贯彻实施。林彪、"四人帮"曾经利用旧社会官僚特权制的流毒兴风作浪,借助封建传统力量进行捣乱破坏,值得我们注意的是,他们并非赤裸裸地宣布要恢复旧制度,而是替自己涂上一层光怪陆离的保护色,以所谓加强党的"一元化"领导的面目出现的。这种实质为"一人化"的"特权制"和"长官制",它同我们说的党的领导风马牛不相及,完全是冰炭不相容的两种制度和思想体系。在无产阶级专政的社会主义国家里,必须采取有效措施来根除官僚制,肃清一切特权制和长官制的残余影响,这也是列宁曾经反复强调过的思想。尤其在我们这样一个经济落后的东方大国里,旧社会留给我们的"历史遗产"是几千年封建官僚制政权的传统根深蒂固,小生产习惯势力的影响盘根错节,正是在这个基础上使得封建家长制官僚政治的复活成为一种必然现象,因此也就加重了我们铲除官僚特权思想的任务。切不可忽视这一点,否则,加强党对人民法院领导的出发点和归宿点就会出现极端尖锐的矛盾,其结果不是保持人民法院应有的独立性,而只能是独立审判原则最终被特权制和长官制所取消。据此,加强党对司法工作的领导并不是目的,我们的目的只能是通过铲除官僚制和长官制来确保独立审判原则的贯彻实施。

其次,党的领导不是指党要具体过问人民法院的审判业务,而是要坚持把党和司法机关分开。斯大林说过,"党是政权的核心。但它和国家政权不是而且不能是一个东西。"①这就说明,党担负着国家领导权,但绝不是说应该或可以把党和国家政权混为一体,把党的领导同无产阶级专政视为一个东西。按照马克思主义的观点,不应把党对国家政权的领导理解成是对国家机关直接发号施令,而应当看到,这种领导作用主要体现在依靠国家机关中的党组织和党员个人的工作,来实现党的路线方针和政策主张。至于人民法院的审判业务,各级党委没有必要具体插手。审理案件是一个很复杂的过程,从侦查起诉到审理判决要经过一系列的诉讼程序,这中间需要做大量的深入细致的具体工作,如果党委要陷入具体审判业务,不分案件大小、轻重缓急都要事必躬亲,势必就要分散党的精力和主要注意力,忽视司法工作中的重大方针政策问题,这样非但不能加强领导,相反还会削弱党对司法工作的领导。另外,党委直接插手具体的审判业务,必然使审判人员以为既然有党委把关,也就用不着担心对法律负责,只需对领导负责就行,长此以往就会大大挫伤审判人员的责任感和积极性,产生办案质量不高的后果。更重要的,党委直接过问具体审判业务,从根本上说不单纯是个领导方法问题,而是一个思想路线问题,也就是尊重客观事实、客观现实还是夸大主观意志作用的问题。事实上,党委分工主管政法工作的领导同志无论怎样熟悉法律,无论办案经验怎样丰富,但毕竟不是亲自承办案件,因此对每个案件全过程的了解总是有局限性的,单凭审读卷宗材料或听取汇报进行审批,就难免会做出失误的决定,以致造成冤、假、错案。所以,无论在什么情况下,我们都必须把党的领导作用与审判机关的具体职能区别开来,绝不能党政不分、党委与司法机关不分,以免用党的领导工作代替具体审判业务,甚至取消党组织本身的职能。

---

① [苏联]斯大林:"论列宁主义基础——论列宁主义底几个问题",人民出版社1953年版。

第三,党的领导作用是具体的,但关键还是要正确处理好党的领导机关与审判机关之间的关系问题。董必武同志指出,"党对国家政权机关的正确关系应当是:(一)对政权机关工作的性质和方向给予确定的指示;(二)通过政权机关及其工作部门实施党的政策,并对它们的活动实行监督;(三)挑选和提拔忠诚而有能力的党与非党的干部到政权机关中去工作。"①重温董老的意见,对于我们今天怎样进一步解决好党对人民法院的领导问题,依然有着十分重要的现实意义。具体表现在:

(1)党对人民法院的领导,主要是政治领导、组织领导和国家法制的领导。党委要切实把加强社会主义法制的工作列入重要议事日程,根据党在各个时期的任务以及现实的斗争形势,对人民法院的审判工作及时作出如何正确执行政策、法律的指示。要定期研究人民法院的工作,及时讨论和审批人民法院请示的有关方针政策性的问题和重大疑难案件,检查人民法院贯彻执行党的路线、方针、政策的情况,发现问题,及时纠正。

(2)党对人民法院的领导,要解决好党的领导与依法办事的关系。党委不要包揽和代替人民法院的职能,必须保持人民法院应有的独立性。要经常开展法制教育并采取相应的制度措施,保证人民法院独立进行审判,只服从法律,不受任何其他机关、团体和个人的干涉。党委还应该关心和监督人民法院严格按照国家的法律办事,帮助人民法院排除来自外界的干扰和影响。

(3)党对人民法院的领导,要在组织上为司法机关配备公正无私、德才兼备、敢于维护法制的称职的干部,加强司法队伍的政治思想教育和法制教育,端正他们的思想路线和政治路线,提高他们的思想和业务水平,帮助他们恢复和发扬我国司法工作的优良传统和作风,以确保正确无误地运用法律。要关心和支持这支热心为人民服务,绝对忠于国家的法律和制度,忠于人民的利益,忠于事实真相,刚直不阿,执法不枉的司法队伍。

总之,各级党委究竟应该怎样领导人民法院的工作,始终是一个需

---

① 董必武:《论社会主义民主和法制》,人民出版社 1979 年版,第 37 页。

要认真研究解决的问题。必须看到,随着全党工作重点的转移和社会主义法制的逐步健全,我们党和国家关于加强法制的方针政策以及五届人大二次会议通过的一系列法律已经开始深入人心,无产阶级专政的职能得以正常发挥,特别是民主和法制的内在联系已愈来愈清晰,这对改善和加强党领导法院审判工作的思路无疑是有启迪作用的。中央在拨乱反正、重新端正党的实事求是的思想路线的同时,就提出了要实行社会主义法治方针的问题,刚进入 20 世纪 80 年代又具体提出了依法办事、依法治国的口号,这便预示着我们党已开始考虑"人治"与"法治"的关系问题。坚持发展社会主义民主与法制的方针,坚持依法办事和依法治国,自然要解决人民法院独立进行审判、只服从法律的问题。我们完全有理由相信并且可以预期,既然独立审判就是依法办事,只服从法律又与依法治国相一致,那么,在中国迟早要实行法治也必定是指日可待的。

关于法制领导的几个问题

在发展社会主义商品经济过程中,我们正面临各种复杂的社会问题,如何把握经济与政治、民主与法制不可分割的思想,怎样才能做到"一手抓建设和改革,一手抓法制",学会"用法律指明道路","根据法律管理国家",成为领导干部迫切需要解决的新课题。为此,笔者提出了法制领导问题,从法制决策、法律机制、法律功能、法律手段、法律信息、法制循环等方面对法制领导作了比较系统的探索。

党的十三大指出,发展社会主义商品经济的过程,应该是建设社会主义民主政治的过程。在这个渐进过程中,我们面临各种复杂的社会问题,如何把握经济与政治、民主与法制不可分割的思想,像列宁所说的学会"用法律指明道路","根据法律管理国家",便成为领导干部迫切需要解决的一个新课题。究竟怎样才能做到"一手抓建设和改革,一手抓法制",怎样才能使法制建设"贯穿于改革的全过程",这就要求我们拓宽视野和思路,在不断改进政治领导、思想领导、组织领导、行政领导等领导方式的同时,有必要专门研究一下法制领导的问题。我以为,确立起这种新的思维和观念是完全必要的,这是适应法制建设的特点与要求所绝对必需的一种领导方式。换句话说,我们党的法制领导应是党政分开原则在法制建设领域中的具体体现,它的外在形式是党对国家法制原则、法制工作方向、重大法制决策的领导,以及向国家法制机关推荐重要领导干部等。而党的政治领导、思想领导是总揽全局的，它属于各种专门领导之中，同时又高于所有这些专门领导，但却不能等同或代替它们（如行政领导、经济领导等），尤其不能代替法制领导，因为政治领导等需要有法制领导的补充与制约，本身就有一个逐步走向制度化、法律化的问题。可见，研究社会主义初级阶段的领导问题注入法制领导的新内容，不但具有重要的理论价值，而且对于搞好法制建设和民主政治建设也具有直接实践的意义。因此，笔者专就法制领导几个问题略陈管见，以期方家正谬，在探索中解决"未知"。

一、法制决策

领导行为最重要的是决策。决策行为正确与否，直接关系着事业的成败，也是衡量领导水平高低的重要标志。因此，搞好法制领导的重要一环，就是要以建设和改革的全局来规划法制建设的蓝图，进一步解放思想，消除"左"的流毒和障碍，排除思想僵化和自由化这样两种错误行为的干扰，切实搞好法制决策。我们不仅要充分发挥现行宪法和法律的作用，而且更要依靠正确的法制决策，以改革开放、经济建设促进法制建设的健康发展，又以法制建设为改革开放、经济建设开辟道路。这样，我们就能真正把法制与建设改革，立法与法律实施，政府执法与全民依法办事有机地结合起来，朝着法治目标迈进。

我国是一个统一的、多民族的拥有将近十一亿人口的大国。从国家根本利益出发，领导的法制决策行为必须合乎系统观念的要求。我们在社会主义初级阶段发展社会生产力所要解决的历史课题，是实现现代化。我国经济建设肩负着推进传统产业革命、迎接世界新技术革命的双重任务，需要经过有步骤、分阶段的长期努力才能实现。因此，健全法制的目的不是一般地为着保障建设和改革的秩序，巩固改革的成果，而是应通过加强立法、改善执法、保障司法和增强公民法律意识等一系列法制活动入手，使国家的政治、经济和社会生活的各个方面，民主和专政的各个环节，都做到有法可依、有法必依、执法必严、违法必究。有鉴于此，我们的法制决策必须是全局性的、主次有序的和多层次的，而不能是局部的、孤立的和片面的。只有统观全局，周密考虑，兼顾法制系统的各个层次和各个环节,才能在系统内部实现有效的协调发展,使整个法制系统具有高效能的运转能力,发挥出强大的威势。具体说来,法制决策的系统观念大致包括:

1.各个不同层级的法制领导者在决策时都必须追求国家法制系统的整体利益,严格坚持在宪法和法律规定的范围内活动。在这个前提下,一方面各个层次级的领导可以通过各种决策行为推行国家法制,并以守法为根本,依法办事为习惯,为加强党的法制领导作出贡献;另一方面,在领导法制建设中应引入竞争机制,提倡并鼓励地方领导从实际出发,在不违背国家法制统一原则的前提下采取适合本地区本部门的有效措施,用制度或法律规章的形式改善法律环境,摸索总结法制管理的经验,丰富和发展法制领导的内容。这样,通过给地方以较多的实施法治的决策权,就能在全国范围内更好地推动法制建设的发展。

2.各个不同层级的领导在决策时都必须注意各种不同法律手段的区别和联系,坚持在不同环境下运用不同的法制手段,并逐步学会综合运用各种不同的法律手段。须知,刑事司法的经验不能搬用到民事活动中去,民事司法的经验也不能生硬地套用于一切经济纠纷案件,而所有实施法律的经验都不能与法制领导艺术相提并论。即使在同一个执法或司法系统,运用法律手段的经验也不能绝对化,不可不分时间、地点、条件地乱加搬用。总之,不存在一成不变的领导经验与领导方式,"一刀切"的做法同系统整体观念相抵触,在法制领导中也是应当力求避免的。

3.各个不同层级的领导在决策时都必须注意自己所处的层次,按照宏观、中观、微观法制的不同要求行事,对不同问题采用不同解决方法,既不"图省事"不决策,也不"想当然"乱决策。按照政治体制改革中实行党政分开、进一步下放权力这样一些原则,中央解决宏观法制问题,地方解决中观法制问题,基层解决微观法制问题,做到各司其职,逐步走向法制化。

4.各个不同层级的领导在决策时还都必须看到,现代法制系统是个开放的系统,趋向是现代化和国际化,法制决策必须是符合这个大趋势的法制工程设计。这就要求法制领导干部必须具备一定的业务素质,需要比群众掌握更多的法律专业知识,更需要具有比较广泛的经济、社会、科技等方面的知识。然而,在实际上并非所有领导者都能达到这个要求,因此应相应采取补济之道,依靠法学、经济学以及科学技术等各个方面的专家参与法制决策。这是法制领导行为的一个重要组成部分,恰恰是在这一点上,它将小生产领导与大经济领导、经验型与科学型领导区别开来。小生产领导方式是凭经验办事,靠个人的智慧与意志决策,如果运用这种方式来领导法制,其结果很可能是人治而不是法治。现代化、科学化的法制决策绝不能采用这种领导方法,它要求领导者必须具备社会化大生产的领导素质与气质,要善于敏锐地提出问题和课题,组织"智囊团"、"思想库"这类专家进行认真研究,然后又能准确地从专家们提出的各种不同设计模式中选择出解决问题的最佳方案。一般说来,这种决策行为具有科学性,也有助于领导干部彻底摒弃人治观念,更好地推行法治。可以说,没有专家参与法制决策,也就没有法学的现代化、国际化。

二、法律机制

现代法制活动具有多种功能,而这些功能能否得到充分有效的发挥,关键需要有一个良好的法律机制。这里所说的法律机制,主要是指我们的法制领导必须具备结构观念,要把国家的法制活动有机地组织起来。换言之,就是要求我们的领导者在对国家法制活动进行系统分析之后,还必须把它的各种要素组成一个能够发挥最佳功能的结构,使它能够成为一个自我协调、互相配合、充满活力的系统。

一个国家的法律机制,就是由这个国家的法制活动的多种功能或者要素而组成的。具体到我国,法制活动按其过程划分功能大体可包括这样一些:以全国人民代表大会及常务委员会行使国家立法权,地方各级人民代表大会及其常务委员会制定地方性法规为特征的立法职能;以公安机关为主(还有检察机关和国家安全机关),对刑事案件行使侦查权为特征的侦查职能;以人民检察机关行使国家检察权,维护社会主义法制为特征的法律监督职能;以人民法院行使国家审判权,惩罚犯罪行为、保护人民民主权利为特征的审判职能;在社会主义法制建设中以担负组织、宣传、教育和后勤等重要任务为特征的司法行政职能;

以国家行政机关及其工作人员、国家行政机关任命的国营企事业单位的领导干部为监察对象的国家监察机关的国家行政监察职能;以行政手段为特征的,国家行政机关处理各类纠纷的行政性司法性职能;以监管罪犯,关押和改造已决罪犯为特征的劳动改造职能;以对被劳动教养的人实行强制教育改造为特征的劳动教养职能;以接受当事人委托或法院指定,协助当事人进行诉讼或处理其他法律事务为特征的律师职能;以当事人申请为根据,依法证明法律行为和具有法律意义的文书和事实的真实性、合法性为特征的国家公证职能;以处理国内经济合同纠纷、国际经济贸易纠纷和海事争议为特征的仲裁职能;以民间调解、行政协调、仲裁调解和法庭调解来解决纠纷为特征的调解职能,等等。所有这些功能,莫不具有立法和法律实施保障的、司法和半司法、行政执法与司法相结合的各种特征,并且涉及国家法制的各个方面。我们要设计的最大的法律机制模式,必须是能够有机协调它们发展的,在不同层次能够使它们构成相互依存的、相互促进的结构。而且,这个结构似应为立法和法制决策系统、专门司法系统、行政执法系统和法律监督系统为主体,以法律教育、法律宣传,法律服务、法律信息为重要环节,而且主次有序地组织起来的一个有机整体。从外部看,它是一个纵横沟通、相对稳定的法制系;从内部看,它又是一个互相联结、互相影响、富于多种功能的法制网络。

必须强调的是,任何一项法制决策也应该是一个科学的行为模式。领导法制要有动态观念,要分析每项法制决策可能涉及哪些系统,它的影响可能会产生哪些后果,由此需要采取一揽子的对策。还要考虑这个决策需要靠哪些系统去贯彻,各个系统的行为怎样协调同步,以及怎样将决策目标按系统层次纵横展开,化为各个大系统层次的实施要求。越是重大法制决策越要求严密完整,这样才便于实施,产生预期的决策效果。

目前,根据改革开放的要求健全法制,实现法律机制的现代化和国际化的条件极好。我们有党的社会主义初级阶段理论作指导,有法学研究的大批成果和法制工作的丰富经验作基础,又有各种科学方法论、广泛的社会知识和法律信息可供参考借鉴,甚至还拥有电子计算机这类可供进行后果预测和对策分析的高级技术手段,这一切都足以使法律机制建立在可靠的科学性基础之上。

当然,完善的法律机制是相对而言的,实际上不论多好的法律规范也不可能把现实生活概括无遗,不论多么精确的法律条文也不可避免地产生理论上的歧义。我们想要做而实际上能做到的,无非是在立法或决策时尽可能考虑得周全一些、细致一些罢了。拿立法来说,我们的法律多系成功政策经过升华后的产物,本应详于政策和高出政策,不宜过于"原则"和"简明",但做到这一点又相当不易,以致立法后往往急需采取必要的补救措施,如制定相应的实施细则或作出法律解释,不然,就会给法律实施造成困难。比如,我国《婚姻法》原第 25 条关于离婚原则与程序的规定,本来是人民法院审理离婚案件确定准否离婚的依据,但怎样理解条文本身,在法院内部与社会上认识并不都是一致的,以致贯彻执行中分歧很大,曾给审判实践带来一定的麻烦。又如全国人大常委会《关于严惩严重破坏经济犯罪的决定》,在指出走私贩私、投机诈骗、贪污行贿、盗窃公物的犯罪活动相当严重的同时,补充和修改了我国刑法第 118 条关于走私、投机倒把罪和第 152 条关于盗窃罪的规定,而这两个条文却涉及赃物数额的计算问题,但计算数额的根据和标准到底是什么,何谓"数额巨大",在刑法中没有明确规定,在办案实践中就成了一个有争议的复杂问题。这就告诉我们,法律、法制决策的数量的多寡同法律机制的是否完善并不是一回事,不论法律数量何其多,如果这些已经制定的法律得不到充分的遵守,那么,就成了法律机制不完备的标志。所以,我们不但应抓紧立法,而且更应按照法制领导的要求,考虑系统观念和结构观念,及时作出相应的立法和政策性解释,或者制定详细的实施细则,或者解决与之相配套的其他有关问题。这是给法律机制注入活力,保证法制活动良性环境的必不可少的措施之一。

三、法律功能

法律功能的大小与好坏,是检验法制活动的最终根据,也是衡量法制领导成绩优劣的准绳。法律功能大至依法治国,小至办好一个案件、解决一件纠纷,都是我们领导法制工作所要追求的基本目标。当然,法律功能不同,它们作用的对象与发挥作用的方法也不同。我们评价法律功能不能单纯采用定性的方法,把法的阶级性与社会性当做划分法律的本质与功能的唯一判据,原则只会限制我们的视野,把我们的思路引入静止的、僵化的状态。我们上面已经谈到,法律功能寓于法律机制之中,通过许多法律手段的运用来展现,是法律机制的生机和活力之所在。法制活动是一种复杂的社会现象,而法律机制就是所有这些现象的调节器。这个调节器的作用体现在它的各个环节上,其中既有合力又有分解力,既有独特作用又有交互作用,光凭定性的方法是无法判别法律功能的性质、种类和大小程度的,除非采用定性与定量相结合的方法,我们才能兴利除弊,更有效地完善法律机制,加强对法律手段的研究与运用。对于法制领导来说,最重要的是要关心各种法律功能的表现形式以及产生这些具体形式的途径,注意法律手段的研究与运用,切不可眼光陈旧,思想僵化,对已经并正在起重大变化的各种法制现象视而不见,非"定性"而绝不取舍。

必须指出,法制活动的目标只能是法律功能,如同经济活动的目标只能是经济效益一样,不能另设别的什么标准。然而,长期以来人们在这个问题上表现出两种倾向:一是混同法制活动的经济手段与法制活动的功能目标,以为可以用"经济制裁"的办法所取代;二是混同法制活动的行政手段与法制活动的功能目标,以为"纪律处分"就是法制活动的目标。这两种倾向造成的实际后果是,有时对需要定罪量刑的犯罪分子采取宽容放纵的态度,竟然"以罚代刑",靠经济制裁了事;同样,有时对触犯国家刑律需要绳之以法的犯罪分子心慈手软,竟然"以风挡罪",置法律于不顾,靠"行政纪律处分"马虎办事。显然,这种无视法律功能目标的认识和实践是错误的、极其有害的。应该看到,我们在法制活动中固然也要执行经济制裁或行政制裁,但前提是适用何种法律要取决于行为本身的性质及其社会危害性程度,而那些触犯刑律、构成犯罪、需要追究刑事责任的人,任何时候都必须依法处理,不容许改变适用法律的功能目标,包庇犯罪,破坏法制。至于实行经济的或行政的制裁,在刑事司法中一般是在实现法律功能的同时或者实现法律功能之后所采取的惩罚措施,并不意味着这就是法制目标功能本身。我们如果忽略了这一点,错误地把法制活动中的经济手段、行政手段同法制活动的功能目标混同或等同起来,这就从根本上失掉了运用法律手段达到经济目的、政治目的的基础,最终只能是导致法制活动、经济活动、政治活动的混乱。

既然法律功能是一切法制活动的目标和判据,那么,加强法律功能分析就成为我们领导法制的一项重要日常工作。在社会主义初级阶段还存在许多影响社会安定的因素,商品经济的大发展不可避免地产生某些消极影响而增加犯罪的诱因,在改革开放、新旧体制转换过程中也会使不法分子有机可乘,尤其经济犯罪和其他刑事犯罪还会长期存在,犯罪活动的形式和手段也会不断起变化,这就要领导必须保持清醒的认识,注意研究具体的法律功能与法律手段的关系,不断丰富为改革、开放服务的法制内容。同时,还必须转变观念,从而使具体的法制管理有别于经济管理和行政管理。

四、法 律 手 段

我国社会主义法律体系是以宪法为核心,基本法律为主干,包括许多部门法律、单行法规条例和法制决策在内,组成的一个有机整体。在这个体系中,刑法、民法、行政法、经济法、劳动法以及环境保护法等,都是重要的法律。法律体系及其所包括的各种各样的法律手段,通过法制系统的职能机构进行正常运转,并受法律监督系统的制约,使得法律功能得以充分发挥,做到法网恢恢、疏而不漏。在这个意义上说,追求法律手段的最佳功效,同样是法制领导行为的一个重要组成部分。

法律手段和法律功能不可分割。一方面,任何法律功能都不能自动实现,而必须有法律手段的设置和运用。另一方面,任何法律手段又不能主观任意放纵,而必须受法律规范调整的对象与范围的制衡。在这里,领导者的行为具有至关重要的意义。领导法制不但要分析法律功能的多元化现象,积极创造运用法律手段的各种有利条件,而且更要求法制领导者增强法律意识,自觉否定法律机制外的一切行为,保证在宪法和法律规定的范围内严格依法"定点划线",按照法定程序正确运用法律手段。事实上,任何法律手段的实施都是按照法定程序和法定原则进行的,从来不存在离开监督与制约行为的法律手段。比如,运用刑事手段保护被破坏了的社会关系,在打击犯罪的同时又有可能罪及无辜,造成冤假错案,有损国家法制的形象。为防止和避免出现这种情况,就必须制定刑事诉讼法,为我们实施定罪量刑的行为设置一定的行为程序模式,从而保证司法机关在当事人及其他诉讼参与人的参加下,严格按照这个程序来揭露犯罪与证实犯罪,证实被告人是否构成犯罪,以及要不要处以刑罚和处以何种刑罚的问题。又如,民事手段是一种最基本、最重要、最积极的权利保护手段,用它来调整平等主体的公民之间、法人之间、公民和法人之间的财产关系和人身关系,促进有计划商品经济的发展,是人们须臾不可离开的。但我国《民法通则》比较原则,如果没有其他单行法规和政策辅以运用,同样也可能在具体实施时给公民和法人的合法权益造成不应有的损害以致影响经济建设的发展与社会秩序的安定。这种情况表明,运用法律手段解决问题是个动态过程,如果对于这个过程中的行为不作出某种限定,不划定必要的轨迹与边界,就有可能导致行为失当,违背法制系统的内在要求。任何法制活动也是社会活动的一个内容,它与其他各种社会活动交织一起,如果对运用法律手段的行为方向作出恰当的限度规定,无疑有助于整个社会活动的和谐发展,推进社会主义事业。

我国社会主义法制的内容十分广泛,而且是不断丰富和发展变化的。随着经济发展和改革不断深化,与我国民主政治建设逐步走向法制化的总进程相适应,许多应兴应革的事情将尽可能用法律或制度的形式加以明确,新的政治、经济和社会生活的规范必将层出不穷。据此,法制领导者研究与运用法律手段的条件比任何时候都好。可是,法律手段是个十分复杂的法律范畴,诸如法律手段的含义与范围,法律手段与法律机制的关系,法律手段与建设、改革的关系,法律手段与法律信息的关系,各种法律手段的作用以及发挥作用的条件,不同法律手段的区别与联系,法律手段的个别运用与综合运用,以及法律手段与经济手段、行政手段、教育手段的相互配合等,这又必然给我们掌握和运用法律手段带来一定的难度。但必须看到,不论微观意义的严格依法办事,还是宏观意义上的向着未来法治社会过渡,都要求我们领导者在改革开放和建设中学会综合运用法律手段,这是新时期的一项基本功。同时也必须相信,我们的党和国家是十分重视法制建设和法制管理的,这些年来也已取得初步的经验,只要我们认真地沿着已经开辟的航道继续前进,就一定能把法制领导引向更新更高的层次。

我们重视法律手段的研究与运用,目的是要依法治国,而绝非临时举措。所以,我们必须以普及法律常识、增强法律意识、完善法律实施保障,健全法律监督机构为基本条件,坚持依法办事,把领导干部自身的行为首先纳入法制轨道。只有这样,才能确保国家依靠法律手段对宏观社会实行有效的控制,维护有利于发展商品经济的新秩序,促进社会风气、社会秩序和社会治安的根本好转,加快实现社会主义初级阶段的宏伟目标。

必须注意的是,法制领导应特别关心建立和健全相应的执法系统和法律监督系统。我们已经有了一套执法机构和执法系统,但是还不健全,还不能解决有法不依、执法不严的问题,尤其不能有效地制止行政人员以权谋私、执法人员徇私枉法的问题。当前最急需加强的,恐怕莫过于法律监督系统。在我国,法律监督职能属于国家权力机关、检察机关和监察机关,另外,党的纪检部门也兼具这方面的部分职能。从外形看,职能与机构兼备,各司其职,似应不成问题。其实不然。我国目前法律监督出自多门,主次无序,职责分工含混,内部制约机制缺乏,实际上尚未构成一个健全的法律监督体系。因此,它在实践中很难发挥高效能的监督作用,尤其在党风不正、法外特权的袭扰下,往往显得软弱无力。正因为如此,建立和健全法律监督体系不仅具有达成法治目标的长远意义,而且对解决当前执法不力的突出现象更具直接实践的现实意义。应该说,这是我们提高法制领导行为的实际功效,讲求法律手段的实用价值,切不可掉以轻心的一个问题。

五、法 律 信 息

同现代管理一样,法律信息也是一个神经系统,沟通信息是搞好法制管理的基础工作。国家法制是个开放的系统,在它的外部存在着许多复杂的因素,对法制建设都会产生直接或间接的影响。而在这个系统内部,又是一个由各种功能结构组织起来的集合体,它们时刻都在围绕着法制目标进行有节奏地运动。通常说来,在法制管理的全过程中,领导者与具体法律事务打交道的情况并不多,相反,却要同法律事务的信息保持着最密切的联系。任何时候,法制领导者都离不开法律信息和法律信息的沟通。

法律信息的沟通对确定法治目标,作出法制决策,制定法律法规,以及组织、指挥、协调和控制法制活动,都具有重要的意义。它是加强法制建设的一个重要环节,我们切不可等闲视之。须知,有没有良好的法律信息沟通,对法制建设的发展和法治目标的实现关系极大。

1.法律信息是法制决策与立法工作的基础

通过法制内部的信息沟通,我们可以获得立法和法律实施的准确情况,完整地了解到社会的法制心理和要求,及时总结出贯彻实施法律的各种经验,激励和增进法制工作的需要与动机。同时我们可以获得有关外部环境各种变化的信息,比如法律现象的发生,法学研究成果的交流,社会心理对法制工作的评价,法律环境的好坏,科技发展中提出的法律问题,以及改革开放对立法执法提出的迫切要求等,从而能为国家法制决策提供必要的资料和判据,使领导的法制行为有利于立法和决策。

2.法律信息是组织和控制法制管理过程的依据和手段

在法制系统内部如果缺乏良好信息沟通,情况不明,不能及时发现问题,是无法改进法制工作和实现科学化管理的。只有沟通信息,弄清法制系统内部外部的情况,增强法制工作的透明度以利于社会监督,及时了解群众的法制行为趋向和法制心理现象,判明人们的民主意识、公民意识和法律意识,洞察执法人员的业务素质、思想品格和工作业绩,掌握法制活动的新情况和新特点,才能为组织和控制法制管理过程提供科学依据,更有效地提高法制系统的组织效能。

3.法律信息是法制建设协调发展的必要条件

迄今,我国法制建设已经取得巨大成绩,但仍然存在不少问题。比如,在立法进度、立法步骤、立法技术等方面就缺乏系统化和科学化的总结,就有亟须改进的薄弱环节。至于执法方面的问题就更加突出,像有法不依、执法犯法的现象可说是相当普遍。尽管事出有因,但必须承认,这与法律信息没有很好地实现人际沟通和组织沟通是有一定关系的。正由于相当一部分领导者不重视法律信息的作用,闭目塞听,抱残守缺,以致不能及时调适法制系统各个环节出现的问题,才影响到法制建设的协调发展。

目前,法律信息的作用比以往任何时候都更加突出,已成为我国法制建设的一种重要资源。特别是党的十三大以后,随着政治体制改革的推开,社会主义民主政治建设的进程已大大加快,反映于法制建设方面,无论是国家立法机关还是司法机关,抑或是从国务院到地方各级政府,都在采取积极措施来沟通各方面的信息,努力改进法制工作。当然,我们也要看到,法学界对于信息资源的研究与利用,比起经济界特别是企业界还是落后得多。

大家知道,现代信息沟通一般必须具备三个要素,这就是信息的发送者(信息源)、信息的受讯者(接受源)和所传递的信息内容(信息本身)。同样,法律信息也似应包括这些内容。但科学研究的对象不同,沟通信息的过程也不同。法律规范既是一种行为模式,我们的法学研究自然不能停留在静止状态,而必须树立起动态的观念,进而也要研究法制行为和法制心理。在这方面,法学区别于社会科学其他许多学科,而与领导科学、行为科学则是一致的。法制领导者应着力研究的,也应当是人与人之间的沟通过程,即人与人之间的信息交流(主要是直接对话)的过程。显然,这比起通信科学研究的通信工具之间的信息交流、工程心理学研究的人与机器之间的信息交流,更要丰富生动和复杂得多。至于法律信息沟通的一般模式,可以有各种各样的设计,诸如纵向沟通与横向沟通等,究竟采取何种途径为好,这要从实际出发,不断摸索、总结和创新。当前,加强横向间的信息交流尤其必要,这是应当引起我们重视的一个问题。事实上,改善法律信息沟通的方法同排除信息沟通的障碍是一个问题的两个方面,只有用改革开放的要求来统一,我们才可能把问题解决得好一些。

六、法 制 循 环

法律一经制定,便具有相对的稳定性,这是法律不同于政策的一个显著特点。根据我国的立法思想,立法过程一般都要经过由政策指导到制定为法律的过渡,这就决定了法律比起尚未达到立法要求的政策要稳定得多。鉴于这个客观实际,我们适当强调法律的稳定性是完全必要的,也有助于吸取过去"要人治,不要法治"的历史教训,维护法制的统一与尊严。但这样做并不是要"以不变应万变",因为只求静态平衡并不符合事物发展的规律,也不符合我国法制建设的事实。我国正在发展外向型经济,国内发展横向联合的势头方兴未艾,随着企业经营机制的形成,社会主义市场体系的培育与发展,经济活动的正常竞争将会日益加强。面对开放的世界和瞬息万变的经济形势,法制建设怎样做到立足于改革开放,主动为经济建设服务,这不能不是法制领导所要解决的一个首要问题。实践证明,法制建设同经济建设一样,只靠静态平衡是不能图取发展的,必须按照客观规律办事,在动态中不断调适我们的方针,进行科学的立法和决策,因势利导,才能构成良性的法制循环。

实现法制系统的良性循环,是运用法律手段管理经济、管理社会的根本保证。我们在这方面的努力仅仅是个开始,要实现这个要求依然任重而道远。然而,改革的大趋势不会变。经济建设也永远不会停留在一个水平上,要把我国建设成为一个富强、民主、文明的社会主义国家,没有法制的良性循环是不行的。要且,实现良性循环不能一蹴而就,它必然是一个渐进的过程。我们应当立足于这个实际,着眼于探索和开拓,并从法制建设中存在的具体问题入手,为建立法制良性循环系统作出不懈的努力。

我们需要的良性法制循环,是指法制系统结构及其活动发展进程的循环,也是法制行为态势的循环。因此,首先要在法制系统结构的各个层次和各个环节构成良性循环。法制系统的各个层次结构,它们各自成为一类法制功能的承担者,在整个法制活动中需要并行不悖和互相促进。如果它们不构成良性循环,就会功能失调,危及国家法制。尤其每个层次的各个环节,它们之间要求行为过程的有机联系更加密切,对良性循环的要求更加强烈。比如在立法过程中,就要求国家根本大法的制定应促进国家基本法律的发展,国家基本法律的制定又应促进其他法律法规的发展,如此等等,构成一个周而不息的循环。立法如此,法律的实施和其他也不例外,都应构成良性循环运动。其次,应使法制活动随着客观发展进程的推移同样形成一个良性循环运动。法制处于动态发展中,它要求法制领导必须具备时间观念,善于循着时间推进的轨迹,果断地作出废、改、立的决策,及时解决应兴应革的问题,从而使法制系统的结构与功能之间大体求得平衡发展,按照时间规律有序运行,构成良性循环。总之,不论根据结构观念还是时间观念,形成法制良性循环都是绝对必需的,不依人们意志为转移的。

应根据国家法制建设的总体要求,从法制活动的新情况新特点出发,及时作出有效的应变决策,是实现法制良性循环的一个根本问题。而能否把握决策的有力反馈,尤其显得重要。领导者应设法使决策的实践结果尽快反送回来,然后与决策目标进行比较分析,修订并完善决策的目标与措施。反馈的实质在于坚持实践是检验真理的唯一标准,切忌脱离实际。只有懂得反馈是一个系统充满活力的根本标志,才能重视反馈系统的作用,从收集情报到制定规划等各个环节做出最佳的选择与安排。其实,法制建设中的决策——反馈——再决策的过程,周而复始,循环往复,本身就是一个重要的法制循环。整个法制活动就是在良性循环中不断发展的,这中间离不开强有力的组织工作,因而也决定了我们的法制领导者同时又必须是法制工作的组织者。

综上所述,我们不妨把法制决策、法律机制、法律功能、法律手段、法律信息、法制循环看做是构成法制领导的主要内容和基本特征,并以此作为对法制领导过程的一次初步概括。我们也可以把它们看做社会主义法制建设中的一些具体管理方法,当做我们执行法律职能必须研究的一些课题。我们进行政治体制改革的近期目标,是要建立一个有利于提高效率、增强活力和调动各方面积极性的领导体制。可以笃信,我们将要建立起来的新的领导体制,包括政治领导、思想领导、组织领导和行政领导、经济领导等在内,无疑都是强有力的,如果再增添一项法制领导的新内容,并且努力为它们之间的互相补充、互相促进创造良好条件,那么,一定会有助于完善我们的领导制度,提高我们的领导水平和领导艺术,迎来社会主义事业的更大发展!

（原载《学术季刊》1989 年第 1 期）

论领导与法治的有机结合

八届全国人大四次会议以来,"依法治国"以其初步实践敲开我国通向"法制"社会的大门。然而,这项治国方略何以持久贯彻,奋斗目标又何以化为全国人民的自觉行动,这里涉及许许多多的理论价值、观念意识和实际努力,更牵动着国家由"人治"向"法治"的战略转变问题,无疑是需要认真研究甚至深探力取的。我认为,只有在全国范围内达成基本共识,才能励精更始,不至于嬗变成权宜之计。

一、迈向全球化时代的必然选择

早在 500 年前,哥伦布发现新大陆,实现了东西两半球的会合,就预示着世界已开始面向全球化时代。殊不知历史给人类带来的主要是灾难和摩擦。直到 20 世纪 80 年代末,由于东欧国家巨变和苏联解体,原东西方经济关系中相对隔绝和对峙的状态随着冷战结束而渐渐消失,这时人们看到的则是另一番景象,即市场经济作为主导型经济模式已开始席卷全球,一种超越国家和国界的力量正在起作用,全球性问题诸如机器人、自动化、新工业革命以及人口爆炸、跨国经济、跨国生态等比比皆然,一致与冲突并存,人们明显觉察到世界已真正进入了全球化时代。

我国的改革开放,就是在这样一个时代背景下进行的。如何认识"依法治国,建设社会主义法制国家"的问题,必须立足全球化的时代,坚持邓小平建设有中国特色社会主义的理论和实践,深刻理解改革是中国的第二次革命,正确把握和平与发展是当今时代的两大主题。这样,从纯法学观点提出问题和认识问题,我以为至少可得出以下两点结论性的看法。

(一)实现民主与法治是当代重建人类文明的唯一答案

市场经济和信息传播的全球化,是进入全球化时代的两个重要标志。法学面对走向21世纪的新现实是,一方面许多全球化的法律和社会问题不是靠哪个国家就能解决好或解决得了的,它迫切要求各个国家在更广阔的范围内加强合作,甚至对国家内部作出法制决策时也尽可能在某些方面采取全球性行动;另一方面,市场经济正以旺盛的伟力与活力遍及整个世界,各国受本国经济利益的驱动,都在进一步扩大开放,加深相互间的往来与依赖,寻求生产要素在世界范围的最佳配置,莫不以积极姿态参加国际经济舞台的竞争活动,推动本国法律制度与国际间的通行准则接轨,实际上就无异于加快了本国法制现代化的客观进程。国际法律界之间的协调与合作,各国法制现代化进程的加快,都是全球化时代的特有现象,只是由于各个国家和民族的法文化传统不同,完成由传统社会向现代社会转型期任务的时序有别,进入更高的转型期即由工业化时代进入信息化时代的起点殊异,各自对这种现象的感应程度有所差别。但各国寻求答案的努力是一致的,都希望围绕和平与发展两大主题来谋求合作,建立新的法律秩序和理论准则,最终重建人类文明。值得庆幸的是,全球化的进程正在加快,市场经济作为人类走向工业化时代和信息化时代的根本动力,不论其怎样引起了整个时代"文明的冲突"的负效应,但它毕竟是一种法治经济,给我们的努力提供了机会,展示出全球化时代的唯一答案就是真正实现民主与法治。

(二)实行法治是尊重市场经济的必然选择

90年代初期,以邓小平同志南巡谈话和党的十四大为标志,不仅意味着我们党指导现代化建设的经济理论已具体化为深化改革和促进发展的行动纲领,而且意味着指导法制工作的理论方针也将具体化为推进民主与法治进程的治国方略。社会主义市场经济的思想理论和改革目标模式的确立,经济运行方式的根本性变化,以及民主与法制的理论升华,既是对我国改革成就的高度概括和科学总结,也是近百年来我国艰苦探索现代化道路得出的历史结论和必然结果。我们发现了市场经济,同时也就发现了市场经济的法律选择。

其一,市场经济运行的准则要求是法治,没有利益机制和法治原则的确立,就不可能形成市场活动的利益动机和市场秩序的规则制度,实现依法约束和保障市场主体达成经济目标的方式的自由选择。通观各国历史经验,任何一个国家要实现经济现代化,除必须要有一个在国家宏观调控下对资源配置起基础性作用的经济体制和一个属于现代意识并致力于实现现代化的政府系统外,还必须要有一个足以保障经济正常运行和社会政治稳定的法治环境。这就是历史的轨迹,我们也离不开这个轨迹。

其二,市场经济是商品经济充分化的必然结果,它们是相互联系的概念和经济形式,各自从不同角度来界定同一种经济类型,但在本质上都是法治经济,都要求用法律形式全面规范社会经济活动主体的权利义务和行为规则,全面规范政府的行为。市场经济要为自身发展开辟道路,必须通过经济关系法律化的途径获得法原则确认和保障,这种法原则又必须反映经济运动的发展方向和内在要求。

其三,发展市场经济需要有领导有秩序地进行,而市场经济秩序在本质上是一种法律秩序,根本区别于依靠行政权力协调的计划经济秩序。由计划体制向市场体制转变,实际上是由计划经济秩序向市场经济秩序转变、由市场协调取代行政协调的过程。关于市场经济秩序的一般规范不但要求一般市场主体遵守,而且要求政府职能服从法治普遍原则。

其四,经济运动的目的是寻求建立对资源配置起基础性作用的市场经济体制,但为市场运行的特点所决定,只有运用法律手段解决好经济行为契约化、企业经营自主化、资源配置市场化、市场选择自由化、投资主体多元化、市场管理秩序化和政府调控间接化等一系列问题,才能真正建立起市场所需要的信息机制、价格动力机制和利益激励机制,将资源配置效益与生产经营者微观运作效益统一起来。

其五,我国市场经济体制形成与发展的过程有别于世界市场经济制度,它主要是靠改革开放、政策演变和商品理论突破而逐渐形成的,实际上是一个由传统计划经济体制向现代市场经济体制"人为"转变的过程。为这一过程的特殊本质所规定,我们要在很短的时间里走完发达国家花了将近300年才走完的路,当然主要不能靠经验,机遇更不允许我们"而今迈步从头越",第一位重要的就是选择"法治",靠法律来"指明道路"。

以上举要说明,市场经济内含法治选择,搞"人治"而不搞"法治",是建立不了市场经济体制的。何况我们现在"有法可依",多年来已积累了较多的依法办事的经验,经过法制宣传教育和全民普法已使全社会的法律素质有所提高,尤其是领导干部带头学法用法,我们也具备了选择法治道路的有利条件。

以上两点认识,主要是从全球化时代及其根本动力即市场经济来看依法治国的问题,只不过涉及时代特征法学思考问题的两个方面,而无丝毫以一概全之意。其实,提出依法治国并非今日始,继1979年中央在《关于切实保证刑法、刑事诉讼法的贯彻实施的指示》中提出"实行社会主义法治"的口号后,同年6月叶剑英委员长接见全国检察会议代表时就表示"主张实行以法治国",同年9月彭真副委员长在中央党校的一次讲话中首次强调要"依法治国"。进入80年代,五届全国人大三次会议通过的《政府工作报告》中提出要"真正做到以法治国";1987年4月乔石同志在全国政府法制工作会议上的讲话中转引过邓小平同志关于"要通过改革,在中国处理好法治和人治"、"解决好党和政府的关系"的指示①;1989年9月,江泽民同志在和中央政治局常委举行的中外记者招待会上重申,"我们绝不能以党代政,也绝不能以党代法","我们一定要遵循法治的方针"②。由此可见,改革开放以来我们党十分重视民主与法制建设,中央领导同志将法治同民主政治、经济建设联系起来考察,尽管在不同时期或不同场合强调的侧重点不同,在提法上也不完全一样,也没有明确指出它是商品经济的必然产物,但在

---

① 乔石:"在全国政府法制工作会议上的讲话",载《法制日报》1987年4月29日。
② "江泽民答记者问",载《人民日报》1989年9月27日。

本质上都没有离开如何处理好"人治和法治"的关系问题。现在讲的法治就不同了,把"依法治国"同"建设社会主义法制国家"联系在一起,实现了治国方略与法治目标的有机结合与统一,因而是党的法治思想理论的升华,是社会主义法治方针的完善化、科学化。

二、领导与法治的直接结合

法制建设应是党的建设的组成部分,更是邓小平同志建设有中国特色社会主义理论和实践的一项重要内容。建设社会主义法制国家,最根本的是要加强和改善党对法制建设的领导,实现领导与法制的结合。这种结合并不是靠号召就能奏效的,也不能单纯以法律制度、法律设施、法律实施和法制宣传教育等现状为判断的依据,而应看是否真正立足于法治,是不是真正实现了党的领导思想、领导方式与法治原则、法治目标的直接结合。实践证明,要实现这样一种内在联系与外在形式协调一致的结合并非易事,往往形式结合是一回事,本质结合又是另一回事。依法治国所需要的是领导与法治的直接结合,而不是一般地重视法制与依法办事的形式结合。这就要求我们对实现"直接结合"的过程、内在根据和法治效应等问题作些必要的研究,以增强自觉性,减少盲目性,保证依法治国的顺利进行。

首先,在认识论和实践的领域里,依法治国应是一个不断深化和持续渐进的过程。依法治国的方略与建设法制国家的目标结合起来,本身就是一场思想变革。党的十一届三中全会经过拨乱反正和正本清源,我国法制建设的指导思想发生了根本转变,但并不意味着在人治和法治的关系上就实现了"质的飞跃",相反,在具体贯彻社会主义法制原则和对待法制建设的各个环节上,人治观念意识的影响灼然可见,诸如"行政至上"、"领导个人说了算"、"重政策轻法律"以及"依政策而不依法律"等现象时有发生,这就说明强调重视法制建设和依法办事并不等于实行了"法治"。实际情况是,我们党一贯重视法制建设,但从"拨乱反正"到"依法办事",再由"依法办事"到"依法治国,建设社会主义法制国家"前后历时十几年,就其阶段或步骤而言,认识由表及里、逐渐深化,最终才形成一条完整的思路。具体说来,包括以下几个基本点：

1.提出民主和法制并重和有机结合的思想,确立发展社会主义民主与法制的战略方针

粉碎"四人帮"以后,邓小平同志高屋建瓴地把握我国政治生活主题,反思过去,钩深致远,坚持党领导下的国家政权的正确发展方向,将民主与法制问题相提并论,把制度与民主问题联系起来考察,从而揭示了人民民主专政的本质要求与基本特征,作出了民主必须制度化、法律化和法制必须民主化、科学化的精辟概括,使我国新型国家政权的理论与实践进入一个新境界。这样,便迎来了法制建设的春天,开创了法学繁荣的局面。

2.正确处理党的领导与法制建设的关系,在党的领导活动中注入了法制领导的新内容

在具体做法上,党主要是确立新时期我国法制建设的方针,以及制定重要法律制度、建立法律设施的指导思想和原则;审查国家权力机关拟定的立法规划和计划,支持和保证立法机关充分有效地实施这些规划和计划,并支持和保证司法机关依法独立行使职权以及国家行政机关依法行政;根据形势和社会发展需要,建议立法机关经过法律程序把党长期适用的正确方针转变为国家的法律,以及国家法制建设和地方法制工作中需要由中央确定的方针政策或由党委作出决定的重大问题,分别由中央和地方各级党委及时作出决定;协调法制建设各个方面的工作,解决执法中的重大问题。

3.树立法制权威和维护国家法制的统一和尊严,明确提出党自己也"必须遵守宪法和法律",党组织"必须在宪法和法律的范围内活动"

通过重新发现并确立这条马克思主义原则,进一步突出了法制的地位与作用,实现了执政党对法制建设指导思想的重大转折,体现了党的领导活动遵循法制轨道的决心,客观上无异于承认了"领导"与"法治"相结合的必要性。

4.坚持提出的改革、发展与法制建设相结合的思想主张,确立依法治国、建设社会主义法制国家的新思路

至此,我们指导法制建设的方针实现了治国方略与法制国家模式的结合,"依法治国"终究发展成为体现法治方针的一个完整的科学的

治国方式和理想原则。完成这次现代意义法治思想升华的直接动因，就是适应建立完善社会主义市场经济体制，促进国民经济与社会发展"九五"计划和 2010 年远景目标纲要实现的需要。

以上几个基本观点的形成过程表明，"领导"与"法治"结合是个动态流向而不是一幅静止的画面，为历史唯物论和唯物辩证法所使然，集中表现为一个完整的法治意识是确定无疑的。如果说党必须在宪法和法律范围内活动的原则，仅仅蕴涵着某种程度的法治内涵，体现了领导与法治的形式结合，那么，依法治国与"法制国家"的奋斗目标相连接，则更多地标志着现代法治观念的延伸，因而从本质上初步实现了领导与法治的直接结合。

其次，"领导"与"法治"是两个不同的概念，但名虽异而实则密切相关，是有着内在联系的。依法治国，不可不研究这种内在联系的根据。本来，"领导"主要就是指的一种"行为"和"过程"，而且是通过某种行为来指引和影响在一定条件下实现其目标的行为过程；"法治"则是严格依照法律治理国家和管理社会的一种治国方略和思想主张，是同那种主张依靠执政者个人的贤明意志来治理国家的思想相对立的治国思想。如何使得这种法治思想主张成为国家行为过程的指导思想，主要取决这个国家的领导者或执政者的需要；而要使这种法治思想主张变为引导国家行为过程发展的实际影响力，又必须以领导者或执政者的行为作中介。在我国社会主义条件下，中国共产党是执政党，是领导我国革命和建设事业的核心力量，管理国家和一切社会事务都是在党的领导下进行的。如同国家没有法制就不成其为国家一样，没有党的领导也就没有社会主义法制。法律是国家意志的一般表现形态，法制是党担负国家领导权的制度保证，法治更是实现党的治国方略的理论基石。正是在这个意义上领导与法治从来就有不解之缘。党要在我国领导人民建设一个具有中国特色的伟大的社会主义国家，头等重要的是制宪为先，坚持以法定制，用根本大法确认党的执政地位，决定国家的根本性质和发展方向；党领导人民制定法律来集中体现自己的政策主张，通过国家形式和法定程序把党的政策转变为国家法律，在全社会取得国家意志的普遍效力，本身就是实现党的领导的主要方式和途径；党要坚持发展社会主义民主和法制的方针，就必须把民主政治建设和法制建设熔于一炉，把公民意识、民主意识和法律意识摆在重要位置，把法律交给人民，动员人民依法参加国家和社会事务的管理；为党的领导和执行国家法律的一致性所规定，党就必须在宪法和法律的范围内活动。其实，列宁早就揭示了领导与法治之间的有机联系，并将其当作两位一体的任务纳入了领导范畴。在十月革命胜利后不久，他就要求苏维埃各级干部必须"根据法律管理国家"，①并指出："假使我们拒绝用法令指明道路，那我们就会是社会主义的叛徒。"②总之，实现领导与法治的直接结合相当不易，需要有一个认识过程，需要发现二者间的内在联系，更需要有社会主义的法治意识。领导与法治的结合不是目的，我们的目的是要"建设社会主义法制国家"，最终实现现代意义的法治。这样的法治应是指依法治理国家，使法律真正具有权威性，成为管理国家一切事业和治理社会的重要准则。而且，这样的法治是现代民主政治的一般要求和精髓所在，又是发展商品经济、市场经济的必然产物。

三、机遇和挑战

我国正处在两个具有全局意义的根本性转变的历史时期。在这个转变时期，我国法制建设正以市场经济为巨大动力，以依法治国为核心内容，以建设法制国家为奋斗目标，沿着法制现代化的轨迹向前发展。目前总的情况是，社会对法律资源分配系统和权利保护系统的期望愈来愈高，国家对法律控制力量愈来愈需要不断调适，人民对民主政治法律化、制度化的要求比以往更加迫切，依法治国前景广阔，法制建设的环境也极为有利，诸如立法系统的有效性和权威性，司法系统的良性循环，行政执法系统的日益健全，法律监督系统力度的加大，法律中介服务系统的日臻完备，法律信息系统的沟通发达，法律手段现代化程度的提高，全民族法律文化素质的增强，法律专门人才和队伍建设的发展，领导干部带头学法用法，以及社会政治的稳定等，都是过去所无法比拟的。

但是，依法治国是朝着现代法治迈出的实际步骤，将引起人们思想

---

① 《列宁全集》第 10 卷，第 353 页。
② 《列宁全集》第 29 卷，第 180 页。

的深刻变革,我们将面临着来自转型时期和全球化时代的挑战,其中突出的是以下四个方面:

(一)"设官而治"的国家管理体制

迄今,几乎所有国家莫不通行"设官而治"的国家管理体制,包括社会主义国家在内也不能跨越社会历史长期通行的这个阶段。所不同的,只是在社会主义社会消灭了剥削阶级,人民已经成为国家和社会的主人,国家由大多数人来管理。但是,社会主义国家受各种条件的制约,人民一开始并不能直接管理国家,还只能通过选举代表、委派干部和招聘公务员等途径,来参与国家和社会的管理。"设官而治"作为国家管理体制的一般形态,它是社会历史的遗留物而不是科学社会主义实践的产物,因此我们对其中的某些形式加以改造,却不能弃置不用。现实问题是,尽管两种制度下的"设官而治"不可同日而语,但我们不能满足只是消灭"官"与"民"之间的本质差别,应看到"官"与"民"的地位与权力毕竟不同,究竟怎样根据民主政治的原则要求来正确规范和理顺官民关系,彻底消除历史遗留下来的官僚陈迹和腐败现象,切实把这种体制纳入法制轨道,恰恰在这个关键问题上我们缺少把握,至今未能克服其局限性。正如我们所见到的,党内政府里出现滥用权力、以权谋私等腐败现象,而国家的主人却无力制止于已然,更不能有效地防患于未然。症结昭然若揭,依法治国必须直面这个现实。

(二)封建主义法观念意识的影响

我国是个专制历史悠久的国家,封建法文化古典传统中既有值得继承的精华,也有必须彻底肃清的糟粕。新民主主义革命本来也肩负着肃清封建主义在思想政治方面残余影响的任务,但新中国成立后对这一点估计不足,未能完成这项任务。在相当长的时期内,封建的残余影响总是同"左"的东西形影不离,并且又总是借批判资本主义、资产阶级而"暗渡陈仓"。至今,封建的法观念意识仍和伦理观念混杂在一起,被不加分析地融合在我们的法律文化之中。影响最深的,首先莫过于同专制联系在一起的人治传统。其次,就是历代帝王采取重农抑商政策以及在其背后起作用的伦理观念。古往今来,在我国最具影响的哲人都认为过度追求物质欲望是可鄙的。从孔子到宋代理学家都这样看问题,所以在"文化大革命"中出现"狠斗私字一闪念"也就不足为怪。反映在法观念上,就必然是重刑轻民、民刑不分、权利观念淡薄和法律义务本位。再次,就是我国古代普遍认为社会秩序与个人自由只能水火不容,要保持社会秩序就必须限制个人自由,甚至用忽视一部分人的利益的做法去保证社会秩序。此外,中国法文化古典传统的重要特点,就是法律与民主相对立,它的目的不是调整利益关系而是调整人和人之间的关系,因此厌恶诉讼,讲求"私了"和"息事宁人",而适用法律时又具有地方保护主义和排外主义的倾向。这些影响或依稀存在,或灼然可见,这就是挑战。

(三)两种体制暂时并存造成的困难

为我国渐进式的改革进程所决定,实现由计划经济体制向市场经济体制的根本性转变不可能一蹴而就,在短期内两种体制并存的局面是不可避免的。今天的法制建设与过去名虽同而实则异,两种体制并存就必然发生摩擦和碰撞,给依法治国增加新的难度和阻力。比如立法,这几年来规范市场经济的法律已有100多个,行政法规和地方性法规数量更为可观。但需要规范的市场行为和政府行为层出不穷,且新旧法律相互冲突的现象又不会立即消失,怎样加快立法步伐也会存在法律"空隙"和"行为失范"现象。又如法律调整体制,原计划经济条件下形成的经济行政法体制依然存在,而以民商法律为主导的市场经济法律体系又尚未形成,因此在法律运行中就难免发生行政因素与民法规则的矛盾,加之原来那套法行为模式和法观念意识与习惯也会干扰法律实施过程,这就更会影响市场法制特色的形成。对于计划经济法律及其法观念造成的困难和影响,原本机制陈旧落后、规范屈指可数的民法是无力克服的,市场经济亟须的民法典一时也很难出台,而改革中出台的许多政策举措本身就具有暂时过渡性,同样也可能很快在执行中处于"两难选择"或"无所适从"的困境。据此,原有以权力协调为特点的法律秩序,甚至还有可能寻找自身继续存在的理由和出路。

(四)价值观念的大失落和大混乱

必须看到,"经济过程的中心制度即交换制度,强调利益与信念之间的区别"。① 市场的力量是不承认界限的,只要有利可图,就会像水

---

① 布坎南:《自由市场与国家》,北京经济学院出版社1998年版,第53页。

银泻地一样无孔不入。它在历史上曾冲破了许多部落与民族的藩篱，现在又打破各国许多人已经习以为常的生活方式，改变了人们崇法守法的利益追求和行为选择方式，而市场国际化还来不及给人们带来新的法律秩序和伦理准则，致使价值观念的大失落成为一种时代现象，整个世界出现了"文明的冲突"。我国也受到这种"冲突"的震荡，于是许多人普遍"向钱看"，不少人追求的是来人世间"潇洒走一回"，至于什么是理想和道德信义，什么是国家和民族利益，什么是法律和违法犯罪，什么是崇法守法和依法办事，什么是党规党纪，统统都不放在心上。面对当前向精神文明的挑战，怎样靠依法治国做到上有道揆、下有法度，无疑是严峻的。

总的来说，机遇和挑战并存，助力和阻力相伴而行，有融合就有摩擦，有和谐就有冲突，这本来就是事物发展的辩证法。冷静思索，我们依法治国面临的挑战又何尝不是一种极好的机遇。固然，市场经济本身有弱点，也会带来负效应，但它毕竟是加速全球化进程的最大推动力，恰恰是它为我们寻求建立新的法律秩序和伦理道德规范提供了机会，使我们能更好地站在战略高度上推动依法治国的进程。

四、实现由人治向法治的根本转变

在坚持"一个中心、两个基本点"的前提下采取依法治国的形式，如果党和国家的指导思想不实现由人治向法治的根本转变，是很难获得成功的。在我们这样人治传统观念根深蒂固的社会主义大国厉行法治，不论已经具备了哪些有利的条件，不论机遇和挑战带来何种助力与阻力，都不是一件轻而易举的事情。我们绝不可满足催人奋进的形势，而必须立足于长远，积极创造实现由人治向法治转变和过渡的社会条件，并从宏观与微观的结合上做出实际努力，以期不负历史作出的选择。具体说来，我以为抓好以下几个环节是最具有深层意义和实际价值的。

（一）转变观念意识，加强法制领导

法制建设有其自身的特点和规律，依法治国兼具思想范畴和工具意义双重性质，究竟如何实行符合科学性要求的领导，至今仍然是个尚

未引起足够重视的问题。长期以来,我们形成了包括政治领导、思想领导和组织领导等在内的一整套原理原则,积累了许多丰富的行政领导的经验,并且以政治领导总览全局,最熟悉、最习惯、最善于运用行政领导手段来解决一切问题。与此相适应,同样形成一整套领导观念意识,如"政治挂帅"、"思想领先"、"组织服从"、"行政至上"和"一元化领导"等,并由此导致"以党代政"、"以党代法"、"行政干预"、"权大于法"和"个人说了算"等各种现象的发生。改革开放的实践证明,领导现代化建设光凭过去熟悉的领导原理和方式是不够的,单纯运用行政手段的做法也是不科学的。现代化建设是开创性事业和复杂的巨系统,解决各方面的问题都要求形成有利于自身发展的理论指导、价值范畴和社会环境,这就要求不断总结经验,变革领导原理和领导观念,改进领导方式和领导作风。政治领导寓于各种专门领导之中并高出专门领导,必须加强而不能削弱,但他不能等同或取代专门领导。所以,必须转变领导观念,在整个领导活动中确立"法制领导"的新概念,以更好地加强对依法治国的领导。

(二)坚持"两手抓",正确处理法制与改革的关系

邓小平同志反复强调指出,"搞四个现代化一定要有两手,只有一手是不行的。所谓两手,即一手抓建设,一手抓法制"。[①] 坚持两手抓、两手都要硬,是邓小平同志建设有中国特色社会主义的一个新观点,它贯穿于现代化建设的思维全过程,适用于包括依法治国在内的全国各项工作。"政治体制改革包括民主和法制",[②]我们坚持"两手抓,两手都要硬"的方针,体现了经济改革与政治改革的统一,表明依法治国与民主政治相关联,为改革和发展须臾不可离开,其本身就是一项改革事业。因此,正确处理法制与改革的关系,为依法治国所必需。

(三)尊重民主化、科学化,健全法制系统

依法治国作为治国的方略和行为方式,实施效果的状况如何,最终通过法体系的系统结构功能反映出来。而法系统各个组成部分能否保持均衡发展,运行是否协调和谐,又直接影响依法治国能否畅行无阻。

---

① 《邓小平文选》第3卷,第154页。
② 《邓小平文选》第3卷,第244页。

目前,我国法制系统还存在一定的非理性,突出的是立法系统中考虑社会的法需求和承受能力欠缺,程序特别是行政立法程序民主化不够,发展速度较其他环节过快而不大协调。此外,法律监督系统是个薄弱环节,法制的权威性难以充分发挥。据此,适应依法治国的需要,应健全法制系统。

(四)增强法律意识,实现领导行为法律化

"我们国家缺少执法和守法的传统",①提高全民法制观念和文化素质,增强全民法津意识对依法治国至关紧要。尤其将领导者的个体行为纳入法制轨道,实现领导职务行为的法律化,更是搞好依法治国的前程和关键。领导职务是由法律设定的,其行为是在职个体在法定职务上依法行使职权的行为,属于职务法律行为的范畴。它体现职责与权限的统一,构成整个国家对社会的法律管理活动体系,是法律体系的实体化和现实化。职务法律行为对握有权力的领导者是其合法获取自己法定资源的手段,对被领导者来说则表现为法律运动,因而它涉及在职个体与职权,授受个体、组织与职权的关系,直接影响国家对资源的调控保护权,是一个关系权力行使和公正执行的大问题。我们强调领导行为法律化,本质要求在于保证领导职务行为与依法治国的和谐一致,获得领导机关法律化的支持,更好地将领导职务行为建立在法律约束机制之上。

(五)加强精神文明建设,创造良好法治环境

坚持依法治国与道德实践并重,是建设我国社会主义精神文明和重建人类文明的客观要求。一手抓依法治国,一手抓道德实践,是处理好法制与道德关系的应有之义。加强道德实践的根本出发点是教育人,必须以党风廉政建设为先,并结合"三五"普法规划实施,把法制宣传教育与政治思想教育、道德品质教育结合起来,进一步在全体公民中间树立正确的民主法制观念,确立应有的价值观念和伦理准则,为依法治国鸣锣开道。

(六)大力发展生产力,畅通法治的社会流向

"人治"和"法治"两种治国思想主张的分野和对立,除了认识根源

---

① 《邓小平文选》第 3 卷,第 163 页。

和政治制度的痼疾外,还有更深刻的社会经济根源。小生产方式培育小生产观念,与这种观念相适应只需实行"家长制"领导方式,自然是选择"人治"而不必要求法治。而商品经济已是社会化的经济,商品交换要求商品者地位平等和意识自由,靠交易习惯、交易规则而不是靠"个人意志"来实现,所以它与民主和法治相联系。市场经济更是充分化的经济,与这种经济形式相适应的是社会化大生产和大经济观念,它必然导致宏观管理的思维方式、组织结构和管理方式的重大变革,从而使得法治成为现代社会运动的一般要求。所以,市场经济在法要求上同商品经济一样,必然选择"法治"而摒弃"人治"。由此可见,依法治国必须围绕改革与发展进行,只有经济大发展,才能有效畅通由人治向法治转变的社会流向。

(原载《青海社会科学》1997 年第 5 期)

三、社会主义市场经济与法治建设

市场经济是"法治"经济
——对市场经济是"法制"经济提法的质疑

　　目前,人们并不怀疑市场经济内隐的法治本质要求,也已习惯用"法制经济"来表述对市场经济这样一种社会共识,但究竟什么是"法制经济",却很少有人深究探微,甚至包括法学界在内似乎也采用了认同的态度。我以为,"法制经济"的提法缺乏科学性,确切地说,市场经济在本质上应该是"法治"经济,而不是"法制"经济。"法治"和"法制"虽则只是一字之差,但本质殊异,是切不可等同或混同使用的。所谓"法制",作为法律制度的统称,要么用来泛指国家的法律和制度,要么用来表示国家的一种管理方式,通常不外乎被使用于这样两种意义。前一种意义主要指法律规范体系和调整各种社会关系的法律规范的总和,其含义近似于"法";后一种意义主要体现民主原则的制度化、法律化,仅在某种程度上含有"法治"的意思。而所谓"法治",则主要是指以法治政治国治理社会的原则、方法、理论和学说。一般说来,法治与民主政治相联系,既要体现又要保障民主政治,而并非单纯的"依法而治"。可见,尽管法制和法治都涉及法律现象,但毕竟各自具有特定的含义:法制属于操作工具范畴,是为政治服务的,与民主并无必然联系,且为一切国家所共有的现象;而法治属于理想原则范畴,是治理政治的,与民主政治紧密相联系,现代法治原则只能是商品经济和民主政治的产物。正由于这个缘故,"法制"和"法治"不能等同或混同使用,"法治"经济也绝不能等同或混同于"法制"经济。我们说市场经济是法治经济,不是一般地揭示这种经济形式需要靠法律来规范和约束,而是基于大经济观念有别于小生产观念而摒弃"人治"选择"法治"的客观必然,非用法治原则来引导和保障我国经济现代化的发展进程不可。不言而喻,市场经济只能是以权益和法治为基石的市场经济,绝不意味着建立市场经济体制就要特别注重法律制度的建设,甚至离开法治原则搞什么"法制经济"。

必须指出,正确理解市场经济的法治本质,澄清在概念上将法治经济等同或混同于所谓"法制经济"的混乱现象,这不是什么名词术语之争,而是一个直接关系市场法制建设发展方向的理论和实际问题。须知,经济体制不同,反映在法需要上存在着很大差异,甚至指导思想有着"质"的差别。在计划经济体制下试图用计划手段来分配经济资源,谋求经济发展,这就决定了组织经济运行的全部构想必须以庞大的政府机构做后盾,以等级鲜明的行政协调机制为基础,并在实行过程中坚持按行政命令和统制行为办事,用行政权力取代经济的和法律的手段。这种体制下组织经济运行的指导思想是"人治"而不是法治,法制的实质则是"依法统治"而不是"法制导向"。相反,市场经济的法需要是个客观存在,它离不开利益动机和法治原则,是一种典型的法治经济。所以,从考察两种体制下法制建设的本质要求出发,弄清法治经济的真正含义,对建立市场经济新体制和适应市场经济的法律体系,都具有十分重要的意义。

第一,市场经济要为自身的发展开辟道路,必须通过经济关系法律化的途径获得法原则的确认和保障。市场经济是商品经济充分化的必然结果。作为两个相互联系的概念和经济形式,商品经济强调的是为交换而生产,而市场经济强调的则是市场机制要对资源配置起基础性作用。二者只是从不同角度来界定同一种经济类型,但本质上都是法治经济,都要求用法律形式全面规范社会经济活动主体的权利、义务和行为规则,以及全面界定政府在经济领域的管理职能、活动方式和行为模式。实行法治经济的过程,实际上就是市场经济选择何种法律准则来调整经济关系,用法律形式反映社会物质生活条件的过程。

　　马克思、恩格斯在重新研究全部历史,研究各种社会形态存在的条件之后,进而又从这些条件中考察了交易与法制的关系,由此指出表现社会经济生活条件的法律形式是民法准则,它本质上是确认和反映商品交换关系的法原则。正像商品经济发展史所展示的,罗马法之所以是"商品生产者社会的第一个世界性法律",就因为它以"对简单商品所有者的一切本质的法律关系(如买主和卖主、债权人和债务人、契约、债务等)所作的无比明确的规定作为基础",而拿破仑之所以能"创造像法兰西民法典这样典型的资产阶级社会的法典",是因为他坚持了以罗马法为基础,将罗马法"巧妙地运用于现代的资本主义条件"的结果①。在价值规律这只"看不见的手"的支配下,从简单商品经济逐渐发展成受契约规范约束交易行为乃至全部经济行为的自由经济,从自由经济发展成受一定资源、市场、劳动力等生产要素和生产组织约束的垄断经济,再从垄断经济发展成受"看得见的手"即计划调控的现代市场经济制度,其间经历了一个漫长的"从身份到契约"②的历史发展过程。由简单商品经济向现代市场经济制度发展,民法作为商品经济的基本法律形式总是通过矛盾发展而不断获得完美的表现形态,适用民法准则的商法也在同一过程中应运而生,同样获得普遍的意义。然而,就民法发展的进程而言,不论在先行发达的国家抑或后继发展中的现代化国家,也不论这些国家建立和谐的法体系是采取"民商合一"还是"民商分立"的形式,从罗马法到法国民法典所确立的一系列民法原则和民法基本制度没有变,法治经济的本质要求也始终不会变。

　　第二,法运动要与经济运动的过程相适应,反映经济关系的法原则也必须体现经济运动的发展方向和内在要求。恩格斯曾经指出,"在现代国家中,法不仅必须适应于总的经济状况,不仅必须是它的表现,而且还必须是不因内在矛盾而自己推翻自己的内部和谐一致的表现。"③换句话说,法运动过程与经济运动过程相耦合,法需要源于经济状况的内部要求,法目标应与经济发展的方向相一致,法规范应是"经

---

① 参见《马克思恩格斯选集》第4卷第248页,第3卷第395页。
② [英]梅因:《古代法》,沈景一译,商务印书馆1984年版,第97页。
③ 《马克思恩格斯选集》第4卷,第483页。

济关系的忠实反映",法体系形成与发展过程中应保持相对的稳定性。在市场经济条件下,法和经济以利益原则、行为原则、经济原则为中介,达到直接接合和内部和谐统一,正是法治经济的本质要求的具体体现。相反,如果法运动与经济运动不能保持同步发展,或者反映经济关系的法原则背离经济运动的内在要求与发展方向,那么,"经济关系的忠实反映便日益受到破坏"。①

经济运动为自己开辟道路是要寻求一种经济体制,实现社会经济资源的最优配置,把稀缺资源用于最能有效地促进社会生产力和人们生活水平提高的产业上去。这就是市场经济体制,因为它能够依靠法治下的法律,解决达到资源最优配置的信息机制和利益激励机制,把资源配置效益与生产者的微观运作效益统一起来。而企业就是分配和利用资源的一种组织形式,是整个经济发展的基础,也是法律上的现代市场经济的真正主体。随着企业制度和企业组织的创新发展,现代股份公司特别是巨型跨国公司已经改变世界经济的格局,使世界经济真正成为国际一体化的市场经济,现代企业制度对促进经济发展的极端重要性愈来愈充分地显示出来。这种现代企业制度是建立在法制基础上的,主要依靠民商法律的引导、规范、约束和保障,实现了政企分开以及所有权与企业资产控制权的分离,才有了企业制度的功能和发展。

第三,经济发展需要有领导有秩序地进行,市场经济秩序在本质上必须是一种法律秩序。这是法治经济的一个重要含义,也是为各国经济发展(包括我国现代化建设)所反复证明的一条共同经验。说到底,我国经济体制改革就是要从一种旧经济秩序转向一种新经济秩序,也就是由计划经济秩序转向市场经济秩序。"法治"是市场经济秩序的内在要求和组成部分,这就决定了市场经济秩序根本区别于计划经济秩序。

我国原有计划经济体制下的经济秩序,就其实质说来,是一种行政权力协调下的经济秩序。这种经济秩序的基本特征是,企业和其他经济组织被纳入国家行政轨道,一切经济活动都围绕政府部门的行政权力运行,法制观念被纪律、命令、服从的观念所取代,整个社会缺少上下一律遵循的法律准则,到处是条块权力结构、行政隶属关系以及地区分

---

① 《马克思恩格斯选集》第 4 卷,第 483 页。

割和行政垄断,即使已有的法律也很难实际介入,凡经济生活中出现的问题大都靠行政手段来解决,甚至处理经济纠纷也不必经过法律程序。显然,这不是我们今天所要的经济秩序,相反,我们要改变这种秩序,用市场协调逐渐取代行政协调。但是,在明确提出建立市场经济体制以前,我们不可能提出建立市场经济法律调整体制的问题,也谈不上使市场协调秩序获得"法治"的表现形式,因而经济秩序出现一定程度的混乱是不可避免的。这就是人们常说的钻政策法律的"空子",实则是市场协调秩序形成过程中暂时出现的"真空地带"和"无序状态"。由于以往靠行政权力维持的秩序具有内在稳定性的一面,在市场机制完善前是很难轻易改变的,这就决定了新旧两种经济秩序并存的局面将会持续一个时期,新的市场经济秩序的建立还需要有一个过程。

社会主义市场经济秩序之所以必须是一种法律秩序,就在于它不是依靠行政权力而是依靠法律而形成的,基于法治的要求,这种秩序能够持续稳定地保障社会经济运行处于有序法律状态,在普遍法律规则的约束下进行自由选择,并在法治原则的引导下自我发展。至于市场法律秩序都包括哪些一般性规范,各个国家因宏观调控的范围和程度不同而可能有所差异,但诸如明确的产权界定和严格的产权约束,保护市场自由竞争,反对各种形式的市场割据、权力垄断和价格管制,重契约、守信用和提倡文明行为,以及保障"法律面前人人平等",这些主要内容无疑都是具有普遍性的。这种市场秩序是法治秩序,它的集中表现是不但要求为一般市场主体所普遍遵守,而且也要求政府只能在法律明确界定和限制的职能范围内活动。

总之,经济体制不同,经济运行的方式和特征不同,对待法制的理解与态度也就截然不同。计划经济的运行基础是行政权力,作用媒介是计划,组织方式是"人治",因而有法制而无"法治"。相反,市场经济的运行基础是竞争性市场机制和主体利益关系,作用媒介是市场,组织方式是"法治",因而只有法治下的法制而摒弃"人治"。其实,我们现在常说"市场呼唤法制",实质是指基于法治要求的法制导向,恰好道出了市场经济即法治经济的真谛。

(原载《理论前沿》1994 年第 10 期)

论市场经济的法律机制

　　目前,人们从纯经济学角度关心和讨论市场经济的热情与日俱增。然则市场经济本质上是法治经济,它的法律表现形式究竟是什么,却很少引起普遍的重视和足够的注意。本文拟就这个问题略陈管见,敬祈方家正谬。

一、关于商品经济关系法律化

　　商品经济的存在和发展,有赖于法律的确认和保障,这是"经济关系反映为法原则"①的必然。因为交易制度是经济过程的中心制度,按照市场共同规则的要求,用一定法律形式将它加以确认和表现出来,恰恰是经济基础对上层建筑的一般规律性要求。换句话说,完善市场机制和实现经济关系法律化相伴而行,互为条件和依托,充分体现了市场经济体制的质的规定性。

　　历史告诉我们,商品经济关系法律化的过程,实质上就是选择民法准则作为反映社会经济生活条件的法律表现形式,用它来"确认单个

---

　　① 《马克思恩格斯选集》第 4 卷,第 484 页。

人之间的现存的、在一定情况下是正常的经济关系"的过程。① 罗马法是前资本主义商品生产者社会的第一个世界性法律,堪称为古代社会经济关系法律化最完备的表现形式。到了近代,以同一个罗马法为基础,英国、德国和法国在确认和反映各自的社会经济生活条件时,情形就大不一样。英国资产阶级为了小资产阶级的和封建社会的利益,简单地通过审判实践的办法来贬低罗马法,或者把它的内容注入旧的封建法权形式之中,使之适合其普通法发展的需要;在德国,资产阶级依靠法学家的满口道德说教的帮助,把罗马法改造成为一种适应德国社会状况的法典,即卑鄙龌龊的普鲁士国家法;唯独在法国,资产阶级在大革命以后依罗马法为主本,把新的社会经济生活条件翻译成司法语言,创造了《拿破仑法典》这样一部典型资产阶级社会的法典。这就是恩格斯在《费尔巴哈论》中运用比较分析的方法,曾经描绘过的三个国家实现经济关系法律化的三种情况②。在这里,法律化表现的好坏之别是次要的,重要的是它们的目标趋同,都要寻求新的资本主义商品经济关系法律化的途径。

在我国情况不同,商品经济发展史作出的这种法律选择几乎很少引起人们的注意。长时期内,社会占统治地位的指导思想否认经济关系法律化的客观必然,直到全国工作重心转移和改革开放,才认识到商品经济是社会经济发展不可逾越的阶段,提出我国经济是公有制基础之上的有计划社会主义商品经济,进而着手民事立法工作。但由于摆脱不了市场经济为资本主义所"特有"、计划经济才是社会主义"本质特征"这种传统观念的束缚,虽则《民法通则》也作为确认和表现商品经济的法律形式问世,实际上反映商品经济关系法律化的要求是很不充分的。只是在党的十四大从根本上解除了把市场经济和计划经济当做社会基本制度范畴的思想桎梏以后,人们才跳出商品经济形式姓"资"姓"社"的认识误区,毫不犹豫地接受法治经济的现实,承认经济关系法律化既是历史的轨迹,也是现代化商品经济共同规则的要求。

必须指出的是,我们要建立的市场经济不同于原来的计划经济,在

① 《马克思恩格斯选集》第4卷,第248页。
② 《马克思恩格斯选集》第4卷,第248—249页。

新旧体制转轨过程中还会出现摩擦现象,这就使经济关系法律化的客观进程将不会是一帆风顺的。反映在法律机制上,市场经济运行的基础是市场主体的利益关系,作用媒介也是市场,组织经济方式靠的是法律规范和竞争行为,而计划经济以国家行政权力为运行基础,主要媒介作用是计划,经济组织的方式则是行政命令和统治行为。因此,在权利义务关系与行政服从关系、法律机制与权力机制、竞争行为与统制行为之间不可避免发生矛盾和摩擦,使经济关系法律化的过程呈现出极其复杂的情况。

第一,改革中各种社会力量的利益关系日益形成互补或补足结构,且具有主动性和互动性的特点,由此决定法律所要调整的利益结构不是单一的和被动的,而是一个复杂的互动作用体系。这就要求我们强化市场机制的作用,充分运用平衡、补偿、分散和淡化等利益机制原则,以法律手段为中介,把计划和市场两种经济手段更加有机地结合起来。

第二,建立新的改革目标模式涉及经济基础和上层建筑的许多领域,按照法律化要求必须有一系列相应的改革措施和政策法律调整跟上。但在两种经济体制、运行机制换轨过程中,政府管理经济的职能和方式将继续转变,市场调节功能在不同领域的差异将日趋明显,旧体制的作用在一定程度和范围还会发生,这就决定了围绕资源配置和产业结构、利益结构必将出现许多问题,影响经济关系对法律形式的选择。经验证明,靠行政办法解决原来结构失衡、机制不顺、体制缺陷等问题是行不通的,而必须依靠法制,努力寻求保持市场机制与法律机制内在统一的途径,才能加快市场体制有序建立。

第三,我国建立市场经济体制的思路是靠改革开放、政策演变和理论突破而逐渐形成的,但对于民法是市场经济法律表现形式的机制这一点却考虑不多,社会普遍流行的是"经济行政法"的观点,对商品经济的民法观却知之者甚少。实际情况是,市场发育过程中提出的许多法律问题,市场运行机制与法律表现形式之间出现的许多矛盾,无一不促使我们去寻求经济关系法律化的正常途径。这就要做出很大的努力,按照经济关系法律化的要求重新端正我们的宣传重点、研究方向和立法思想,重新发现并立即恢复民法的威信。

第四,市场经济是商品经济充分化的必然结果,在本质上同商品经济没有差别,作为相互联系的概念和经济形式,它们不过是从不同角度来界定同一种经济类型罢了。商品经济强调为交换而生产,本质要求是产品必须按其中所包含的社会平均生产要素的消耗进行交换;而市场经济强调的是用市场机制来配资源,核心内容是市场主体高度分散和自主、生产要素组合和利益资源分配都取决于竞争性的社会供求运动。但重要的是,都是"法制"经济,都要求用法律形式全面规范社会经济活动主体的权利、义务和行为规则,以及全面规范政府的行为。我们要建立的市场经济秩序,实质是市场法律秩序,其内在要求和组成部分就包含了"法治"。所以,实现经济关系法律化是一项长期、复杂、艰巨的任务,它涉及现成法律形式和创制新规范之间的和谐统一,以及此法与彼法、国内民法传统与国外传统民法等一系列的关系和问题,如果没有领导观念与领导行为、依法而治与法治目标的有机结合和统一,我们的努力就不会奏效,即使取得不少经济立法成果也是难以巩固和发展的。

经济关系法律化是法治经济的本质特征,这一点已开始成为全社会的共识。经济关系法律化的起点和归宿,就是完善市场法律机制、建立和健全市场经济的宏观法律调控体系。基于这种共识,我们至少应该明确当前几项要求:(1)经济运动必须遵循价值规律和适应供求关系的变化,充分运用价格杠杆和竞争机制的功能,坚决实行企业破产制度,按照优胜劣汰、效益原则实现资源的优化配置,进而由此探索怎样建立宏观经济法律调控体制的立法步骤;(2)加快政府转变职能的步伐,按照所有制现代化的要求理顺产权关系,还权于企业,激励国有企业特别是大中型国有企业自动走向市场,真正成为法人实体和竞争主体;(3)针对市场流通客体日益增多、市场内容日益丰富多样、民事法律行为不断获得新的突破等情况,加快培育由市场组织体系、调控保障体系、法规体系和监督管理体系构筑起来的统一市场体系,并建立与深化分配和社会保障制度改革相适应的法律保障体系;(4)确立民法是市场经济的主体法、关系法、行为法、程序法和应有地位,对市场法律体系中民法与其他部门法律机制的关系做出理论和实践的界定,既保障民法机制的核心地位和主导作用,同时又补足市场经济法律调整的组织法和管理法,充分发挥其他法律机制的配合作用。我们这样提出问题和认识问题,就在于经济关系法律化不但要求建立和完善市场法律机制,而且也为研究和解决市场法律机制创造了有利时机和良好条件。

二、市场法律机制的现状

现在,改革的目标模式已经明确,但市场体系尚未形成,市场法律规则很不健全,整个社会和经济生活、经济秩序亟须进入有序状态。主要表现是民法机制与市场、市场经济的法资源需要极不适应,经济行政法立法发展很快但却缺乏科学性,政府的经济行为和法律行为过于行政化,社会保障法律制度残缺不全,宏观经济的法律调控体制尚未最终形成,围绕民法机制考察,这方面问题很突出。

(一)民法机制陈旧落后

民法是流通领域的法律制度。民法在流通领域的功能,主要表现为以平等自由、等价有偿为保护手段,以确认商品生产经营者的主体资格、主体地位和人身保护,确认商品者的静态物权和动态债权为核心内容,通过反映商品流通过程中的各种交换关系,保障民事经济活动主体的公平竞争,指导经济体制的改革,达到促进社会主义商品经济充分发展的目的。这种功能发挥得好坏,又主要取决于民法机制与市场经济的发展状况,以及它们完善程度相适应的状况。我国《民法通则》是1986 年制定的,而党的十三大以来特别是党的十四大前后在处理计划与市场关系问题上新的重大理论突破,以及由此而来的市场对经济活动调节作用大大增强所引起的许多新情况新问题,是它所始料不及的。换言之,我国民法受市场发展过程中行政因素的制约和影响较大,有悖于经济关系法律化的一般要求,整个机制是陈旧落后的。

1.我国市场是在“大计划、小市场”的特定历史条件下,主要依靠政府放松统制和运用行政力量组织推动这样两种方式、两条路子逐渐发展起来的,而同社会分工、商品生产发展的程度并无明显的必然联系。这就决定了我国市场法律机制(民法)一开始就具有两大弱点和特点,一是计划性很强,致使市场体系被肢解,民法的作用只能是局部的;二是民法规范的单行机制多于总体机制,难以适应市场体系的需要,充其量也只能发挥局部的功能效应。

2. 整个市场体系中各类不同市场的发育情况极不协调,尤其要素市场的发育远远滞后于各类商品市场,致使经济运动中不协调、低效率的状况也无法改变。因此,民法机制不可能配套发展,它在市场运行机制中的总体功能自然无从谈起。

3. 我国幅员辽阔,各地情况复杂,经济发展不平衡,市场调节功能在不同地区、不同部门、不同领域差别很大,《民法通则》取代不了应有的统一的和正常的民法机制的作用。统一的民法机制要求普遍适用民法准则,正常的民法机制同维护市场公平竞争秩序相联系,但市场又是垄断的和分割的,市场价格不放在首位,商品、资金、原材料和人员也不能跨地区流通,这就必然导致民法作用范围大大缩小并带有许多的随意性,民事活动中总是强制性规范多于任意性规范,而对体现当事人自由意志的要约与承诺却毫无反映。

4. 鉴于前几年我国经济发展出现较大的波动,以政府或部门的支持和干预为背景的各种贸易战和封锁割据十分严重,这种条块行政分割现象不仅人为地分割了市场发展的合理区域性效应,而且也严重地阻碍了民法功能的发挥。

此外,市场经济是开放的,市场经济法律机制也应该是开放的,甚至是国际化的,近几年来,商品经济发展给市场运行带来许多的法律问题,诸如经纪行为与代理、居间行为有什么区别,经纪人应有何种法律地位,怎样确定物权总体概念和界定各种具体物权,怎样实现产权制度现代化和国有资产的专职管理,如何对待不同物品所有权的风险转移,进一步设定权利的取得时效和消灭时效,规定默示条款的有效期限,以及如何建立市场的中介组织和自律组织等,民法中概无反映,同世界经济运行的法律机制不相衔接。这也是一种封闭,说明我们经济立法的思维方式与指导方针更加落后于市场发育的过程,如果不大胆解放思想和更新观念,陈旧落后的民法机制便无法改变,市场法律机制就不能现代化、国际化。

(二)经济法与民法严重错位

党的十一届三中全会经过拨乱反正,启动了经济建设与法制建设同步发展的客观进程。但是,现实生活中存在的改革与法制不可分割的客观必然性,同经济法制建设本身的内在适应性之间存在着矛盾,即表现为改革迫切要求对变化了的经济关系进行法律调整,甚至要求许多改革措施直接采取经济立法的形式出台,而改革的开创性质又难免导致发展中经济关系具有暂时的不确定性,传统观念也认为法只能是对稳定社会关系的反映,这就给经济关系法律化和经济立法进程增加了难度和障碍。可是"时不待我",法制建设要为自己开辟道路,陈旧落后的民法机制又不可能提供现成的东西,于是经济法(经济行政法)应运勃兴,在现行立法中一开始就以占总数比重1/3以上的速度递增着,这种立法步伐愈是加快,经济行政法规的数量就愈加明显地淹没民事法律规范,以致在整个经济法律体系中经济行政法与民法之间的错位现象便愈来愈突出。因此,民法作为市场经济选择的法律机制,它应有的核心地位被动摇了,本来面目被扭曲了,市场经济的宏观法律调控体制也就无从建立和健全起来。

我国经济立法所以出现上述现象,可以说是不可避免、不足为怪的。从历史上看,在古代诸法合体、重刑轻民的条件下就存在大量行政经济法规,古往今来不乏运用行政手段管理经济的经验,我们在新中国成立后的长时期内搞的又是产品经济,所以在管理经济、调整经济关系方面始终是行政意志起主导作用,人们也已习惯并乐于用经济行政法的手段管理经济。从现实生活看,实行改革开放的方针,开创现代化建设新局面遇到的新情况、新问题层出不穷,客观上运用法律手段调整各种经济关系的要求比任何时候都迫切,而当时商品经济理论的重新认识刚刚被提了出来,民法虽已缓慢起步但有"私法"之嫌而发展艰难,刚刚恢复"合法"地位的商品经济也不允许自己作出法律选择,既为我国高度集中的计划体制所决定,又为前捷克斯洛伐克、民主德国计划管理的法制模式所束缚,经济行政法自然是先于民法而获得空前发展。从立法思想看,加强经济立法以保障建设和改革的外部秩序,不论巩固改革的成果还是体现改革的措施都需要以经济立法的形式加以确认,在很大程度上也是适应计划经济体制的需要,突出加强经济行政法的地位与作用也极其自然。鉴于这几方面的原因,我国经济立法具有几个鲜明的特点,即受计划体制的制约,民事立法的紧迫性被遏制,而经济立法的计划性极强;立法进程缺乏总体目标设计,专门立法欠缺合理有效的调控,经济法制建设的不平衡性突出;立法思想和指导思想未能及时适应新旧体制的转换过程发生相应变革,没有把握民法这个纲,没有理顺市场整体法律机制中各个部门法的关系,使得市场经济的法律选择表现出非科学性。我国经济立法的这几个特点影响整个经济法制建设,不但阻碍了市场经济宏观法律体制的形成和发展,而且也限制了经济法自身的建设。

(三)行政法过多地进入民法领域

行政法与民法同属于国家的基本法,虽然两种法律手段的质的规定性不同,即各自的调整对象不同,当事人所处的地位不同,处理纠纷的程序不同,承担责任的方式也不相同,但它们都要调整国家机关、企业事业单位、社会团体和公民之间的法律关系,内容也都涉及权利义务问题,并且行政法调整的社会关系中也有不少含有经济的因素,在这些方面是有着密切联系的。在很早以前,行政法只是被当做私法(民法)的一个组成部分,国家公职人员和其他公民接受同一个法律管辖,享受同样的法律待遇,直到19世纪才作为一个独立法律部门出现,进入20世纪后才获得进一步的发展。

在我国,从重视行政法制建设开始即带有"行政至上"的色彩,具体表现是行政干预突出,行政活动范围不断扩大,行政因素渗入经济生活的各个方面,以及政府行为大量进入本来仅适用民法规范的领域。由于行政权广泛而富于强制性,行政法和民法、经济法相互交叉,这种现象就日益增多。在前几年国民经济治理整顿期间,政府依靠行政措施解决市场疲软,清欠"三角债",强化市场管理规则,保护严重亏损企业,解决资源配置和限制要素市场等做法,无一不体现行政法进入民法领域的倾向。这种用行政隶属关系取代本来具有民法特征的相互协调关系,用行政规范取代适用民法、经济法规范的做法,既模糊了法律部门的界限,也把行政法自身发展引向了不确定的地步。在国外,人们把这种现象称为"民法危机"或"行政法危机",看来不是没有道理的。

为了建立和完善市场法律机制,我们必须在行政法方面处理好两层关系。一是区别于经济法,应把立法的主要任务放在行政组织法和行政行为法上,从调整单纯的行政关系和行政管理关系出发,重点解决怎样用行政法手段确立行政的方式、方法和原则,以及制定依法管理经济的行政组织程序问题;二是不以国家权力随意介入民法调整的领域,用行政干预来限制民法机制的作用,影响经济法制领域各种法律关系的正常格局。只有民法和经济法、行政法在整个市场经济的法律调控体系中各就各位,在立法、执法各个环节做到有机配合和相互协调,才能共同对国家经济生活起到调整器的作用。

三、完善市场经济法律机制的思路

如前所述,"法治"经济的本质要求是实现经济关系的法律化,但我国现有市场经济的法律机制陈旧落后,承担这种法律化载体和形式的条件还远不具备。我们究竟需要什么样的调整社会主义市场经济关系的法律体制,目前国际上也没有固定的模式,大致说来发达国家一般采取民商法调整体制,个别国家也有实行部门经济法(经济行政法)调整体制的,但对我们都没有直接实践意义的借鉴价值。我们改革的目标模式是建立社会主义市场经济体制,显然不能采用与原来计划体制相联系的经济行政法调控机制,且由于我们的市场经济又以公有制为基础,所以采用发达国家调整经济关系的民商法体制也不完全适合国情,何况我国经济立法坚持民商合一的方针,这就更不能照抄照搬西方模式。摆在我们面前唯一正确的选择是,从中国实际出发,按照国情需要和法治经济的本质要求来确立我们完善市场法律调整的思路,切实解决好现代商品经济关系法律化的问题。据此,我以为必须重视下列几个问题。

(一)尊重市场经济的法律选择

首先,市场经济需要选择什么样的法律作调节器,为自身的发展保驾护航,这同我们喜欢或者愿意用何种法律体制为它服务是不同的。前者是尊重市场经济的质的规定性,以市场经济固有法资源需要为前提,而后者起决定性作用的是立法者的主观意志关系,以兴趣和爱好为出发点。正确的态度应是前者而不是后者,因为市场经济的核心要求是经济运行要以市场为基础,高度分散并自主的市场经济必须遵循等价交换的原则,通过竞争性供求运动来实现生产要素的组合和利益的分配,用市场机制来取代以行政命令为主的资源配置方式。市场经济关系派生出来的这种法需要,以及它通过具体法律表现出来规范要求和行为模式,才真正构成市场经济的法律选择的客观依据。

其次,商品经济的发展史已反复证明,民法(民法和商法)作为市场的法律机制是商品关系的最佳选择。历史选择了罗马法作为前资本主义社会反映简单商品生产和交换的法律形式,进入近代后又选择了《法国民法典》(即《拿破仑法典》)作为资本主义商品经济关系的完备法律机制。从"简单商品生产者社会的第一个世界性法律"到"典型的资产阶级社会的法典",历史绵延两千余载,商品经济形式一直在发展着,但它自罗马法开始所选择的民法制度的基本原则始终没有变,除了这种法律形式更加完备外,迄今各国法律都没有对它作出任何实质性的修改。我国市场经济体制的目标模式虽然同社会主义公有制相联系,但同私有制条件下商品经济、市场经济的方法是相同的,因而离不开历史借鉴,选择民法作为市场、市场经济的法律机制是毫无疑义的。我们没有商法,但商法实际上主要是调整企业的组织与活动的那部分民法。而我们现有的经济行政法也恰恰部分地起到了传统商法的作用,所以建立民法为主的法律调整体制符合历史选择和现实的需要。

第三,党的十四大以后随着国有企业经营机制的转换,我国社会主义市场体系的走向愈来愈清晰,今后市场组织体系必将是种类完备、布局合理和多层次的,市场调控保障必将是灵活有效和稳定可靠的,市场制度和法规体系必将是有利于促进和保护公平竞争的,市场监督管理体系也必将是健全有效和分工明确的。因此,我们建立和完善市场法律调整体制的思路也必须是统一的和开放的,而不应是分割的和垄断的,这就要求我们从根本上改变"行政至上"以及"以行代民"、"以行代商"的观念,实现立法思想向现代商品经济法律观的转变。必须看到,市场的法律机制与市场统一体系的发展走向一致,是经济关系法律化的定势。

基于上述思路,我们有理由得出结论:市场经济应该选择的法律机制,是一个以民法机制为核心为主体的,同时又有经济法相配合,辅以必要的行政法,并以其他法律为适当保障手段的完整的经济关系的调控体制。这样的法律体制,能反映我国市场经济的本质特征和内在要求,克服以往选择法律模式过多地强调行政意志因素的弊端,避免凭主观爱好确定某种现成法律模式去规范市场规则和行为的做法。

（二）加快完善民法机制的客观进程

我国商品经济形式正日益获得充分表现，市场主体类型日渐增多，市场客体瞬息生变，市场内容（交换形式）愈加丰富，市场范围继续扩大，市场价格日趋放开，利用外资的步伐大大加快，参与国际市场已见明显成效，意味着我国市场经济的运行机制正在逐步形成。这种变化了的并正在发生深刻变化的经济关系，要求我们比以往更加重视价值规律的作用，因而也为民事立法坚实了理论基础，丰富和发展了民法的内容，扩开了民法的调整范围。因此，加快民事立法的客观进程迫在眉睫，已成为建立和完善我国市场经济法律调控体制的中心环节。突出需要的是：

1. 健全整体民法机制

为改变我国民法长期陈旧落后的面貌，必须从多方面作出实际努力，把局部机制变为整体机制。首先，应从制度上解决问题，避免国家权力随意进入民法领域，用行政手段取代民事法律手段的现象，防止继续发生"民法危机"。其次，应从立法思想上理顺民法与其他经济立法、行政立法的关系，将经济立法重心转移到主要调整横向经济关系上来，以确立民法在经济关系调整体制中的正常地位，恢复被人为地缩小和限制了的民法应有的作用范围。第三，应把握住民法体系的精髓是民事法律关系，积极创造民法获得独立发展的良好环境，通过立法形式对经济关系引起的各种民法问题及时作出调整。经过这些努力，保证民法整体机制的功能效应得以充分发挥。一方面，将市场经济活动中各种形式的商品关系纳入民法调整范围，使其不得违反市场的共同准则，也就是民法的各项基本原则；另一方面，体现我国市场经济与公有制相联系的本质特征，积极加强和改善国家对经济的宏观调控，恰当运用经济的、行政的法律手段，确保国家将民事活动管理纳入有序的法律状态。

2. 完善民事法律制度

（1）健全以法人制度为核心的民事主体制度。民事主体反映商品生产者和交换者在法律上的地位和资格，具有广泛性和平等性的特点。当前突出的问题是，多数国有企业以及仍然沿用国有企业管理办法的城市集体企业，还不能真正做到在法律规定的范围内自主经营，同"四自"要求距离很远。为改变现状,应积极创造贯彻《全民所有制企业转换经营机制条例》的外部环境,关键是政府部门要转变职能,还权于企业,让企业自主走向市场而不是被"推向"市场。不这样,企业的法人地位就名不副实,以企业法人制度为核心的民事主体制度就难以健全。

(2)建立我国的物权制度。物权法的实质在于确认生产资料与人的结合是社会生产和再生产活动的基本条件,反映任何生产活动都离不开人对财产(物)的占有关系,因此是国家用来维护和巩固财产关系的一种重要法律形式,也是传统民法的一项重要民事法律制度。我国立法思想过分强调"物权"概念的阶级属性,强调它反映人与人之间对物的占有和阶级关系,不承认它是一个法律范畴,把承担揭示物权阶级内容的任务的民法学与民法规范本身等同起来,拒绝制定物权法律规范,以致《民法通则》只规定了所有权以及与所有权相关的其他财产权,而不规定要建立包括所有权在内的物权法制度。其实,民法调整复杂的经济关系不仅保护所有权,还要保护其他各种形式的物权。物权和债权是社会经济生活中最基本的两类财产关系,反映在民法中二者相联系又相比较而存在,从来不可偏废取舍。改革中新的物权形式增多,扩大开放后适用范围愈来愈广,它们无一不与市场经济联系密切,且多数是在商品流转中依法移转所有权权能而发生的,许多方面都具有所有权的特征。但它们不同于所有权,这就需要用物权概念加以概括,突出其各自的特点,以期同债权和其他民事权利区别开来。所以,建立包括所有权在内的统一物权法制度既为完善民法制度所绝对必需,又是适应经济建设与改革开放的需要。

(3)统一我国合同制度。经济意义上的合同,原本是民事合同。我国为调整经济合同关系而制定的《经济合同法》将合同分为经济合同和民事合同两类,将统一的合同制割裂,在理论和实践方面造成不应有的混乱。《经济合同法》以合同主体是否为法人为标准划分两类合同的做法是缺乏理论依据的,因为合同主体只对合同关系的某个方面和个别特征有一定影响,但不能改变合同关系的本质属性。《经济合同法》把"实现一定经济目的"当做合同关系要素一同样欠当,因为判断某个具体合同是否有"经济目的"在很大程度上取决于人们的主观理解,靠含义极广的"经济"概念是无法推导出其特定含义的。《经济合同法》把"执行计划"作为区分两类合同的观点也是靠不住的,因为这是旧经济体制的产物,况且计划合同存在的前提与一般商品交换的前提无异,说到底还是民事合同的一种,我们必须摒弃"经济合同"的提法,彻底修改《经济合同法》,制定一部统一的《中华人民共和国合同法》,待民法典出台后将其列为相应篇章,成为我国完整民法体系一个组成部分。

(4)完善民法借贷制度。我国借贷关系的迅速变化,正推动着包括货币市场、资本市场和外汇市场在内的金融市场的形成与发展。金融市场紧密联系借贷资金和企业行为,是各种融资机构相互竞争、各种融资形式并存联系的市场,在我国更是政府运用经济杠杆调节市场运行机制的市场。就其性质和特点而言,它是一般商品市场的主要后果,离开它就不会有活跃的市场经济。在我国,调整金融市场关系的专门民事法律规范迄今是个空白,亟须制定包括借贷主体法、借贷关系法和证券交易法等在内的,能全面反映金融借贷关系要求的,体现市场法制宏观调控职能的、高层次和新型的民法借贷制度。

3. 抓紧制定民法典

制定一部统一的具有中国特色的民法典,是使我国民法既符合市场经济的规律性要求,又符合国际市场通行准则唯一正确的决策。这样,我国经济立法才能"纲举目张",推动经济法制建设进入一个新的阶段。现在,国家政治安定,社会经济条件极好,经济立法也已积累一定经验,民法学研究同样取得不少成果,还有国外民法的成功经验可供借鉴,应该说制定民法典的条件是初步具备的。尤其市场经济本质上是一种法治经济已成为社会的共识,立法思路比以往任何时候都更加清楚明晰。新的民法典应是我国民族特色与全球意识的科学性和兼容性的统一,立法步骤适当超前是完全必要和可能的。

(三)协调健全和完善其他配套法律机制

同建立市场经济体制一样,完善市场法律机制是一个长期发展的过程,也是一项艰巨复杂的社会系统工程。市场法律机制的整体功能仅仅靠民法是难以发挥的,必须要有许多法律部门的分工协作和密切配合。它离不开宪法的导向、刑法的保护和解决讼争纠纷的程序模式,更要有经济行政等法律手段的综合运用。加强经济法、行政法的宏观管理调控作用,始终是市场法制建设的一个重要环节。

首先,经济法的调整对象是纵向经济关系,它突出体现了我们国家组织和管理经济的职能。我国经济法的数量居其他部门立法之首,但还缺乏系统性和科学性。从长远看,今后应立足自身特定调整对象,把握纵向与横向关系的差别,重点是完善管理主体、管理对象和管理制度方面的立法,防止简单套用民法制度,造成经济法与民法错位,影响自身作为一个独立法律部门的理论建树。

其次,要正确区分行政法与民法、经济法的调整对象与调整方法,按照政府转变职能和加强政府法制的要求,逐步健全行政组织法和行政行为法,增加有关保护公民基本权利、行政行为法律化、行政活动程序化和依法行政方面的法律法规,使行政立法更加科学化和民主化。与经济行政立法相比,行政立法所占比重要小,但行政法进入民法领域的现象突出,这种状况必须改变。适应市场经济的需要,行政法调整对象中的纯行政因素的管理关系应变为服务关系,进而加强经济组织法(含行政监督法)和行政行为立法,以期提高政府工作效率,建立政府宏观管理体制,并约束行政行为以防止行政权的滥用,搞好廉政建设。

第三,适应我国劳动关系的新变革,劳动立法应由单纯的管理型模式转向协商与管理相结合的关系模式,逐步使劳动关系的法律调整走向合同化和标准化。当前迫切需要完善劳动工资机制,建立职工待业、医疗、养老等社会保障制度,统一职工劳动安全卫生、职业培训、劳动纪律和劳动时间等方面的法律调整,抓紧制定工资法、工时法、劳动保护法、劳动争议仲裁制度和社会保障法等。

(原载《青海社会科学》1993 年第 4 期)

关于当前市场法制建设的几个问题

　　自党的十四届三中全会明确提出本世纪末初步建立适应社会主义市场经济的法律体系的目标以来,我国法制建设呈现出日新月异的繁荣景象,已经名副其实地成为建立社会主义市场经济新体制不可分割的一个重要组成部分。形势喜人,催人奋进。但仔细观察,法制建设发展进程与市场经济客观要求之间还是不够协调,依然存在着明显不相适应的状况。有必要围绕当前市场法制建设的形势和任务,就以下几个问题作些探讨。

一、关于当前法制建设形势的估计

　　如何正确评价当前我国市场法制建设形势,这是关系我们党不断总结领导新时期法制工作的经验,改善和加强法制决策,推动和引导法制建设沿着本世纪末发展和改革目标顺利前进的大问题。我们应该实事求是,既要看到成绩斐然,又要重视存在的困难和问题。

(一)近年来我国法制建设的成绩

　　必须承认,以邓小平同志 1992 年初南巡讲话和党的十四大为标志,我国法制建设的各个环节和国家法制生活的各个方面,的确已朝着高难度、深层次、全方位的目标迈出了新的发展起点。成绩有目共睹,突出地表现在：

——立法进程大大加快，在新中国立法史首开了党的改革决策与国家法制决策相统一的先河。改革开放十六年来，我国法制建设始终把解决"有法可依"摆在首位，同时又不失时机地抓法律设施和法文化的建设，注重解决有法不依、执法不严和违法不究的问题。立法工作所取得的成绩尤其令人刮目。迄今，根据调整社会经济关系对法资源配置的需要，循着健全国家机构和加强国家宏观调控职能的法要求，全国人大及其常委会从实际和可能出发，已先后制定的法律和有关法律问题的决定达255部，国务院制定的行政法规总数已超过700个，地方性法规也在3000个以上。全国几乎平均每13天制定一部法律，6天左右公布一个行政法规，有的地方几乎平均每3天就有一个地方性法规出台。中央和地方立法进程空前加快，一大批新的法律诸如《公司法》、《反不正当竞争法》、《消费者权益保障法》等应运而生，知识产权法律制度经过修订（指专利法和商标法）更加完备。通过对惩治走私罪、贪污贿赂罪、偷税抗税罪、假冒注册商标犯罪、生产销售伪劣商品犯罪的补充规定的决定和对惩治著作权犯罪的决定等，在刑事法律方面也带来了新的变化。这些，对于规范市场主体行为，维护市场秩序，惩治经济犯罪，建立现代企业制度，加强宏观调控和社会保障，在一定程度上确实起到了"用法律指明道路"①的作用，也较好地适应了建立社会主义市场经济体制的需要。

——加强司法工作，强化国家审判职能和专门法律监督职能，为改革和发展提供了重要保障。法的实施是法运动过程的重要阶段，是实现法治目标的关键环节。坚持"两手抓，两手都要硬"的方针，从稳定社会大局出发，严厉打击危害社会治安刑事犯罪和严重经济犯罪活动，紧紧抓住重大恶性案件特别是带有黑社会性质的集团犯罪这个打击重点，集中力量查办贪污受贿等大案要案，依法查处侵犯公民民主权利和渎职犯罪案件，运用司法手段强化专政职能，调节市场经济关系，保护公民和法人的合法权益等，是近年来我国法制建设成就卓著的又一标志。去年是我国市场经济全面推开的头一年，针对刑事犯罪突出的情

---

① 《列宁全集》第29卷，第180页。

况,公安部门和司法机关及时开展了多种形式的集中打击和重点整治活动。全国检察机关经审查共批准逮捕各类刑事案犯 607945 名,提起公诉 479860 名,其中属于"严打"中批准逮捕的重点打击对象为 152764 名,提起公诉的重大特大案犯 129219 名;同期,经各级人民法院审结的一审刑事案件 403177 件,判决已发生效力的案犯是 451920 人,其中依法从重从快惩处的重点打击的犯罪分子是 237164 人。根据 1993 年 8 月中央关于加强反腐败斗争的决策和部署,检察机关在当年 9 月至 12 月即立案侦查贪污贿赂大案 8538 件,比 1992 年同期增加 3.2 倍;查办犯有贪污受贿等罪行的县(处)级以上干部 715 名(含厅局级干部 61 名),比 1992 年同期约增加 6.8 倍。全国各级法院在 1993 年共受理一审经济犯罪案件 27473 件,审结 27323 件,其中 8 月至 12 月所占的比重最大,月均上升率分别为 1 月至 7 月的 73.62% 和 102.13%;还受理一审经济纠纷案件 894410 件,一审民事案件 2089257 件,一审行政案件 27911 件,处理来信和接待来访共 7496985 件。① 这些数字表明,我国司法工作在维护社会稳定,创造改革开放和现代化建设的良好法制环境,促进市场经济体制的建立和发展等方面,所起的重要作用愈来愈明显。

——加强政府法制工作,强调依法行政,国家管理经济和社会的法律制度日益建立健全。近两年来国务院坚持立法与改革进程同步发展的要求,突出与建立市场经济体制直接相关的重点立法项目,围绕加强宏观调控、规范市场主体行为、建立市场管理秩序、促进社会保障和维护社会稳定等方面持续推进行政经济立法,仅 1994 年上半年就发布行政法规 18 件,提请全国人大常委会审议的法律草案也有 7 件。同时,国务院继 1985 年之后又一次对建国以来至 1984 年和 1986 年至 1993 年发布的行政法规进行了清理,决定予以废止(含自行失效)其中的 21 件,连同 1986 年至 1993 年公布的法律和发布的行政法规中已明令废止的 86 件在内,迄今废止的部分行政法规共计 107 件。制定新法和废止旧法并举,使得政府在市场经济中的地位日益重要,也推动了政府转

---

① 以上数字引自八届全国人大第二次会议上最高人民法院、最高人民检察院的《工作报告》。

变职能的步伐。近年来各级政府开始注意建立健全民主的科学的决策制度,自觉接受国家权力机关、人民群众和社会舆论的监督,加强基层政权建设,开展社会治安综合治理,并在严格完善领导责任制特别是抓干部廉洁自律、查处大案要案和纠正行业不正之风等方面,取得了不同程度的成效。

——深入开展法制宣传教育,加强法律咨询服务,已成为我国法制建设的基础性工作。今年是实施"二五"普法规划的第四年,截至6月份,全国有1200多个县(市)开展了依法治县(市)的工作,城乡各行各业的依法治理更是形式多样,有的地区还发展到依法治省治市。随着依法治理工作全面铺开,整个社会对法律咨询服务和法律保障的需求空前增大,突出的表现是推动了律师、公证工作的迅速发展。据不完全统计,1992年我国律师只有45666人,至1993年底便增至66700人,到1994年6月又发展为70515人。律师机构也相应迅速发展,一年来律师事务所增加了1709个,现在总数已接近6000个。律师人数和律师机构的增长速度,均相当于1980年的7倍。律师在为当事人提供法律服务和发挥市场中介作用方面,工作量大幅度上升,也分别比1992年增加20%以上。为满足社会对法律服务的需求,我国律师队伍不但在本世纪末会有一个大的发展,而且律师管理体制从现在起也开始同国际社会接轨。

我国法制建设近两年来取得的成绩是多方面的,以上仅仅是个举要。至于法文化方面的成绩囿于篇幅在此就不赘及了。

(二)当前法制建设中存在的问题

法律形式受经济关系的制约,经济关系又必须反映为法原则,要求法运动与经济运动相适应,要求法制建设与市场经济同时起步,这本身就是一场深刻变革。在这种深刻变革面前,市场经济条件下的法制建设已经不是原来意义上的法制建设,然而,我们只有突出理论、改革放权和依靠政府组织力量"造市"的经验,没有按照"法治"经济要求建设市场法制的经验。经过近两年的实践摸索,尽管取得了很大成绩,但毕竟没有取得把握规律性的主动权,法制建设中存在的问题就不能不相当突出。

其一,立法工作有些过"热",表现出一定程度的非理性即非科学性的倾向。制定立法规划,加快立法步骤,无疑是必要的富于战略意义的决策。但问题在于,市场经济关系究竟需要何种性质的法律调整,市场"呼唤法制"是否意味着法律制定得越多越好,立法中怎样考虑法律的实际可操作性与社会法制心理的承受能力等问题,似乎至今未能引起足够的重视。"因噎废食"固然不可取,同样"饥不择食"也非良策。目前立法中对亟须解决的许多理论与实际问题缺少深入考虑,只顾一味强调"加快立法步伐",实际上是一种饥不择食的表现。如果不改变这种状况,必然影响立法机关和法制的权威,以致影响建设有中国特色社会主义市场经济法律体系的发展方向。

其二,现阶段市场经济条件下许多行为严重失范,严格司法依然面临"两难"选择。必须承认,现行法律法规为数甚多,的确为司法机关依法办案提供了法律依据。但也必须承认,市场经济条件下需要规范的行为实在太多,且瞬息生变,层出不穷。需要规范的行为也很复杂,尤其在合法行为和非法行为之外,还有一种行为是法律无须规范或者至少是暂时不必规范的,它具体表现为法律对这类行为是提倡还是反对,是保护还是禁止,概不作明示或确认,这就是介乎"合法"与"非法"行为之间的另一种行为,即"法律容许的行为"。不论在任何时代和任何国家,法律规定得再完备再详尽,也总要将某些行为留给社会去自行调节,因此"法律容许的行为"是一种普遍的社会现象。在现实生活中之所以有人钻政策法律的"空子",就是因为有的行为是政策和法律所不管或管不住的,人们又习惯将它称做"中性行为"或"边界行为",这种情况在市场经济条件下表现得尤其突出。无论立法速度怎样加快,都无法将整个社会"行为场"涵盖无遗,这就必然给司法实践带来困难。加之我们在改革中推出的许多新举措又大都带有过渡的性质,这也决定了"行为失范"暂时将是普遍的和大量的。

其三,政府行为失范,不能严格依法行政是影响当前法制建设的一个因素。市场经济是法治经济,不但它的运行基础、作用媒介和组织方式不能继续依靠行政权力和指令性计划行事,而且特别要求规范政府干预经济和实行宏观调控的行为,运用法律形式对政府行为的目的和内容实行定位、定界、定序和定编,从而做到政府调控间接化,进而有效地实现资源配置市场化、经济行为契约化、企业经营自主化和市场选择自由化。现代法治国家的主要标志，首先就是要看这个国家的政府是否具有现代意识，是否致力于实现经济现代化，是否真正实现普遍的法治原则。而在实现经济关系法律化的要求上，又要看政府管理经济以及在经济运行过程中的所有行为是否真正符合规范化、法律化的准则要求。从现有的立法思路和行政执法实践看，我们的注意力和重点始终放在公民和法人特别是企业法人身上，而真正亟须规范政府行为的法律却寥若晨星，以致分割并且颠倒了市场和政府的关系，在一定程度上也影响了政府转变职能的客观进程。政府执法状况如何是直接关系市场经济、市场法制建设成败的根本问题。我们制定的法律是好的，但每每付诸实施的时候就"变样"，在很大程度上就是不能"依法行政"所致。如果这个问题不能引起足够重视和认真解决，我们就无法变革法制领导的观念原则，尊重市场经济的法律选择，也就不可能由不相适应转变为能够比较自觉地适应建设市场法制的客观需要。

二、关于市场法制建设的一个"难点"

一般说来，法制建设中的"难点"也就是"热点"问题的集中概括和关键所在。自从党的十四大提出建立市场经济的改革目标模式以来，我国法制建设进入了新的发展时期。一个显著标志，就是立法工作重心开始了由计划经济向市场经济的转移。于是，在市场经济强烈呼唤法制的现实背景下，"高度重视法制建设"、"加快经济立法"，便成了人们普遍关心和议论的"热门"话题。其实，中央有决策考虑，地方有对策设想，群众也有各种各样的理解，究竟怎样才算达到"高度重视"，"加快经济立法"的内涵到底为何物，迄今还是见仁见智，并未真正寻求到一种能为整个社会普遍认同的共识。纵观市场法制的现状，我认为这就是当前市场法制建设中一个最大的"难点"。其所以成为难点，就在于它涉及党和国家在市场经济条件下领导法制工作的指导方针，涉及法制建设中许多深层的理论和实际问题，是一个事关总览法制建设全局和决定市场法制发展方向的重大问题。

根据邓小平同志关于一手抓建设、一手抓法制，经济建设是大局，加强法制是全局的一贯思想，以江泽民同志为核心的党中央一直重视法制建设,坚持改革决策与法制建设的统一,这是我国法制建设得以持续顺利发展的根本保证。现在的问题是,路线有了,方针也已明确,但到底怎样才能最大限度地畅通法制建设航道,这个"难点"问题解决得并不理想。

第一,对市场经济条件下法制建设的新情况缺少本质分析,领导法制工作的具体方式仍然自觉或不自觉地停留在原有计划经济体制时期的思想水准和工作模式上。

邓小平同志指出,"改革是中国的第二次革命"。① 由计划经济走向市场经济,是我国改革不断深化的必然结果,是近百年来艰苦探索在中国实现经济现代化道路的历史答案,也是我国"第二次革命"的主要标志。社会主义市场经济的思想理论和改革目标的确立,在我国引起的变化是巨大的,历史将我们国家引向了由计划经济体制向市场经济体制、由农业为主的传统经济结构向工业为主的现代经济结构转变的伟大转折时期。面对双重转型的变革现实,我们在本世纪末将要实现改革与发展两大奋斗目标,这就要求我们加快思想变革的进程,同样也加快法制建设的思想变革进程。否则,市场经济体制基本框架形成之时,初步建立与之相适应的社会主义市场经济法律体系仍将指日无望。

目前,我们恰恰在这个问题上缺乏足够的思想准备,当法制建设的客观形势已经发生根本变化的时候,我们领导法制工作基本上还是凭过去的经验办事,并没有"旧貌换新颜"。当然,市场经济大潮来势迅猛,反映于法需要方面的新情况新问题接踵而至,要求经济关系必须法律化,市场秩序必须进入有序状态,而我们却缺乏市场经济意识特别是与其适应的市场经济法律意识,但加强法制建设时不我待,立法工作不能不上马。于是,困难问题摆到了我们面前。一方面,现成的适应计划体制要求而制定的许多法律无不带有鲜明的行政色彩,法律运行机制都要以企业所有制性质、民事主体的身份和地位、当事人行政隶属关系为转移。这一整套规范体系、行为模式、行为习惯与观念习俗,显然要同现代交易制度、现代企业制度所要求的民法准则发生摩擦与碰撞,而原先在"大计划、小市场"隙缝中生存下来的民法规范又屈指可数,它

----

① 《邓小平文选》第3卷,第113页。

根本无力克服传统经济行政立法所造成的并继续发生作用的规范影响。因为我们缺少市场经济的法律意识，也不足以发现新旧经济体制下两种法需要、法律机制的本质差别，事实上就不可能按照全新的思路搞法制建设。另一方面，市场经济迫切需要法制导向，但它受到许多变量因素的制约，诸如短时期内新旧体制转型过程中出现的种种撞击，改革过程中不同层次的衔接上暂时出现的脱节现象，法制管理和社会管理方面难免出现的空隙和漏洞，改革措施的临时性过渡性可能会有副作用的一面，以及转型时期许多新的是非观念、行为规范和法律化的约束机制一时难以形成等，因而市场经济内隐的法治要求同法制建设在实际上能够满足这种要求的状况总是会有矛盾的。市场经济决定市场经济法律意识，但这种客观存在反映于意识是以意识主体的需要为中介的，同样地意识反作用于存在又是以主体的行为作中介的，实际情况是我们作为意识主体还没有认识到"经济关系必须法律化"的紧迫需要，在意识对社会存在的反作用方面，并不能高度自觉地用市场法律意识服务于市场经济，完全按照法治经济要求来处理当前法制建设问题。

第二，市场经济呼唤民商法律，要求我们在发现市场经济的同时也重新发现市场经济所选择的民商法律机制，但法律体制要不要改革，我们的认识并不统一，以致立法进程大大加快后，也难以理顺实现法需要与法资源合理有效配置之间的关系。

民法是商品经济的法律形式，是商品流通领域的法律制度。这是商品经济形式的内在本质要求所决定的，是这种经济关系寻求法律化道路所作出的历史性选择。从简单商品经济发展到现代市场经济，中经自由经济和垄断经济，上下两千多年，交易关系愈来愈获得充分化的表现，但民法准则的本质始终没有改变。罗马私法（即罗马法、罗马民法）是其最完备的古典形式，《法国民法典》（即 1804 年的《拿破仑法典》）是它在资产阶级社会的典型模式，而十月革命后制定的《苏俄民法典》则是它在社会主义条件下的最初形态。不论古代或近现代的民法，本质上都是用民法准则来"确认单个人之间的现存的、在一定条件下是正常的经济关系"，①也就是以一定的法律形式将市场共同规则加

①　《马克思恩格斯选集》第 4 卷，第 248 页。

以确认和表现出来,从而减少经济运行中所有权、产权、经营权行使的不确定性和不必要的环节,把随机变动、杂乱无章的市场活动秩序纳入规范模式。民商法的作用在于以平等自由、等价有偿为保护手段,以确认商品生产经营者的主体资格、主体地位和人身保护为前提条件,以确认和界定商品者的静态物权和动态债权为核心内容,通过反映商品流通过程中形成的各种交换关系和权利义务关系(利益关系),保障民事主体之间的公平竞争,为商品经济、市场经济的发展指明道路。民法的本质与作用,同样适用于商法。① 当今各国调整商品经济关系的立法例不论是采取民商合一的形式,还是实行民商分立,也不论在大陆法系国家还是在英美法系国家,商法莫不适应民法准则,民商法都属于私法范畴。众所周知,市场经济不是无政府主义经济,现代市场经济制度要通过"看得见的手"即计划调控来实现,因此政府对经济活动的宏观调控和对市场秩序的行政管理不是靠民商法,而是靠行政法和经济法来调整的。需要指出的是,我们所说的"经济法"(即经济行政法或行政经济法)不是私法而是属于"公法"的范畴,它主要承担政府宏观调控和市场管理的职能,是不能混同或等同于民法的,更不可取代民商法。

在计划经济体制下,我们长期以来调整经济关系实行的是排斥商品经济法律形式的经济行政法体制,行政法特别是"经济法"大量渗入适用民法的领域,政府行政干预取代一切,民商法始终没有"用武之地"。现在情况起了深刻变化,但由于笼统地强调"加快经济立法",民商法律被这个模糊概念所困扰,实质上仍然没有提高到法律调整体制的高度来认识。须知,"加快经济立法"决非一般口号问题,因为党的十一届三中全会以后不久就是这样强调的,结果是为适应计划经济体制需要建立健全了一整套经济行政法制。所以,在市场经济条件下仍

---

① 现代商法是规范企业组织与活动的法律制度,反映了企业的组织与活动有别于一般公民生活的特殊需要。古代虽有商事习惯规则,但近代意义的商法始于中世纪地中海沿岸诸多自治城市的商人习惯法。经过几百年的历史,现代商法逐渐形成为一个以公司法、票据法、破产法和海商法为中心制度的完整体系,成为隶属于民法并又独立于民法的一个私法部门。

然重复十多年以前就已强调提出的"加快经济立法"的方针,实际上无异于继续加快名为经济法律而实则经济行政法的"经济法"立法,致使市场法制建设走的仍是一条有悖于初衷的路子。

第三,市场经济是"法治"经济而非法制经济,要求通过经济关系法律化的途径为自身开辟发展道路,反映经济关系的法原则必须体现经济运动的发展方向和内在要求,使整个市场秩序进入有序法律状态,这不是靠单纯法律制度建设所能完成的任务,而只能依靠实行由"人治"向"法治"的转变和过渡。

我们说市场经济是"法治"经济,最根本的,市场经济是一种典型的"权利经济",从来就离不开利益动机和法治原则。在这种经济条件下,权利主体都必须遵循普遍法律原则的约束进行自由选择,并在法治原则指导下实现自我发展。市场法律秩序作为一般性规范,它不但要求为一般市场主体普遍遵守,而且更要求政府在法律明确界定和限制的职权范围内活动。然而,原有的计划经济是一种典型的"权力经济",它需要的是一种行政权力协调下的经济秩序,其主要特点是一切经济活动要围绕行政权力运行,普遍原则意义的法治观念为纪律、命令、服从的观念所不相容,因此社会是否奉行普遍遵循的法律准则并不重要,即使制定了法律也未必都能介入社会经济生活,因为"行政手段"来得及时和管用,经过法律程序似乎成为多余。可见,这不是我们今天所要的法律秩序,我们需要的是用法治原则指导我国经济现代化进程的法治以及建立在法治原则之上的新秩序。法治经济与法制经济虽然仅一字之差,但本质截然相反,我们绝不可把市场经济呼唤法制片面理解为只需重视法律制度的建设,离开法治去搞什么"法制经济"。

商品经济已经是社会化的经济,市场经济尤其是这样。社会化的经济需要的是大经济观念而不是与小生产方式相适应的"家长制"观念,需要尊重的是科学而不是小生产条件下的家长"权威",因而选择"人治"还是"法治",并不取决于我们个人的习惯与爱好,归根结底是经济形式和经济观念的抉择。认识这一点很必要,不然很难理解市场经济的法治要求。我国社会主义市场经济制度不同于现代各国市场经济制度,它所经历的是一个靠理论突出、政策演变和政府行政干预的"人为"发展过程。同样,我们要转变法制建设的领导观念和指导原则,也要经历一个由人治向法治转变的"人为"过程。在我国,尽管这个"人为"转变和过渡是相当艰巨甚至是痛苦的过程,但为现代法治国家的发展规律所使然,我们舍此别无选择。邓小平同志在谈到政治体制改革的目的时曾经指出,"要通过改革,处理好法治和人治的关系,处理好党和政府的关系"①。我们加强市场法制建设就必须提到改革的高度来对待,要坚持搞法治而不搞"人治",这样才能真正解决"难点",切实加快市场经济法律体系的形成。

三、关于完善民商法律与民法法典化

我国民法起步很晚,民商法律迄今是个薄弱环节,不具备充分发挥作用的主客观条件。从近两年立法情况看,已出台的一系列法律固然有一部分属于民商法的范畴,但离形成比较完备的民商法体系相距甚远,要改善整个市场法制建设的格局仍然是一项很艰巨的任务。我认为,要理顺市场法制建设的关系,从根本上扭转法制建设与市场经济不相适应的状况,就必须把立法重点转移到民商法律和规范政府自身行为上面来,尽快完善民商法律制度,特别是建立健全市场经济亟须的物权制度、契约与合同制度、票据与证券交易制度、民事借贷制度、金融法律制度和社会保障法制度,完善国家宏观调控和市场管理的法律制度,同时更应将制定民法典纳入议事日程,争取尽快实现我国民法的法典化。

民法法典化是衡量我国社会主义市场经济法律体系是否形成的主要表现形式,应当成为当前市场法制建设的主题和中心目标。必须看到,罗马法是传统民法的发展起点,它的始创意义是在古代法、现代法和未来法之间架起了一座桥梁,展示着人类法律必须走向法典化、现代化和一体化的发展趋向,由此成为近代以来各国民法通向法典化道路的第一块界碑。在现代市场经济条件下,不论各个国家或民族的法律在发展中表现出怎样的特殊性与普遍性、民族特色与现代意识的相互容纳和互补互动关系,也不论现代国家实现民法法典化的任务比过去

---

① 《邓小平文选》第 3 卷,第 177 页。

怎样复杂,但包括我国在内都不可能跨越这块界碑。应当承认,我国在客观上已经基本具备接近这块界碑的条件,只要我们在主观上有决心有信心做出实际努力,实现民法法典化是确定无疑的。现在,我们面临的问题不是要不要制定民法典,而是讨论制定民法典首先会遇到怎样的困难,究竟需要认真解决哪些理论问题和实际问题。如果这样地提出问题和认识问题,我以为贯穿于制定民法典全过程的莫过于以下三个主要问题:

其一,关于制定我国民法典的指导思想。这个问题的实质是,要不要公开确认我国调整市场经济关系必须采取民商法体制,要不要明确民商法律在我国市场法制体系中的主导地位,以及又怎样以民商法机制为本体来构筑我国市场经济法律体系的基本框架。毫无疑问,答案应该是肯定的,问题是要以法定形式加以确认。

我国法制建设贯穿于改革的全过程。改革愈深入,实践愈证明原有的"经济法"概念与我们需要的民商法概念性质殊异,功能作用相左,它代表的只能是市场经济所不需要的"经济行政法体制"。为适应深化改革和国际社会接轨的需要,我们必须彻底改变过去那种法律体制,实现由经济行政法向民商法、由"公法"向"私法"的转变。只有彻底改变以往调整经济关系的法学思维定式,在尊重市场经济法律选择的基础上确立起我国制定民法典的指导思想,才能确保本世纪末实现我国法制建设的目标。而民法典的立法例是实行"民商合一"还是搞"民商分立",则是属于第二位的问题。现代商法尽管日益呈现出独立发展的趋势,但从我国实际出发,民法典与商法典同时到位的实际可能性甚微,不妨先以"民商合一"作为过渡,这样既能使民法法典化的进程保持平稳顺利,又能有效地加快民商法调整体制的确立。

其二,关于我国民法典的特色。所谓"特色",当然是指民族特色,也就是怎样使我国民法典的内容和形式更加符合国情,形成自身应有的品格风貌问题。解决这个问题不能搞非此即彼,必须处理好传统民法与本国民法传统的关系,以及国内法与国际法、现在法与未来法、此法与彼法的关系。我们要面对两个基本事实:一是商品经济原本乃私有制产物,而我们要建立的市场经济是公有制基础之上的社会主义市场经济;二是我国市场经济是个"人为"的发展过程,其形成比世界市场经济制度的确立要晚几百年。据此,我们制定民法典必须做出两个方面的重大努力,即一方面要求按照传统民法的历史轨迹和社会主义市场经济的框架体系来构筑全新思路,在运用民法准则表现社会经济生活条件的问题上,必须体现出商品经济一般自然属性的"共同性";另一方面又要求把我国民法典与社会基本制度结合起来,在确定民法典的编制结构、具体内容、规范形式和原则制度的问题上,还必须考虑本国的法文化传统和改革成果,体现出我国公有制基础之上的民法不同于传统民法的"特殊性"。这样,我国民法典的特色也就自然形成。

其三,关于我国民法法典化的途径。怎样实现民法的法典化,是一个直接关系我国民法发展方向、独具特色和法典现代化的大问题。在这方面没有固定模式,我们无非面临三种思路:

(1)借鉴和移植国外模式。小平同志说,"中国的发展离不开世界",经验证明"关起门来搞建设,是不能成功的"。① 同样,这个论断也为我国实现民法法典化指明了方向。传统民法是人类法文化和文明成果的组成部分,我们没有理由拒绝借鉴和汲取,当然借鉴和汲取的目的是为了使我国民法赢得比传统民法相比较的优势。

(2)修补我国现有法律模式。如前所述,我国现有法律模式基本上还是从计划经济体制延续下来的,这种经济行政法体制仍然在起作用,如果不根本转变法制建设指导思想,靠修修补补的办法,是建立不了民商法机制的,也是实现不了民法法典化的。

(3)尊重市场经济选择的模式。理论和实践、历史和现实告诉我们,市场经济选择的是民商法机制,不论在何种社会制度下只要存在这种经济形式和经济关系,历史的选择就永远不会发生实质性的改变。我们在法制建设方面已积累了许多宝贵的经验教训,尤其近两年来制定的法律又为实现民法法典化奠定了必要的基础,只要我们坚持从本国实际出发,走自己的路,制定一部具有民族特色和时代特色相结合的民法典是必定会获得成功的。

总之,我国市场法制建设面临的新情况新问题很多,若能抓住改革开放的机遇,按照市场经济固有的法治要求和法需要规律办事,不断总

---

① 《邓小平文选》第 3 卷,第 78 页。

结经验,调整法制工作的指导思想,加强民商立法特别是重视民法的法典化,这对于推动我国社会主义法制建设就必将起到纲举目张的积极作用。

（原载《青海社会科学》1995 年第 2 期）

市场经济社会场的法律构建研究

一、市场经济社会场的总体特征

(一)社会场论的方法论意义

社会场论研究最初源于西方的传统组织理论,是在吸收传统组织理论的合理思想,通过对社会组织的深入剖析以及对不同"类"组织的新综合的基础上,发展起来的一种新组织理论。就其实质来说,社会场论提出的非线性思维模式及其相应的分析方法,仍属于行为科学方法论的范畴。它以社会性系统及其内在运动为主要研究对象,以系统元素之间的固定权力分配方式为主要参照坐标,围绕二者非线性的变化状态依次展开有关社会的运行、控制、有序性、稳定性、开放性及演化等方面的研究分析,也是对行为科学方法论的一个突破。因此,它也为我们客观地、理性地分析市场经济行为特征并预期构建市场经济社会场的法律框架,提供了更加有益的、厚实的理论和方法论基础。

按照社会场论,正如物质世界存在着引力场、电磁场等物质场(自然场)一样,人类社会也有其场态形式。社会场是一类区别于人、财、物等"实物态"(社会性)物质的场态(社会性)物质。它虽然看不见,摸不着,但它确实是存在于任何社会之中的一种社会实在。社会场至少具有以下特征:(1)在整个社会中弥漫了一种场态(社会性)物质,即社会场,社会(空间)中不存在绝对的(社会性)虚空;(2)任何社会中都存在力——社会场力;(3)任何社会场都存在力场线,即社会(空间)是布满了力线的社会场;(4)目的性,即指社会场在其运动、演化过程中所显现出来的一种类似于人的意志(但并非意志),且不以人的主观意志为转移的行为特征。

以上只是社会场的基本特征。随着下文论题的陆续展开,在必要时我们还将有针对性地阐释其中的某些理论观点。总之,社会场论为我们行为法学研究提供了十分有益的科学分析方法,也为客观、理性地分析市场经济行为特征并预期构建市场经济社会场的法律框架提供了更为厚实的理论基础。

(二)市场经济社会场的总体特征

任何社会场都不是孤立存在的抽象概念,它必须是与特定社会系统中的社会制度和体制结构(序结构)等整体要素相对应的社会实在,并具有相对固定的存在方式,如动能场、势能场或者动势能场、势动能场。场态的具体划分,有其相当科学的理论依据。动能场、动势能场总体上属于一类。在果状结构的动能场中,任何两个微观元素(组织或个人)之间的联结方式呈自主、互动、相对独立的闭合状态。自主是指各元素均被系统赋予某种权能,如开业权、行商权等;互动是指两元素之间可进行能量交换;相对独立的闭合状态是指如磁场系统中的南北两极既相互独立,但磁力线又将两极连动形成闭合关系。这样,动能场便具有极大的活力与动能。而在以果状结构为主,树型结构为辅的动势能场中,元素之间的联结方式多为不完全的自主、互动、相对独立的闭合状态,因为元素之间在一定程度上受对方制约,附属成分有所体现。势能场与势动能场大体上也属于一类。树型结构的势能场中两元素的联结方式为被动、单向流动(依指令)、附属的关系,即两元素之间存在着势位差,能量流动从高势位点流向低势位点,换言之,元素之间总存在附属与被附属关系。在以树型结构为主、果状结构为辅的势动能场中,元素之间的联结方式基本与势能场中的类似,只不过在不改变从隶关系的前提下元素间可具有适度的能动性。据此,我们可以推论说,市场经济社会场应属于动能社会场,不完全的市场经济属于动势能场,而计划经济则属于势能场范畴,有计划的商品经济则可归类为势动能场范畴。

在现代社会中,完全的动能场和势能场均不多见,与现代经济运动本质取向相一致的理论场态是动能场,但实际场态多为动势能场。由于现代生产力的最终发达,必将选择动能场,故现代各国对社会系统的构建仍依循动能场模型进行。市场经济动能社会场的构筑或完善,已成为现代社会经济系统运行的共同目标。

一般来说,市场经济社会场应具有以下总体特征:

1. 市场经济是一种动能场

市场经济动能场的特征主要表现在:(1)微观元素享有的直接权限(自主权),以及自用权空间(如择业权)远远多于间接权限(受制约权)以及受监控权空间(如被许可是否辞职的权限);(2)微观组织行为的充分自主、自决、多元、复合,促使微观组织具有极强的活力;(3)微观组织之间的互动、闭合功能使得场态(社会性)物质均匀分布,并经由场力线的发散作用使动能场不断得以保持动态平衡;(4)社会核子系统或核子层次的适度宏观调节、法规细则层次的整流作用以及文化协调层的文化内化结果,三者共同构成了动能场机能的修复与保障系统。

2. 市场经济社会场创造出了真正的"经济人"

组织理论和社会场论均以微观组织为其主要研究对象,而在现代经济社会中,微观组织愈来愈带有浓厚的经济化色彩,加之市场经济社会场的建立、运作和功能实现都围绕着微观组织的现代经济活动展开,故以企业组织为代表的"经济人"从概念到实体均已显现。但在市场经济社会场中,"经济人"往往被组织化、抽象化,无论其从事任何活动,均有一定的理性轨迹可循。这主要因为,对经济、法律、政治等社会文化内化后的社会性场态物质,逐渐对组织和个人产生了场化作用,而这种场化的最明显结果就是将生物人或社会人转换成了"经济人"。

3. 市场经济是一种行为场

动能场与"经济人"的充分结合,使得动能的产生和作用都必须借助"经济人"的社会经济行为去实现。如同客观世界中的磁场系统具有闭合功能使其往往具有"用之不竭"的巨大能源和"活力"一样,市场经济社会系统中也会因为生产、交换、分配、流通这种闭合关系的存在,而具有能量复制、再造的功能。行为互动是市场经济动能场存在和运转的最主要方式。

4.市场经济是一种权利场

社会场论研究的始发点,在于深入剖析社会组织内部与外部的权力分配结构。但由于"序结构"的发现,则导致了树型结构势能场与果状结构动能场的基本分离,势能场确实构筑出巨大的社会"权力场"系统,而动能场则为"经济人"营造出了实在的"权利场"。因为,市场经济动能场建立的终极目的,在于最大限度地解放社会生产力,促进生产力的极大发展。而人是生产力诸多要素中的主导因素,包括人和组织在内的市场经济主体如不被赋予最丰富的法定权能,社会人不能最终实现自我解放,则市场经济动能场将无法得以存续。因此,市场经济必须是一种权利场。

总之,在市场经济社会场的总体特征中,动能场是其本质属性,"经济人"是其场态主体的基本特征,行为场揭示了场态的运行机制,权利场则更多地表明了社会场的法定有序性。现代经济运动本质取向是市场经济行为,而与市场经济行为最相适宜的场态是市场经济动能场。

二、市场经济社会场的行为分析

(一)关于社会场的一般结构分析

关于社会场的一般结构分析,基本围绕序结构的"种"与"类"展开。决定序结构类别的本质因素是元素之间各不相同的权力分配方式,至于元素和层次的多寡,以及元素、层次的分布情况如何,这些因素都无足轻重。换言之,采取"同权分割"还是"异权分割"方式,是决定序结构"种"与"类"的关键。凡是同权分割的,都是树结构;凡是异权分割的,都是果结构。简单地说,同权分割是将属于某一社会元素(包括组织)的直接权限或间接权限分成两块,小块留给该元素,而大块留给该元素所从属的另一元素。如企业组织享有的人事权等权力空间,其中一大部分要划分给其上级主管部门,最终形成"一权两属"。异权分割是指将属于某社会元素的直接权限完全交还给该元素,而将与直接权限相对应的间接权限(如监控权)赋予与该元素具有直属关系的另一元素。如在企业组织中,企业负责人拥有对员工的招聘、解聘权,而企业员工也拥有择业、辞职权。同时,企业负责人和企业员工均拥有对对方行为的监督权,这样就可形成"一权一用、两权制衡"的局面。在同权分割中,上下级之间是绝对的控方与受控方关系;而在异权分割中,具有直属关系的两元素之间形成控方和次控方的相对独立关系。从上述分析可见,树结构与果结构有着本质差异。在系统的标准分类中,任何两个具有直属关系元素之间,都采用同权分割的系统,则为树结构;而任何直属的两元素之间都存在由异权分割决定的联结关系,那么,这就决定了其序结构具体表现为果结构。但是在现实社会中常常出现组合结构,即树果结构或果树结构。这种结构类型往往由相对高层次和相对低层次的两个部分组成。树果结构的高层次部分为树核,低层次部分为果枝;果树结构的高层次部分为果核,低层次部分为树枝。

在树结构系统中,从树梢(最低层次元素)到树根(最高层次元素)层层覆盖,且层次越高,覆盖面(即其控制的元素与层次的多少)越宽,最后整个系统被树根所覆盖,整个系统的权力也都集中于树根。以这种结构为体制结构的社会系统,就是人们通常所说的"大一统"社会。在这种情形下,权力空间的覆盖性起着决定性作用,而以这种结构为主的势能社会场则基本处于静止运行状态,因而社会缺乏活力。相对于果结构来说,如企业组织等任何低层次元素的角色权力空间都不被其直属上层拥有,对这些元素的主导社会行为只需实施必要的监督控制,并使其纳入系统的统一法规范围之内,也就从结构上保障了这些元素的法定权益。因此,以果结构为体制结构的社会系统,不会出现机构、管理的重叠现象,而与此相对应的动能社会场,因处于动态运行的平衡状态而获取充分的活力。同样,对于以树果型体制结构为主的社会场,由于其核心系统采纳了势能结构,故大多呈现出势动能场(指内势外动)的特征:宏观系统的静态运行加上微观系统的动态运行。这种场态仍因不具有开放系统的特性而缺乏足够活力。而以果树型体制结构为主的社会场,大多属于动势能场(指内动外势),其核心系统具有动能结构,因此大致符合开放系统的要求,具有较大的活力。

社会场中不同"类"的序结构划分,从根本上揭示出动能场与势能场的实质差异。在现代经济社会中,如设定以树结构为主的社会经济体制结构,则将使社会场定格为势能场,不仅社会场力的作用围绕"权力场"展开,由高势位点向低势位点的单向势位差流动将造成场态的封闭和静止,而且势能场态文化的形成更易导致对社会行为的脆性控制。权力的层层分割与互相重叠最终将使现代经济社会的微观组织丧失活力,并使现代经济行为缺乏生存空间。而采取果状结构的社会经济体制结构的社会场,其社会场力始终依绕"权利场"中有序、互动、能量闭合的场力线展开,动能场态文化的存在能促使弹性控制模式的有效采纳,权利的法定性和多样性又能促使现代"经济人"更具自主活力,从而最终形成本来意义上的现代经济行为及其生存空间。这就是社会场论对传统计划经济模式和现代市场经济模式作出的科学评判。

(二)市场经济社会场的法行为分析

市场经济社会场的诸项特征表明其是具有法治本质取向的社会场属性。第一,市场经济社会场是一个大的社会性系统,其中构成社会制度系统的三层次(核心层次、体制结构层次、法规细则层次)中的第二和第三层次均是"法定的",即主要是由法律、法规规范了的。第二,市场经济社会场是专为"经济人"营造出的动能场、行为场和权利场。"经济人"的行为与活动便能自由、充分、合法、有效地全面展开。同样,市场经济社会场的场态属性也表明了法治经济社会场的这种理性价值判断。其一,市场经济社会场的场态文化以动能形态的法律文化为主导;其二,市场经济社会场中存在着社会场力,即法律秩序对经济运动或经济行为的规范作用力;其三,市场经济社会场中布满了社会场力线,即由法律规范系统设定的无数条最适宜于市场经济行为运作的法定通道;其四,市场经济社会场的运动具有目的性,即在其运动或演化过程中始终最显现出一种类似于人的意志(但并非人的意志),且不以人的意志为转移的行为特性。这种"目的性",也可视为法治经济的本质取向。

正因为法治经济运动是市场经济社会场的核心灵魂,因此,对场内法行为的分析则显得尤为重要。下面,我们从对市场经济典型法行为的考察入手,探明法规范对互动的法经济行为的作用与影响,揭示经济组织行为在市场经济社会场中的特殊地位及其所蕴涵的巨大能量,并透视社会场对经济组织行为的接纳方式和程度,进一步领悟市场经济是法治经济的真实内涵。

在行为法学看来,任何一种市场经济行为都应是法行为,或者更确切地说,是一种法经济行为。这种行为从产生到实现的全过程都必须依循法律设定的行为模式展开,即依法完成下列循环:外界环境——合法需要——合法动机——合法行为——合法结构——主体满足。对于企业这种微观经济组织的典型代表而言,它从事的产、供、销等一般市场经济行为同样应符合上述要求。实际上,企业法行为的实现过程,是对法规的一种量化、活化过程,也是对法律秩序的巩固和捍卫。但是,从组织——社会场论分析可以看出,市场经济社会场中的企业行为不是在独立、封闭状态下进行的,而是在社会大系统中至少与另一企业(或组织)的行为进行互动交往的过程中实现的。因此,企业的法行为能否真正发生,不能仅仅视其自身组织的法资源状况,以及自身行为的法激励和法控制机制而定,还要看大系统(社会)中各个子系统(微观组织,如企业)之间的互动规则和联络方式,以及子系统与大系统的运动关系如何。这正是社会组织的序结构特质分析所要解决的关键问题。从前面分析已经知道,"经济人"是市场经济社会场的主体,它拥有一定的"法资源",而且"经济人"(系统)之间较为固定的权力分配方式——序结构,是按异权划分方式组成的果结构。换言之,作为社会系统中的经济制度的体制结构是以果结构形式存在并发生作用的,那么,该种经济体制应是市场经济体制,而该种社会场就只能是以各种"经济人"的市场经济行为为主导的动能社会场。据此,企业行为的法行为化,加上果状序结构的法律程式化(指社会经济体制的法律规定性及由此展开的微观经济组织之间互动经济行为的合法化),再加上政府行为的法制化(指在不与企业实行"同权分割"的前提下,政府权力逐渐转向专司监控、督导权),则市场经济动能场才能全面形成,市场经济中的法经济行为才能如期实现。

三、我国法制建设现状与社会场法
本质要求间的认知差异

自党的十四大正式确立建立社会主义市场经济体制的战略目标后,随着我国经济结构转型的全面启动,近几年来在立法、执法、司法、法律监督以及法律普及、法律服务等方面均获得了前所未有的长足发展,其中尤以市场经济法制建设为最。这主要体现在:(1)立法进程大大加快。近两年来,我国在经济方面的立法规模和数量速度屡创历史新纪录。(2)司法审判和专门法律监督职能大大加强。一方面,国家加大对经济犯罪的司法审判力度,强化检察机关的法律监督职能,并严肃经济执法;另一方面,严厉打击严重刑事犯罪和经济犯罪,做到双管齐下,着力纯化市场经济建设的法制环境。(3)加速政府职能转换,力促政府法制工作规范化、科学化。(4)深入开展法制宣传教育,拓宽法律服务领域,增强法律中介服务功能,引导守法现代化,等等。根据上述对我国法制建设巨大成就的一个举要,我们可以给予这样的总体评价,即我国法制建设的各个环节和国家法制生活的各个方面,已开始告别过去长期实行计划经济体制所形成的一整套法规范体系、法行为模式、法行为习惯和法观念意识,视角正日益转向内隐法治要求的市场经济,并且主动适应建立社会主义市场经济体制的法需要,以立法工作为纽带、龙头,朝着高难度、深层次、全方位的目标迈出了新的发展起点。尽管如此,我国法制建设的实际状况与市场经济社会场的法本质要求之间,仍存在较大的认识差异。这集中体现在以下方面:

(一)规则与市场的畸形"竞赛"

"先规则,后市场"是一般市场经济的通行模式。只有先设定游戏规则,然后大家才能共同游戏。鉴于我国的现代化进程较多地带有受外来人为力量强制影响的色彩,故我国市场经济体制结构的转型也是在不具备充分良好发育的前提下进行的。这样,"先规则,后市场"便变成了"边市场,边规则",或者"先市场,后规则"。在市场经济中,规则先行才能切实保障在法律的同一条起跑线上的市场竞争行为的正常开展。而"先市场,后规则"的最大弊端在于,市场行为的充分自由发展可能走向极端无序化而最终难以有效规范。"边市场,边规则"的衍生结果,则可能导致市场行为发展的不充分和法律规则的反复重修。这两种情况已经给转型期的市场立法带来一定负面影响。表面上,我国的市场经济立法相当火暴,似乎采纳"先规则,后市场"的立法模式。比如,近两年的立法不断加速加码,甚至创下了13天出一部法律,6天出一部行政法规,3天通过一部地方性法规的建国来的立法最高纪录。但是,事实上对于货真价实的市场经济行为,如证券交易、期货交易、外汇买卖等,几乎都是先市场、后规则的,或者更确切地说是规则匮乏。这就引发出了规则与市场的畸形"竞赛",即一方面市场经济行为亟须的法律、法规迟迟未肯出台,另一方面大量的行政法规和应急性法律、法规,如《劳动法》、《外贸法》等却又急速出台。并且,这些法律法规仍较粗泛、原则,缺乏一定的可操作性。这种情况表明,有规则保障的,不一定是市场行为,而缺乏有效规则保障的,可能恰恰是市场经济行为。规则与市场的这种畸形"竞赛",造成了法规范群建设的头重脚轻,即权力场的"法制化"和权利场的空洞化,有悖于法治经济的本质取向。

(二)权力场的"法制化"与权利场的空洞化

我国目前的"立法繁荣",在很大程度上是由政府管理行为法规范群的迅速崛起造成的,行政立法无论在规模、数目以及质量上,均在我国市场立法中先拔头筹。在市场经济条件下,政府职能的转变须依照"小政府,大社会"的目标模式进行,并逐步实现政府行为的法制化。因为,市场经济的动能场从根本上排斥树结构体制下的同权分割,以政府权力为主导的权力场必须向以市场经济主体为核心的权利场实现根本转变。但是,事实上场态的质的转换并不能一蹴而就,它必须以场态文化的适度转型为首要前提,而这种条件目前并不具备。因此,立法先行在一定程度上成为行政机关通过立法重新划分、设定彼此权力界限的挡箭牌。这种倾向尤其在地方性立法中暴露无遗。权力场的"法制化"只能导致权利场的空洞化,即被冠名为市场经济主体的企业等"经济人",其法资源的极其匮乏使之难以名副其实。

(三)势能文化的"超越时空"

中国封建社会之所以能维系两千多年而经久不衰,是由于这种"超稳定社会结构"的生成直接有赖于树结构的社会体制序结构,以及在此基础上形成的势能文化。直到今天,我国正在进行的市场经济转型受到它的重重困扰。势能文化的精髓在于强调"官本位",强调同权分割的权力分配机制,重视"大一统"社会中的"人治"。势能文化的"超越时空",极易诱发政府行为的失范。一方面,由于深受势能文化的长期浸染,"行政至上"等传统观念难以削弱、根除,以致由权力分配者向管理、督导者的政府角色转换很难顺畅进行,故而"行政干预"的惯例仍被援用,并在一定程度上有所增强。如对股份公司的董事长或总经理的行政任命,不能不说是一种新体制下的行政干预过度。而政府不向市场主体"移交"权力(指本来属于市场主体的权利)且继续留作己用,这就是市场经济下政府行为"失范"的一种表现。另一方面,由于行政权力具有广泛性和强制性的特点,加之转型期尚未形成对这种权力的有效约束机制,致使滥用权力、以权谋私、以权徇私枉法等法律意义上的政府失范行为势必出现,直接影响市场经济的发展进程和法制化进程。只有倡导和逐步培育动能文化,大力增强政府的现代意识,才有可能萎缩势能文化,促进政府转轨行为的法制化,将市场经济改写成形式与内容相一致的动能社会场。

(四)是"权威真空"还是"管理真空"

市场经济法制建设总要穿越新旧法规范体制磨合交接的"失序"峡谷,而在被称为"权威真空"或"权威断层"的法律失序状态中,社会对失范行为的控制机制也始终存在。但这种控制是采取事前导控还是事后救济方式,对能否平稳穿越"权威真空"地带并迅速到达新权威规则的有序状态,干系十分重大。由于转型期的利益结构开始重组,原有的法规范体权威渐弱,一般说来,法行为控制多难实际奏效。因此,应及时加强对各利益群体的行业管理、行政管理,并扩大犯罪预防的事前宣导。实践已证明这种软控制模式非常行之有效,而目前法行为控制大多呈现为硬控制模式,即对已形成气候的严重社会失范行为采取一步到位的"严打",而对打"擦边球"或虽已过限但尚未定格的失范行为却放任自流(这从目前证券、金融业犯罪中可略见一斑)。由此可知,我们现行社会控制机制的疲软,主要原因不是"权威真空","管理真空"才是主要症结。一味依赖司法救济手段的结构转型,很难在短时期内结束法律失序状态,而新权威体系的重塑也将困难重重。

对于我国法制建设与市场经济社会场法本质之间的认知差异,从以上的几方面评析中已可略见一斑。虽然,矛盾的存在并不会影响我国市场经济下法制建设的现实进程,但是重新审视法制建设现状,理性地对待各种认知差异并找出其成因,是我们构建市场经济法律体系的必经程序之一。

四、市场经济社会场的法律构建研究

市场经济社会场的法律构建是一项系统的法制工程。它是来自经济、政治、文化等各方面的社会力量在法权威的有机规导下的重新集积、交汇、凝练后的产物。它必须是在对社会经济发展现状充分熟谙,对市场经济运动规律充分了解,对市场经济法制建设的功能目标、价值取向、实际进程以及可能遇到的种种困难有充分清醒认识的情况下才能实际进行。因此,在经济结构转型期的现实条件下,对市场经济社会场的法律构建研究至少要包含两大方面的内容:一是转型期中法制建设的重点与难点研究;二是市场经济社会场的全面法律构架研究。

(一)转型期中法制建设的重点与难点

我国目前正处在向市场经济体制转轨的历史转型期,包括社会场体制结构、社会场力等在内的社会场态正经历着巨大变化。现阶段的法制建设,必须及时把握树果结构和势动能场的两大转变的契机,筛选出重点与难点作为突破口,解决一个、带动一片。综合看来,微观经济组织及其行为的规范化,是当前法制建设的重点。建立市场经济体制,首先要实现由树结构向树果结构的体制转型,而这主要有赖于如企业等微观经济组织能否通过“异权分割”的果结构方式从政府的行政束缚下解放出来,并最终成为极具活力的市场经济主体。无论是大力提倡的产权关系明晰的产权制度改革,还是正在进行的现代企业制度试点,都应围绕着上述主题展开,因为只有微观经济组织切实成为中介社会场的基本主体,并以其自身权能交互运动,才能打破政府权力一统天下的树结构体系的静态平衡,促成势动能场的正式启动。据此,为微观经济组织向市场经济主体转化提供必要充足的法资源,为其现代经济行为提供法律程式,为其权利实现提供必要法律保障等,便成了法制建设在当前的首要任务。如《国有企业法》、《公司法》、《合伙企业法》、《物权法》、《房地产交易法》、《劳动法》等,均是该类法规范群的主要组成。同样,一般的社会个人或组织及其从事的民事、商事行为,也应获得法规范的确认和保障,使之与微观经济组织一起,构成社会场中最基本层面的开放性社会流动,并为树果结构向果树结构的最终质变奠定能量释放基础。如《合作社法》、《合同法》、《保险法》等,也都属于民商法的基本组成。

转型期法制建设的难点,首推对政府行为的规范。而如何划定政府体制改革中的权力置换的"界域",又成为关系势动能场能否启动的关键。所以要选择树果结构或势动能作为中介结构或中介社会场,是因为中国数千年的树结构体制营造出作用力极强的势能场以及"超越时空"的势能文化,如要在短时期内彻底打破这一结构下的静态平衡,并实行全面开放性的果状体制结构,则社会权威系统的失灵也将导致社会步入无序化状态。因此,中介社会场中的核心权威系统(包括行政权威系统)仍采用树型体制结构,而允许经济、文化等社会活动系统逐步转为果状体制结构,并适时充实其果枝部分。这样就引出了权力与权利的置换问题,即在政府原有的"大一统"权力中,究竟哪些是本来就属于企业等经济组织的"权利"范畴,哪些是政府与企业共享合属的,哪些是可以先期或后期划出的,政府行为与企业行为的衔接机制等,这些问题都必须在政府职能转换中逐步解决到位。但它还必须视树果结构的发展程度和中介社会场作用的强弱的具体情况而定。政府行为的法制化,十分有待于建立诸如对高级行政人员决策、管理行为的奖惩法律机制来加以解决。这对势能文化的能否破除也将起着决定性作用,另外,对各种新兴的利益群体及其行为的法律界定,如经纪人等自由职业者从事中介行为的法律允许度等,也是法制建设的一大难点。总之,只有明确转型期法制建设的重点与难点,才能深入研究市场经济社会场法律构架问题,并作出合理答案。

(二)市场经济社会场的法律构架

全面构架市场经济社会场的法律体系,其理性宗旨在于用诸多法规范群架设社会场的场力线,实现从势动场向动能场的场态转换以及力线结构的变换和开发。

第一,营造一个具有法律隐序的法文化生态环境,为法和经济的共同有序运动提供后备保障机制。一个具有良性发展态势的法文化生态环境,应具有以下特点:(1)设定利益观与正义观相统一的价值形态。市场经济其实是通过利益结构重组来实现社会资源最佳配置的一种经济运行模式,而借助各种预期利益分配又可激发"经济人"活力,并促成经济投入与产出的最大效益。法治经济却旨在以法的正义观牵引经济效益的结构流向,并使经济行为在公平竞争的机制下实现自我价值的理性回归。这样,利益观和正义观被经济法制糅合了现实统一体。(2)从"性形合一"走向"性形分立"。在我国,正因为长期以来对社会经济制度的性质(社会主义的)与形式(计划经济体制)的关系形成了"性形合一"的传统认知定式,因此致使社会主义条件下的商品经济(市场经济)久久难以实行,同样,法制建设固守苏联模式的"性形合一",根据阶级定性方法一味强调"公法"而绝对排斥"私法"概念,也使社会主义的法律迟迟难以体现市场经济所需要的民商法内容。现在,从"性形合一"正走向"性形分立"的市场经济法制建设,已大胆注入如民商法等"私法"内容,这标志着法文化的现代化进程的加速。(3)"利益驱动"是市场经济的法哲学起点,市场经济动能场的能量储存与释放均有赖于市场经济主体的经济或民主权利所实际获取的质、量、度。利益激励而非抑制自利,这才是动能场的本质标志。利益激励机制所以成为市场经济的法哲学起点,就在于它和法治普遍原则相随而行真正构成引导动能法律文化生态环境形成的根本要因。

第二,对于市场经济社会场而言,其法律构建应在法律的运动原则、行为原则,需要原则和效益原则的本质指引下有序进行,并着重于以下方面:(1)社会场力的法律构建,由权力场转向权利场的法律创制;(2)社会场力线结构的法律构建由势能结构转向势动结构的法律启动;(3)社会场态转换的法律构建在转型期以扩大与增强"经济人"的法资源为主的势能场向势动能场转化的法制创制;(4)市场经济社会场控制的法律构架,由脆性控制转向弹性控制,硬控制转向软控制,法规范控制转向行为过程控制的法律创制等。所有这些立法创制,可具体通过市场经济法律体系的明细构架反映出来。

第三,市场经济的全面法律构架,应在宪法原则指导下以民商法为开路先锋,以经济法为必要辅佐,以社会法后备保障,立体全面地辅陈展开。

第四,市场经济法律体系的全面构架,还有赖于法的运行(演化)和控制机制。除去建立全面、科学、合理的法规范群外,若要使法规范系统有效运行,还须加强执法、司法、法律监督和普法等法制建设的诸项环节,尤其对违法和犯罪行为的司法预防和司法救济,更列入深化法制建设的主要议题。此外,大力培养法律人才,提升法律在社会制度中的地位,也已是时势所趋。

综上所述,组织——社会场论为我们从结构——行为的双重角度研究市场经济社会场的法律构建提供了十分有益的认知视角,并对我们深入剖析转型期法制建设的利弊因素多有启迪。

论健全市场体系下的民法机制

　　建立和完善社会主义市场体系,是发展我国商品经济和深化体制改革的必然要求。经过十年改革实践,随着"国家调节市场,市场引导企业"这种新的经济运行机制目标模式的确立和生产资料、资金、土地、技术、劳动力等作为商品进入市场,构成社会主义市场体系的基本要素已经初步具备。然而,作为市场机制法律形式的我国民法,在总体上尚未建立起必要的规范体系,这种情况亟待改变。为此,本文将从我国市场体系发展变化的实际情况入手,就建立与完善与之相适应的民法机制①的若干问题进行探讨。

一、现行民法机制及其缺陷

　　民法是市场机制的法律形式。它以平等自由、等价有偿为保护手段,以确认商品活动参与者的主体资格、人身保护、静态物权和动态债权为核心内容,以反映商品流通过程中各种交换关系和保障商品活动参与者公平竞争为主要任务。作为商品流通领域的法律机制,民法与

---

　　① 本文所称民法机制系指民事法律制度系统,以及该系统的构成(包括原则、具体制度与规定)、各构成部分之间的相互关系、民法对社会经济的调节功能。

市场应有密切的联系:市场体系决定和影响着民法系统的完善与否,民法的周全和细密则促进市场体系的发展,两者构成一个相互关联的耦合环节。然而,面对正在形成的社会主义市场体系,我国民法机制却显得过于陈旧,它对整个社会生活特别是经济生活的渗透远未达到充分的程度,加之受多年来某些经济法理论片面地将民法只看做是调整私人关系规范的影响,统一的民法机制被任意地肢解了,其后果是又进一步加剧了市场主体的不规则运行。对此,有必要从民法机制自身加以探讨。

首先,我国现有民法机制仍然是单一的和局部的,这种状况是由以往单一和局部的商品市场造成的。过去,在我国,除了消费品、生产资料、资金和劳务具有一定市场价值外,其他物品一般都不能进入商品市场流通,能够进入市场的,也有着很大的局限性。比如,许多消费品实行凭证凭票供应,买卖双方毫无自由意志可言;生产资料和资金的出让出租大都要按照国家指令性计划进行,致使交换双方没有自由选择的余地;提供劳务限制在加工承揽、建筑承包和运输保管等方面,并不能满足现实经济生活对广泛劳务市场的需求。这样,就给相应的民法机制带来两个特点,一是计划性很强,二是单行机制多于总体机制。指令性计划与市场机制相悖,高强度的计划性必然肢解市场体系,致使民法机制只能在局部发生作用。迄今,我国民法机制这样两个特点仍未得到改善,表现于《经济合同法》中"指令性计划"的字眼灼然可见,而《民法通则》与《经济合同法》有关债务的规定则过于简单。

其次,我国现有民法机制仍然是分割的、专断的和封闭的。所谓分割,就是将统一的民法机制人为地分离开来。比如,把民法合同机制分为经济合同机制和民事合同机制,以及习惯于以部门、地区制定颁布单行民事法规。所谓专断,就是将鼓励自由竞争的正常民法机制扭曲为限制自由和竞争的反常民法机制。这在价格问题上表现得十分突出。自由竞争离不开价格的自由,但单行民事法规大都强调要按国家规定价格行事,《民法通则》也规定合同价款约定不明确时应按国家价格执行,无国家价格的才参照市场价格。即使在今天推行价格双轨制和日益放开产品价格的条件下,民法也未能将市场价格放在第一位。这种对于价格权利的硬性约束,必然增强民法机制的专断化倾向。所谓封闭的民法机制,是指国内民法机制各部分的相互不统一,国内民法机制与国外民法机制的不统一。比如,有关动产与不动产的概念在国际上使用得非常普遍,我国《民法通则》在涉外民事关系的法律适用一章虽然也提及这两个概念,但国内民法机制并不作这种区分。显然,民法机制的这种封闭性与开放的市场体系很不适应。

近年来,我国市场体系的发展已经引起市场主体、客体和内容的深刻变化,这使现有民法机制的上述局限暴露得越发充分、具体,从而要求民法及时作出必要的调整:

1. 市场主体类型增多,民法应当作出详尽规定

改革以前,我国市场主体只有公民和社会主义组织之分。改革深入后,市场主体的构成起了很大变化,公民个人、以法人身份出现的全民所有制和集体所有制组织、以户为单位的个体经济实体、私营企业、各种合伙组织、各类公司法人以及"三资"企业等,都可以作为经济主体参加我国社会主义市场活动。面对这种情况,虽然我国《民法通则》和其他单行法规对公民、法人、"三资企业"作了一般性规定,但却缺乏有关公司和外国法人的规范性条文,由此造成公司概念的理解泛化和外国法人地位的不稳定感,"公司热"的一再兴起和外商投资的疑虑与此不无关联。

市场主体变化还表现为主体间相互关系的变化,这就是将过去那种组织高于个人的不平等关系变为在市场体系面前承认平等主体间除不同类型以外无任何区别的平等关系。在过去相当长的一段时间里,我们认为社会主义全民所有制和集体所有制组织之间的商品关系是计划调节为主的关系,而公民个人之间的关系则是市场调节关系。受这种观点的影响,产生了所谓主要适用于法人间关系的《经济合同法》,《民法通则》中也将法律特征并无差异的合伙分为个人合伙与组织合伙。实践证明,这是有悖于平等竞争的市场规则的。因此,这种将一部分商品交换关系置于民法机制之外的做法,必须予以根本的改变。

2. 市场客体增加迅猛,民法应改变其调整方法

商品经济获得发展后,一些原来被拒于市场之外的东西,如技术、信息、房屋、土地、劳动力、文艺作品、股票、债券、国库券,以及咨询、代理、演出、科研等劳务活动,开始作为商品或带着商品的形式进入市场,

成为我国商品市场的新客体。对此,民法应将它们划归若干相对稳定的民事法律关系类客体,如物(有形物与无形物)、行为、证券、权利等,从各个类客体着眼来总体把握民法的结构,而不是将每一具体客体既费劲又重复地作民法规定,就能够及时适应、调整纷繁多变的经济关系,提高民法机制的有效程度。以法国为例,近二百年来它的商品市场的具体客体发生了相当大的变化,然而《法国民法典》却基本未作改动,有着很强的适应力,其原因就在于这一法典是按照商品交换的类客体来构造民法机制体系的,它将类客体分为所有物品的买卖(第六编)、所有劳动的提供(第八编)、合伙(第九编)、借贷(第十编)等若干项,而很少过问具体的市场客体是什么。这样,当新的具体客体产生后,都可在已作的类客体规定中找到其所适用的条款。我国目前的情况则与此不同。由于我们的民法机制是分割的,着重于单行机制,因而一方面对具体客体的交换行为(诸如工矿产品购销、农副产品购销、货物运输、仓储保管、加工承揽、供用电等)规定较多,另一方面对类客体的交换行为(买卖、提供劳务、能源利用等)规定甚少,所以当新的具体客体在市场上大量出现时,原有民法机制就无法灵活运转,而必须就新客体一一作出民法规定以解燃眉之急。显然,要彻底扭转上述局面,《法国民法典》的做法值得我们借鉴。

3.市场内容更加复杂,民法必须以市场为导向,增强调节能力

改革开放以来,我国原有市场内容即商品交换形式也起了变化。比如,私人间的借贷关系从无息逐渐转向有息,银行间开始产生相互拆借的关系,企业可通过发行债券同公民发生借贷关系,企业租赁与企业买卖不再被禁止,劳务提供的范围不断扩大,等等。可以预期,改革还必将使商业信用、物物交换形式在商品交往中占据一定的位置,它们在方便交换、加快流通速度和衔接各个生产环节等方面作用很大,都是发达商品经济社会所必不可缺的。

此外,为了更好地从宏观与微观的结合上建立起适应我国社会主义市场体系发展的民法机制,对于经纪人、物权和其他一些问题,同样需要给予足够的重视。在资本主义社会,经纪人已成为一个不可忽视的商人阶层,规定他们的法律地位已成为资本主义民商法的一项重要内容。在我国,随着市场体系的不断发展与形成,经纪人不仅客观存

在,而且日渐增多,法律应给予他们明确的地位,对于经纪行为与代理行为、居间行为有何区别,我国民法也应有一定反映。在物权问题上,尽管《民法通则》承认与所有权相关的一系列他物权,但迄今还未有关于物权的总规定以及具体物权如地上权、质权、典权的规定,这使得法律与现实生活大大脱节。再有,我国民法规范比较原则,这虽有其灵活处理民事关系的优点,但更多的是给司法实践造成困难,许多规范的具体标准,如不同物品的所有权风险转移、权利的取得时效和消灭时效、合同的默示条款、约定违约金的有效界限等尚付阙如,致使法律的执行情况不能尽如人意。有鉴于此,民法必须进行系统的改造。

二、民事法律行为与民法机制

目前,我国的一般商品市场已经建立起来,并在逐步扩大发展。它一方面表现为市场外延的扩展,使得一般商品不断地从指令性计划范围走向市场;另一方面又表现为市场内涵的不断丰富,出现了一般商品新的交换形式,形成了各种交易中心,商品联系也更加多样化和合理化。一般商品市场的扩大虽然不会引起商品交换的本质变化,也不会触及相应民事法律行为的实质性问题,但由于扩大了的商品市场是个活跃的市场,与原来不够活跃的市场经济相比,其交换行为反映在民事法律行为构成的具体标准、种类和形式等方面就不能不有所变化。

(一)民事法律行为构成的标准

从民事法律行为构成的具体标准看,它需要具备三个有效条件,即行为人必须具有相应的民事行为能力、意思表示必须真实、不得违反法律或社会公共利益。究竟什么人具有民事行为能力,怎样确定意思表示的真实性,又怎样才是不违反法律或社会公共利益,对此,本文通过对商品经济条件下几种行为的重新认识,提供一种确定民事法律行为构成标准的基本思路。

1. 关于买空卖空和买卖合同

我国《经济合同法》第53条规定,买空卖空和买卖合同是非法行为。我们认为,改革初期一般商品市场尚不成熟,许多商品生产经营者缺乏必要的自由买卖经验,产销关系大都没有理顺,流通领域中间环节殊多,价格体制和物资管理体制弊端较多,为防止一些投机者专门钻流通领域的空子,利用人们对紧俏物资急迫需求的社会心理和不了解经济合同知识的情况,采取买空卖空或买卖合同的手段转手倒卖商品,从中牟取高额利润,损害国家整体利益和商品交换者个人利益,在经济合同法中作出上述规定是无可非议的。然而,一般商品市场的不断扩大与完善意味着各种交换关系的逐步正常化,它必然缩小带有投机倒把性质的买空卖空和买卖合同的范围,同时也必然产生作为商品交换高级形式的新型买空卖空和买卖合同。这里所谓的"新型",是指当这种买空卖空建立在发达信用基础之上,当商品生产经营者根据变化了的新情况,调整生产经营,将原订期货的合同转卖给他人,就成为商品交换高级形式的新型的买空卖空和买卖合同。新旧两种类型的买空卖空和买卖合同,在动机、基础和后果等方面都截然不同。所以,在一般商品市场扩大后,两种买空卖空和买卖合同并存的条件下,就不能简单认定它们都是违法的、无效的民事行为,而应该分清不同情况,区别对待,并应通过民事法律行为的理论研究和规范的制定为开放期货市场创设条件。

2. 关于商业回扣

从民法的民事法律行为理论出发研究商业回扣问题有助于对其采取正确的态度。商业回扣是商品经济发展的产物。在实行计划调拨和统购统销的情况下,商品生产经营者之间没有商品竞争,自然就没有商业回扣存在的余地。商品经济条件下,由于存在着商品生产经营者之间的竞争,且各自条件又不相同,为在竞争中获胜,必须利用他人的优势条件以弥补自己的不足,这样,具有某种优势的个人或单位为买方或卖方提供服务而收取回扣就不可避免。在发达的资本主义国家里,回扣一向得到法律的认可;它还是一种国际贸易惯例。不过,我国目前的回扣与发达国家相比存在着一些问题:其一是收取回扣的中介人缺乏公平的竞争,供需信息为少数有权势的人所垄断;其二是回扣费相当高,在一定程度上损害了国家和社会的利益,中饱了私囊;其三是某些单位通过多给回扣的手段倾销劣质产品,排挤因种种原因不能给或不能多给回扣的优质产品;其四是某些人利用回扣进行违法犯罪,侵吞国家和集体财产。应该看到,这些弊病并非回扣本身所使然,而是不健全的体制对回扣的种种扭曲。因此,在对回扣进行民法思考的时候,应将它当做正常事物来看待,并应注意运用民法手段采取措施使之有利于商品经济的发展。

根据各国立法及我国实践,对商业回扣采取以下措施是必要的:第一,实行商业回扣的公开化和法律化。第二,分清两种不同性质的回扣。在国外,回扣有两种形式。一种叫"折扣",意为卖主让价、减价。法律规定,这种回扣是由卖主对提供了一定服务的买主单位进行给付,但单位中的个人不能直接收取回扣,只能由单位根据个人的贡献给予一定奖赏,否则构成违法受贿行为。另一种称"佣金",是由受益人直接付给经营中介业务的中介人或介绍人的回扣费(即报酬),不论单位、个人,只要从事居间服务的业务,都有权收受回扣。我国同样存在这两种形式的商业回扣,它们的法律特征不同,其法律调整也应有所区别,但由于无法可依,以致经常混淆不清。第三,通过民法限定回扣收受人的范围。例如,由于收受回扣是一种商业行为,国家机关、事业单位及其干部职工不得从事商业活动、收取回扣,以保证公平的商品竞争和国家工作人员的廉洁;企业职工利用本单位的权力为他人提供居间服务而收取回扣的行为应视为违法,以保证公共利益不受个人的侵犯;为卖方提供了服务的买方,专门从事中介业务的单位和个人,则有权收取回扣,以保护商品活动参与者的合法权益,等等。

3.关于双向代理

代理人以被代理人的名义同自己所代理的其他被代理人发生民事法律关系的民事行为,被我国经济合同法确认为无效行为。其理论依据是这种行为使得权利义务取决于代理人一人的意志,难免会对被代理人造成不利后果。然而这种仅仅适应简单商品经济需要的做法和认识,在分工高度复杂、联系环节高度简洁的发达商品经济情况下却显得不合时宜。随着我国各种贸易市场、贸易中心的健全与发展,在进行现货交易特别是期货交易时,不仅贸易市场(中心)需要设立专门机构和专人开展居间服务业务,而且需要某个机构和专人代理交易人实施交易行为。这样的机构和专人每天要接受多项委托代理,其中不乏诸多条件与要求都相吻合的交易对子,这就产生了同一代理人代理交易双方进行贸易活动的情况,即双向代理。与居间介绍相比,双向代理的交易双方并不直接见面,自然存在由于代理人的失误或随意而对一方或另一方被代理人造成不利后果的可能,但是,由于代理人的代理权限受双方被代理人的一定限制,因而代理人进行双向代理并不意味着代理人个人意志决定一切权利义务。至于因代理人失误或随意造成被代理人损失的情况,在单向代理中也同样可能存在。只要民法的民事法律行为规定对双向代理可能引起的不利后果作出有效的禁止,承认双向代理是一种民事法律行为,不但可以也是完全必要的。

(二)民事法律行为种类的变化

民事法律行为种类的变化大致可归纳为三个方面:

1. 民事法律行为出现某些新的种类。比如,一般商品市场扩大以后,以往通过转账结算的付款办法已不能适应商品经济的自由性、灵活性和时间性,在大额交易中支付现金也不利于商品经济的稳固发展,所以必须采取更高级的商业信用手段,以票据形式来实现交易人之间的分期付款和延期付款。商业票据需要签发、承兑和付款,往往还可背书转让,这些围绕票据发生的民事法律行为即票据行为,不因其签票原因无效或被撤销而受影响,票据仍可转让和付款(一般又称为"票据债务独立原则")。票据行为是无因法律行为,与其相对应的是有因法律行为,这种新的民事法律行为及无因与有因的区分应当为我们所承认,这将有助于我国民法根据票据行为的特点对其作出特殊的法律规定。

2. 重新划归诺成性和实践性民事法律行为。在计划体制下,按照《经济合同法》的规定与合同实践,运输合同与仓储保管合同属于诺成性民事法律行为,只要依计划达成协议即为合同成立。一般商品市场扩大后,运输与保管行业起了很大变化,随着集体企业和私人企业的发展,国家对运输、保管的计划管理范围逐渐缩小,这时必须恢复运输合同和仓储保管合同实践性民事法律行为的本来面目,对发展商品经济才有利。否则,将实践性民事法律行为当做诺成性民事法律行为来对待,只会扩大义务人的义务范围,延长生产预测周期,增加交易环节,影响商品生产的发展。

3. 摒弃计划合同与非计划合同的分类方法,改变将"动机"作为民事法律行为成立要件之一的观念、理论和规定。在民法理论上,我们一直把合同这种民事法律行为区分为计划合同与非计划合同,民法文件还规定计划动机是变更、解除合同民事法律行为的首要条件,而将当事人的合意放在次要地位。显然,计划体制中通行的这种观念、理论和规定,是与商品经济强调体现当事人的自由意志不相吻合的。因此,必须强调民事法律行为的成立要件应以民事主体的意思表示为基本要素,而将计划动机从民事法律行为的成立要件中排斥出去。

(三)民事法律行为的形式

民事法律行为的形式具有重要的经济和法律意义,而我国民法对此没有比较合理的概括规定。虽然《经济合同法》就签订经济合同何时应采取书面形式或口头形式作了规定,但未涉及推定形式、默示形式等其他行为形式。《民法通则》仅规定"民事法律行为可以采取书面形式、口头形式或者其他形式",却又不再规定各种形式的效力如何。这种状况同商品交换行为本身日益完善和复杂化、交换行为的数量日益增多的现实不相适应,必须尽快加以改变。

三、土地有偿使用与民法机制

长期以来,我国宪法和法律只确认国家和集体对其土地的所有权,禁止任何组织或个人侵占、买卖、出租或者以其他形式非法转让土地。尽管国有土地或集体土地不可能全由所有人自己经营管理或集中占有使用,但由于法律不允许有偿使用土地,其结果只能是任何组织和个人都可以对土地进行无偿使用。这种情况源于对土地公有制的片面理解以及对马克思主义地租理论缺乏正确认识。

马克思主义地租理论认为,不论采取何种形态,地租都是土地所有权在经济上的实现。土地是一种自然资源,它没有价值,也不是真正意义上的商品。但土地作为最基本的生产资料是非常有限的,土地所有者就要凭借所有权分享其产品利润。在社会主义公有制条件下,土地所有权对土地使用的限制依然存在,特别是价值规律始终在起作用,这就必须坚持非所有人有偿使用土地的原则,由土地使用人向土地所有人交纳土地使用费(包括绝对地租与级差地租)。马克思主义经典作家曾不止一次地指出,地租的产生或消灭同土地私有权是毫不相干的,即使土地完全归国家所有,土地使用者也要交付地租,只不过是交给国家而不是交给地主。这说明，那种以土地资源公有制而否认地租存在的理由是不能成立的。事实上，我国一直存在着或多或少的土地有偿使用关系，并且总离不开地租规律的支配。我国法律明文规定的土地征用以及征用者向被征用者交付一定的土地补偿费，说到底，也是地租规律的反映。

随着经济体制改革的不断深入，近几年来，我国已经出现土地市场。为顺应这一形势，并通过有偿使用土地促使土地资源发生一定程度的商品化，七届全国人大第一次会议终于通过了宪法修正案，确认"土地的使用权可以依照法律的规定转让"。鉴于土地在我国还不能完全以商品形式自由流通，现有的土地市场主要还是土地有偿使用即土地租赁市场，从实际出发进行土地租赁合同的研究也是民法的当务之急。

（一）农村土地租赁承包合同

农村实行联产承包责任制，各种承包经营合同虽然反映的是集体经济组织内部的劳动分配关系，但却包含了民法范畴的集体土地使用权个人拥有的土地租赁内容。农村集体经济组织（发包方）向承包经营户或合伙承包组织（承包方）提供土地和其他必要生产条件，承包方则有义务妥善保管和有效使用集体财产，积极完成规定任务和上缴集体提留。集体提留中就包括了承包人使用集体土地的费用。然而，一般而言，这种承包经营关系中所包含的土地租赁法律关系并不十分明显。这是因为，第一，承包土地按人均或劳均亩数分户平均划拨，无法让当事人在签约和承包土地数量上充分发挥自由；第二，土地好坏搭配，分割零碎，显示不出级差地租的作用，且搭配不可能绝对平均，所以土地使用关系有偿并不等价；第三，土地使用费（地租）未同集体提留的其他内容区别开来，致使承包者忽视土地有偿使用的现实，造成土地行为短期化的后果。农村商品经济愈发展，这一忽视土地租赁内容的承包经营方式的弊病就越发明显。因此，有必要在进行土地规模经营试验等深化改革方案的同时，推行农村土地租赁承包合同。

这种由农村集体经济组织与承包人就使用土地承包经营明确地租数额而达成的协议，可以单独就土地租赁而成立，也可以将土地租赁作为专项与其他承包经营内容一起签订合同。一般应采取招标的方式来确定承包者,这既有利于促进农村的分工分业和土地规模经营,又可以为集体争取更多的收入。签订这类合同应注意到三个问题:租金的约定应考虑级差地租因素,通过对土地等级的科学评测,保证承包者不论耕种好地坏地都能获得相同的收益;应把土地的肥沃标准作为承包者一项义务目标来规定,租赁期满若地力下降,违约人须承担违约责任;租赁期限应与承包期限相吻合。

(二)城镇企业土地租赁合同

商品经济条件下,城镇土地也存在与农业地租相对应的绝对地租与级差地租。受价值规律支配,为实现土地资源在各个生产部门的合理分配,必须承认城镇土地的有偿使用。不过,从城市企业使用国有土地的实际情况看,某些地区试行征收土地使用费的措施,与其说反映了企业与国家因使用土地而产生的有偿租赁关系,倒不如说是国家用行政手段向企业索取行政费用。从乡镇企业使用集体土地的情况看,绝大多数是无偿的。至于城市企业使用农村的土地,则仍采用征用办法,由国家将集体所有的土地任意转为自己所有。这些都与发展土地市场的改革方向格格不入,我们认为,要使土地市场发展起来,并与上海、广东、海南等已颁布土地有偿使用地方法规的地区相一致,必须推行城镇企业土地租赁合同,即由使用土地的企业与作为土地所有人的国家或农村集体经济组织之间确立一种一方出让土地使用权、一方缴纳地租的等价有偿交换关系,并用民法合同的形式固定下来。这种合同的特点是:(1)土地肥沃程度不再是决定级差地租的因素,决定性因素是土地的地理方位。因为前者不是工业产品利润的构成部分,而后者往往能够影响使用土地的企业的盈利状况。(2)使用土地具有一定的永久性,合同期限可能是无限的。(3)租赁期限不固定的合同应取按年缴纳地租的履行方式,其余合同缴纳地租可按年或一次付清。

(三)外商土地批租合同

采取土地批租措施,将土地出租给外商使用,允许外商经营一定的地产业务,已经在深圳、上海、天津、广州四城市和海南省开始试行。由国家出租国有土地的土地批租是民法的一种租赁合同关系,其外商主体一般包括外资企业、外国公民以及有外商参加的中外合资、中外合作经营企业。依照不同的批租目的,外商土地批租合同可分为两种,一是将原始土地批租给外商开发和建设,以达到其经营地产业务(实现土地使用权二级转让)的经济目的;二是将已开发的或原始的土地租给外商,由其直接使用已开发土地或者先开发原始土地而后使用,以达到其在土地上实现实业活动的经济目的。土地批租合同可采取个别议标、公开拍卖、投标竞争等多种方式予以签订。为体现国家对土地的主权原则,合同应是有限期的,期限不宜过长或过短,可参照国际上的一般做法(比如在香港为75年,期满后可再续75年或90年)。

值得注意的是,下列两种情况应与外商土地批租合同区别开来。一是外商只负责土地的开发与建设,不要求经营地产业务和二级转让被开发了的土地,这属于承包合同行为,不可将其视为土地有偿关系而要求外商缴纳土地使用费。这时,土地不是有偿使用的标的,而是完成开发建设工作的对象,因此外商有权获取完成承包工作的一切报酬。二是在中外合资、中外合作经营企业筹建过程中,中方单位以土地使用权入股投资或提供合作条件,这时中外双方只是一种合作关系,而不是土地使用权等价转移关系,中方由土地使用权而分得的利润也不属于地租的范畴。由于这时中方仍享有土地使用权,利润正是其使用土地的收益,自然就由中方单位向国家缴纳地租。因此,这种情况既不属于土地使用权的二级转让,又不同于由中外合资、中外合作经营企业整体向国家缴纳地租的外商土地批租合同。

(四)私房宅基地租赁合同

建国以来,我国法律一方面规定全国土地资源归国家和农村集体经济组织所有,一方面又确认城市私房和农民自建房屋的所有人对其宅基地享有不可侵犯的无偿使用权。于是,在城市,有的私房主人利用自己房屋所居的优越地段,开设商业网点或出租给他人办商店,由此获利甚多;在农村,农民盖房只挑好地,而不顾土地对农作物耕种的重要性。鉴于这两种混乱情况,实行私房宅基地的有偿使用是非常必要的,应让私房所有人同政府有关部门或农村集体经济组织签订私房宅基地租赁合同,并依照合同规定,由宅基地使用者向土地所有人缴纳绝对地租和级差地租。

(五)土地使用权转让合同

如果说土地所有人将土地使用权有偿出让给土地使用人是一级转

让的话,则土地使用人将自己有偿使用土地的权利转移给第三人就成为土地的二级转让,由此产生的合同关系就是土地使用权转让合同。本质上,这不是一种租赁法律关系,而是买卖关系,但可以将它视为租赁法律关系的延伸。总起来说,应承认非土地所有人将土地使用权进行合理的二级转让,这种合理,是指余期土地使用权转让价格须以原出让价格为衡量标准。下面对有关二级转让合同情况作些简要分析:

1.农村土地租赁经营转包合同

有两种不同情况:一是原租赁人已将土地租金一次付清给集体经济组织的,转包的出让方(原租赁人)可要求转包的受让方一次性付给自己地租,也可以要求以实物(口粮等)或劳务分期提供定额地租。转包的受让方与原出租人之间不发生使用土地的租赁关系。二是原租赁人只是分期向出租人交付土地租金的,应由转包的受让方接替其按期向出租人交租,而原租赁人与出租人之间的租赁关系即行消灭,随之在出租人与转包受让人间发生租赁关系。原租赁人无权要求转包受让人提供任何形式的地租即转让费,但考虑到农村特殊情况,可从受让人处购得口粮。

2.土地开发建设后的土地使用权转让合同

土地开发公司等专门经营地产业务的中外法人或公民,在取得国家或集体的土地使用权后对土地进行开发建设,然后将其土地使用权转让给其他经济组织。这种二级转让的土地使用权价格,包括土地开发者在一级土地市场上缴纳的土地使用费,以及开发者投入资金和劳务价值的总和(外加必要的利息)。与土地使用权出让价格相比,这里的价格增值是符合商品交换原则的,不属于土地投机行为之列。而后者是指炒买炒卖地皮,炒卖者利用社会利息率和土地供求波动等因素,对土地不加任何实质性开发便取得土地使用权价格的增值。我国现阶段土地供求关系紧张,土地不断自然增值,为了使国家和人民的利益不受损失,土地投机行为是受民法限制的。

3.城镇企业有偿使用土地权的转让合同和宅基地有偿使用权的转让合同

它们的签订与履行也应遵循价值规律的要求。具体说来,土地使用权的转让价格应与出让价格相吻合,土地上附有设施的,转让人应收取设施价款,转让人原先分期支付使用费的,转让后应由受让人接替向土地所有人履行,转让人在转让中不得牟取私利,等等。

此外,土地抵押是一种特殊形式的土地使用权有偿转让。这有两种情况,一是土地所有人将土地使用权抵押给某个债权人,作为履行债务的担保;二是土地使用人将其土地使用权抵押,一旦不能履行债务便失去使用权。前者当抵押人未能履行主合同时,抵押权人便成为抵押土地的使用权人;他可以自己使用,也可以有偿转移;在行使土地使用权足以弥补土地所有人未履行合同引起的损失时,抵押人有权收回土地使用权。在后一种情况下,因为抵押人非土地所有权人,因而他只有在弥补损失后才能重新收回土地使用权。

四、借贷民事关系与民法机制

反映高度发达的信用关系的金融市场,是商品经济发展到资本主义阶段的产物。在这一市场上,借贷资金与企业行为紧密相连,多种金融机构互相竞争,各种融资形式相互并存。在社会主义商品经济条件下,国家还运用信贷杠杆调节金融市场乃至整个商品经济的运行机制。金融市场的开放和建立涉及诸多法律问题,这里,只结合金融市场开放的现状和趋向,对借贷民事法律关系的相应变化进行一些探讨。

所谓借贷民事法律关系,是指一方当事人把资金出借给另一方当事人使用,借用人向出借人支付利息并到期返还所借资金的合同关系。在发达商品经济条件下,借贷关系本身所具有的形式以及由此引申出来的合同形式是多种多样的,只要有利于生产和竞争,任何联系借贷双方的信用措施都应为法律所允许。我国改革以来,改变了只承认"信贷合同"为唯一金融借贷关系的局面,先后制定了《经济合同法》和《民法通则》,开始保护个体工商户、农村承包经营户等公民主体与国家金融机构间的金融借贷合同。为适应金融市场的发展需要,还颁布了《中国人民银行关于搞好资金融通支持横向经济联合的暂行办法》、《国务院关于加强股票、债券管理的通知》和《商业汇票承兑、贴现暂行办法》等民事和经济行政的法规。所有这些,对促进金融市场的逐步建立起到了一定作用。但总的说来,并未彻底打破旧体制下形成的借贷制度的框框,与建立新型的民法借贷制度仍相距甚远。我国以往的金融借贷法律是零星的,并且在许多方面未改变其行政管理的性质,仍然没有高层次的、专门调整借贷这种商品关系的民事法规。再者,现行民法借贷制度还没有出现超前性规范,无法起到加快开放金融市场的作用。可以设想,新型的民法借贷制度应由借贷主体法、借贷关系法和证券交易法三部分组成。其中,借贷关系法乃是借贷民法制度的核心法和本体法,它涉及的内容主要有借款合同、票据贴现、保险借贷、融资租赁、典当借贷及债券等一系列制度,现分别作简要分析。

1. 借款合同制度

它既包括经济组织向金融机构的贷款关系,金融机构的同业拆借关系和企业间的资金交流关系,又包括民间贷款关系和公民在金融机构的存款储蓄关系,总之,远远超出《经济合同法》中借款合同的范围。它们都是借贷关系的直接表现形式。

目前,借款合同制度在总体上应解决如下几个问题:(1)利息率问题。利息是社会平均利润的一部分,它随着平均利润率的变动而变动,而它与企业利润一起瓜分平均利润的比例则要取决于供求双方的竞争状况。考虑到价值规律对利率的支配作用,借款合同的利率条款必须改变过去由国家统一制定固定利率的做法,实行多元利率结构。首先,应允许约定利率的存在。在利率暂时不能完全放开的情况下,可就某些项目如同业拆借、企业间资金交流等利率先由市场自我调节。其次,法定利率应主要采取浮动标准形式。国家可根据工商差别以及行业、地区、资金求源结构、社会经济效益、企业信用等差别,制定不同的浮动利率(规定上限下限)和准浮动利率(包括允许上下浮动的基础利率,只规定最高限或最低限的限制利率),由借贷双方根据自身情况在这个范围内约定。(2)计划问题。金融市场开放应弱化计划观念,国家除对某些贷款项目实行指令性计划外,大多数的贷款不应予以计划限制。(3)担保问题。改革开放后,借款合同的风险比过去要大得多,担保制度就十分必要。抵押是借款合同的主要担保方式,民法应对其有关问题如抵押物的评估、抵押物的范围、贷款数额与抵押价值的关系等作出明确规定。此外,借款合同中的各种合同形式又有其特殊的问题,如贷款的专款专用、企业间资金交流的成立条件、民间借贷的高利贷等问题,也需要在完善民法借款合同制度中予以解决。

2. 票据贴现制度

票据是商业信用的工具,它不仅是为延期支付而提供的信用,当付款人是金融机构时,它还是一种转账结算的工具。票据可以经过收款人的背书成为流通手段或支付手段,也可以在到期之前去金融机构提取现金即贴现。从本质上说,票据贴现是一种借贷民事法律关系,其中收款人为借用方,金融机构为出借方。尽管贴现后的金额是收款人最终应得的,但它不等于票面金额,而是金融机构根据贴现利率从票面金额扣除贴现日至票据到期日的利息后余下的数额。可见,收款人提前收到的贴现金额实际是他向金融机构贷的款项,金融机构依贴现利率扣除的利息是收款人从贴现日至票据到期日期间使用贷款应支付的利息,金融机构在票据到期日所获得的票面金额则是收款人的还本还利。为收款人办理了票据贴现的金融机构,本身需要资金时也可向中央银行或其他金融机构再贴现并支付再贴现的利息。再贴现同样是一种借贷民事法律关系。我们国家已决定废除弊端甚多的旧结算制度,代之以票据方式。随着开放金融市场这项重要步骤的实施,建立民法票据贴现制度就更重要了。

3. 保险借贷制度

投保人按一定保险费率向保险人交纳保险费,合同期满不论保险事故发生与否,投保人都能收回这项保险费金额,这种保险制度被称为两全保险。这里,保险人从投保人那里收取的并非合同规定的保险费,而是使用合同保险费后应向投保人支付的利息。可见,保险与借贷融为一体,体现了资金借贷关系。由于合同保险费事后要返还投保人,这类合同的保险费率应比非保险借贷合同的费率更高些。我国目前已开办这类保险,它应是民法借贷制度不可或缺的组成部分。

4. 融资租赁制度

与保险借贷相同,它也是集两者(借贷与租赁)为一体的制度。这种法律关系,通常表现为金融机构运用自己的资金,或专门租赁公司向金融机构贷款,购买承租人需要的大中型机器设备,然后将它们出租给承租人,承租人按期向出租人交纳租金,期满后将租赁物留购或交还出租人。它的借贷性质体现在:(1)实际上起着固定资金贷款的作用;

(2)出租方本身就是金融机构,或虽非金融机构但与金融机构有借贷关系;(3)以租金形式归还金融机构的贷款及支付利息。对这种可以跨行业、跨地区并能扩大金融机构投资范围的固定资金贷款方式,应尽快用专门的融资租赁法规肯定下来以促其发展。

5. 典当借贷制度

典当是我国特有的一种民法现象,近几年来由于开放了金融市场,典当业得以复兴,在城市已出现了不少当铺,这就要求我们重新认识典当制度。

典当的结果表现为典权形式,但典当关系本身是一种债权债务关系。它是当事人一方将自己的动产或不动产以一定金额(典价)出典给另一方占有、使用、收益,期满后出典人向对方付清原典价即可赎回出典物,期满不赎的所有权转移,期满不赎但支付利息的可办理续当。从典权人通过出让典价的利息而换取对出典物用益物权来看,可将典当关系视为租赁法律关系。另一方面,由于出典人得到典价资金的使用权是以付出出典物的使用权为代价的,又可将其视为一种抵押贷款关系。目前,尽管典当制度仍具有民间性质,但它发展前景广阔,甚至有可能渗入土地有偿使用和两权分离的领域。为完善典当借贷制度,在立法上应对典当的适用范围、典当的估价标准、典当利息、出典物的转租以及典当借贷合同的成立等问题作出科学的规定。

6. 债券制度

债券分长期、短期两类,包括各种企业债券、金融债券、国库券和国家公债等。债券是债权人持有的一种债权凭证,反映企业、金融机构或国家同债券持有人之间的借贷合同关系。由此,债券的种类、各种债券的条件和成立程序、双方的权利义务、履行办法、违约责任及发行渠道等,应在民法中确认下来。从国外的立法情况看,除几种总的债券外,还包括有担保或无担保的债券,可赎回或不可赎回的债券,记名或不记名的债券,发行价格低于票面价格的债券等;债券的债务方除国家外,限于有营利性的经济组织;企业债券的发行额不得超过企业资本的一定数额;债券的债务人到期不偿还利息和本金,债权人可向法院起诉;债券可自己发行,也可以通过金融机构或其他第三者发行;债券的发行必须遵循平等自愿的原则等。虽然我国目前已有的债券借贷关系形式还不完善，民法无法以确认经济成果的传统方式规定债券制度，但我们有各国立法可资借鉴，可以将债券制度的基本内容超前确定下来，以指导债券交易，推动金融改革实践。

四、各法律部门专论

加强法学理论和法学方法论的研究

一、法学理论的含义

任何一门科学都有自己特定的研究对象,并有与其相应的理论。法学是一门重要的社会科学,当然也不例外。但是,法学理论的含义究竟是指什么,这个问题迄今还很少有人专门论及,似乎是一个不成问题的问题。我以为其实不然,这恰恰是我们法学研究中的一个薄弱环节,也是被人们所忽略的一个问题。必须看到,全面理解法学理论的含义,不仅涉及法学方法论的改进和开放,而且对加强法学理论研究、提高法学理论水平关系极大。在我们看来,通常指的法学理论,主要地应包括以下两个方面的内容:

首先,这个理论是对法学发展的内在联系亦即规律性的认识。从表面上看,法的历史好像是许多法律现象、法律关系、法律问题、法律思想和法律制度的偶然堆砌,但却正是在这些偶然现象的背后又存在着不以人们意志为转移的客观规律。这个规律,我们不妨称其为法学发展的统一性。然而,我们把法学理论仅仅局限在对法学发展的统一性的认识上,显然是远远不够的。社会历史的发展固然有其共同的规律,但各个民族、各个国家和地区的社会政治经济地理条件和人情风俗习惯等毕竟不同,反映在法学发展中就必定会形成自身所固有的特点,呈现出多种多样的类型和个别性。这种自身特点的不同,我们又可以称其为法学发展的多样性。据此,我们法学理论研究的任务,就是要把二者有机地结合起来,既要承认和研究世界各国法学发展所共有的客观规律,又要承认和研究法学发展所存在的多样性,从而避免那种把法学发展的统一性和多样性对立起来,甚至以统一性否认或者取代多样性的片面观点。

其次,这个理论是关于法学内在规律性的探讨。法学是以法这一特定社会现象及其发展规律为研究对象的科学。按照马克思主义的观点看问题,法律是属于社会上层建筑的范围,本质上是统治阶级意志的体现,形式上又是以国家意志出现的带有普遍性和强制性的规范。因此,对法律科学内在规律性的探讨,总不能停留在我们现在的法学基础理论之上,而必须根据认识论的一般要求,纵横相通,旁及其他。换句话说,包括理论法学和应用法学在内,我们需要纵通立法学、法律解释学和法社会学,横通部门法学、国际法学、外国法与比较法学、法律史学等,同时又要旁及包括自然科学在内的与各门学科相关的哲学、政治学、经济学、社会学、伦理学等。此外,像人们的主观认识是否符合以及怎样符合法学的客观存在,法学的特性与社会功能,法学同现实与未来的关系等,也统统都是法学理论需要加以阐明的问题。

以上是我们对法学理论的一个基本认识。诚然,并非大家都这样来理解它的含义,但这丝毫不会影响法学界对理论研究的共同关心。新中国成立后,特别是党的十一届三中全会以来,在马克思主义正确思想路线的指引下,我们在法学理论研究方面取得的成绩是显著的。它具体表现在:(1)对于法律这个特定社会现象的共同规律与特殊规律的研究,越来越引起人们的兴趣。(2)对于法学本身规律性的研究也日益引起法学界的广泛重视。(3)对于应用法学的研究,比过去大大加强,尤其对本国法特别是本国现行部门法的研究分外重视。(4)对于国际法学、外国法学与比较法学、西方法学流派的研究与介绍,包括对国外法学图书期刊资料的引进,已经不再是禁锢思想的"禁区"。

总之,我国法学理论研究在短短几年中所取得的引人注目的成绩,足以显示出法学界的可喜前景,委实令人振奋和鼓舞!但是,不论这方面的成绩何等显著,若拿它同丰富生动的社会主义实践与生机勃勃的改革形势相比较,却又是很不相适应的。从法学理论研究的内容与范围来看,存在偏科的现象,涉及的领域比较狭窄,某些学科(包括法学与其他学科之间的交叉学科)的研究刚刚起步,特别是部门法学本身的理论研究更加不够。长期以来对外国法学理论采取拒绝研究的态度,也影响了对这些国家发展变化了的实际情况作出科学的评价和借鉴。这些不相适应的情况表明,我国法学理论研究的总体规模与实际水平还亟须进一步发展与提高,不然就会推迟我国法学现代化的客观进程,使法学这门变得年轻的古老科学重又失去青春活力。

二、法学方法论及其意义

任何一门科学都有自己的研究方法。我们法学研究的传统方法,基本上是马克思列宁主义、毛泽东思想指导下的历史的社会的研究方法。它的根本点在于,理论与实践相结合,用全面的、发展的、联系的观点分析法律现象,把具体的阶级分析方法引进法学研究的过程,研究法律规范本身的内容与结构,认识法的起源、本质和作用,并从法学与经济、政治、社会、道德、历史以及其他各方面的相互联系中寻求法学发展的规律性。实践证明,这种建立在辩证唯物主义与历史唯物主义基础之上的研究方法,不仅打破了过去那种脱离社会历史的超阶级的、自然主义和神秘主义的旧方法论的束缚,而且纠正了一般法学研究中的唯心主义的局限性,从而使法律科学在我国成为一门真正的科学,从根本上使它与西方法学、中国历史上的法学区别开来。除坚持传统方法论外,目前法学界又开始采用其他科学的方法来研究法学,例如,比较法学的方法以及现代科学方法论等等,使得我国法学方法论有所发展,开辟了新的门径。

然而,在法学方法论方面存在的问题同样是突出的,主要表现是人们受传统方法论观念的束缚,以为除了运用阶级分析的方法研究法律问题和评价法学人物外,似乎就不再有或者不应该有别的方法。这种把阶级分析方法看成是唯一科学方法的观点,不但影响着我们在马克思主义唯物史观指导下去努力改进与发展法学方法论,而且也妨碍了我们运用不同方法、从不同角度去对法学理论进行研究。所以,迄今存在着的这种把法学研究方法与历史唯物主义理论对立起来,或者把法学方法论与法学理论等同起来的观点,是需要迅速予以纠正的。不然的话,我们的法学方法论不是越来越多而是越来越少,甚至还会将自己的手脚捆了起来。

应该指出,法学理论与法学方法论是密切相关的,研究方法的不断改进与革新,研究手段的日益现代化,这是加快理论发展的重要条件。根据我国法学研究的历史与现实情况,我们提出对法学方法论必须给予足够的重视,的确是一个非常必要而又紧迫的问题。

首先,法学研究也是一项创造性的理论思维活动,它的目的是要揭示研究对象的真相和发展规律,为人类知识宝库提供新的内容。人类科学史已经表明,大凡在理论上出现新的突破,往往会导致一种新的研究方法的提出;而一种重大研究方法的提出,又必然会给理论探讨展示出新的高度和层次,以及新的广度和深度。许多创造发明的成功,各种学派的兴起,无数新学科的建立,几乎大都是运用新的科学方法的结果。具体到法学理论和法学方法论的研究,二者都是创造性的思维活动,它们互为条件,需要同步发展,这是合乎规律性的必然逻辑。

其次,科学方法论本身就是一个系统,它以马克思主义的哲学方法为核心,并在它的指导下认识和吸取一般方法论和具体方法论,由此构成一个科学的、系统的方法论体系。这个体系又应当是开放的,因为新的开放性的社会政治经济生活,新的立法和司法实践,新的法学部门的不断出现,这一切不仅向我们提出了许多新课题和研究领域,而且还要求改造过去那种封闭式的思维方式,对包括法学在内的一切科学领域都保持一种开放性的眼光,重视并学会运用多学科的方法来研究法学,注意吸取本学科和其他学科的新成果。只有科学地研究和借鉴其他国家以及其他学科的有价值的理论和方法,才会有益于开拓我们的理论视野和思维空间,推动法学研究的不断深入。

最后,借鉴现代科学方法论是加速发展我国科学事业的一个必然趋势,也是继续开创法学研究新局面的一条重要途径。新技术革命带来的一系列具有整体性和普遍性的科学问题,特别是其中一些迫切需要解决的哲学问题和社会问题,自然地提到我们面前并形成一种多学科密切合作进行研究的客观需要,以至综合分析和高度技巧的结合便成为现代研究方法的基本特征。在这个意义上,它不仅丰富和改变了自然科学的研究方法,而且也丰富和改变了社会科学的研究方法。由于两大科学门类之间相互渗透的趋势日益明显,因此将现代科学方法论应用于法学研究是一种客观要求,已经不是预测而是需要直接实践的问题。对此,不论法学界的认识是否统一,也不妨碍我们进行探索。我以为应取的态度是,一方面积极介绍外国法学界在这个问题上的研究现状,翻译一些有关论著供我国法学界借鉴;另一方面,又不能照抄照搬,简单模仿,而必须对外国的有关情况、现代科学方法论究竟怎样应用于法学研究的具体过程进行分析,通过实践来检验和判断它的实际应用价值,从而决定我们的取舍范围和应用门径。考虑到自然科学对法学的影响,如同它对经济学、政治学和社会学的影响一样,已经是一个十分明显的事实,看来这样提出问题和认识问题是完全必要的。

三、加强法学方法论的研究

目前,我国还没有一个专门研究法学理论与法学方法论的机构,也没有一本法学方法论的专门著作,更没有关于法学方法论的刊物,以致许多问题都得不到认真的理论探讨。至于对国外法学理论与法学方法论的介绍,也只是零打细敲,缺乏系统性和深入研究。显然,这种状况对我国法制建设的协调发展极为不利,同我国社会主义现代化建设是不适应的。面对这个实际,在法学界要不要加强理论与方法论的研究,回答应该是肯定的。现在的问题是,我们不但需要进一步认识它的必要性和紧迫性,鼓励和提倡进行探索性的尝试,而且为了避免少走弯路,还需要在运用现代科学方法时特别注意处理好以下几个关系。

(一)指导思想与研究方法

加强法学方法论的研究和运用,必须坚持马克思主义的反映论,坚持辩证唯物主义观点和社会历史的分析方法,重视我们原来建立而现在依然在起作用的理论体系。随着实践和认识的发展,在法学研究中尽管有某些具体的理论方法已开始暴露出一定的局限和不足,但它作为一种科学方法论并没有过时,迄今还具有旺盛的生命力。自从我国著名科学家钱学森于1979年首次提出开展"法治系统工程"研究的倡议以来,现代科学方法论和新技术成果已经开始引进法学研究和司法实践的领域。在短短几年的时间里,探索性的学术成果累累,以此为研究对象的群众性学术团体纷纷出现,有关这方面的学术会议也相继召开,这些事实说明将现代科学方法论引进法学研究是顺乎国情,大有可为的。法学理论和法学方法论研究之所以能够迈出这样可喜的步伐,绝不是单纯靠的改变法学界落后面貌的良好愿望,更重要的是靠广大法学工作者为振奋我国法学事业的躬身实践。诚然,离开正确指导思想,在方法论问题故作标新立异之态的现象是有的,比如,有的同志把法学研究的落后归咎于我们"抱住马克思主义过时的法的本质概念不放",认为"法是统治阶级意志的表现"这个概念已经"陈旧",主张把马克思主义的法学理论撇开,这样才能把法学当做一门系统科学来研究。不过,出现这种令人吃惊的"新"论点并不奇怪,因为学习和借鉴现代科学方法论不是一件很容易的事,从熟悉、尝试到融会贯通往往需要有一个过程,这中间就难免出现一些问题和失误。

(二)现代科学方法论与传统方法论

我们知道,马克思主义在阐明法的本质、作用和纵横发展方面,已经做了大量的工作,而对法在不同国家、不同社会形态的研究,取得的成绩也是显著的。但这并不等于说传统方法已经十全十美,不再需要创新、发展和完善了。恰恰相反,作为一种科学方法论,它是要随着实践而不断吸取新的营养,进一步发展和科学化的。同样,现代科学方法论也具有两重性。一方面,提出这种方法论的客观依据是唯物主义的,是科学家们通过自己的科学实践,同客观物质世界和感性材料反复地打交道,不得不改善认识工具、提高认识能力的结果。另一方面,应用这种现代科学方法论的主观认识又不可避免地带有唯心主义的色彩,正是为科学家当中不少人的世界观所决定,他们在解释自己提出的方法论时摆脱不了自身的局限性。事实正是这样,当系统论、控制论和信息论刚刚提出的时候,就曾被一些资产阶级科学家视为"万能"的,但他们实际运用这些方法论研究社会问题的结果却表明,对于揭露资本主义社会内部的真相以及各种难以克服的矛盾又是那样的软弱无力,以致从来没有也不可能得出资本主义终究要灭亡、社会主义必然要胜利的结论。这也可说是我们强调以马克思主义作指导,发现和完善现代科学方法论的一个佐证。

事实上,现代科学方法论与传统方法论并不是截然对立、互不相干的,而是相互补充、辩证统一的。在现代科学方法中,同样离不开使用归纳和演绎、分析和综合、历史和逻辑的方法,以及社会学的方法等。况且,我们从事法学某个学科的研究也不能孤立地运用某一种方法,往往需要同时或者交替使用若干的方法。由此可见,处理好现代科学方法论与传统方法论的关系绝不是无稽之谈,而恰恰是二者间内在联系所固有的要求。所以,片面强调运用现代科学方法论而忽视传统方法论,将二者关系对立起来,故意另辟蹊径的想法和做法,无疑是错误的。

(三)开创法学研究新局面与开拓研究方法

加强法学理论和法学方法论的研究,目的是要继续开创法学研究的新局面,使法学能更好地为改革服务,为四化建设服务。现在的一个突出问题是,多年来由于我们习惯于单一的封闭式的研究方法,无形中忽视了法学方法论的现代化,因而直接影响我国法学研究在更大的范围内、更深的程度上向前发展,以及更好地为我国社会主义法制建设服务。这个状况如果不改变,法学研究同开放的时代就会愈来愈不相适应,也就无法达到我们的预期目的。因此,我们必须把开创法学研究新局面与开拓研究方法辩证统一起来,认识到二者是互相依存、互为条件的,既要从开创新局面的总体要求出发,为方法论的开放创造有利条件,又要将我们为开拓研究方法所做的一切努力都和开创新局面的目标紧密地联系起来,使二者并行不悖、相得益彰。

从根本上说,正确处理好以上几个关系,是加强法学理论和法学方法论研究的必经途径,也是理论体系和方法系统内在联系的一般要求。当然,在我们继续开创法学研究的新局面的客观进程中,肯定还会遇到更多的情况和问题,甚至比现在预期的困难还要大,但只要我们振兴法学事业笃志弥坚,解放思想和扩大视野,勇于进取和探索,就一定会促进这个新局面的形成,迎来一个更加生机勃勃的法学界。

(原载《法学评论》1985 年第 5 期)

法学研究方法必须改进和创新

　　提高法学研究的学术价值和社会价值,尤其是社会价值,这是法学这门科学能不能更好地适应当前社会需要的大问题。法学要有一个大的发展,就必须打破狭窄陈旧的眼光,开拓新领域,研究新问题。而当务之急,是要改革法学本身,改进和创新法学研究的方法。

　　每一门科学都有自己的研究对象,因而都有一定的学术价值和社会功能,但实际情况并不是每门科学都能充分发挥其应有的价值和功能,原因在于它们的研究状况和水平各不相同,在很大的程度上又受到与这门科学理论相伴而行的方法论的影响。具体到法学研究来看,由于我们的学术思想还不够解放,特别是理论联系实际做得不够,所以借鉴国外的东西是支离破碎的,对于我国自己的丰富经验也缺乏系统总结并上升为理论,对于新时期的许多新问题还不能做出理论上的回答,这样也就落后于实践,同四化建设很不相适应。要改变这种不相适应的状况,除了继续解放思想和加强理论联系实际外,还应看到我们法学研究本身的确存在缺陷,诸如人们受传统方法论的束缚,妨碍着运用不同方法从不同角度去对法学理论问题和实际问题进行研究,因而影响法学社会功能的充分发挥,直接影响到我国法学研究从多方面、多层次来满足社会主义现代化建设的需要。

　　法学研究方法的改进与创新,首先需要扫清思想障碍,对以往教条主义、形而上学的残存影响继续进行清理。不管我们喜欢不喜欢,承认不承认,这种残余影响是客观实在的。概括说来,它的突出表现是:①习惯于注疏式方法,研究问题和探索"未知"没有独到见地,专门诠释经典作家的观点和著作,诠释领导同志的讲话和指示;②爱用公式化方法,不深入实际,不调查研究,著书撰文总把历史的和现实的概念当成固定格式,拿了它剪裁历史、评价人物、佐证命题;③采取烦琐的方法,往往在研究宏观大体的问题时只注重微观细密,而忽视纵横的比较,不能从总体的、系统的观点来阐发问题;④搞封闭式的方法,以为在马克思主义、毛泽东思想指引下形成的传统方法论是唯一的科学方法论,面对改革、开放、搞活的新形势也无须补充、创新和发展,至于科学地研究与借鉴其他国家、其他学科有价值的研究方法,则更加以为多余和格格不入,致使我们的法学研究很难向更新的广度、更深的层次发展。所有这些违背辩证唯物主义与历史唯物主义的基本原则和有悖于马克思主义法学的本质和发展规律,阻碍了我们正确地总结经验和借鉴国外法学研究的方法,阻碍了我们拓宽视野思路、深入认识和掌握法学理论发展的规律。我们如果不扫清思想障碍,纠正认识上的这些偏颇与不足,就无法完成新时期赋予法学工作者的社会责任。

其次,我们提出改进和创新法学方法论不但必要而且也是适时的。事实上,当前在法学领域内已经出现了改进研究方法的新趋势,并且展示了这种新的研究方法给我国法学带来的新气象。大多数法学理论工作者已经自觉地改变过去那种封闭式的思维方式,在法学方法论上开始采取开放态度,除了坚持传统方法论外,愈来愈注意采用更多更新的方法论来探索法学领域的问题,比如,运用比较法学、法社会学、法经济学的方法已日渐增多,现代科学方法论和新技术成果也开始引进法学研究和司法实践的领域,这就是突出的例证。法学理论和法学方法论的发展是相伴而行的,而法学方法论这个点滴的改进与创新,一开始就给我们的法学理论研究增添了活力,带来新的繁荣的景象。这就充分说明,法学方法论的改进与创新其势必然,现在加以强调不但适时,而且从法学理论与法学方法论的现状来看,又是十分迫切的。当然,法学研究方法的改进与创新是一个渐进的不断摸索总结的过程,既不能等闲视之,也不能急于求成,而需要我们法学界做出坚持不懈的共同努

力。笔者认为,这个问题的解决应从以下几方面着手:

第一,应该运用综合研究的方法,加强对我国社会主义法制体系和法学理论体系的宏观研究。回顾近几年来我国法学研究的总貌,这方面是个薄弱环节,虽说个体研究固属必要,但疏于宏观综合研究却是不妥的。我们所要的综合研究,应该是对细密研究取得的所有成果,对已经搞懂弄通的理论问题和实际问题,进行总体考察、系统分析和宏观总结。不过,这样的总结不应该是简单的排列组合,而应该是从中条理出我国制建设发展过程的基本轨迹,概括出贯穿于整个过程的主要特点,揭示出这些基本轨迹与主要特点的内在联系,亦即富于我国自己特色的法律科学发展的规律性。

第二,开阔视野,掌握和运用多维的思维方法,积极开展比较研究。总的说来,我们的法学研究是落后于国外许多国家的,但是瑕不掩瑜,自从党的十一届三中全会以来,随着社会主义民主制度化、法律化客观进程的加快,以宪法为核心的我国社会主义法律体系的作用愈来愈突出,法学研究适应这种形势开创了新的局面,呈现出一幅立体交叉、绚丽多彩的画面。为此,我们必须对它进行多角度、多层次的研究,同时并用纵通的历史比较和横通的同步比较,这样才能展示出我国法学事业的丰富性和独特点,再现出我国社会主义法制建设的生动画面,从而使人们放开眼界,强化创新意识,研究工作不断有所突破。

第三,改变封闭性的思维方式,实行开放性的研究方法,重视国内外法学信息的研究。这是适应改革的需要,也是适应对外开放、对内搞活的需要。同时,现代科学技术的迅速发展改变了两大科学门类各学科间的隔绝状态,要求法学研究也必须适应这个新情况,及时作出对策性的反应,实际情形是,我们的法学研究队伍也已达到相当规模,每年都有大量的信息和可观的成果推出。据此,只要我们尽快改变以往封闭式的研究方法,关心本学科的科学信息和最新研究成果,了解交叉边缘学科的发展状况和发展水平,那么,我们的研究工作就一定能够取得突破性的进展,展现出崭新的格局。而要避免对现代科学信息的不甚了了,去掉那种无效的重复劳动,这就更要求我们充分利用科研机制的作用,比如,各种学术讨论、动态研究、情报咨询和信息交流等,来不断地推进和发展我们的研究。

　　第四,应该重视法学与社会、与群众生活的密切关系,加强理论联系实际,增强法学研究的应用性和实用价值。法学是一门应用性很强的科学,法学的内在要求是,立足社会,面向实际,讲求实用。要想充分发挥法学的社会功能,必须改变那种回避现实生活,只钻故纸堆的研究方法。我们法学工作者应该经常关心我国法制工作的实际,关心我国法学理论探讨的现状与发展趋势,并以此来确定我们所要研究的课题与重点,及时修正和充实我们的研究内容。也只有这样,我们的法学研究才会富于浓烈的时代感和现实感,从而适应社会主义现代化建设的水平,迎来法学的更大发展。

　　除上述几个方法外,我们还可以继续探索和借鉴现代科学方法论,通过加强新兴学科和边缘学科的建设,不断完善我们的研究手段和研究方法,发展法学研究体系。我们有足够的理由相信,在我国法制工作不断加强、法学研究别开生面的今天,只要我们继续解放思想,敢于探索"未知",法学理论与法学方法论的研究一定会得到改进和创新的。

（原载《法学》1986 年第 9 期）

关于中国古代民法的几个问题

长期以来,西方学者对中国法律表现出一种漠不关心的态度,认为传统中国社会不是一个由法律调整的社会,中国古代法完全以刑法为重点,制定法律限于对社会长期流行的道德规范的整理,只有在其他行为规范不足以约束人们的行为时才诉诸法律,否则法律条文就很少被引用。不久前有一本新翻译过来的《中华帝国的法律》,作者是两位美国学者,他们在书中有一段话说道,"中国的法律注重于刑法,表现在比如对于民事行为的处理要么不作任何规定(例如契约行为),要么以刑法加以调整(例如对于财产权、继承、婚姻)。保护个人或团体的利益——尤其是经济方面的利益——免受其他个人或团体的损害,并不是法律的主要任务;而对于受到国家损害的个人或团体的利益,法律则根本不予保护。真正与法律有关系的,只是那些道德上或典礼仪式中的不当行为,或者,是那些在中国人看来对整个社会秩序具有破坏作用的犯罪行为"。他们说的话不无道理,但却带有很大的片面性。按照历史主义观点看问题,在中国古代社会没有民法但不等于没有调整民事法律关系的规范,因此绝不能认为中国古代法是一部单纯的刑法史。

一、"诸法合体"与中国古代民法

中国古代调整特定财产关系和人身关系的法律规范从来就有,但不叫"民法"。后人研究中国古代民法时，或将其定名为"家族制度"、"婚姻制度"、"食货制度"，或视为"身份法"、"财产法"。单独讲到民法方面的制定法，这就涉及我国古代诸法合体、民刑不分的法律体系结构问题。即使这样，但也不是绝对的。

上古时期，西周周公制礼，吕侯制刑，作为当时两大法律部门的"礼"与"刑"就是有区别的。"刑"是定罪量刑的法律形式，虽名称常变，但其性质始终未变。"礼"作为行为规范，名称贯彻千古，性质也是有变化的。"礼"的内容相当丰富并且广泛，涵盖着包括民法在内的许多部门法。就民法而言，"礼"作为调整古代民事法律关系的行为规范，有关调整家庭财产关系、买卖关系和婚姻关系等方面的具体规定就不少。它们主要收入于"礼"中，于是乎才有了"分争辩讼，非礼不决；君臣上下、父子兄弟，非礼不定"之说，大凡权利义务、民事诉讼和人身关系都由"礼"来调整。在"礼"之外，还有一些以其他法律形式表现出来的民事法律规范，这就是"律"，也就是规定权利义务以遏止争执的民事性质的规范。迨至商鞅变法，"改法为律"，把原先用来制裁犯罪行为的、称作为法的"法"的规范，也一概统称为"律"，从此律就成了中国古代刑法的专用名词。

秦汉以降，又出现了新的法律形式"令"，它是从行为正面来规定"应为"和"不应为"的。法律形式的变化表明，"礼"、"律"（定分止争之律）中的"令"，是从正面规定应为和不应为的，它与规定何谓犯罪、如何处以刑罚的刑法不同，大都直接规定具体罚则，而其中很大部分又都是带有民事法律规范性质的。但是，违反"礼""令"民事法律规范的行为，皆由"刑"和"律"来规定制裁措施，这又表明了"民刑不分"的古典传统的特点。

二、中国传统民法的特色及其落后原因

中国古代民法规范寓于礼中，而礼在本质上是有一定强制力保证措施的行为规范，旨在用以明确所有社会成员的权利义务（"分"）。最早的礼是食物享用、男女婚配方面的规范，用现代语言来表述就是民法，只不过它是以强制制裁手段为后盾的，且出现"起于兵"的"刑"之

前,因而最早的犯罪就是严重违反"礼"的行为。因为礼的实质在于区分人们的贵贱上下,尊卑长幼亲疏,并以此决定个人的权利义务的差别,也就是体现宗法等级制的原则。这样,礼便成为"经国家、定社稷、序人民"的规范,实际上成了一部调整行政、经济、军事、教育、婚姻家庭和讼争纠纷等各种法律关系的综合性大法。民法就是其中的主要内容。

至春秋时期礼崩乐坏,原有的人身财产关系起了变化,于是礼的作用也发生相应变化,致使这部综合性大法的具体内容也开始向着侧重于调整身份等级关系的方向转变,进而使得用其法律形式重新强调礼所规定的一些民事法律关系,其固有的必依必从的属性也随着更加明显。尤其在秦始皇统一六国后,收集所有的"礼"和"仪",进行改造、借鉴和继承,且注意力偏重于"尊君抑臣"的行政规范和礼仪规范,更加视"礼"与"仪"为同一物。礼在法律中的仪化,官府处理民事纠纷便渐渐失去明确的法律依据。汉代兴"经义决狱"之风,魏晋更"以礼入律",古礼也就失去了法的强制力。古礼失去强制力的性质后,大都转化为礼俗习惯,再经过理论抽象,最后变成了一种礼教(道德)。

中国古代民法从来就与礼结合在一起,礼在退出法律之后变成了礼俗与礼教,礼俗具有习惯法的性质,礼教又属于道德范畴,因礼教讲究的是等级名分和三纲五常,从维护社会统治秩序来说,教化的作用也就必然优于法律。在礼教盛行特别是宋明理学占统治地位的情况下,统治阶级更加重刑轻民,民事法规相对较少,许多民事法律关系便只能靠礼俗来调整。而宗族法的重要渊源之一是礼教礼俗,它一旦获得国家的认可即成为准国法,于是礼的行为规范由此又获得更大强制力的保障。

基于传统民法和礼俗结下的不解之缘,这就决定了中国古代民法独具以下几个基本特点:

(1)中国传统民法在先秦时期寓于综合大法的"礼"中,秦汉以后又主要收纳在行政法综合性法典的"令"里面,此外虽历朝历代亦制定过一些单行民事法律规范,但终究未能形成过独立的民事法典。

(2)中国古代有关民事法律规范大多集中于身份、婚姻、继承等方面,同商品经济有关的民法规范极少甚至鲜见,而所谓"官有政法,民从私约",恰恰说明民事法律关系是受到漠视的。

(3)中国传统民法的主体大都是家长或族长,"父债子还",家庭财产所有权归家长,婚姻是"合二姓之好",在买卖关系方面宗族有优先权,所奉行的是家族本位主义的民事法制原则。

(4)在中国古代社会民事责任与刑事责任不分,民事审判与刑事审判的方式相混同,以刑代民,违反民事法律规范者首当其刑。

上述特点反映了中国古代民法的落后,而制约中国古代民法发展的原因又是多方面的。突出的原因是,长期以来在中国社会占统治地位的是自然经济,而民法在本质上是反映商品经济的法律形式,这就说明它缺少赖以生存的土壤和条件;封建专制统治制度的权利观念,重农抑商政策及其背后起作用的伦理道德观念,一直制约着民法的发展;受儒家重义轻利思想的影响,民事法律关系的内容难以发展;拘泥于礼的宗法原则,家族习惯法对民事法律关系的实际调整已占上风,原本落后的民法很难取而代之;加之民法观念理论近似于空白,也根本不存在对民事立法体系的研究。所有这些,便构成中国古代乃至近代半封建半殖民地社会不但民法落后,甚至当法国、德国民法典开始影响欧洲各国和日本的时候,在中国还不知道民法究竟为"何物"。

三、中国古代民法的主要内容

恩格斯说,"在社会发展某个很早的阶段,产生了这样一种需要,把每天重复着的生产、分配和交换产品的行为,用一个共同规则概括起来,设法使个人服从生产和交换的一般条件。这个规则首先表现为习惯,后来便成了法律"。① 在中国的夏、商、周时代,恩格斯所说的这个共同规则就是那时候三代之礼,也是当时最主要的民事法律行为规范。

在整个古代时期没有民事主体的概念,但实际生活中确有相应类似的制度。夏商周时期,享有完全独立民事权利能力的只能是士以上的各级贵族,而平民受贵族和原始共同体的约束控制,是没有自由迁徙、自由处分其财产的权利的。直至经过春秋战国时期的社会大变动,

---

① 《马克思恩格斯选集》第 2 卷,第 538—539 页。

一般平民家庭才成为独立的经济实体,平民才开始享有完全的民事权利能力。至于奴隶的民事权利能力,从来就是不完全的,仅限于处理其一般家务而已。关于民事行为能力,西周制礼规定男 20 岁"行冠礼",战国时期各国普遍推行征兵与徭役制度,服役年龄在十六七岁至 20 岁之间,可以被看做具备了完全行为能力。进入秦汉,社会各等级的民事权利能力并不平等,西汉时男子 23 岁始得服役,方可独立承担民事财产责任。三国、两晋、南北朝时期的民事规范主要是"礼教"、"名教",在统治阶级中士族阶层地位突出,失去自由身份的农民比奴婢稍微强一点,依附人口中的"百工"在地位上还不如农民,整个社会的民事主体资格、地位都是不平等的,惟"成丁"年龄降为 18 岁,这是享有民事行为能力的标志。隋唐时期的民法规范可分为法律、民间惯例和礼教等,皇帝以下臣民分官、民两大部分,民又分良、贱两类,民事权利的多少依次有别,民事权利得以实现的年龄界限是 18 岁。及至宋、元、明、清,这些方面都没有发生实质性的变化。

从中国古代民事法律关系的内容看,虽然并不构成完整的民法科学体系,但其涉及的问题还是多方面的。

(一)所有权

中国古代民法中没有"物"的概念,只有类似的分类,一般统称"财货",泛指动产和不动产,如田地、住宅和宫室等。秦汉法律把一般财产统称为财货,土地房屋称为"田宅",对财产的分类比先秦要明确得多。奴隶被看做是特别的财产种类,视为富豪的一个象征性标志。唐代以资财为财产总称,同样也指动产和不动产,且唐律明确规定,凡经过人力加工之物即为财产而受到法律保护,实质上对自然之物与财产之物已有明确区别。宋代对物的区分与限制大致与隋唐相同,惟其民事行为指向物予以限制的主要是"墓地"。

早在西周时曾出现过占有、使用、收益和处分概念的萌芽,但没有明确的所有权制度。财产所有权是由动产发展而来的,主要的取得途径是国王诸侯的封赐和先占。土地是最主要的生产资料,作为民事法律关系最主要的不动产指向,先秦实行"井田制",并不存在严格意义上的土地私有制。土地私有权的确认和保护始于秦代,取得的方法分原始取得和继受取得两种,但对土地私有有一定的限制,国有土地是主要占有形态。三国时期对土地占有的限制更严。隋唐时期法律按社会等级确定私有土地面积,实行"均田制"下的土地占有制,并且对无主物归属的认定作出明确规定,在山林矿产属于国有的传统内采取"与众共之"的立法原则。元代对土地私有权的干预有所放松,对无主物归属的立法较以往更细。到了明清时期,土地私有权已不再受法律限制,由承认占有向着确认所有权转变,甚至对无主物归属问题也同样强调先占原则。

(二)债权

中国古代的"责"字,是债的本源。"责,求也。"①先秦有"券契之责",说明当时的债主要是契约关系之债,即双方当事人因契约而发生的特定的权利义务关系。债务争讼,没有契约书面证明不予受理。契约以买卖、借贷契约为主,不存在损害赔偿之债,而一切侵权行为都被视为犯罪行为,统统适用刑罚。从语源考察,中国古代的"契"字和"约"字,分别反映了"刻木为信"和"结绳记事"的遗风。"券"是从契发展而来的,券别之以刀,以刀判契其旁,故曰"契券"。主要契约种类包括交换契约、买卖契约、借贷契约和雇佣契约等。秦汉时有文字的券契成为书面契约的主要形式,口头契约只适用于小额交易,明确规定双方合意是契约成立的实质要件,但要求履行一定的仪式。当时,买卖契约是最主要的契约形式,其中包括标的、价金和担保三项主要内容。除借贷契约和雇佣契约外,还出现了租佃契约和合意契约。三国两晋时期,原来的竹木券契被淘汰,改用纸张书写,契约成立要件与秦汉同,但契约内容更加复杂,尤其担保条款增多。隋唐时期契约已成为人们的日常经济活动,出现了书契人和契约样文,契约内容除基本项目外必须附带各种担保条款。各种契约比过去更加具体化,还出现了租赁契约、贴赁与典贴契约。突出的一大变化是,出现了损害赔偿之债,只不过严加限制而已。及至明清时期,我国古代契约已相当规范,契约种类达到定型化,损害赔偿之债也日臻健全。

(三)婚姻与亲属

婚姻家庭法是传统民法的一个组成部分。婚姻是家庭的基础,家

① 《说文解字》。

庭是社会的细胞,亲属家庭的内容,婚姻的成立的要件、禁忌和限制,成立依据和夫妻财产分割等制度,都是民法的调整对象。它关系家庭成员的地位和相互关系,更关系到宗祧、财产的继承与分割,既体现纲常伦理关系,又触及许多具体法律规定,还涉及民刑案件中的法律连带责任等问题。

社会意义的婚姻是人类文明进步的标志,是随着私有观念和私有制的产生而出现的。最初的婚姻形式并非单一的,如掠夺婚、自由婚、买卖婚、交换婚、服役婚和聘娶婚等观念在商周以前就已存在,直至西周时期种种婚姻形式才被聘娶婚所融合。聘娶婚被礼制所规范化、定性化,便逐步奠定了中国的传统婚姻制度。

先秦时期的婚姻目的,在于将继承先人宗绪放在突出地位,惟有嫡长子享有宗祧继承特权和财产均分继承权,而妻妾地位截然不同,法律只保护妻的地位不可动摇。周礼规定的婚姻要件是承先代礼制,同时又开后世婚仪之先河。具体要件是从父母之命、媒妁之言,须成六礼(即纳彩、问名、纳吉、纳徵、请期和迎亲)。周在部落时代即实行族外婚,西周主要是禁止近亲结婚,"同姓不婚"不十分严格。离婚,突出表现于礼记的"七出"。

秦汉在继承先秦婚制的基础上有许多发展,比如,明确婚姻的目的在于"上事宗庙,下继后世",婚姻的成立要件须经政府认可,需要受到一定血缘关系和身体条件的限制,但不禁止奴隶和平民通婚,也不禁止秦人和异邦人的婚姻。关于夫妻的法律地位,秦律规定男尊女卑,但处理夫妻打架一视同仁,通奸和重婚都不定罪,夫妻财产视为共同财产。

汉承秦制,对婚龄的规定更加明确(以身高六尺为准乃秦律规定,汉律规定女子15必嫁),并维护一夫一妻制。汉代家庭奉行"三纲五常"的纲常伦理关系,家庭成员的身份对诉讼影响极大,具体表现为连带关系、监督关系和受理不受理的关系。

隋唐婚姻制度主要反映在"律"中,隋《开皇律》和《唐律疏义》都辟有《户婚》专编,突出体现了"礼"的精神。唐律对婚姻的限制条件非常完备,如对"违律为婚"(包括同姓不得结婚、亲戚不得为婚、良贱不得通婚、不得娶逃亡妇女、监临官不得与其部下结婚以及不得恐吓娶和强娶),"嫁娶违律"(居父母、夫丧嫁娶、家长被囚禁时嫁娶)的处理都很严格。离和断离是婚姻终止的两种形式。唐律规定了一夫一妻制，名义上夫妻地位平等，且禁止"以妻为妾，以婢为妻"。两宋时期婚制依旧，但出现了指腹为婚和童养媳，并禁止"中表亲"通婚，禁止族际婚，惟典雇妻妾是合法的。迄至明清，婚姻与亲属关系的法制更加加强，在家长制家庭里法律赋予家长的主体资格和权利越来越大，家事"统一于一尊"。家长一般由男性充任，握教令权、财产权和主婚权等全面权力，嫡子尤其嫡长子在家庭中的地位也高于庶子、奸生子（即非婚生子）、婢生子、嗣子和养子。父母子女关系以孝为指导原则，特点是双方权利义务关系的不平等。

（四）继承

在中国古代家长制社会中，继承表现为自上而下的男系纵向传递关系，财产继承不过是身份关系的附庸。先是"兄终弟及"，后是"父死子继"，至战国时期后者取代前者，宗法组织是个父系大家族，它分割为许多支"宗"，所有的宗都由其嫡长子继承。在秦汉时期仍为父死子继的原则，但"诸子有份"，财产继承与身份继承开始分离。宗法继承原包括"继嗣"和"继统"两类，秦制定"分异令"，把生前继承统推向下层社会，并且是单纯的财产继承。秦还实行爵位继承制，更好地为其中央集权制服务。进入唐代，诸子均分已完全法制化，户令"应分条"规定"应分田宅财物者，兄弟均分"。在孙辈和祖辈的继承关系上，"应分条"还规定了代位继承（兄弟亡者，子承父分）和越位继承（兄弟俱亡，则诸子均分，孙辈直接平分祖辈遗产）。越位继承是中国古代继承法的特有现象，意味着继承人范围中包括了孙子。女儿出嫁时也可以从父母那里得到一份嫁妆。南宋立法还明确规定了异姓养子的继承权，在女儿继承权之外又特许了赘婿继承权。遗嘱继承的效力仅次于一般法定继承，但优于特殊法定继承。元代实行法定婚书制度，媒妁管理职业化，承认赘婿的合法性，收继婚亦开始泛起。明清时期的一个比较大的发展，就是独子承桃的出现，即所谓兼桃、一子继两房。此外，就是私生子继承权上升，一般可同嫡庶诸子同时实现财产继承，但份额只为前者的1/2。赘婿继承权也得到巩固。

四、旧中国民法典的编纂

中国古代没有单行民事法典,编纂民法典是从清末开始的。旧中国共有过三次编纂民法典的历史。

(一)《大清民律草案》

这是中国第一部民法典草案。清光绪三十三年即 1907 年应民政部速定民律的奏请,于同年 9 月任命沈家本、俞廉三、英瑞为编修大臣,参考各国成法,体察中国礼教民情,主持修订民法。次年 10 月,沈家本奏请诚聘日本法学家志田钾太郎和松冈义正主编民法总则、债权、物权三编,并由修订法律馆会同礼学馆编订民律亲属、继承二编。草稿于宣统三年(1911 年)八月厥成,但未及颁行即随同清朝一起寿终正寝。这就是中国的第一部民法典草案。

民律草案的立法指导思想是学习西方,变法图存。这部民律草案是西方法制与中国传统封建礼教的混合物,前三编以德、日、瑞士的民法为蓝本,亲属、继承两编则兼采中国旧例。草案五编共计 1569 条。其中第一编总则,分别设法例、人、法人、物、法律行为、期间及期日、时效、权利之行使及担保八章,计 323 条;第二编债权,分列通则、契约、广告、发行指示证券、发行无名证券、管理事务、不当得利和侵权行为八章,计 654 条;第三编物权,分列通则、所有权、地上权、永佃权、地役权、担保物权、占有七章,计 339 条;第四编亲属法,分列总则、家制、婚姻、亲子、监护、亲属会、扶养之义务七章,计 143 条;第五编继承法,分列总则、继承、遗嘱、特留财产、无人承认之继承、债权人或受遗人之权利六章,计 110 条。

(二)北洋政府民法典草案

这部民法典的起草工作始于 1915 年,因 1922 年春华盛顿会议根据中国提出收回领事裁判权的问题,决定由各国派员来华调查司法,于是北洋政府加快司法改革步伐,打算参考各国最新立法,争取在 1925 年召开法权调查会议之前完成并公布这部法典。但是,由于北洋政府内部矛盾突出,国会解散,起草好的民法草案也就未经立法程序,不成其为正式的法典,最后只不过是由其司法部于 1926 年 11 月通令各级法院参酌引用罢了。

这第二部民法典草案是由根据《大清民律草案》修订而成的。就其内容来看,总则修改不多,原债权编改为债编,物权编改动更小,亲属编修订后条理清晰但趋于保守,继承编也只稍微作了一些调整,总的变化不大。整个民法典草案共 1522 条。

(三)《中华民国民法》

南京国民政府自 1927 年 6 月起着手起草各个重要法典。在制定民法典方面南京国民政府认为,民法总则、债和物权各编可暂时援用民间习惯和历史判例,而亲属、继承却大都因袭旧的宗法制度,与世界潮流和现代社会的要求相去甚远,便决定先行起草民法的亲属和继承两编,并于 1928 年 10 月完成,但因立法院尚未成立,结果草案被搁置未行。亲属法参考两大法系及苏联的有关法律,受旧法律制度的影响比较小。全编分通则、婚姻、夫妻关系、父母与子女关系、抚养、监护人、亲属会议七章,计 82 条。继承编编订时不拘常例,创新较多,比如,废除宗祧继承、男女法律地位平等、允许被继承人以遗嘱形式处理财产、继承人在所继承财产限度内对被继承人生前的债务负清偿责任、为促进地方公益事业发展增加国家承受财产的机会等,共八章 64 条。立法院于 1928 年 12 月成立,翌年 1 月组成民法起草委员会,2 月着手起草,4 月脱稿后在立法院三读通过,5 月 23 日公布,10 月 10 日起施行。民法总则设七章,152 条,贯彻的原则是适用习惯,注重社会公益,实行男女平等,以及采用最新编制。民法债编于 1929 年 11 月起完成起草并予公布,自 1930 年 5 月 5 日起施行,共分二章 604 条。民法物权编于 1929 年 8 月开始起草,同年 11 月完成并通过,11 月 30 日公布,1930 年 5 月 5 日起施行。各编的施行法亦同时完成并同时实施。至此,中国第三部民法典编纂完成,共设二十九章,计 1198 条。这部民法典也吸取了清政府和北洋政府民法草案的一些内容,但较以往两部民法毕竟有很大差别,尤其不同于古代中国的民法。就民国政府的民法渊源来说,除民法典外,还有单行法、判例和解释等,内容繁多,是为新中国成立起国民党政府的六法之一。这部民法典在新中国成立后已明令废除,但在台湾一直适用至今,大的方面没有变,只是内容常有增订修改,除保持大陆法系即民法法系的本质特征外,还吸收了英美法系的一些东西,总的说较好地反映了商品经济关系,在中国民法史上是占有一定重要地位的一部民法典。可以预期,按照"一国两制"方针完全实现祖国和平统一后,台湾省将成为继香港、澳门之后的又一个特别行政区,"一国两法"的局面也将在那里出现。由于中国台湾地区同内地有着相同的法律文化传统,我们完全有理由相信,台湾原有的法律特别是民法必将成为连接大陆"一国两制"和"一国两法"的天然纽带。

试析我国《民法通则》的特色

一、《民法通则》是反映我国实际的新型民法

我国《民法通则》的特色,首先在于它是从实际出发的,是一部恰当地反映我国实际的新型民法。

我国宪法明确规定,社会主义制度是我们国家的根本制度,生产资料的社会主义公有制是我国社会主义经济制度的基础。从这个最根本的实际出发,我们制定民法的首要要求是遵循宪法原则,坚持社会主义方向。因此,我国民法必然是新型的社会主义民法,而绝不能是资本主义的或者别的什么类型的民法。同时,我国民法又必须是具有本国特色的社会主义民法,而绝不能是贴有本国标签而实际上是照抄照搬外国民主模式的什么民法。而要真正做到这一点,就必须走自己的路,认真把握和处理好两个方面的关系:一是社会主义民法同资本主义民法的关系,在它们之间既要划清原则界限,又不要割断历史联系;二是建立我国民法自己的特色同研究借鉴外国民法中的有益经验的关系。立法工作也要搞对外开放。通观《民法通则》,它正好是在妥善地处理了这样两层关系的基础上制定出来的,这就使我国《民法通则》既具有我国自己的特色,又兼有传统民法的共性。

我国民法是新型的社会主义民法,它赖以存在的基础是社会主义

公有制,因而阶级属性不同于传统民法。我国民法体现人民意志,反映以公有制为基础的有计划的社会主义商品经济的客观要求,保障公民和法人在民事活动中的合法权益,目的是要发展社会主义商品经济,不断满足人民的物质和精神生活的需要。这样,它就同体现资产阶级意志,反映以私有制为基础的资本主义商品经济的要求,为发展资本主义商品生产、最大限度地满足资产阶级贪婪利益需要的民法,从根本上区别开来。不言而喻,我国民法已不再是传统意义上的民法,而是反映我国社会主义商品经济客观要求的民法。这种民法的制定,同样是民法发展史上在我国出现的一次巨大飞跃。

民法之所以能在不同社会经济制度中得以产生和发展,说明其在阶级属性之外还存在着共性,也就是无不与商品经济相联系,无不反映商品经济的要求。所谓"传统民法"或"民法传统",也正是基于这个意义说的。必须看到,不论罗马法还是法国民法典,也不论苏联和东欧国家的社会主义民法典,它们反映商品经济要求的法律规范和制度,例如,民事主体、法人制度、法律行为和代理制度,债权与合同制度,保险制度,抵押制度,时效制度等,虽则都在"传统"之列,但它们并不属于哪种社会经济制度,哪个国家所独有,是不因时代和国别的界限而易的。它们都是商品经济的法律表现形式,不是由哪个时代、哪个国家立法者任意规定的东西。我国《民法通则》的制定就是充分考虑了这个实际情况,正确地处理了现实与历史、本国与外国的关系,把总结我国实践经验同消化吸取外国民法有益成分有机地统一起来的。

二、《民法通则》是符合我国国情的新型民法

恩格斯指出,"经济关系反映为法原则"①,"如果说民法准则只是以法律形式表现了社会的经济生活条件,那么这种准则就可以依情况的不同而把这些条件有时表现得好,有时表现得坏"②。这就是说,民法要反映经济关系提出的客观要求,才能适应我国社会主义经济基础

①　《马克思恩格斯选集》第 4 卷,第 484 页。
②　《马克思恩格斯选集》第 4 卷,第 249 页。

的实际需要,对经济基础的巩固发展起到促进和推动的作用,不然对我们的经济基础就会表现得不好,起到阻碍和破坏的作用。按照这样的观点看问题,我国《民法通则》的另一个特色,就在于它是一部完全符合我国国情的新型民法。

首先,《民法通则》符合社会主义现代化建设的国情。在新时期全国工作重点转移到经济建设上之后,急需法制保障和调整各种复杂的经济关系,作为调整平等主体间横向经济关系的民法,尤其重要。小平同志早就指出,"应该集中力量制定刑法、民法、诉讼法和其他各种必要的法律"。还说,"国家和企业、企业和企业、企业和个人等之间的关系,也要用法律的形式来确定,它们之间的矛盾,也有不少要通过法律来解决"。① 这就突出地表明,经济建设不但需要刑法这样的保护手段来保障,以用来打击破坏经济建设的客观犯罪,而且需要有民法这样的民事手段来调整,以用来确定经济活动的准则,维护正常的社会经济秩序。

其次,《民法通则》符合经济体制改革的国情。我们实行经济体制改革是有宪法依据的。宪法序言中关于需要"不断完善社会主义的各项制度",以及第 14 条关于国家要"完善经济管理体制和企业经营管理制度,实行各种形式的社会主义责任制"的规定,早就确定了改革的方向和原则,我国现阶段存在全民所有制经济、劳动群众集体所有制经济和城乡劳动者个体经济,尽管这三种经济的地位与作用不同,但又都是必不可缺的,这就决定了不同经济之间、各种经济自身之间以及消费者与生产者之间,总不能没有商品交换,不能没有市场。而且,社会生产力在不断发展,社会分工愈细,新的生产门类和种属愈增多,社会分工又不断扩大社会要求,因而经济利益多元化的现象就愈突出,人和人之间的社会生活关系也就必然复杂化。我国经济体制改革的方向必须符合大力发展社会主义商品经济的要求。改革越深入,民法调整的范围与作用就越大。

最后,《民法通则》符合我们实行对外开放的国情。几年来,我们依靠这项基本国策,打破了过去闭关锁国的状态,使得我国经济正由封闭型向着开放型转变。我国对外经济贸易和技术文化交流已经取得显

---

① 《邓小平文选》,第 137 页。

著进展。据统计,我们在"六五"期间通过各种形式利用外资 380 多亿美元,建立合资经营企业 2300 多家,合作经营企业 3700 多家,独资企业 120 多家,引进国外技术 14000 多项,此外还在 73 个国家和地区建设各类项目 2400 多个(成交额达 50 亿美元)。同国外开展全国经济合作技术文化交流,主权在我,在中国境内的外国人必须遵守中国的法律,但他们的合法权益同样是应受中国法律保护的,这就需要健全法制,切实解决涉外民事关系的法律适用问题。

此外,《民法通则》也符合我们健全社会主义法制体系的需要。党的十二届六中全会《关于社会主义精神文明建设指导方针的决议》指出,"社会主义法制,体现人民意志,保障人民的合法权利和利益,调节人们之间的关系,规范和约束人们的行动,制裁和打击各种危害社会的不法行为"。基于社会主义法所承担的社会功能,我国宪法特别维护法制的统一与尊严,并对立法、守法和执法问题作了一系列原则性规定。从立法方面说,宪法是规定我国根本制度和根本任务的,光有宪法并不足以形成统一的社会主义法制体系,还需要以宪法为基础为核心,制定各方面的基本法律以为骨干,形成一个包括由各种法规、条例组织起来的多层次结构。民法就是我国整个法制体系中的一个重要组成部分,是仅次于宪法的基本法。《民法通则》的制定,正是完善我国社会主义法制体系的有益之举,非常必要而适时。

三、《民法通则》是反映改革成果的新型民法

党的十二届三中全会确认了我国社会主义经济具有商品经济的属性,明确指出社会主义商品经济是以公有制为基础的有计划的商品经济,第一次突破了把计划经济同商品经济对立起来的传统观念,并且阐明"所有权同经营权是可以适当分开的",从而消除了长期以来把"全民所有"同"国家机关直接经营"混为一谈的模糊认识。这种理论突破是对马克思主义的发展,不仅为我国经济体制改革指明了方向,而且为我国民法的制定扫清了障碍。在我国,民法发展的道路之所以坎坷曲折,一个重要的原因是在理论上对社会主义的认识产生误解,以为可以跨越商品经济而直接进入产品经济阶段,因而否定商品生产和交换,也

就否认了民法与商品经济的联系,看不到制定民法的必要性。同时,在实践中又形成了一套限制商品经济发展的经济体制,以行政手段代替民事手段和其他手段,这就更加影响我们为制定民法所做的一切努力。我国民法起步晚,几起几落,症结就在于此。直到党的十一届三中全会以后,我国制定民法的工作才被提到刻不容缓的议事日程上来。尤其党的十二届三中全会对社会主义商品经济问题的理论突破,恢复了商品经济的"合法地位",全面提出了经济改革、经济建设对法制建设的任务和要求,使制定民法成为适应改革、开放、搞活的一种历史必然,这就更加加快了《民法通则》厥功告竣的进程。经济体制改革的每一项成果,无不直接或间接扩大民法的调整范围及其发挥作用的领域,使得二者必须同步,并行不悖。所以,《民法通则》的又一个特色,在于它是一部反映改革成果的新型民法。

第一,企业自主权扩大以后,企业真正成为生产、建设的直接承担者,并由行政机关的附属物变政企分开、相对独立、自负盈亏、自主经营的商品生产者和所有者。据此,企业如不具备民事主体资格,在民法和其他法律规定的范围内,怎样在国家计划指导下自主经营和独立核算,是不会获得可靠保证的;而企业在完成国家计划后,能否根据市场情况自主安排生产,参与各种民事活动,同样是不确定的,何况经过"利改税",企业在事实上已成为相对独立的商品生产者,这就更需要取得法人资格。

第二,国家相应改变计划形式,不断扩大市场调节的范围以后,企业已不再是国家机器上的一个"零件",而是成了社会经济生活的一个活的"细胞",成了相对独立的实体,这就要求在解决好纵向经济关系的同时,大力发展横向经济联系。如果不及时制定民法,就无法从法律上保障企业自由平等、自主自愿地签订合同,进行等价有偿的交换,也就无法使企业获得作为民事活动参加者的实际意义。

第三,以城市为中心的改革,建立和畅通了横向联系的渠道,而城市工农业产品贸易中心的建立,又破除了以往行政区划、各级批发行政系统的限制,减少了流通环节,形成了社会主义的统一市场。这个情况也迫切要求法律保证商品所有者、经营者都能以商品所有者的身份参加经济活动,使他们成为民事关系的主体。

第四，发展市场经济，其中包括开发技术市场，加速对技术成果的使用，这就要求相应建立起知识产权制度，对发明权、发现权、商标权、著作权以及其他科技成果的权利，给予充分的法律保护。

第五，我们实行开放、搞活的政策，执行国家、集体、个人经济一起上的方针，城市个体商业和农村承包发展迅速。据有关部门统计，到1985年底全国共有个体工商户1171万户，1766万人，他们拥有资金164亿元，占全国社会商品零售额的11.2%；全国农村95%以上对农业是以家庭单位进行承包，其中仅承包经营户就有420万户，农民通过承包方式取得了集体生产资料的经营权。"两户"即个体工商户和农村承包经营户，一个是个体经济，一个是集体经济的一种经营形式，二者性质不同，从内容到形式都很复杂。他们的法律地位怎样确定，怎样参加民事活动，这也是需要通过法律形式解决的问题。

第六，适应社会主义商品经济发展的需要，银行信贷业务范围如推行买方信贷、卖方信贷、消费信贷和抵押贷款等急需扩大，除允许商业信用并由银行承担票据贴现外，还应积极开展信托业务，代理发行股票、债券，组织现金横向流动，以逐渐形成以城市为中心的网络状的金融市场，同发达的物资市场和技术市场一起，为企业自主经营开辟更加广阔的天地。这就涉及制定财政法、金融法和票据法，也涉及制定民法的问题。

第七，实行对外开放，办好经济特区，开放沿海港口的城市，进一步扩大对外经济贸易和技术文化交流，亟须健全涉外经济法制。从1979年至1985年底，我国已先后制定涉外经济单行法、法规和规章共138个，但是还不成龙配套，制定民法就是一例。

凡此种种，不一而足。我国《民法通则》就是根据活生生的改革现实，运用法律语言总结改革中比较成熟的经验，将我国社会经济生活条件直接翻译成民法规范和民法原则的。一句话，《民法通则》精确地反映改革的现实，可以说是经济体制改革的法律表现形式。

四、《民法通则》是富于创新发展特色的新型民法

《民法通则》消化、吸收了民法传统中的有益成分，在同资本主义

民法划清原则界限,同苏联和东欧国家的社会主义民法相区别的前提下,除了具有一般民法的共性和精巧的法律形式外,又是一部富于创新发展特色的新型民法。

——反映在指导思想上,《民法通则》集中体现我国根本的经济制度和政治制度,充分反映了我国民法的社会主义性质。《民法通则》第2条规定,"民法调整平等主体的公民之间、法人之间、公民和法人之间的财产关系和人身关系"。基于这种社会关系的本质和要求,决定了我国民法必须坚持贯彻平等自愿和等价有偿的原则。横向的,平等的经济关系或财产关系的参加者必须相对独立,具有法律上的平等地位;他们参加或不参加何种具体的商品关系,都必须出于自主自愿;他们的民事行为所由建立的具体商品关系,又必然按照价值规律的要求而具有等价有偿的性质。

——反映在结构形式上,《民法通则》模式独具一格。从罗马法到法国民法典和德国民法典,都以完备的法典形式出现,并为许多国家所仿效。同样,苏联和东欧国家的社会主义民法,也取法典的形式。唯独我国民法是以《民法通则》形式制定出来的,既区别于外国民法,又不同于我国刑法、诉讼法的编制形式。这种风格的形成是和我们制定民法与制定单行法同时并进的立法步骤联系在一起的,归根结底是由从实际出发的指导原则所决定的。它的外延已超出一般民法总则,而它的内涵又具有独到的特色。外国民法一般不在总则而是在分则中规定民事权利,至于民事责任方面,一般将违约责任归入合同部分,将侵权责任当做债的另一种形式。与此相反,我们是将民事权利与民事责任另辟两个专章加以规定的,这样一目了然,便于《民法通则》的贯彻执行。民法是我们国家的重要基本法,《民法通则》对我国一切民事法律规范或者与调整民事关系有关的单行法都是适应的,在这个意义上说,它既敷实用,又具特色,是个创新。

——反映在具体内容上,《民法通则》共九章,156条,约两万字。论篇幅,法国民法典2385条,德国民法典2281条,都是洋洋二十余万字,我国民法只有它们的1/10。苏联和东欧国家的民法一般来说比较简短,即使这样,我国民法的篇幅也只及它们的1/3或1/4。像我国这样简明精练,概括性极强的民法,在世界上实为罕见。《民法通则》以民事权利(义务)为主导,依次规定了民事权利主体的地位和资格,民事权利的取得和执行,民事权利的范围及其具体内容,以及民事权利受到侵犯或者不按法律规定、合同约定履行民事义务时所应承担的责任形式。它的全部内容通过民事权利和民事义务集中表现出来,首尾贯通,浑然一体。这也是《民法通则》有别于其他民事法律的一个特点和标志。

综上所述,我国《民法通则》是从实际出发的,恰当地反映了国情,科学地记录了改革成果,独具创新发展的特点,是一部富于我国自己特色的新型的社会主义民法。可以说。它是简明、准确、创新和实用的民法,是一部解决我国实际问题的民法。

(原载《法学学刊》1986 年第 4 期)

对《经济合同法》实施中几个问题的研究

我国《经济合同法》从1982年7月1日施行以来,对推行经济合同制起了重要作用。但我们也感到,现行《经济合同法》与实践有不适应的一面,对其中若干问题亟须研究,甚至迫切需要对它进行重大修改。现在不揣冒昧,就以下几个问题略陈管见,以就教于大家。

一、经济合同的概念及经济合同法的效力问题

(一)关于经济合同的概念

《经济合同法》对现实生活中存在的很多重要合同类型未作规定,有些是受当时的环境和条件所限,有些是经济合同概念所使然。该法第2条规定:"经济合同是法人之间为实现一定经济目的,明确相互权利义务关系的协议。"这一概念把原有的民事合同划为两种:一为法人间的经济合同,一为法人与公民间、公民与公民间的一般民事合同。从当时的立法思想看,《经济合同法》主要是为调整所谓经济合同关系而制定的。但该法实施以来的情况表明,经济合同的概念及其所限定的条件缺乏科学性,给我国的合同法制造成了不应有的混乱。

以合同主体是否为法人来判定哪些属于经济合同,进而决定应否归《经济合同法》调整,这在法学上是缺乏理论根据的。合同的主体是

法人或不是法人,虽然对合同关系的个别方面和个别特征产生一定影响,但并不改变合同关系的质的属性。以农副产品购销合同为例,在购销体制改革前,粮食部门为购方,生产队等集体经济组织为销方,依《经济合同法》第2条,双方间的购销合同为经济合同。农村实行家庭承包责任制和粮棉定购合同制以后,很多地方不再以村、队为单位交售农副产品,而是由粮食部门直接与农民签订合同,销方因此由法人变为承包经营户、个人合伙体、公民个人等,那么能不能由此断定农副产品购销合同不再是经济合同呢? 显然不能,因为合同的内容并未改变。

《经济合同法》把实现一定经济目的作为经济合同概念的要素之一,实践证明也无助于解决实质问题。有的合同具有经济目的,但主体不是法人,有的合同主体是法人,但不具有经济目的,那么这些合同归什么部门法来调整呢? 事实上,判断一个合同是否具有经济目的,在很大程度上取决于每个判断者的主观理解,因为经济一词含义极广,具有很大的模糊性、弹性和不确定性,无法明确其特定含义。

诚然,法人间某些合同的计划性使对其法律调整与对一般民事合同有所不同,有时需采取必要的行政措施,这种差别在我国的立法和司法实践中早已存在,也为法学界所公认。仅仅根据这种差别论证经济合同法与传统合同法的分立,认为经济合同法脱离了民法,成为经济法的分支,在理论上和实践上都站不住脚。"对经济合同法的分析表明,许多对经济合同法本身来说带根本性的原则和制度,只能靠作为调整我国经济生活基本法的民法来解决。"①以计划性作为经济合同的主要标志,是原有高度集权型经济体制的产物。在这种体制下,把统一的社会主义经济割裂为计划经济和市场经济,认为前者带有计划、组织因素,超越了传统民法的调整范围,从而产生了属于经济法范畴的经济合同的概念。"商品货币原则不宜作为划分经济关系的正当标准……所以应当采用更广泛的标志,这就是经营管理过程中形成的关系的计划价值性。"②我们认为,(1)计划体制处于不断的变化中,以此作为经济

---

① 王家福、谢怀栻等:《合同法》,中国社会科学出版社1986年版,第151页。

② [苏]B. B. 拉普捷夫主编:《经济法理论问题》,中国人民大学出版社1981年版,第158页。

合同的标志缺乏合理性和科学性。例如，我国计划体制的形式由指令性计划为主转向指导性计划为主，使得许多以生产资料为标的的合同的计划性大为减弱甚或消失，导致《经济合同法》规定的计划原则失去效用。可见，计划性不能作为划分经济合同与一般民事合同的标准。(2)事实并非像有人所宣称的，经济合同是计划、组织因素与等价有偿因素不可分的融合。合同的纵向关系和横向关系是可分的，前者由计划法调整，后者由合同法调整。(3)即使就计划合同而言，它受商品经济规律制约的本质并无改变，仍然与一般商品交换存在的前提同一，具备一般商品等价交换的本质特征，要求当事人的法律地位平等。① 因此，计划合同仍然是民事合同的一种，而不应被看做是独立于民事合同的所谓经济合同，因而也就不能导致经济合同法的独立。(4)东欧国家的合同立法表明，搞两种合同制，要么是重复，要么是互相抵触，不利于法制的统一。例如，捷克斯洛伐克分别在经济法典、民法典和国际贸易法典规定合同问题，造成了体系紊乱，割裂了合同法的内在联系。南斯拉夫由两种债法过渡到建立统一的债权法，匈牙利在 1977 年修订民法典时取消先前的计划合同专章，也说明了这一问题。

经济合同的概念，是我国《经济合同法》赖以确立其调整范围和我国立法体例的基点。由于概念本身缺乏科学性，势必限制《经济合同法》发挥应有的作用，有损于我国合同法体系的完整性。

(二)关于《经济合同法》的适用范围

基于经济合同的定义，《经济合同法》对法人间典型的十类合同作了规定。实践表明，有些规定已不能适应形势的要求；有些规定过于概括，需要充实、补充；有些未作规定的，需要添加、创制。从目前的情况来看，问题较多的如下述：

1.买卖类合同。从种类看，《经济合同法》侧重于工矿产品购销合同，而对农副产品定购及一般买卖合同则规定得不具体或未作规定。粮食统购派购制改为定购制后，《经济合同法》和《农副产品购销合同

---

① 邓大榜："试论我国民法调整的经济关系"，载《法学研究》1984 年第 2 期；佟柔、王利明："论我国民法在经济体制改革中的发展与完善"，载《中国法学》1985 年第 1 期；佟柔：《经济体制改革中的若干民法问题》，北京师范学院出版社 1985 年版，第 21 页。

条例》的很多规定已经过时。从形式看,《经济合同法》缺乏特种买卖的规定,而在经济生活中,货样买卖、分期付款买卖、试验买卖、拍卖等越来越多,因法无明文,出现了不少问题。此外,《经济合同法》没有规定二重买卖的法律后果,以致有些企业钻法律的空子,搞"一女嫁多男","四面撒网,重点捉鱼",给对方造成损失,又不承担责任。仲裁机关和法院处理此类案件时无法可依。在某些松散的产品专业化协作体内,成员厂家间的供货合同有独特之处,如优先购买权、协作价格、交互计算等,但《经济合同法》限于当时条件未作规定。

2. 租赁合同。这类合同的新问题主要是,(1)中小企业租赁制发展很快。企业租赁合同的订立、变更和解除,租赁财产的归属,承租人的权利和义务,违约责任,租期等问题,亟须有明确的法律规定。(2)融资租赁在商品经济中的作用日益扩大,它可以缓解企业资金困难,加速资产折旧,适应新技术革命的挑战。融资租赁是出租人代承租人由银行贷款,买进设备后出租给承租人,承租人享有完全用益权并按约交纳租金,一俟交纳租金相当于设备价金,或将设备退还给出租人,或续租,抑或设备归承租人买入。我国目前有31家租赁公司从事该项业务,年营业额达8亿多美元。由于无法律规定,各地对融资租赁的认识分歧甚大。例如,吉林省长春市二道河子区工商部门以"倒卖汽车"为由没收了中国出口商品基地建设总公司吉林分公司开展汽车租赁的业务收入20万元,《吉林日报》载文斥之为不懂业务,无理没收合法收入。① 与此同时,《中国法制报》却载文对长春市南关区工商部门没收吉林省某公司租赁收入63万元的决定予以肯定。② 对同类案件的认识截然相反,正说明欠缺法律调整。

3. 借贷合同。《经济合同法》仅规定了以银行等金融机构为出借人的借款合同,而目前社会上存在的借贷形式却要广泛得多。其一,民间借贷尤其是农村的生产性民间借贷迅速发展,高利贷现象也非个别,如不对利率加以限制,可能会出现食利者。"合法的借贷关系受法律

---

① 《吉林日报》1986 年 12 月 20 日。
② "一起以租赁形式进行的倒卖进口汽车案",载《中国法制报》1986 年 12 月 23 日。

保护"①,违法的借贷应予取缔,对合法的民间借贷的消极因素应予限制。其二,工商企业、事业单位之间的借款时有发生,执法机关对此有不同看法。有的认为借款合同出借人必须是银行等金融机构,企业对外借款超越其权利能力;有的主张允许企事业单位间借贷关系的存在,只是应对借贷利率加以限制,这样既可以互通有无,调剂余缺,也符合法人经营权的要求。对上述需要有统一的法律规定。其三,金融机构间的同业拆借,性质上也是借贷,合同法对此似应有所反映。

4. 联营合同。这一概念在使用上歧义甚多,要建立联营合同的法律调整机制,必须从各种联营关系的具体特点入手。例如,(1)法人型联营的有关协议、意向书和章程,属于法人法的调整范围。(2)松散的合同型联营种类繁多,需相应地纳入各类合同法律制度中:零配件厂与整机厂之间的长期供货协作属于购销合同;名优产品厂把专用商标转让给同行,按产品销售量收取商标转让费,是商标转让合同的表现形式;生产企业按协作客户提供的原料和样品代为加工或组装,属加工承揽合同;高技术企业对低技术企业进行技术转让,科研单位向生产企业提供咨询服务,有关企业、院校联合攻关或开发新产品,属于技术合同。(3)联营合同作为特定意义上的类合同,需具备一些要件。我们认为,构成必备要件的情况似应包括这样几种,即要有共同投资和共有财产,要联营各方共同经营,要各方承担连带责任。在《经济合同法》制定时,上述问题的重要性尚未表现出来,而现在愈来愈明显,倘若不充实《经济合同法》,就很难适应形势发展的需要。

5. 平等主体间的承包合同。学者间对承包合同的性质认识不一,司法实践中各地的做法也有不同。总的来说,法院和仲裁机关将其作为经济合同来受理的,处理时也参照《经济合同法》的有关规定。我们认为,承包合同可分为两类,一是内部承包,比如工厂内车间或班组的承包、生产队内部的土地承包,二是外部承包,比如,城市户口的科技人员下乡承包乡镇企业,承包经营户承包其他集体组织所有的生产资料。前者既适用劳动法规范,也受合同法则的制约,整体上应看做劳动法律制度;后者属平等主体间的合同关系,归民法调整。

---

① 《中华人民共和国民法通则》第90条。

6.个人合伙。现在看来,《经济合同法》落后于经济发展的主要表现是:(1)将合同主体限定在法人和自然人之内,对个人合伙的法律地位未作规定。目前个人合伙相当普遍,按《民法通则》第33条的规定,"个人合伙可以起字号,依法经核准登记,在核准登记的经营范围内从事经营"。合伙个体还可在银行开立账户,参加民事诉讼活动,实际上已成为有别于法人和自然人的独特民事主体形式。(2)以合同主体不是法人为由,将个人合伙合同排斥在该法的调整范围之外,对合伙的出资、盈余分配、债务负担、入伙、退伙、合伙事务执行权等合同问题未建立相应的制度。

7.其他民事合同。基于同样原因,《经济合同法》对一方非为法人或"无经济目的"的居间、寄托、互易、赠与、雇工、出版等合同关系,也未作规定,致使这些合同无成文法可供适用。

(三)关于《经济合同法》在我国合同法体系中的地位

根据前述,《经济合同法》是民法的特别法,受《民法通则》指导。由于《经济合同法》的有些规定与《民法通则》相悖,《经济合同法》的修改势在必行。例如,《民法通则》所规定的民事主体包括法人、非法人组织(合伙、合伙型联营、户)、自然人,它们均可在权利能力允许的范围内从事活动(包括订立合同)。而《经济合同法》只规定法人为经济合同主体,出发点不是去考察主体的权利能力是否允许其订立某种合同,而是以预先定好的合同模式来套取主体。道理很简单,如果某个体户具有从事某种生产资料购销活动的权利能力,那就不能因为购销合同主体必须是法人而否定它订约的权利,也不能据此将该合同排斥在《经济合同法》的调整范围之外。

由经济合同在合同制中所占的重要地位决定,《经济合同法》理应成为我国合同法体系中的基本法。但是,它的这种地位正受到日益严重的挑战。人们在评断一项新的合同形式是否归《经济合同法》调整时,首先不是看该合同是否具有平等、等价的特征,而是看其是否具备主体资格(法人)和经济目的,一旦发现该合同与经济合同的要件有出入,人们便想另辟蹊径,制定一部新的合同法来调整之。以技术合同为例,技术本是一种特殊商品,不但表现在它本身的特征上(知识系统性、无形性、生产力特性),而且表现在它的转让方式上(所有权不因技术的转移而转移,只转移使用权,价格与价值的分离程度较大,有附从义务等)。尽管如此,技术转让仍然受制于商品交换的一般规律。"技术转让,双方应当签订技术转让合同,遵守《中华人民共和国经济合同法》和其他法律的有关规定。"①事实证明,《经济合同法》关于科技协作合同的规定过于简单、笼统,且把无直接经济实用价值的科学成果与技术成果混为一谈。此外,该法第 47 条是一项显失公平的条款,受托方或技术转让方不履行合同,只需部分或全部返还委托费或转让费,委托方或受让方不履行合同,则所拨付的委托费或转让费不得追回。这里对委托方或受让方过于严厉。对此,有的同志提出:"最适宜的立法方案,是制定《中华人民共和国技术合同法》来调整我国技术商品生产和交换中的各种社会关系,并使之成为一部与现行《经济合同法》并行不悖的单行法律。"②果真如此,我们就会发现,《经济合同法》并非合同基本法,而不过是与《技术合同法》等并列的种合同立法罢了。类似的问题绝不仅限于技术合同,迄今为止法学界成文或不成文的立法观点如付诸实现,足以使《经济合同法》变成一项单种合同法。这样一来,各种主张接踵而至,由于《经济合同法》不调整公民间民事合同,那么就需另定一部《民事合同法》;《经济合同法》对合伙和联营未作规定,有人便提出制定一部《合伙法》或《共同体法》;随着第三产业的兴起,以提供劳务为目的的合同关系日增,因不符合经济合同的定义,有人建议制定一部《劳务合同法》;承包合同与经济合同相比有其复杂性和特殊性,有人提出应搞一部《承包合同法》。凡此种种,几乎无一不在怀疑或否定《经济合同法》的基本合同法地位。有趣的是,如此不同的立论总是与《经济合同法》自身的缺陷相关。易言之,《经济合同法》的立法原理是造成合同法紊乱的原因之一。

综上所述,我们的结论是:

1.《经济合同法》已不能适应我国经济发展的要求,修改的时机已经成熟。

2. 对于《经济合同法》的修改,不应搞简单的修修补补,而应根据

---

① 1985 年 1 月 10 日《国务院关于技术转让的暂行规定》。

② 周大伟:"对技术合同若干法律问题的探讨",载《法学研究》1986 年第 5 期。

《民法通则》的规定,摒弃经济合同的提法,改变其立法思想、法律体系,使之适用于平等主体间的所有合同关系,为此必须增加有名合同的种类。据此,修改后的合同法应更名为《中华人民共和国合同法》。

3.统一我国的合同法体系,在制定《中华人民共和国合同法》后,所有单项合同立法均不得再冠以《中华人民共和国××合同法》的字样。这样,完整的合同法体系的基本构架应是以《中华人民共和国合同法》为基本法,以合同法实施细则或单项合同条例为内容,以地方立法、特别立法和政府有关部门规章、法令为补充的梯形结构。

4.待制定民法典的条件成熟时,将合同法纳入相应的篇章,形成我国完整的民法系统。

二、合同的转让问题

合同的转让,是合同法律关系主体的变更。从这个意义上讲,它是合同变更的一种形式,可适用《经济合同法》第三章有关合同变更的一般规定。但合同转让有其特殊性,仅靠合同变更的一般原则来调整是不够的。《经济合同法》颁行以来,我国经济形势发生了巨大变化。其中有两种因素对合同转让具有特别重要的影响,一是指令性计划范围的缩小,一是商品市场上买卖双方所处位置的变化。由于指令性计划的缩小,企业在是否订立合同、与谁订立合同、怎样履行合同等方面,比过去享有更多的意思自主。因此有可能在法律允许的范围内转让其债权或债务。而商品市场上买卖双方所处位置的变化,即由卖方市场向买方市场的过渡,在一定程度上又降低了实际履行原则的重要性。随着市场上同类商品的增多,某一特定买卖关系的不可代替性随之相对减弱,买受人有可能从别处获得同样的商品。所以,买受人只需在损失的价值上得到金钱补偿,而不必非从某个出卖人处获得商品。这意味着在某种情况下,当事人可将合同的某项权利或义务转让给第三人,结果是合同转让的可能性大为增加。近几年来,因合同转让产生的纠纷在合同纠纷案件中所占比重有较大增长,原因之一乃在于它的法律调整不能与社会经济的发展保持大体上的同步。《经济合同法》没有规定合同转让的条件、程序、后果及禁止事项,民事主体转让合同时无章可循,从而有些不法分子乘机以转让合同为名倒卖经济合同,从中非法牟利。因此,应在修改后的合同法中增加有关合同转让的规定。

(一)合同转让与非法倒卖合同的界限

合同转让包括债权让与和债务转移,它与倒卖合同毫无共同之处。首先,合同转让的标的是合同的某项权利或义务,即转让债权或债务,而倒卖合同的标的是合同文本,性质上属于一种非法的买卖关系。其次,《民法通则》第91条规定:"合同一方将合同的权利、义务全部或者部分转让给第三人的,应当取得合同另一方的同意,并不得牟利。"而在倒卖合同中,合同当事人将自己订立的合同,或倒卖者将从他人手中得到的合同加价转卖给第三人,其直接经济目的是从中非法牟利。往往是一项合同屡次转手,层层加价。再次,合同转让以合同有效为当然前提,被转让的合同权利或义务必须是可以实现的。而倒卖合同是投机倒把和诈骗的一种形式,合同本身可能是有效的,也可能是无效的。司法实践中,被倒卖的合同如果是有效的,一经倒卖,原则上即被认定为无效合同。这是因为,合同是否有效,往往取决于合同主体的法律资格和法律能力,一项合同在原当事人间是有效的,当该合同转卖给其他人后,该合同即不再体现原当事人的意思,也不体现后者的真正意思,倒卖者亦不负履行责任,所以就转变为无效合同。如果被倒卖的合同本来就是无效的,那么这项合同无实在的内容,它只不过是倒卖者非法牟利的工具罢了。倒卖者既无履约能力,也不过手合同标的,所以倒卖合同常常和买空卖空、骗取预付款等非法行为交织在一起。

(二)可以转让的合同种类

实践中,最常见的合同转让是买卖类合同中货款请求权的转让。但就合同转让的可能性而言,其范围是相当广泛的。学界认为,除下述合同以外,其他合同的权利和义务在法律上都应准许转让:(1)国家法律、政策和计划禁止转让的合同,当事人不得转让其债权或债务。(2)具有人身信任性质的合同或依合同性质不能转让的合同,合同主体的变更会使合同履行变得不必要或损害一方利益,抑或导致合同无效或履行不能,当事人也不得转让。合伙、咨询、勘察设计、科研、出版、工程承包、演出等合同即是。(3)当事人特约禁止转让的合同,也不得转让。

关于不能强制执行的自然债，有些国家禁止转让。如捷克斯洛伐克民法典第 64 条规定，"不能强制执行的债权，也不得转让。"有些国家允许转让，但"在转让人持有时不能强制履行的合同，到了受让人手里也同样不能强制履行"。① 我们认为，自然债（如无书面形式的合同或已过诉讼时效的债权）的债权本身是有效的，只不过权利人丧失了胜诉权，即丧失了申请法院强制执行的权利，故此种债权或债务是可以转让的，但并不改变它的不可强制履行性。

（三）合同转让的程序

有些国家的法律规定，债权让与无须征得债务人同意，只需通知债务人即可，而债务移转则需征得债权人同意。有些国家的立法要求，无论是债权的让与或是债务的移转，均必须征得对方当事人的同意。只有第三人加入债务时，可以不经原债务人的同意。② 我国《民法通则》规定，无论债权抑或债务的转让，均需征得对方的同意。

根据《民法通则》第 91 条和《经济合同法》第 26 条、第 29 条的规定，合同转让应采取书面形式，依法应由国家批准的合同，需由原批准机关批准。此点可否推及所有民事合同，是值得商酌的。目前多数国家对合同转让尚无要式规定，在美国，"有时法令要求转让必须具有某种特定形式，但在没有此类法令规定的情况下，转让的有效性与所采取的形式无关。无论是口头的还是书面的，任何明确地表达了转让人的转让意图的语言都足以使转让有效"。③ 我们认为，在我国，合同转让是否需要书面协议，应依具体情况而定。《经济合同法》第 28 条的规定是对应于该法第 3 条，适用于法人间经济合同的。对法人间数额较大、履约期较长的合同，要求其转让采取书面协议可以避免讼争，在诉讼或仲裁中也有利于有证可查。但对其他民事合同，本来订约时并无要式的要求，故转让时亦不必强求书面形式。

---

① ［美］约翰·怀亚特、麦迪·怀亚特:《美国合同法》，汪仕贤译，北京大学出版社1980 年版，第 81 页。

② 参阅捷克斯洛伐克民法典第 63 条，德国民法典第 415 条，法国民法典第 1274、1275、1277 条。

③ ［美］约翰·怀亚特、麦迪·怀亚特:《美国合同法》，汪仕贤译，北京大学出版社1980 年版，第 76 页。

具体到债权转让,容易产生二重转让或多重转让的情形。处理上有两种立法例可供参考:一是按转让时间的先后,同一债权的先后几个没有内在优先权的转让,时间在先的转让有效;二是按通知在先的原则,数个受让人中首先通知债务人者,有受偿权。

债务移转的一种特殊形式是加入债务,即第三人未与债务人取得协议而径向债权人声明代替债务人清偿债务。此种场合,第三人应得债权人同意,并应通知债务人。是否订立书面协议,应依合同的种类和合同的内容而定。加入债务并非完全解除原债务人的义务,原债务人与加入债务的第三人负连带责任。

(四)合同转让的法律后果

关于债权转让,基于转让行为而产生的法律后果主要有以下几点:(1)转让成立后,受让人即取得原债权人的地位,债务人对受让人承担履行义务。债务人如向转让人履行债务,若不会对受让人造成损害,转让人可先行接受,然后将所得利益转至受让人。(2)原债权的附从权利与负担随同债权一并移转至受让人。例如,对于负有担保的合同,在一般场合,优先受偿权应相应地移转至受让人。又如,债务人对转让人所享有的履行抗辩权,也可以用来对抗受让人。(3)在某些场合,已经放弃了合同权利的转让人有法律上的责任去履行合同的义务。例如,甲向乙买了一台大型机器,价款15万元,乙因合同关系欠丙15万元债务,若乙将价款请求权转让给丙,则乙丧失其债权。但是,根据合同的"三包"约定,乙在2年内仍负无偿修理、换货和接受退货的义务。从学理上讲,乙承担义务的根据有二:其一,债权的转让并非是所有合同内容的转让,特别是双务合同,债权的转让并非相应地导致对方权利的消灭;其二,第二次世界大战以来,各国民法发展的趋势之一是更加重视对消费者权利的保护。产品责任法要求不受合同的约定,由制造者和销售者向消费者直接承担责任。制造者和销售者通过转让价款请求权来规避这种责任是不能允许的。

关于债务的移转,(1)结果是直接导致债务移转至受让人。(2)同时,转让人用以对抗原债权人的一切事由,均相应地移转至受让人。(3)但是,第三人为转让人所提供的担保,不能当然地移转至受让人。因为这种担保可能是基于与转让人的上下级关系、亲属关系或信任关系而设定的,担保人是否愿意为另一债务人(即受让人)提供担保,要由他自己决定。

三、合同与担保问题

《经济合同法》所规定的担保措施包括定金、违约金、保证等。目前存在的主要问题,一是要把合同法规与《民法通则》的规定协调起来,增加抵押权等担保物权的内容,二是要把《经济合同法》已规定的担保措施加以充实,使之更加具体。本文仅就司法实践中反映较多的定金和保证制度的有关问题谈一些看法。

(一)关于定金制度

1. 定金的性质和效力问题。众所周知,定金依其性质可以分为若干种类:仅为证明合同成立而交付的定金,是证约定金;作为合同成立要件的定金,是成约定金;作为合同解除权的代价而支付的定金,是解约定金,作为当事人违约代价而支付的定金,是违约定金。定金因其性质不同,交付时间和法律效力也有不同。一般说来,证约定金和成约定金应于订立合同时交付,解约定金和违约定金可在合同成立后交付。我国目前的通常做法是,当事人并非在订立合同的同时交付定金,而是在合同成立之后才交付定金,有的则是在合同中规定交付定金的期限或日期,然后才按约交付定金。这就产生了一个问题,即如果交付定金后违约,则依《经济合同法》第14条的规定,"给付定金的一方不履行合同的,无权请求返还定金。接受定金的一方不履行合同的,应当双倍返还定金"。但如果应交付定金的一方未按合同约定交付定金,那么,是按违反定金合同承担责任呢,还是导致定金合同甚或主合同的无效?司法实践中,有关机关对同一性质的定金往往作出不同性质的认定和处理。在某法院审理的案件,可能令不交付定金的一方承担违约责任;而若由另一法院审理,其结果可能会截然不同,如判定定金合同或定金条款无效。那么,在有关定金的约定无效时,主合同是随之无效呢,抑或是不受影响而继续有效?

上述问题的解决有待于法律的明确规定。从原理上讲,应该澄清两个最重要的问题:其一,无论何种性质的定金,均以实际交付为生效条件,只在定金实际交付时,定金合同才生效力。仅有交付定金的约定而无交付定金的事实,有关定金的约定无效,故而也无所谓违约责任。其二,因定金的不交付,可能对主合同造成一定影响,这种影响又因定金性质而异。例如,在成约定金中,因定金是主合同成立的要件,故定金不交付可导致主合同无效。这样,"当事人因该行为取得的财产,应当返还给受损失的一方。有过错的一方应当赔偿对方因此所受的损失,双方都有过错的,应当各自承担相应的责任"。① 在解约定金中,因定金不交付,应交付定金者丧失解除权,主合同仍然有效。证约定金、违约定金的不交付亦不导致主合同无效。在我国,单纯的证约定金和解约定金已不多见,而兼具证约作用的违约定金和成约定金较为普遍。在具体合同关系中,定金的性质如何,应依当事人的意思而定。如合同约定"本合同自定金交付时生效",则属成约定金无疑;如合同无明文或当事人在诉讼中认定不一的,应根据定金不交付所造成的后果来认定。

2. 定金的适用范围问题。有些国家限定,只有公民间、公民与法人间的合同才能预付定金。我国立法无此限制。《民法通则》第 89 条规定:"当事人一方在法律规定的范围内可以向对方给付定金。"《经济合同法》第 14 条规定:"当事人一方可向对方给付定金。"但是,有些合同因其性质不宜给付定金的,应禁用定金,如保险合同、借款合同、供用电合同、货物运输合同等。在法律未明确禁止的情况下,原则上应允许当事人以定金设定担保。中国人民银行、财政部 1964 年《关于目前允许存在的预收、预付货款范围的规定》,解释上只适用于预付款,不适用于定金。

值得研究的是农副产品购销合同中的预付定金问题。迄今,有关的政策、法规均将农副产品购销合同中的预付款项称为预付定金。《农副产品购销合同条例》第 17 条规定:"供方不履行或不完全履行预购合同的,应加倍偿还不履行部分的预付定金。"第 18 条又规定:"需方不履行或不完全履行预购合同的,无权收回未履行部分的预付定金。"乍看起来,上述预付款项属定金无疑。但事实上,这些规定是流

---

① 《中华人民共和国民法通则》第 61 条。

于形式的。(1)从我国目前情况看,农业生产的不可抗力因素特别多,农民还没有足够的能力抵御这些不可抗力因素,绝大多数合同不履行都是这些原因造成的,农民不负违约责任。而由于农副产品购销合同带有行政任务的色彩,农民有粮不交的情况极为少见。所以,预付定金的罚则客观上无广泛的适用基础。(2)农副产品购销合同中的预付定金,带有支农性质,其目的在于解决农民的资金困难,增强其再生产能力,如果发生双倍返还的效力,既与这种宗旨相悖,也超越农民的承受能力,难以为农民接受。(3)司法实践中,农民因不按约交粮而双倍返还定金的案例绝无仅有,几十年来预付定金一直是作为预付价款来用的,虽然"在农副产品预购合同中也曾使用过'定金'这个名称,但实际上只是一种支援性的预付款,出售方不履行合同时并不要求加倍返还"。① 因此,我们认为,农副产品购销合同中的预付款项,性质上应认定为预付款,不发生定金的效力。《农副产品购销合同条例》第17、18条的规定应予取消。这样实事求是地解决问题,似乎比法律硬性规定但流于形式好一些。

应当把定金和预付款区别开来,禁止任意预收、预付货款。我们看到,滥用预付款在经济生活中已造成严重的恶果,通过预收货款进行诈骗成为不法分子利用合同从事违法犯罪活动的主要手段之一。辽宁省1985年对利用合同进行违法活动进行典型调查,发现以签订合同为幌子骗取预付款占了总数的64%。而且,不法分子骗取预付款屡屡得手,非法牟利数额巨大。比如,在福建省1986年查获的一起重大投机倒把诈骗走私案中,主犯杜××在根本无货源的情况下,骗取数十个单位的预付款5318万元,然后利用这些钱从事投机倒把活动,从1984年6月到1985年2月,共投机倒把购销合同金额达10098万元。为从根本上杜绝上述现象,我们认为,必须严格限制预收、预付货款的范围。在新的立法未颁行以前,仍应遵照中国人民银行、财政部《关于目前允许存在的预收、预付货款范围的规定》执行。合同中已有预付定金的,应禁止另行预付货款或酬金。

3.定金与违约金、赔偿金的并用问题。有些合同的当事人在设定

---

① 《中国大百科全书》(法学卷),中国大百科全书出版社1984年版,第724页。

定金担保的同时,还约定有违约金和赔偿金。此种场合,若一方违约,对方是否得在适用定金罚则的同时,请求偿付违约金和赔偿金,《经济合同法》未作规定。学者间对此有不同看法,一种观点认为,定金是预定的赔偿金,发生违约时,其作用同于违约金和赔偿金。因此,定金和违约金、赔偿金不宜并用。另一种观点认为,除契约另有约定外,违约方在根据定金罚则承担责任的同时,如有损害仍需赔偿。我们认为,定金罚则本身具有损害赔偿和惩罚的作用,若另行约定违约金,则受害人的所得赔偿可能远高于其实际损失。因此,定金和违约金原则上不宜并用。定金不足弥补的损失,可通过赔偿金来补偿。一方违约时,定金具有预定赔偿金的作用,受害方在定金限额内无须证明其实际损失额。

4. 不完全履行时的定金罚则问题。《民法通则》和《经济合同法》仅规定,给付定金的一方不履行债务的,不得请求返还定金;接受定金的一方不履行债务的,应双倍返还定金。但在实际生活中,大量的情况是当事人不完全履行合同或迟延履行,而不是全部不履行。在这种情况下,定金发生什么样的效力,值得研究。我们认为,在不完全履行债务时,交付定金方无权收回未履行部分的预付定金,接受定金方不完全履行债务时,对未履行部分的预付定金得双倍返还之。在履行迟延时,原则上不宜适用定金罚则,可采用逾期罚款的办法。

(二)关于保证制度

《经济合同法》第 15 条规定:"经济合同当事人一方要求保证的,可由保证单位担保。"实践证明,这是一种行之有效的担保手段,但也存在一些问题有待解决。这些问题主要表现在以下几个方面:

1. 关于公民担当保证人的法律资格问题。《经济合同法》所规定的保证人必须是机关、团体、企事业单位。这对于法人间的合同担保来说,当然是比较稳妥的。也就是说,《经济合同法》所规定的保证是以它对经济合同所下的定义为基础的。根据前面所述,当这种基础条件已经被打破时,要求保证人必须是法人也就成为不必要。正因为如此,《民法通则》第 89 条对保证人没有规定这种要求。如果个体户与法人间订约,只有该法人才能要求对方必须有保证单位的保证,立法应规定的只是一种保证资格,不宜硬性禁止其他民事主体担当保证人。易言之,保证人是否必须是法人,应由当事人根据情况自行商定。至于公民

（包括个体工商户、承包经营户、个人合伙体）之间的合同关系,更无必要要求保证人必须是法人。公民的担保能力一般低于法人,因此对某些重要的合同要求有法人保证是需要的。在国外也有类似规定,如在苏联,"保证关系的参加者可以是任何人,而特别信贷保证关系的保证单位必须是社会主义组织"。① 然而,这并不是说法人间的合同必须由法人保证,公民的保证只能用于一方当事人不是法人的合同。一个乡办企业的保证人可以是乡政府的其他企业,也可以是一个或数个个体工商户或合伙体。如果后者的财产足以提供担保的话,就没有理由禁止它们提供担保。

2. 关于国家机关的保证能力问题。权力机关、司法机关、与企业在业务上无行政隶属关系的政府机关和经济监督机关为自身的地位和职能所限,一般不应为合同提供担保。"各级财政、税务部门不得以财政、税务机关的名义为企事业单位(包括个体经济)之间的经济合同进行担保,不得对经济合同发生的债务承担连带的经济责任。"②这对于维护国家机关的声誉具有现实意义。在震动全国的河北玉田县林宝贸易公司诈骗案中,犯罪分子刘××在根本无货源的情况下,分别与12个单位签订了160950台的彩色电视机销售合同,总价款达1.64亿元,骗取预付款达1263万元。而刘××的保证人就是该县财政局。

行政机关是预算制单位,其预算经费主要用于职员工资和行政管理开支,具有专款专用的性质。因此,它为企业提供担保的能力是有限的。一般来说,它在督促企业履行债务方面有其特殊的作用,若让其承担连带赔偿责任则有困难。鉴于此,我们认为,不宜提倡行政机关(包括业务主管机关)为合同提供保证,除非它有足够的财产承担责任。

3. 关于担当保证人的行业限制问题。目前,有些部门限制本行业企业为其他部门所属企业担保,如商业部1985年商办字第24号文件规定,商业、粮食、供销部门所属单位、企业不得为其他部门所属单位和个人提供经济担保。我们并不否认主管部门有作出此类规定的权力,

---

① 格里巴诺夫、科尔涅耶夫:《苏联民法》(上),中国社会科学院法学研究所民法经济法教研室译,法律出版社1984年版,第486页。

② 财政部1984年12月《关于财政部门不得为经济合同提供担保的通知》。

但这种限制是否符合经济规律的要求则值得研究。商品经济的发展要求打破条块分割,在各行业、各部门间保持应有的经济联系,保证作为一项法律制度,不能不受到经济规律的制约。如果本部门的企业为他部门的企业提供担保完全合法,那么对此加以禁止就构成对企业经营自主权的限制。特别是在中小商业企业实行租赁制以后,承租人在经营上独立行使权利,只要他在不动用租赁财产和交纳租金的前提下,用其他财产以企业名义为他人提供保证,是不应禁止的。事实上,没有任何一个单位会给一个与自己毫无关系的企业担保,其保证行为自有其经济上的合理性。

四、上级过错责任问题

《经济合同法》第33条规定:"由于上级领导机关或业务主管机关的过错,造成经济合同不能履行或者不能完全履行的,上级领导机关或业务主管机关应承担违约责任。"《经济合同法》规定这一责任,简称上级过错责任,是从我国计划指导下的商品经济所特有的某些情况出发的,旨在防止上级领导机关或业务主管机关不当干预下属经济组织正常的生产经营活动,维护合同法律效力,而采取的一项重要措施。它应起到两方面的作用:一是结束过去因上级过错造成的合同不履行而无人负责的状况,采取由违约方先按规定向受害方付违约金或赔偿金的办法,使受害方的合法权益得到保障;二是要上级设法弥补违约方因其过错而遭受的损失,通过这种方式,使上级最终对合同不履行承担责任,以此告诫上级不得随意影响下属履行合同义务,并增强其依法进行经济管理工作的责任感。《经济合同法》关于上级过错责任的规定,是我国立法所特有的。在其他社会主义国家,虽然也存在因上级过错造成合同不履行的情况,但在立法中一般没有反映,只有匈牙利规定不免除下属企业的违约责任。我国的规定不仅像匈牙利那样解决了合同受害方的损失赔偿问题,而且明确要求上级承担责任,这就使上级机关的权利和责任间的关系更符合发展商品经济和健全法制的客观要求。这一立法在实践中产生了积极的作用,但还远远没有实现立法意图。主要表现有三:第一,因上级过错造成合同不履行,在违约诸原因中占有相当的比例,但诉诸法律的并不多,大多不了了之;第二,违约方按法律规定向受害方偿付违约金或赔偿金后,一般得不到上级的补偿;第三,大多数情况是上级实际上并未对其过错真正负责,并没能起到应有的"告诫"作用。究其原因,我们以为,有些是带普遍性的,比如,在某些重要生产资料和耐用消费品供应上,目前还是卖方市场,一般需方不敢追究供方的违约责任;全社会的法律意识还不够高,不少合同当事人不习惯依法办事等。但主要的,还是关于上级过错的规定,只发生了违约方为他人过错承担违约责任的法律效果,在使上级承担其应负责任方面,还缺乏必要的措施和手段。现试述如下:

(一)上级过错责任不是违约责任

《经济合同法》规定有过错的上级机关应承担违约责任,不过是从因过错造成合同不履行的上级机关,应对自己的行为负责这一积极立场出发,在终极意义上称之为违约责任的。上级过错责任本身不是违约责任。因为违约责任本质上是一种合同责任,它以合同关系为基础,与合同履行相关联,既是法律对违约方不履行合同予以制裁,又是法律对受害方的债权进行补救性保护。可见,违约责任是违约方依法对其违约行为承担法律责任的称谓,只能发生在合同当事人之间。就一具体案件来说,上级机关不是合同当事人,与合同受害方并无债权债务关系,只是因为上级机关与违约方有着行政隶属关系,由于它的不当干预才会造成违约方违约;不过,这时上级机关违反的是法律要求他不得影响其下属履行合同的义务,所以产生的应该是一种带有行政色彩的,类似侵犯债权的责任。在我国《民法通则》第116条中,已不再称上级过错责任为违约责任了。在发生过错责任的场合,实际上违反合同履行义务的是下属企业,它作为违约方要对因上级过错造成的违约承担后果——支付违约金和赔偿金,即为他人过错承担违约责任。违约方要对特定情况下的他人过错承担违约责任,是过错原则的重要内容,这在不少国家的法律规定中都有反映。例如,德国民法典第278条、苏俄民法典第223条、民主德国法典第82条的规定,债务人应对其债务履行辅助人(负有直接或实际履行债务人债务的人)的过错负责。我国《经济合同法》除明文规定上级过错外,第43条第1款规定,对存货方因保管方不按期发货而造成的逾期交货损失,保管方应予以赔偿。这里,存货方逾期交货的损失,显然是指存货方对因保管方造成的违约承担责任。《建筑安装工程承包合同条例》第 12 条第 2 款规定:"承包单位对发包方负责,分包单位对承包单位负责。"也就是说承包方要对因分包方过错造成的违约承担责任。法律规定违约方在特定情况下要对他人过错负责,是基于商品经济发展、法律关系日趋复杂的需要。在社会化大生产条件下,某一合同的履行,不再仅仅是双方当事人的事,可能涉及其他人的行为。由于其他人违反对合同债务人为一定行为或不得为一定行为的义务,也会造成债务人违约。这时违约方本身虽无过错,但如果他不先承担违约责任,受害方的债权就得不到有效的保护。因而,在这种情况下为他人过错承担责任,就成为过错原则的必然要求。违约方在为他人过错承担违约责任后,一般可直接向有过错的他人追究责任,即追究他人对自己的违约责任。因为他人与违约方间存在某种合同关系,违约方正是由于他人不向自己履行才违约的。只有这一环节完了,才能说,他人对因其过错成的合同(违约方与受害方之间)不履行承担了应予承担的责任。或者说,他人对因其过错造成的合同不履行承担法律责任的途径,就是如此。违约方为上级过错承担责任,作为他人过错的一种情况,具有一定的特殊性。违约方与上级间不是合同关系而是行政隶属关系,违约方因上级过错而违约并对此承担责任后,并不能像在普通的债权债务关系中那样,向上级追究经济责任,而只能"由应负责任的上级领导机关或业务主管机关负责处理"(《经济合同法》第 34 条)。由于这种"处理"在法律上缺乏一定的制约或保障,所以在因上级过错造成的合同不履行案件中,基本上是以违约方承担责任而了事。法院和仲裁机关也只能做到这一步。

(二)上级过错责任应有法律制裁性

由于上级与违约方之间是一种行政法律关系,上级在行使其行政权力的同时,要向国家承担依法管理的义务。这种义务反映在上级与违约方之间,应具有限制上级不当干预下属企业正常生产经营活动的内容。因此,一旦因自己过错造成合同不履行,不仅应负责处理下属企业由此而受到的经济损失,还可能因违反行政义务而直接向国家承担行政责任。《经济合同法》第 32 条规定,"对于失职、渎职或其他违法行为造成重大事故或严重损失的直接责任者个人,应追究经济、行政责任直至刑事责任",就反映出这一内容。但是,这种责任只能在造成严重后果的情况下发生,一般是不可能体现出来的。因为违约方为上级过错支付违约金或赔偿金,按法律规定,同样要从企业基金、利润留成中开支,不能计入成本,所以上级过错一般只造成下属企业的自身局部利益受损,并不影响其对国家负有责任的整体(就某一部门或系统来说)管理状况。也就是说,在一般情况下,上级是否对违约方的损失予以赔偿,成了上级过错责任的重要体现。企业全面实行利改税以前,上级能够采取的补救措施有赔偿现金、调整计划、核减上缴利润或核减超收分成等多种方式。其中,调整计划、核减上缴利润,严格意义上不能称为一种法律责任。

实践证明,正由于在上级过错造成合同不履行的场合存在这样的法律问题,即合同受害方不能直接向违约方的上级追究责任,而在违约方向受害方承担责任后,依法应由上级主动作出的"处理",缺乏法律制裁性,不能提供可靠保障,上级过错责任未能在实践中发挥应有作用。

要使上级机关能够真正对其过错负责,必须完善《经济合同法》关于上级过错责任的规定,从必要的方面予以切实的保障。首先从实体上,应明确上级过错责任具有经济制裁性。上级机关虽然一般不属于生产经营单位,主要靠国家财政拨款进行行政管理和一般民事活动,但这种财产上的局限性,并不等于上级机关在通常情况下不应或不能对自己的过错承担民事责任。《经济合同法》第36条规定,行政、事业单位违约,应从预算包干的节余经费中支出违约金或赔偿金。《民法通则》第121条规定:"国家机关或者国家机关工作人员在执行职务中,侵犯公民、法人的合法权益造成损害的,应当承担民事责任。"这就是明证。目前,企业正沿着独立或相对独立的生产经营体的改革方向发展,企业在承担了直接向国家纳税的义务后,与上级间的经济关系逐渐缩小,在管理与被管理间很大程度上采取了收取或交纳管理费的财产形式。上级用赔偿现金以外的方式弥补违约方的损失也已越来越不现实。我们建议,在修改合同法时需考虑将上级过错责任主要建立在预算包干节余经费或管理费收入上。当然,这不排除在具体情况下,同时采取其他可能的补救措施。其次从程序上,可以考虑在这样三种办法中择取其一：或者允许合同受害方直接对造成合同不履行的上级起诉，追究侵犯债权的责任，《民法通则》第121条的规定似应含有这种情况，而关于侵犯债权的立法和实践在国外也较为普遍，使合同受害方能够在追究违约责任（对违约方）或侵犯债权责任（对违约方的上级）间进行选择；或者允许合同受害方以违约方上级为共同被告（基于同一债权因为违约方上级的侵权和违约方的违约而受损害），由违约方和其上级承担连带责任；或者允许人民法院在受理案件时，适用我国《民事诉讼法（试行）》第48条的规定，将违约方上级作为无独立请求权的第三人，通知其参加诉讼。因为上级机关对案件的审理有利害关系，且对自己主张无过错，处于比违约方更为直接的举证地位。我们认为，采取上述法律措施，是符合《经济合同法》关于上级过错责任规定以及《民法通则》第12条、《经济合同法》第36条规定精神的。由于违约方与上级间有行政隶属关系，如允许违约方在为上级过错承担责任后直接追究上级的责任，是不适宜的，也不现实。但可以明确规定，违约方有权从应交纳上级的费用中自行扣除损失额。

最后，由于上级过错造成合同不履行不仅是个复杂的法律问题，而且是个难度较大的社会问题。要尽量防止这种现象发生，单靠法律加强上级过错责任的制裁性是不够的，还应严格执行《经济合同法》有关合同管理的规定，通过促使上级机关加强合同管理工作，培养和激发其自我约束力。《经济合同法》第51条在规定工商部门综合管理合同的同时，还规定各级业务主管部门应对本部门、本系统的"经济合同进行监督检查、建立必要的管理制度"，"各级业务主管部门还应把企业经济合同的履行情况，作为一项经济指标来考核"。因为种种客观原因，目前，各级业务主管部门还未能把企业履行合同的情况作为经济指标来考核。《经济合同法》实施五年来，各级业务主管部门在监督检查企业履行合同方面已做出一些实际努力，但总的说仍需继续加强。尤其在国家改变对企业的直接管理，转向宏观控制、间接管理以后，业务主管部门加强对本部门、本系统的合同管理就更加必要。经济合同是商品经济的纽带和法律形式，加强合同管理工作，就能够帮助和监督企业依法签订合同，认真履行合同，按照社会经济发展需要，努力进行商品生产，并起到相当的间接管理作用。通过合同管理，能够增强企业依照

《经济合同法》办事的意识,同时,也会对上级领导和业务主管部门不当干预下属企业履行合同的行为产生自我约束力量。为此,有必要建议国家经济主管部门采取具体措施,保障《经济合同法》第51条规定的精神得以实现。

五、无效合同的确认问题

《经济合同法》第7条规定,违反法律和国家政策、计划的合同,采取欺诈、胁迫等手段所签订的合同,代理人超越代理权限签订的合同或以被代理人的名义同自己或者同自己所代理的其他人签订的合同,违反国家利益或社会利益的合同,是无效合同。该条还规定,无效合同的确认权,归合同管理机关和人民法院。合同被确认无效后,根据《经济合同法》第16条的规定,要按具体情节,采取返还、赔偿和收归国库的办法,消除因合同发生的财产后果。合同管理机关和人民法院并根据《经济合同法》的上述原则规定,分别制定了实施细则。五年来,合同管理机关和人民法院通过对已发现的无效合同依法进行确认和处理,有效地维护了合同的纪律及其权威性,并对制止和惩处利用合同违法犯罪起了重要作用。但实践中也存在一些问题,最突出的是对合同管理机关的确认决定的执行问题。法院确认合同无效后,能够以强制执行力作保障,按《经济合同法》第16条的规定予以处理。而合同管理机关的情况不同,因为法律没有明确规定合同管理机关的确认决定如何强制执行。这种情况在相当程度上影响到社会主义法制的统一性。目前,为了解决实际问题,一些地方以省、市人民政府制定合同管理条例或管理办法的形式,赋予合同管理机关以执行权;还有一些地方是通过合同管理机关与金融管理部门协商后联合发文解决执行问题的。这就导致同一项法律制度,在某省能够顺利贯彻,在其他省则不行;在某省中的某个市可以,在其他市、县则不可;在同一地方的某些专业银行系统可以强行划拨,在某些专业银行系统则不可以(未参加联合发文同意合同管理机关强行划拨)。因此,从整体上讲,合同管理机关确认无效后执行难,这项工作由于执行问题而缺乏同一性和权威性。这种情况还给法院的经济审判工作增添了麻烦。不少由合同管理机关确认无效,作出处理决定的案件,因为不能执行,当事人又以纠纷的形式向法院起诉。例如,湖北省十堰市某综合商店(甲方)与北京某公司(乙方)于 1984 年 11 月签订的一份联合销售合同,因严重超越经营范围及违反物价规定,被北京市某区工商局确认无效。按照确认决定,乙方应将其代储的价值 20 万 6 千元的汽车配件返还甲方处理,但乙方不执行处理规定,擅自处理甲方汽车配件,获利十万多元,拒不返还。甲方多次请求确认机关采取措施,因涉及执行权问题,未果,甲方无奈,遂于1986 年 6 月以贷款纠纷为由向十堰市某区人民法院起诉。法院在案件受理过程中才发现该案的实质,感到有些法律问题难解。首先,无效合同确认不同于仲裁。当事人如不服合同管理机关(在仲裁场合习惯上称仲裁机关)的仲裁,《经济合同法》明文规定,可向法院起诉;不服合同管理机关的无效合同确认,能否起诉,法律没有规定。根据国家工商行政管理局《关于确认和处理无效经济合同的暂行规定》,当事人如不服下一级合同管理机关(工商局)的确认,应在收到确认书 15 天内向上一级工商行政管理局申请复议。因此,法院感到受理此案无可靠的法律依据,不受理又难以依《民事诉讼法(试行)》有关规定予以驳回。其次,此案的要害所在,是执行合同管理机关的无效确认决定。当事人不自动履行处理决定,经法院强制执行,在《民事诉讼法(试行)》和《经济合同法》中又找不到依据;不强制执行,当事人的合法权益又得不到保障,问题解决不了。最后,即使法院按货款纠纷受理此案,但如何对待合同管理机关的确认决定,是以裁定或判决予以维护呢,还是排除考虑? 如果不予考虑货款纠纷又何以成立! 或者,法院认为合同管理机关的确认有错误,又怎么办? 法院能否撤销或宣布无效? 能否通过调解改变合同管理机关的确认决定? 这些问题与合同管理机关的无效合同确认执行权直接关联。我们认为,如果立法原意就是由合同管理机关和人民法院共同且独立行使无效合同确认权,就应赋予合同管理机关以执行权。在实践中,上述案件绝不是个别的。当前我国社会主义商品经济正在迅速发展,合同已被普遍应用于经济生活的各个领域,但社会主义法制还不够健全,全社会的法制观念、法律意识,并未完全确立,这就使无效合同的存在成为一种必然。据此合同管理机关和人民法院依法予以确认,并对其中故意违反国家利益和社会公共利益的当事人予以追缴财产、收归国库的处罚,对贯彻实施《经济合同法》,维持社会经济秩序是不可缺少的。必须看到,在这项执法活动中,合同管理机关是占有独特地位的。因为法院确认无效合同,一般在诉讼中进行,而合同管理机关确认无效合同,已成为它们代表国家对签订、履行合同进行监督、检查的重要内容。国家工商行政管理局《关于确认和处理无效经济合同的暂行规定》第3条第1、2款规定,工商行政管理局不仅可对仲裁活动中发现的无效合同终止仲裁程序,进行确认处理,而且还应通过检查或他人告诉途径主动确认无效合同。可见,由合同管理机关确认的无效合同为数不少。据了解,1986年全国各地进行了一次合同大检查,在检查中仅太原一市就发现了五百多份无效合同,合同金额达二千六百多万元,均由合同管理机关予以确认处理。鉴于这种实际情况,如不能尽快明确执行问题,合同管理机关的确认权就无保障,势必继续影响无效合同确认工作的正常进行。

(本文系与王学敏、刘俊臣合作,
并发表于《政法论坛》1987年第3、4期)

产权与产权制度

产权就是财产权。但是，它不仅仅是指所有权，也是指与所有权相联系的一组权利，是以财产权为核心的财产权权利的总称。产权不能离开所有权关系而独立存在，但也无法用"所有权"的概念来概括。实际情况是，在某种情况下全部所有权归一个所有者行使，但在另一种情况下也有按规则将各项财产权利分属几个主体来行使，甚至还有两个以上主体分享某一项财产权（如收益权）的情况。总的来说，我们可以将产权分为两大类，一类是消费性、公益服务性财产权的产权（含个人、组织的产权），另一类是经营资产的产权，即盈利性和交易性的产权。虽然这两类产权的性质不同，运行规则有别，但它们都属于民法保障的范围。

本质上说来，产权与所有权所反映的客观经济关系固然有联系，也有重合，但在某些方面的发展和具体运用上却存在着明显的差别。其主要的差别是：

①所有权强调的大都是对客体的归属关系，而产权更多的是强调在归属意义上产生的多方面的权利；

②所有权强调的是稳定的和本质的主客关系，而产权强调的是变化了的、动态的或具有时效的关系。

以市场经济为界限，以往的产权具有封闭性和凝固性的特点，而现代产权反映了开放性财产权利的分解与组合,是一种发展了的财产关系。

至于所有制与产权的概念之间,差别就更大。尽管二者都涉及所有权概念,都以财产权、财产关系为对象,但这种密切关系并不能掩饰二者之间的重大差别。其一,二者的理论层次不同。所有制理论注意的是一般性和本质的抽象,而产权概念及其理论所注意和强调的是个别性和财产关系的具体化。其二,二者研究对象的侧重点不同。所有制从占有主体上划分所有关系,要求回答的问题是"谁占有",而产权则是从占有客体上划分所有权关系,要求回答的问题是"占有什么"。马克思主义在讲到所有制关系时,是按照不同占有主体来区分所有制关系的,于是才有了两种不同性质的所有制关系。而且,这里讲的主体并不具体到人,而是仅仅是作为一个集合概念,专指某个集团和阶级而言的。相反,产权关系的所有权问题是要求具体回答谁对生产资料或个人生活资料享有所有权,这里的主体和客体都是具体化了的,也有是人格化了的,但都是不必去问其阶级属性如何的。其三,二者的研究目的不同。所有制是从定性角度看待所有权的,而产权则从定量角度来确定所有权的边界。正因为所有制关系从阶级主体看待所有权,所以主要目的是用来揭示某种生产关系乃至社会基本制度的本质特征问题,是当做生产关系的总和来看待的。相反,产权关系的研究目的在于,它恰恰以具体所有权为对象,目的是要划清产权的范围和数量的界限,以利于经济效益的保障和经济运行的正常化,在原则上是不必介入社会关系的阶级属性的。其四,二者在客观上也具有完全不同的性质和运行的特点。所有制关系在整个环节上是统一的,在长时期内是稳定的,而产权关系则是多层次、多主体、多变化的。所有制关系被当做生产关系一旦确定下来,在生产、交换等各个环节上不论其具体财产关系怎样变动,但在这种生产关系的大范围内都具有长期的同质性和稳定性。然而,具体的产权关系则是随着企业主体和市场关系的变化而变化的。由此可见,在改革中运用产权的概念和理论来分析市场条件下的企业制度的特点,对组织经济运行和保障市场秩序等都很重要,我们绝不能再继续使用"所有制 = 所有权 = 产权"这个基本公式,而应该根据建立现代企业制度的客观需要,转变长期以来用"所有制、所有权"区分企业及其财产关系的思维定式。

财产概念有其历史性,产权关系也并非凝固不变的。不同的经济关系,是形成某种经济观念和经济范畴的最基本的依据。自然经济和商品经济是两种不同的经济关系和经济形式,这就决定了它们各自不同的占有形式和产权观念,以及在此基础上继而产生的产权和法权的观念,都是客观存在的经济形态。从占有观念的角度看,自然经济和商品经济的主要区别是:

①占有财富的价值观念截然不同。"朱门酒肉臭","窖藏万担金",这是对奴隶主、封建主的财富占有观念的绝妙写照,它所反映的是一种"直观的"对于物的"绝对占有"。而商品经济的主体不同,他们占有财富的目的不是为了用于自身的直接消费和绝对占有,出发点是要通过对财富或资金的运营使之增值。所谓"保本求利"和"一本万利",正是对商品经济本性的通俗描写。

②保持或增加财富的手段截然不同。在自然经济条件下,占有主体占有的目的在于消费,占有形式在于保存占有物,因此"占有"就是一切,缺乏真正的成本和核算观念,尽管所占有的财物可能有量的增减或主体的变化,但在观念上是具有排他性的绝对占有。相反,商品经济主体增加财富的主要手段是依靠灵活经营,并不依靠政治和特权,而是靠不同主体之间的公平竞争,以及彼此间的协作与合约。

③财富的凝固或分解也有很大的不同。以上两方面的明显差异表明,自然经济和商品经济既然占有财富的目的不同,它们保存和增加财富的手段也就必然有别。在自然经济条件下,一切财产权利都集中在单一的主体身上,即使在某些比较发展的形式中,也仅仅存在严格意义上的租佃关系或代理关系,因而财富的排他性最终只能导致财富或财产的凝固性。而在商品经济条件下,因其本性就是要运用现有财产获取更多的收入或财富,更重要的是它所固有的强烈的经济核算意识时刻在起作用,必然要不时地比较各种资本运营的得失,并由此决定财产所有人在运营过程中如何趋利避害、择善而从的总趋向,以及财产权利的不断分解。哪种方法有利,就采取哪种方法获益,这就是商品生产经营者的追求。随着商品经济的发展,财产关系越来越复杂,诸如租赁、借贷、代理、信托、转让等财富财产分解形式也相应而生,从而不断导致

新的富于时代特色的产权关系和产权观念的出现。

总之,弄清自然经济和商品经济的主要区别,对于我们了解和研究今天的经济关系,分析具体的财产关系和财产观念,无疑是十分必要的。但也必须看到,在市场经济条件下,财产权利的分解和产权制度是不断变化的,这就决定了产权概念也不是一成不变的。由此,具体问题一定要具体分析,最重要的是必须首先弄清这类概念得以产生的客观关系和观念形态的历史背景,然后才能把握其所反映的经济关系、经济形式的本质内涵。

关于如何划分产权的问题,这些年来理论学术界已很少继续展开讨论,实际上以前提出的几种观点还是存而不论,并无大的变化。具体说,有的主张将产权划分为法律所有权和经济所有权(即法定最终所有权和实际占有支配权),有的将它划分为物权和债权,或所有权与经营权,或分解为占有权和支配权,或使用权、收益权和处分权。就产权制度的历史类型和特点而言,主要表现为以下几种:

1. 小生产者的产权制度,其特点是企业资产与所有者个人的消费财产合一,企业组织、经营目标和产权观念简单并且直观,具有古典所有权的色彩;

2. 以资本经营为特征的企业主产权制度,依次表现为独资企业、合伙企业或家族式控股公司,实际上仍属于自然人产权制度,它的基本特征是"资本专制",企业主与生产者彻底分离,企业资产与企业主私人财产合一,并吸取和借鉴了公司制的某些形式;

3. 法人的产权制度,以企业法人制度为形成前提,以股份有限公司为典型形式,并以原始产权与法人产权的双重结构为典型形式;

4. 社会主义公有制在计划经济体制下形成的企业制度和产权制度。

就法人产权制度的特点和实质而言,法人制度的典型形式是现代股份有限公司制度,又叫"公司制",是市场经济和信用制度发展的需要和结果。它的优越性在于投资多元的制约性,投资责任的有限性,投资风险的分担性,公司内部治理结构的科学性,以及在资产流动、资源优化配制上的特有功能。说到产权制度的特征,不外乎有以下几个基本点:

①公司由多方出资创建,投资主体呈现多元化和分散化的趋势,使个别投资者对公司资产的直接运营相对脱离,"企业主"的概念失去意义,谁也不能说"公司是我的",只能说"谁是公司股东之一"。

②公司股东出资者拥有的财产权益和责任都是有限的,即以其拥有的股份数额为限。"责任有限性"是公司的基本特征,不仅分散了投资风险,有助于激励投资,而且由于股票上市形成资产的极大流动,对资源的重新配置也极为有利。

③从公司结构看,公司制的本质在于形成了出资者的"原始产权"(股票)与公司法人的"法人产权"(公司财产)的分立。而公司制的核心恰恰是法人财产权的独立,使得它的财产责任是完全的,必须以其全部财产抵偿债务,独立经营,自负盈亏。

④取决于双重产权结构的公司治理结构,即股东大会、董事会和经理人员三者之间的制约关系,使得生产者、消费者和社会公益集团(主要是政府宏观调控)都有对企业行为产生积极影响。这一点,同自然人产权制度下企业行为完全听命于企业主意志利益的状况恰好形成鲜明对照。

上述而外,企业目标(即公司运营轨迹)不再受企业主单纯追求利益最大化的限制,而是受市场和社会发展的制约,从而形成多元目标,其中市场责任目标和社会责任目标也成为公司生存发展的重要条件。

(本文原载高尚全主编:《现代企业制度》,
湖北人民出版社 1994 年版)

关于商法的几个问题

一、商法的概念

(一)"商"的含义

按照词典上的说法,"商"就是"贩卖货物"(《辞海》)。在日常生活中,人们理解的商就是做生意。在我国古典文献中,对商的释义就有不少。比如,"通财鬻货曰商"(《汉书》),又因"商其远近,度其有无,通四方之物,故谓之商"(《白虎通》)。

在英文中对商的解释也有不少。有的把"商"视为商品交换或买卖的行为(《新国际词典》),有的把"商"看做货物、产品或任何种类财物的交换(《布莱克法律辞典》),含义与中文中的意思近似。

"商"是一个历史范畴,不是从来就有的。在上古时期,以物易物,商是媒介货物直接交换的行为,进入中古时期出现货币,实现财物交易便以货币为媒介。到了近代,商业范围扩大,凡以营利为目的从事媒介交易的行为都称之为"商",于是"商"在经济学和法律上的含义便逐渐区别开来。

经济学上的"商"概念,是指以营利为目的的直接媒介财物交易的行为,也就是指介于生产者与消费者之间直接媒介财货交易和调节供需,从中谋取利润的行为。通常称这种行为叫"买卖商",即"固有商"。

英文中的 Commerce 以及有关辞书对商的诠释,正是基于这种意思。然而,现代社会的商业种类早已超出"固有商"的范围,继第一产业、第二产业之后出现了第三产业乃至第四产业,可说是"无业不商",整个社会几乎都"商化"了。面对现实经济关系,法律基于民法准则的本质要求,也在"固有商"之外逐渐扩大其商的范围,提出了补助商、第三种商、第四种商的问题。在固有商之外,法学上把间接以媒介货物交易为目的的行为,如货物运输、仓储、居间、行纪、代办商等营业活动,称为补助商或第二种商;把那些虽然非直接或间接以媒介货物交易为目的的行为,但因为这种行为或为便利资金融通,或为与商有密切关系,诸如银行、信托、承揽加工、制造、出版、印刷、摄影等营业,则纳入第三种商的范围;而所谓第四种商就是指那些与媒介货物交易并无连带关系,或者仅仅与第三种商有联系的广告宣传、人身保险、饮食服务、旅游、宾馆以及影院、歌舞厅等行业。至于这种商的划分怎么更科学是次要的,重要的是这种看法反映了商的发展趋向。

可见,法学上的"商"范畴含义极广。德国新商法把"凡以商业的方法与范围为营业,办理商业登记者,即视为商"。瑞士的债务法规定得更宽,凡经营商业、工厂或其他依商人的方法为基业,而又办理商业登记的,也视其为商业。台湾地区现行商业登记法采用列举方式,计有各种商业32款。在我国,法律对商业未作专门规定,从工商企业登记管理条例来看,所列举的工商企业的范围也很广泛,也把商与工联系起来使用,但实质上仍然归结于商,这说明对商无异于采纳了广义的看法。

(二)商法的概念

商法(Commercial Law or Business Law)又称商事法,按照传统习惯看,它是指有关商事的法律规定。而所谓商事,就是商在法律上所反映的一切内容和事项的总称。广义的商事包括商业管理、商业课税、商业登记、商业组织、商事契约和商事仲裁等,是指商事的一切事项;而狭义的商事仅限于商业登记、公司、票据、保险、海商和破产等,也就是商法上通常所说的商事。

各国商事立法,主要有民商分立和民商合一这样两种体制模式。实行民商分立的国家,在民法典之外另有商法典,其中的商事系指商人或商人在商业上的法律行为而言,此种商事行为与民事行为相对应,受商法典及其特别法和习惯法所调整。在采用民商合一体制的国家,立法基础不是建立在商人或商行为观念之上,而是将商事观念纳入民事观念的范畴,把商事当做民事的组成部分,实行二者统一立法,民法典之外不另外制定商法典。在这种情形下的商事,则是指营利行为以及与此相关的一切行为而言。无论商事行为或非商事的民事行为,也无论商事主体或民事主体,它们除法律适用的差别外,反映在法律关系和法律效果上是没有任何区别的。

(三)商法的形式和实质

由于商法存在两种立法模式,于是导致商事法律中的形式与实质的区分。形式上的商法,是指以商法典命名的法律,即经过立法程序而制定的商法典,如德、法、日、西班牙、葡萄牙和比利时等国的商法典,就是这样的形式商法。实质上的商法,是指以商事为规范对象的各种法律法规。它不具有法典的形式,只是将它们编入民法典或在民法典之外另制定商事单行法规,如英、美、瑞士、土耳其、泰国以及前苏联等国的商事立法就属于这种情况。

不论形式的抑或实质的商法,一般都是在私法范围内展开讨论的,甚至连一些补助性的公法规范也被纳入商法之中。按照传统观点,国内商事法中的商事私法主要包括商业登记法、公司法、票据法、保险法、海商法和破产法,而调整企业活动的主要法律则是票据法、保险法、海商法和破产法等。换句话说,企业的组织和活动具有一般市民生活所不同的特殊性,而适应这种特殊发展需要的法律,就被称做商法。商法就是规范企业组织和企业活动的法律。

二、商法的由来和发展

马克思说,先有交易,而后由交易发展成为法制。关于商业交易的法律,虽然随着货币的出现很早以前就有过,但作为私法规范的商法不仅仅是商品经济的法律表现形式,更重要的,它还是商品经济发展到一定历史阶段的产物。它同中世纪的城市兴起相联系,是那个时代地中海沿岸商业复兴和商人团体组织形成的结果。在古代社会,实际充当调整商品关系的法律手段,通常表现为民法(罗马法)或商事习惯规则,其中同业工会的自治规范则是现代商法的雏形或萌芽。近代意义的商法就是由中世纪地中海的商人习惯法发展过来的,而作为国家制定的统一商事立法,最早的是法国国王路易十四所制定的《商事条例》(1673)和《海事条例》(1681)。其中。《商事条例》共十二章,112条,包括商人、票据、破产和商事裁判的管理等内容;《海事条例》包括海上裁判所、海员及船员、海上契约、港湾警察和海上渔猎五编。前者是关于陆商的专门规定,后者是关于海商的专门规定,所以《商事条例》又称做《陆商事条》。严格说来,近代商法始于拿破仑在1807年制定的《法兰西商法典》。这部法典是具有划时代意义的,它把以往商人阶级(等级)的法变成了关于商事的特别法,并且最早对公司法(股份公司)作了一般规定,成为近代商事立法的先声。

德国的商事立法晚于法国,统一前只是普鲁士有商事法典,至1861年才以普鲁士法为基础制定出普通商法法典。1900年1月公布施行的德国商法典是修订德国旧商法而成的,分商人、商事公司及隐名合伙、商行为、海商四编,共905条。新商法的立法基础不同于旧商法,它采用主观主义即以商人观念为前提,而旧商法是仿效法国商法的产物,采取的是客观主义即以商行为观念为基础的。据此,同一行为,若商人为之则适用商法,若非商人为之则适用民法或其他法规。法国商法典和德国商法典一起构成风格各异的两大商法法系,对世界各国产生了极其深远的影响。

英美法以判例法著称,早期不可能有什么商法典,其商事立法概以习惯法和判例法为渊源而构成。自19世纪以来,英国开始制定商事单行法,比如,公司法、票据法、证券法、行纪法、合伙法、商品买卖法、海上保险法、海上货物运输法以及空中运输法等,才逐渐使英国的商法得以形成和完善起来。美国因沿袭英国法制,商事立法以英国普通法为基础,但商事立法权属于各州,直到1952年才将许多统一的单行法整理合编成《统一商法典》,而且也是一部富于国际影响的商法典。大陆法系各国的商法典,一般都规定了商事组织和商行为两个方面的内容,而美国这部商法典不同,它仅仅规定了商行为的内容。

从商法的发展趋向看,商法是适应以盈利为目的的商人和企业的需要而制定的,与传统上占支配地位的民法相比较,它具有技术进步的趋向。商法之所以修改频繁,目的还是为了更好地适应经济形势的变化。像契约自由等原则那样,商法中的法原则被输入一般私法体系中的事例也是不少的,即所谓"民法的商法化"。商法作为企业追求经济合理化的法律表现形式,还呈现出世界统一化的走向。一国有效的制度极易为他国所认同接受,因而伴随着国际贸易的发展已出现了许多统一的条约。即使技术性最强的票据法和支票法,迄今在大陆法系和英美法系虽然仍未统一起来,这似也是暂时现象。

三、商法的调整对象和范围

商法是规范企业组织和企业活动的法律,也是规范组织以外的小商人即个体户及其活动的法律。可见,商法的调整对象是商品经济关系,也就是商人或商行为所引起的具体社会关系。商人是以盈利为目的,用自己的名义从事商品生产和商品交换的人。广义上的企业和个体户都是商人,尽管我们没有称企业为商人的习惯,但在商品经济条件下,企业的主要属性是盈利性,即使社会主义企业也是商人。作为商人的商事组织或小商人,它们的组织和活动不同于一般公民,不同于一般民事主体,具有其自身的特殊性和规律性,因而需要特殊的法律调整。商法调整的社会关系的内容极其丰富,从不同角度大致可将其分为以下三个方面:

1. 关于国家对商人或商行为的宏观控制。商法是国家对商人或商行为进行宏观调控的集中表现。商业登记法主要是用来解决怎样组织企业,怎样进行商业登记,以及哪些企业组织可以获得法律的认可,从而体现国家对商事组织的宏观调控;而公司法则表明了公司的性质、成立条件,这也是国家对所有公司企业的宏观调控。同样,票据法从票据法律关系的确定、出票、转让及其承兑,破产法从企业破产的条件和破产程序作出明确规范界定,目的都是调控这些社会关系,进而在宏观上建立起适应社会经济发展所需要的法秩序。

2. 关于对商事组织内部关系的调整。这主要是通过企业法和公司法来实现的。企业法规定厂长经理和职工代表大会的权利,公司法对公司内部机构的设置及其关系、股东大会的产生及其权利、董事资格以及董事会的产生与职权、监事会的职能、企业留利和股东红利分配等所作的详尽规定，都是用以调整商事组织内部关系的。

3.关于对商事组织(商人)的商品交换活动的调整。商法在这方面的作用,是通过契约法来实现的。我国没有商事契约法这个概念称谓,但合同法在实际上起着这样的作用,因为反映现实变化了的经济生活条件是法的内在要求,而目前考虑到本民族的习惯传统,具体立法是要服从并服务这个共性的。从各国实际情况看,商事立法基本上是由商业登记法、商事组织法公司法和商活动法票据、海商和破产法等几个突出的内容构成一种体系,但海商法已显露出从商法中独立出来的趋向。

四、商法的适用

这个问题涉及商法在我国社会主义法律体系中的地位,以及商法与民法、行政法、经济法的相互关系,立法体制上的问题还有待进一步确立,目前尚处于边实践边探索的阶段,更多的是需要进行学理上的探讨,从本国国情与国际通例相结合的角度加以认真的解决。但有一点是明确的,即商法与民法始终是特别法和普通法的关系,因此不论立法体制最后采取什么样的立法例,是实行民商合一还是民商分立的形式,都只不过涉及商法的具体地位,却永远改变不了商法与民法这种"质"的关系。

(一)民法与商法的比较

其一,二者法律效果不同。同样的事实关系,适用民法和适用商法的结果是不相同的。比如,同样是为他人实施某种行为,在民法上通常实行的是无偿原则,但按照商法,商人就理所当然地享有报酬请求权。消费借贷和垫付费用利息请求权,也有相似的情况。这就是商法的盈利性表现。在发生代理关系时,民法一般实行显名主义原则,但在商法中情况恰恰相反,因为商法体现简易迅速的原则,所以按契约提出的效力与是否承诺的通知义务也有特别的规定,契约成立与否,以及卖主是否负有瑕疵担保责任都决定了它们之间的可比较性。此外,当债务人出现有数人的情况,民法一般采取分割债务的原则,而在商法中则成为连带债务,担保也成为连带担保,受委托人的责任也比较严重。为了确保企业贸易的顺利进行,商法必须加重当事人的责任。

其二,关于企业特有制度与一般私法的明显差异。在这方面差异是非常明显的,比如,商业登记制度是公示主义的一种表现,但作不诚实登记的人要按登记内容承担责任,这就加进了外观主义的色彩。还有,商业雇佣人和公司代表机构,在概括规定其代理权和代表权的范围同时,还保护其对称号的信赖等,更是表现出还要彻底的外观主义。公司制度为了确保资本和劳力的集中或补充,在大多数场合把所有责任加以分散,因而吸收了很多职工成为股东。公司的合并与整顿是防止企业免遭解体的制度,但这种维护企业的精神并不限于公司,对私营企业的营业独立和营业转让等,同样是适用的。至于有限责任制度在其他方面的推开,分担风险特殊制度(如损害保险和共同海损)的设立,无不都对企业起着积极的维护作用。而所有这些,一般私法是不作具体规定的。

其三,商法的内容是补充、更改民法各项规定和确定企业方面诸多规范的特殊制度。相对而言,民法是私法的一般法,商法是调整企业关系的特别法。作为特殊制度,商法一方面把民法制度加以特殊化为一些具体制度,如商业雇佣人、代理商、公司、运输营业、仓库营业等;另一方面又补充民法中没有的一些制度,如商业登记、商号、商业账簿等。当然,补充民法上没有的制度也有一个法的适用问题,虽然适用的法律政策不同,但适用的界限如何确定,至今尚未作出明晰的答案。

(二)法的渊源及其适用顺序

根据特别法优于普通法的原则,在法的适用上,商法优于民法是毫无疑问的。同样的道理,商事特别法也优于商法典。然而,商习惯法的效力被认为优先于民事特别法和民法典,这同立法优先原则是相冲突的,也涉及商法典优先于商习惯法的规定是否能够成立的问题。此外,公司和其他社团的章程属于自治法的范畴,只要不违反国家的强行法,它们的法源性是予以承认的。而且,在团体内部比任何法律都处于优先地位,是首先适用的规范。研究立法优先原则,不能不考虑到这样的问题。

具体的法渊源,它们的适用顺序是:商事自治法——商事特别法条约——商法典——商习惯法——民事特别法——民法典——民事习惯法。

(三)商法的适用范围

在民商合一的国家,民商法合体,商法是民法的组成部分,民法是国家的重要基本法。

在民商分立的国家,商法是国家的基本法之一。作为基本法自然适用于全国范围,这是原则。但也有例外,这就是国际私法的问题。具体说来,商法是关于企业的法,商法的对象是商事,而商法的调整范围又包括商人和商行为两个方面。

五、商法的基本原则

民法的基本原则适用于商法,这是不容置疑的。商法有没有自己的基本原则,这是个存有争论的问题。一种观点认为,商法没有自己的基本原则,理由是各国商法内容不一,体系差异很大,无基本原则可循。另一种观点相反,认为商法相对民法而独立存在,应有自己的调整对象和规范内容,尽管构成体系不尽一致,但基于商品经济的客观规律,都是用来组织企业及其活动的,这就必然在其整个体系中贯穿着一些属于自身所固有的基本原则。看来,持后一种观点的人占多数,并且认为商法的基本原则主要有以下几个:

1. 强化商事组织的原则。商业活动离不开商事组织,商事组织本来就是商事立法的主要内容,因而强化商事组织是商法的重要原则。至于怎样强化,这主要表现在商事组织设立方面,法律采取准则主义的措施,严格规定企业法人设立的法定要件,以利于国家对企业的宏观控制和管理,利于企业组织的建设和发展;在商事组织维持方面,采取对企业合法盈利的保护和资本确定等措施,通过独立核算和资本确定,以保证企业的正常运营、生存和维持;在商事发展方面,规定经营人的资格、股东的有限责任和风险分散等措施,使企业得以致力于自身的发展。

2. 保护交易安全的原则。增强企业活力和保护企业交易安全,是市场经济发展的内在要求。商法对交易安全的保护,主要采取这样几项法律措施:一是公示主义,凡涉及地方商品交易安全的主要法律事项都须进行登记或公告,如公司设立、商业合伙和个体工商户开业都必须进行登记,而且登记的内容很全面,登记与公告制度又是同行的,企业开业、变更名称和进行注销登记,还须由登记主管机关发布企业法人登记公告。二是注重外观主义,即指公示于外表的事实与真实情况不符时,对于依这种外表事实而实施商行为者,也须加以保护,以维持交易的安全。这一点,与民法中强调人的真实意思表示有所不同。三是加重当事人的责任,如普遍采取连带责任、广泛采用无过错责任的做法,以加重企业和股东的对外责任,保护交易的安全。这同公司股东对企业的债务多采取有限责任,以强化企业的设立和发展,是一个问题的两个方面。四是对企业内部约定的限制,也有助于保护交易的安全和相对人的利益。

3. 促进交易敏活的原则。商品交易,贵在敏活。为此,商法采取一系列法律措施来促进交易的敏活。这主要是实行客体标准化(如商标法制度),权利证券化(以有价证券形式表现法律上的权利),行为要式性(商事契约和有价证券款式的定型化),以及手段简便性(商法时效短于民法)等。

六、商人和商行为

商人和商行为是商法中的商事指向,商法规定的制度是以其主体是商人还是其行为是商行为作标准的,其适用界限也依此而定。商人和商行为两个概念紧密联系,商人的概念是以商行为概念为基础而决定的,而商人在营业上的行为又称之为商行为。可以说,企业是用商行为一词来反映商人和企业活动的,至于同企业无关的绝对的商行为(如投机购买和实行出卖、投机出卖和产行购买、交易中的交易、票据和其他商业证券的行为),只有在旧商法中规定哪怕不是营业而只进行一次也适用商法。商人在商法上的本来意义是指固有商,与此相适应,这里所说的商行为是指上述绝对的商行为以及营业的商行为(种类很多,商法一般都具体列举出来)。除了固有商之外,有的国家还通过立法明确规定开设店铺以贩卖物品为职业的人、经营矿业的人、设立民事公司的人当做商人对待,并把他们称做"拟制商人",此外还有小商人。所有公司从成立起就成为商人,直到结算清算终了而关闭,都持续具有商人资格。至于自然人和公司以外的法人,他们在营业外的生活也会有这种情况,但从何时起取得商人资格还是一个问题。

商行为的种类很多,主要包括绝对的商行为、营业的商行为、基本的商行为(指绝对的和营业的商行为的统称)、附属的商行为(商人为了营业而附带进行的商行为)、准商行为、一方商行为和双方商行为等。

有关商人的各种制度,主要指商号、商业登记、营业、商业账簿等。

此外,商法对补助的商人活动都有明确的规定。企业形成一定规模后,开展经营活动往往非个人或公司机关能力所及,这就需要寻求他人劳力作补充,反映在商法上就是商业雇佣人制度。他们(指商业雇佣人——商业辅助人)与商中间人的区别在于后者是指代理商、经纪人、批发商、运输经办人等,本身就是独立的商人,而又从外部补助商人活动的人。这种商业雇佣人,是指通过雇佣契约从属于特定的商人(营业主),在企业组织内部服从营业主的指导和命令,在对外商业业务上又以代理的形式补助营业主的人。商业雇佣人分为三种,即经纪人、掌柜和伙计、物品贩卖店的人。在补助的商人活动中,商业雇佣人的法律地位远不能同补助商相比。比如,代理商既是独立商人又是为其他商人经常从事营业交易的独立和媒介者,他和本人是一种委托或准委任的法律关系,经纪人既是独立商人又以他人间商行为为媒介,与委托者之间的关系是准委任关系。

婚姻家庭研究的发展与反思

　　婚姻是人生大事,家庭是社会细胞。婚姻家庭问题,古往今来就是人们普遍关心的一个社会问题。它和人类社会的历史发展进程相伴而行,关系着千家万户乃至每个人的切身利益,并通过人们的婚姻纽带、血缘关系、种的繁衍、组织人类生活等方式影响社会发展的客观进程,在科学史上又从来就是一个重大理论问题。但是,长期以来,婚姻家庭研究作为一门科学一直受到"冷落"。直到党的十一届三中全会之后,经过拨乱反正,才迎来了科学的春天,使婚姻家庭研究重又获得生机,呈现繁荣发展的新局面。回顾过去,放眼现在,令人振奋之余,委实确有十分的兴奋!

　　目前,婚姻家庭问题研究方兴未艾,从来没有像今天这样广泛引起人们的兴趣,也从来没有像今天这样普遍受到社会各界的关注。当代社会学在研究它,法学、伦理学、心理学、教育学、未来学以及其他许多综合性学科也在研究它,尽管各自研究的角度和任务有别,但总的方向一致,都要探讨逐步实现共产主义婚姻家庭的门径,以期通向人类社会文明生活的最高境界。同所有的科学一样,婚姻家庭学说的真正价值也在于应用。我国婚姻家庭研究的初步实践表明,它的社会功能得以充分发挥的一个显著标志,就是直接为每个公民、每个家庭服务,是一门学术价值与社会价值相统一的学问。因此,大家从社会主义精神文明建设的战略地位出发,刮目相看我国新时期婚姻家庭性质正在发生的种种变化,一方面为以爱情为基础的、男女平等的社会主义家庭的迅速发展而拍手称好,另一方面又对旧社会留在婚姻家庭上的各种"痕迹"感到深恶痛绝。于是,大家都在自觉不自觉地谈论这方面的问题,不少人还对研究婚姻家庭关系产生浓厚的兴趣,从而在全国范围内和总体规模上壮大了婚姻家庭问题的研究队伍。近几年来,广大群众和从事婚姻家庭研究的理论工作者一起,紧密结合我国社会变革的实际,围绕社会主义婚姻家庭的本质及其发展规律,配合《婚姻法》的贯彻实施,从宏观规模和微观细密的结合上进行了许多有益的探索,开展了积极的讨论与争鸣。这种实际努力,不仅大大地活跃了学术气氛,拓宽了人们的视野和思路,而且对于建设社会主义的新型家庭,树立正确的爱情、婚姻价值观,对于广大妇女提高自我意识、确认自我价值与陶冶性情,以及对于提倡婚姻家庭问题上的精神文明建设,为社会主义现代化建设服务,都起到了应有的积极作用。

在我国,婚姻家庭研究得到繁荣发展,一开始就表现出强大的生命力,这绝不是偶然的。社会普遍关心固然是一个动因,但最根本的,还是有正确路线的指引,坚持了马克思主义关于婚姻家庭问题的基本观点。不论专业理论工作者还是业余爱好者,都注意从我国的实际出发,把婚姻家庭问题首先放在社会改革的具体环境中进行考察,然后再从中去探求其全貌,把握其实质。为了运用研究成果解决现实生活中的实际问题,坚决反对来自封建伦理道德、资本主义腐朽思想两个方面的干扰。比如,在爱情与婚姻问题上,一方面宣传提倡以爱情为基础的婚姻价值观念,论证它正在成为人们自觉追求的准则,另一方面又正视爱财不爱人、门当户对等封建意识的客观存在,毫不放松对强迫、包办、买卖婚姻的猛烈抨击;在建设新型家庭关系上,一方面科学地阐发家庭是一个不断发展变化的历史范畴,积极为夫妻平等、家庭成员权利义务一致、团结互助与和睦相处这种新型家庭的建立鸣锣开道;另一方面又注意到家庭成员中时有发生的相互虐待和相互遗弃的现象,坚决批判家长统治、夫权思想、男尊女卑等封建家庭观念;在处理家庭利益与社会利益相互关系的问题上,一方面宣传把生儿育女、培养教育后代主要看做是对社会应尽的义务,强调计划生育、教育管理后代的必要性和重要性;另一方面又不忽视"多子多福"、"重男轻女"等封建残余意识的影响和束缚,十分注重正面疏导和普及科学文化知识;在离婚问题上,一方面积极宣传依法解除死亡婚姻,保障离婚自由;另一方面又看到离婚问题的复杂性,努力提倡确立社会主义的婚姻道德观,等等。所有这一切,都坚持了以马克思主义基本观点为指导的原则,不但推动了婚姻家庭研究的蓬勃开展,而且很快使婚姻家庭研究走上了顺利发展的道路。事实告诉我们,旗帜鲜明地坚持理论工作的正确方向,是我们任何一门科学得以迅速发展的必由之路。

但也必须看到,在成绩面前反思,总结经验,这是继续前进所绝对必需的。从这个意义上来看我国婚姻家庭研究的现状,我们又应该承认,它仍然落后于实践,同社会主义现代化建设的总体布局,特别是同社会主义精神文明建设的要求并不完全相适应。其主要表现是,对于经济体制改革和国民经济发展给我国婚姻家庭关系带来的新变化,我们的研究还缺乏系统总结,不能及时作出理论上的概括和回答,因而不能很好地指导实践。另外,有的人孤立地、片面地看待婚姻家庭这个社会问题,不研究我国的历史和现实,只是"凭兴趣","想当然",一味求"新",只顾反封建而忽视反对资本主义的腐朽思想,以致自觉或不自觉地照搬照用西方文化,宣扬"性解放"、"性自由"的观念,显然,这是一种错误倾向。

实践证明,婚姻家庭研究要有一个大的发展。研究婚姻家庭问题,必须反对封建主义、资本主义腐朽思想的束缚,这样才能彻底清除旧社会留在婚姻家庭关系上的种种"痕迹",树立新的社会主义婚恋观,使家庭这个社会细胞能在我国获得充分的发展。

(原载《婚姻与家庭》1987年第3期)

一手抓改革开放，
一手抓打击经济犯罪

　　坚持两手抓，两手都要硬，是邓小平同志运用马克思主义辩证法指导我国经济建设和改革开放，建设有中国特色社会主义的一个新观点。这个观点在《邓小平文选》第 2 卷中首次提出，以后又多次反复强调和阐发，成为我们党在新时期变革领导方式，运用辩证唯物主义的"两点论"和"重点论"相统一的思维方法，全面贯彻"一个中心、两个基本点"的基本路线的一个重要法宝。这个观点的最初表述是"一手抓改革开放，一手抓打击经济犯罪活动"，在《邓小平文选》第 2 卷中也是邓小平同志强调得最多的一个观点，贯穿于开创社会主义现代化建设新局面的思维全过程，具体运用于如何坚持四项基本原则，正确处理新时期的阶级斗争和社会矛盾，巩固和发展安定团结的政治局面，加强思想政治工作，整顿党的作风，实行对外开放和对内搞活经济的政策，以及进行四个现代化建设等各个方面。我们学习《邓小平文选》第 2 卷，以"一手抓改革开放，一手抓打击经济犯罪活动"为线索，深刻领会邓小平同志关于"两手抓"的一贯思想，对于深化改革和扩大开放，推动社会主义现代化建设的客观进程，在上世纪末初步建立社会主义市场经济新体制的基本框架，更加卓有成效地建设有中国特色的社会主义，具有重要的现实意义和深远意义。

一、一手抓改革开放，一手抓打击经济犯罪活动，是对人民民主专政理论与实践的新贡献

从党的十一届三中全会到十二大以前，邓小平领导全党完成了指导思想上的拨乱反正，实现了全党全国工作重点向经济建设的转移，使我国改革开放进入了起步阶段。在新的历史条件下，邓小平同志根据马克思主义基本原理同中国具体实际相结合的原则，提出了一系列建设有中国特色社会主义的新观点，其中很重要的一个组成部分，就是对人民民主专政的新发展和新贡献。在邓小平民主与法制思想的指引下，我们党从国家政治制度建设的高度考察人民民主专政，根本点着眼于发展高度社会主义民主，适应民主与专政相统一的两种职能在内容和形式上出现的新变化，采取实际有效的政策和措施来贯彻"一切权力属于人民"的宪法原则，不但坚持了马克思主义关于无产阶级专政的必然结论，而且还根据社会主义的根本任务赋予人民民主专政在新时期应有的时代特色。根据这个时代特色的要求，邓小平同志不是一般地从阶级对立的意义讲人民民主专政，强调属于人民的一切国家权力不可废弃，而是从制度上突出社会主义民主与社会主义法制两个主题，根据这两个主题坚持了民主与专政的更高要求。

强化人民民主专政的国家机器，是我们党长期领导政权建设的一贯方针。党在新时期以经济建设为中心，要求人民民主专政以组织经济文化建设和发展社会生产力为根本任务，对人民实行民主，对人民的敌人实行专政，实质就是要坚持社会主义的各项经济政治制度，保证和支持社会主义的物质文明建设和精神文明建设，发展和健全社会主义民主和法制，把我国人民民主制度推向一个新的发展阶段。在新时期坚持人民民主专政的理论和实践，绝不是简单地重复过去已有的提法和内容，而是根据我们对实践中的社会主义的再认识，在认真总结历史经验的基础上，从当前实际和未来发展出发，用它来指导我国民主政治建设和组织社会主义经济建设而得出的具体结论和指导方针。由此不难看出，它的意义要比过去更加伟大和深刻得多。

然而,在党的十二大以前,虽然经过拨乱反正重现了人民民主专政理论的光辉,但许多人对新时期必须坚持人民民主专政在认识上仍然混沌未分,看不到高举这面光辉旗帜是完全符合我国现阶段阶级状况,反映我国政权主要任务,体现我国国体民主性质的。针对这个情况,邓小平为廓清党内外的模糊认识,反复阐明党在新时期的思想路线和政治路线,及时对这个问题作出重大的理论解决。

首先,邓小平同志正确地分析了我国现阶段的阶级关系和阶级斗争形势,阐明了在新时期必须继续坚持人民民主专政的理论依据和客观依据。他指出,在我国社会主义改造基本完成以后剥削阶级虽然作为阶级已经消灭,阶级斗争已不再是国内的主要矛盾,但由于国内的因素和国际的影响,阶级斗争还将在一定的范围内长期存在,在某种条件下还有可能激化。他告诫我们:"社会主义社会中的阶级斗争是一个客观存在,不应该缩小,也不应该夸大。"①无论缩小或者夸大都是错误的,我们过去曾为此付出过巨大代价,今后既要避免搞阶级斗争熄灭论,同时又要反对把阶级斗争扩大化。必须看到,"目前我们同各种反革命分子、严重破坏分子、严重犯罪分子、严重犯罪集团的斗争,虽然不都是阶级斗争,但是包含阶级斗争"。② 在这种情况下,国家的专政职能不能削弱,更不能消亡,要充分认识到"这种专政是国内斗争,有些同时也是国际斗争,两者实际上是不可分的"。③

其次,对现阶段专政对象和阶级斗争特点作出明确概括,为正确运用人民民主专政职能指明了方向。他指出:"在社会主义社会,仍然有反革命分子,有敌特分子,有各种破坏社会主义秩序的刑事犯罪分子和其他坏分子,有贪污盗窃、投机倒把的新剥削分子,并且这种现象在长时期内不可能完全消灭。同他们的斗争不同于过去历史上的阶级对阶级的斗争(他们不可能形成一个公开的完整的阶级),但仍然是一种特殊形式的阶级斗争,或者说是历史上的阶级斗争在社会主义条件下的

---

① 《邓小平文选》第 2 卷,第 182 页。
② 《邓小平文选》第 2 卷,第 253 页。
③ 《邓小平文选》第 2 卷,第 169 页。

特殊形式的遗留。"①按其性质说,"一种是敌我矛盾,一种是阶级斗争在人民内部的不同程度上的反映"。② 因此,我们坚持人民民主专政,用马克思主义的阶级观点去处理带有阶级斗争性质的社会矛盾和社会现象,处理这种特殊形式阶级斗争中的两类矛盾,就比任何时候都更加重要和更加迫切。

第三,通过反复强调坚持四项基本原则,鲜明地突出了人民民主专政的实质和地位。邓小平同志把坚持人民民主专政当做"四个坚持"的一项内容,从实现四化建设的根本前提讲加强民主和专政,把它看做是社会主义现代化建设的一个组成部分,这就赋予人民民主专政概念以一种新的含义,使它进一步同过去基于"阶级斗争为纲"的做法根本区别开来。他根据社会主义民主理论和中国现实情况强调指出,一定要弄清加强专政与发展民主是辩证统一的关系,这种关系如果一旦遭受破坏,专政离开了民主就会变成林彪、"四人帮"式的法西斯专政,而民主离开了专政就会导致资产阶级化。而离开了对人民的民主和对敌人的专政,也就谈不上人民民主专政。在当前条件下,使用国家的镇压力量,打击各种反革命破坏分子和刑事犯罪分子,以便维护社会安定,"是完全符合人民群众的要求的,是完全符合社会主义现代化建设的要求的"。③ 换句话说,没有专政就没有民主,没有民主就没有社会主义,也就不会有社会主义的现代化。这就是人民民主专政在我国政治生活中的实质所在,在新时期的历史地位与历史作用所在。

第四,强调由过去搞政治运动的办法向着遵循社会主义法制原则的方向转变,进一步明确了实行人民民主的形式和方法。邓小平同志在谈到取消"七八"宪法第 45 条中关于"四大"的规定时指出,这并非不要发扬社会主义民主,而是实践已经证明,"'四大'不是一种好办法,它既不利于安定,也不利于民主"。④ 这就告诉我们,发扬民主绝不能采用"四大"的办法,加强专政也决不能采用政治运动的形式来搞,

---

① 《邓小平文选》第 2 卷,第 169 页。
② 《邓小平文选》第 2 卷,第 370 页。
③ 《邓小平文选》第 2 卷,第 374 页。
④ 《邓小平文选》第 2 卷,第 276 页。

必须坚持民主与法制的统一,统一到法制原则上来。

第五,邓小平同志高屋建瓴地把握我国政治生活的主题,坚持党领导下政权建设的正确方向,民主与法制并重,提出发展社会主义与法制是党的坚定不移的战略方针,从而揭示了人民民主专政的基本要求和基本特征。他把制度与民主问题联系起来考察,反复强调为适应四化建设以及党和国家政治生活民主化的需要,就必须改革党和国家的领导制度。在总结"文化大革命"的经验教训后,他深刻地指出不是个人没有责任,但"领导制度、组织制度问题更带有根本性、全局性、稳定性和长期性",制度问题"关系到党和国家是否改变颜色,必须引起全党的高度重视"。① 又说,"为了保障人民民主,必须加强法制。必须使民主制度化、法律化,使这种制度和法律不因领导人的改变而改变,不因领导人的看法和注意力的改变而改变。"② 按照邓小平同志的思想,民主和法制是防止历史悲剧重演和抵制个人专断现象出现的强大武器,把民主作为一种国家制度、国家形式并用法律来加以确认,解决民主制度化、法律化的问题,这就反映了人民当家做主的事实和社会主义制度自我完善的需要,因而既有助于克服用静止的观点看待国家问题,也有助于在民主问题上反对资产阶级自由化。

邓小平同志关于"两手抓"的新思想和新观点,就是在全面发展马克思主义国家学说的基础上,运用深入浅出的形象概括,进一步从理论和实践的结合上阐明在新时期必须坚持人民民主专政而得的一个辩证思维逻辑,同时也是给我们党在新时期领导政权建设提供的一个基本思路。

1982 年 4 月,邓小平同志针对我们实行对外开放和对内搞活经济的政策以来不过一两年时间就已出现严重经济犯罪情况,及时指出有相当多的干部被腐蚀了,卷入经济犯罪活动的不是小量的而是大量的,而且性质都很恶劣,有些是个人犯罪,有些是集体犯罪,"这股风来得很猛",不是过去"三反"、"五反"所能相比的。不久又指出,这种犯罪现象仅仅是开始出现,以后会更加突出。因此,他号召全党"要足够估

---

① 《邓小平文选》第 2 卷,第 333 页。
② 《邓小平文选》第 2 卷,第 146 页。

计到这样的形势","如果我们党不严重注意,不坚决刹住这股风,那么,我们的党和国家确实要发生会不会'改变面貌'的问题。这不是危言耸听"。① 邓小平同志并非首次讲这个问题,至少在这以前还讲过两次,但党内从这样的高度来认识同经济犯罪活动的斗争却没有达到思想上的统一,有一部分同志只是把它当做一般性质的问题来看待,因而遇事手软,下不了手。现在要刹住这股风,首先,必须站得高、看得深一些,盗窃国家财产,贪污受贿,这是现钱买卖,最清楚不过,不容易搞错,一定要从快从严从重。其次,打击经济犯罪活动不搞群众运动,但必须看到这是一项长期的经常的斗争,至少是伴随到实现四个现代化那一天。"打击经济犯罪活动的斗争,是我们坚持社会主义道路和实现四个现代化的一个保证……如果不搞这个斗争,四个现代化建设,对外开放和对内搞活经济的政策,就要失败。所以,我们要有两手,一手就是坚持对外开放和对内搞活经济的政策,一手就是坚决打击经济犯罪活动。没有打击经济犯罪活动这一手,不但对外开放政策肯定要失败,对内搞活经济的政策也肯定要失败。有了打击经济犯罪活动这一手,对外开放、对内搞活经济就可以沿着正确的方向走。"②

在这里,邓小平同志提出的关于"两手抓"的思想,同过去强调"运用国家专政职能来保卫党的中心工作"的提法并不完全相同,不是把它当做"一般口号"和"工作经验",而是从制度保证的高度提出问题,就其本质而言,是在人民民主专政问题上坚持了重点论中的两点论,是具体运用"两手抓"实现人民民主专政根本任务的一个新贡献。

二、一手抓改革开放,一手抓打击经济犯罪活动,是贯彻执行党的基本路线的本质要求

党的十二大关于党在新时期总任务的提出,充分体现了邓小平同志建设有中国特色社会主义理论形成与发展的历史过程,是十一届三中全会以来党的正确路线的继续与升华。没有这段历史发展和理论升

---

① 《邓小平文选》第2卷,第402~403页。
② 《邓小平文选》第2卷,第404页。

华，就不会有党的十三大制定的"一个中心，两个基本点"的基本路线。学习和领会邓小平同志关于"两手抓"的思想，必须紧密地联系党的基本路线，尤其要同邓小平同志反复深刻论述和强调的实现四个现代化的四个重要保证紧密地联系起来。

历史和现实的经验告诉我们，党的一条正确路线的形成固然不易，而要全面贯彻这个路线就需要付出更加巨大的代价和努力。然而，迄今有一个明显的不足，就是我们宣传党的基本路线很少联系小平同志讲的"四个保证"。必须看到，邓小平同志高瞻远瞩，早就注意到了如何坚持社会主义制度、搞好四化建设的保证问题。从 1980 年元旦开始讲四个保证，也就是讲如何进行体制改革、搞社会主义精神文明、打击犯罪活动和搞好党的建设，一直讲到现在。他讲的"两手抓"和"两手都要硬"，始终贯穿于这"四个保证"。特别是 1982 年 4 月至同年 9 月，在不到 5 个月的时间里，邓小平同志就集中三次讲到这个问题，一次是在中央政治局讨论《关于打击经济领域中严重犯罪活动的决定》的会议上，一次是在中央军委座谈会上，还有一次是在党的十二大开幕词中。每次在强调这"四件工作"、"四个保证"时都指出，在今后一个长时期，至少是到上世纪末的近 20 年内，"只要四个现代化没有完成，每走一步，这四个保证都是伴随着的"。[①] 因此，他要求我们采取两手抓的办法来抓紧这四件事情，坚持"四个保证"，"一天也不要丢掉，要把它变成一种经常的工作和斗争"。[②] 邓小平同志十分看重和强调的坚持社会主义道路、集中力量进行现代化建设的四个重要保证，处处体现了一手抓改革开放，一手抓打击犯罪活动，一手抓物质文明建设，一手抓精神文明建设的一贯思想，实际上反映了党在新时期总任务的内在要求，指明了贯彻执行党的基本路线的根本途径。

实践证明，改革开放十六年来在贯彻执行党的基本路线的问题上，是否抓紧"四个保证"这四件事情，坚持"两手抓"是不是自觉和经常化，结果是大不一样的。在大力推进改革开放和社会主义现代化建设的前进过程中，我们曾经出现过的一些失误，本质问题是没有自始至终

---

① 《邓小平文选》第 2 卷，第 408 页。
② 《邓小平文选》第 2 卷，第 409 页。

把"四个保证"提到应有的高度来对待。本来,党的基本路线规定的奋斗目标是一个包括物质文明建设和精神文明建设在内的全面的综合目标,在这个奋斗目标的指引下,怎样做到坚持经济建设这个中心不致分散精力,不但必须弄清"两个基本点"在实现四个现代化建设中的辩证关系,紧紧抓住一个"根本前提"和一个"先决条件",而且必须对新时期阶级斗争的新特点和严重性要有足够的估计,要想到怎样去学会用法律武器正确处理大量带有阶级斗争性质的各种社会矛盾和社会现象,从而把"四个保证"与党的基本路线密切结合起来,一手抓贯彻基本路线,一手抓坚持"四个保证",真正把"两手抓"落到实处。

坚持"两手抓"不是临时措施,更非权宜之计,而是一个长期的战略方针。邓小平同志说:"我们从八十年代的第一年开始,就必须一天也不耽误,专心致志地、聚精会神地搞四个现代化建设。搞四个现代化建设这个总任务,我们是定下来了,决不允许再分散精力。"①社会主义现代化建设事业极其艰巨,许多旧问题需要继续解决,新的问题更是层出不穷,搞好"四个保证"不是一次就能完成的,要长期搞下去。搞"四个保证",坚持四项基本原则,归根结底,都是为了贯彻党的政治路线,也就是后来经过党的十三大概括提出的基本路线。邓小平同志1980年2月在党的十一届五中全会上指出,"我们党在现阶段的政治路线,概括地说,就是一心一意地搞四个现代化","最主要的是搞经济建设,发展国民经济,发展社会生产力。这件事情一定要死抓不放,一天也不能耽误"。② 但必须清醒地看到,我们搞社会主义现代化建设,"是要在经济上赶上发达的资本主义国家,在政治上创造比资本主义国家的民主更高更切实的民主,并且造就比这些国家更多更优秀的人才",③这本身就需要时间,不能一蹴而就。而我国社会主义制度能不能充分发挥这方面的优越性,关键是要改革并完善党和国家的领导制度,这更是一项艰巨的长期的任务。所以,"两手抓"不是抓一阵子而是要长期抓,不是临时举措而是基本方针。正如邓小平同志所说的,中国的事情

---

① 《邓小平文选》第 2 卷,第 241 页。
② 《邓小平文选》第 2 卷,第 276 页。
③ 《邓小平文选》第 2 卷,第 322 页。

要按中国的情况来办，要依靠我们自己的力量来办。就拿一手抓改革开放、一手抓打击犯罪活动来说，它伴随着四个现代化建设的全过程，这就一方面要求"我们坚定不移地实行对外开放政策，在平等互利的基础上积极扩大对外交流"，同时要"保持清醒的头脑，坚决抵制外来腐朽思想的侵蚀，决不允许资产阶级生活方式在我国泛滥"；①另一方面，又要求"我们在坚定不移地把发展社会主义民主的工作继续做下去的同时"，"全党同志、全国人民高度警惕和坚决打击各种反社会主义活动和刑事犯罪活动"。② 只有这样坚持"两手抓"，才能保证在实行对外开放、对内搞活经济的政策的过程中真正有利于四化建设，真正不脱离社会主义方向，同时也才能真正保证坚持四项基本原则不动摇，真正有助于建设有中国特色的社会主义。

三、一手抓改革开放，一手抓打击经济犯罪活动，是搞好党风建设的关键所在

我们党是一个伟大、光荣、正确的党。党在长期领导我国革命和建设中形成的优良传统和作风，在"文化大革命"中曾遭到空前的破坏。粉碎"四人帮"以后，三大作风得以恢复，党的形象和威信得以大大提高，但由于林彪、"四人帮"的流毒未彻底肃清，派性和无政府主义仍在作怪，小生产习惯势力还在阻碍人们思想的解放，脱离群众的官僚主义也在继续蔓延，尤其是违反国法和党的原则的现象还大量存在，党员干部特别是党的领导干部搞特殊化、铺张浪费和损公利私的现象也日见其多，家长制、一言堂和打击报复的坏作风更是此消彼长，不少党组织软、懒、散的现象还相当严重，社会主义道德风尚沦丧，败坏社会风气的恶劣行径屡见不鲜，这一切使得党风在短时间里不可能实现根本的好转。因此，在全党全国工作中心转移到经济建设上来以后，邓小平、陈云等老一辈无产阶级革命家都十分关心新时期执政党的建设问题，认为这是有关党的生死存亡的大问题。邓小平同志说，"党是整个社会

① 《邓小平文选》第3卷，第3页。
② 《邓小平文选》第2卷，第373页。

的表率","在目前的历史转变时期,问题堆积成山,工作百端待举,加强党的领导,端正党的作风,具有决定的意义"。① 搞好党风和改造社会风气密切相关,但党风更重要。"只有搞好党风,才能转变社会风气,才能坚持四项基本原则。"②

邓小平同志关于新时期党风廉政建设的观点、思想和理论十分丰富,是在建设有中国特色社会主义理论的形成与发展过程中逐渐完整和系统化起来的。它是当代中国马克思主义党建学说和有中国特色社会主义理论的重要组成部分,是我们执政党搞好党风廉政建设的理论基石和决策依据。学习《邓小平文选》第2卷中运用两手抓、两点论搞好党风的思想和观点,对我们党在新形势下更好地开展反腐败斗争,加强廉政法制建设,具有重要的意义。

一手抓改革开放,一手抓惩治腐败,是邓小平同志在1989年北京发生"六·四"事件之后,作为第三代领导集体的当务之急而明确提出来的。他指出,这次事件说明要不要坚持社会主义道路和党的领导是个要害,这就需要聚精会神地做几件使人民满意和高兴的事情,第一是经济不能滑坡,第二就是办几件实事,主要的一个是更大胆地改革开放,另一个是抓紧惩治腐败。"这两件事结合起来,对照起来,就可以使我们的政策更加鲜明,更能获得人心。"③需要指出的是,邓小平像这样明确地提出党风廉政建设必须坚持"两手抓"的指导方针还是第一次,但并不意味着这个思想仅仅形成于斯,事实上在党的十一届三中全会后不久就已经提出,还可以追溯到1975年就曾提出加强党的领导和整顿党的作风问题,这是他的一贯思想。小平同志讲四项基本原则讲得最多,讲坚持党的领导从来就没有离开过搞好党风,总是讲得十分具体和深刻透彻。当然,我们学习《邓小平文选》第2卷并不涉及他论述新时期党风廉政建设的所有论述,而只是围绕一手抓改革开放,一手抓打击经济犯罪活动这个观点,着重领会小平同志为什么在搞好党风问题上反复强调必须坚持两手抓,弄清反腐败与新时期党风建设的内在

---

① 《邓小平文选》第2卷,第178页。
② 《邓小平文选》第2卷,第178页。
③ 《邓小平文选》第3卷,第314页。

联系,把握其中最早提出的几个观点来源,从而对邓小平同志搞好党风廉政建设理论的形成与发展过程有一个清晰的认识,为我们能够比较自觉地坚持党风廉政法制建设提供一条明确的思路。在《邓小平文选》第2卷中至少有以下几个问题对于提出"两手抓"的思想是至关紧要的。

其一,全党全国工作重点转移后,我们面临着要在上世纪内完成实现四个现代化的中心任务,走出一条中国式的现代化道路的一个巨大领导责任,但党风明显地不相适应,亟须改善和加强党的领导。实际情况是,我们党重新恢复了实事求是的思想路线,确立了一条正确的政治路线,但是,由于林彪、"四人帮"的流毒,党风不正的现象大量存在,这不能不影响我们党的领导地位和历史作用。在现代化建设客观进程业已启动的条件下,党能不能胜任历史赋予的巨大领导责任,这是决定我们整个国家和中华民族的头等大事。因此,邓小平同志不但再三强调坚持四项基本原则的核心是坚持党的领导,而且要求党的各级领导干部顾全大局,以身作则搞好党风,提醒大家"如果没有强有力的集中领导和严格的组织性纪律性,如果不大力加强稳定社会政治秩序的工作和教育,如果不坚决搞好党风,进一步恢复党的实事求是、群众路线和艰苦奋斗的优良传统,就可能出现一些本来可以避免的大大小小的乱子,使我们的现代化建设在刚刚迈出第一步的时候就遇到严重的障碍"。①

其二,我们建立了社会主义民主制,宣布了"一切权力属于人民"的原则,但受社会历史的、政治经济的、文化教育的和科学技术等各种因素的制约,在国家管理体制上暂时还不具备实现直接民主制的主客观条件,不可能跨越长期以来"设官而治"的历史阶段,这就决定了"官"和"民"的地位与权力是不同的,如何采取实际有效的措施来反腐倡廉,防止"社会公仆"和"社会主人"的关系不致被破坏被颠倒,是必然提到我们执政党面前的一个严肃突出的重大问题。一方面,"我们进行了二十八年的新民主主义革命,推翻封建主义的反动统治和封建土地所有制,是成功的、彻底的。但是,肃清思想政治方面的封建主义

---

① 《邓小平文选》第2卷,第162页。

残余影响了这个任务,因为我们对它的重要性估计不足,以后很快转入社会主义革命,所以没有能够完成。"①这就说明,在我国本来就缺少民主与法制传统,缺少守法和执法的习惯,不但没有及时补上这一课,而且在社会主义民主制条件下正确处理官民关系比任何时候都更加重要,一旦权力失去约束,社会的"公仆"变成主人,就会使党群关系遭受严重破坏,执政党的地位就会被动摇。另一方面,社会主义虽然为消除各种腐败现象提供了制度保证,但社会主义制度需要通过改革才能达到自我完善,因为"从党和国家的领导制度、干部制度方面来说,主要的弊端就是官僚主义现象,权力过分集中的现象,家长制现象,干部领导职务终身制现象和形形色色的特权现象",②所有这些弊端,在民主政治建设的客观进程中虽然起了显著变化,但要从根本上铲除又的确并非易事,如果执政党不把反腐败当做一件大事来抓,不进行党和国家领导制度的改革,就不能根除腐败现象。实践也已证明,在加快建立社会主义市场经济体制的过程中,很大程度上同原来实行中央高度集权的管理体制相联系的这些弊端,受新旧体制交替时期和市场经济负效应的影响,它们还在继续发生某种作用,加之重人治轻法治的观念意识根深蒂固,在行政权力机制普遍畅行的情况下,滥用行政权力的现象必然要发生,权力商品化就必然使得党内一些意志薄弱者、不符合共产党员条件的人经不起"执政的考验",很容易把手中握有的权力或权力的影响当做谋私的工具和手段,大搞权钱交易,进行经济犯罪活动。这种长期以来由于体制造成的权力失去约束的弊端和漏洞,就要求我们在为建设有中国特色社会主义而奋斗的时候,不但要更快地发展社会生产力,而且要有效地消除以往剥削制度下必然产生的各种腐败现象。

其三,搞社会主义现代化建设必须实行改革开放,这是我们的坚定不移的方针和国策。"我们的建设方针还是毛主席过去制定的自力更生为主、争取外援为辅的方针。不管怎样开放,不管外资进来多少,它占的份额还是很小的,影响不了我们社会主义的公有制。吸收外国资金、外国技术,甚至包括外国在中国建厂,可以作为我们发展社会主义

---

① 《邓小平文选》第2卷,第335页。
② 《邓小平文选》第2卷,第327页。

生产力的补充。"①邓小平同志作为我国社会主义改革开放和现代化建设的总设计师，从20世纪80年代起不但反复阐发实行对外开放、对内搞活经济的方针，为实施这个基本方针运筹决策，而且还充分意识到对外开放可能带来的风险，及时提醒全党注意，实行对外开放后国际交往增多，"资本主义那一套腐朽的东西就会钻进来的"，②这并不可怕，但要有制约的一手。否则，资本主义思想、殖民地奴化思想和封建主义残余影响相互渗透，结合一起，会使腐败现象蔓延，污染社会环境，侵蚀党的肌体。实践证明，打击犯罪这是放松不得的。因此，坚持改革开放不能忘记党的全心全意为人民服务的宗旨，必须抓党风建设，反对腐败，提倡"为政清廉"。邓小平同志看问题钩深致远，把新时期的党风建设与政权建设当做一个统一的问题对待，充分地显示出我们共产党人完全有信心有能力依靠自身的力量，依靠全国人民的广泛支持，在改革开放过程中把反腐败的斗争进行下去，有效地遏制和消除腐败现象，把我国建设成为一个富强、民主、文明的社会主义现代化国家。

其四，要继续发展社会主义民主，健全社会主义法制，必须坚决反对和纠正一切无纪律、无政府、违反法制的现象。执政党党风不正，党内、军内和政府系统内发生的各种腐败现象，其表现形式不尽相同，原因多种多样，给党和国家造成的实际危害有别，但归根结底，都是违反纪律和破坏法制的行为。因此，邓小平同志在强调发展社会主义民主和健全社会主义法制的问题时，重点是考虑怎样切实改革并完善党和国家的制度，从制度上保证党和国家整个政治经济社会生活的民主化，促进四化建设的顺利发展，同时也强调合理的纪律同社会主义民主是互相保证的，民主同法制是不可分的，提出要加强思想政治工作，"在党政机关、军队、企业、学校和全体人民中，都必须加强纪律教育和法制教育"。③通过加强思想政治工作和民主集中制的教育，端正党的思想路线、政治路线和组织路线，恢复党的三大作风，增强党性觉悟，加强党的组织纪律性，做到廉洁奉公、勤政为民。教育，要讲纪律，也要讲法

---

① 《邓小平文选》第2卷，第351页。
② 《邓小平文选》第2卷，第409页。
③ 《邓小平文选》第2卷，第360页。

制。教育不能代替纪律,更不能代替法制。党有党规党纪,国有国法,党纪国法必须维护。"当然,我们必须坚决划清两类不同性质的矛盾的界限,对于绝大多数破坏社会秩序的人应该采取教育的办法,凡能教育的都要教育,但是不能教育或者教育无效的时候,就应该对各种罪犯坚决采取法律措施,不能手软。"①抓党规党纪,最根本的是按党章办事,没有这一条,国法就很难保障。邓小平特别强调指出:"公民在法律和制度面前人人平等,党员在党章和党纪面前人人平等。人人有依法规定的平等权利和义务,谁也不能占便宜,谁也不能犯法。不管谁犯了法,都要由公安机关依法侦查,司法机关依法办理,任何人都不许干扰法律的实施,任何犯了法的人都不能逍遥法外。谁也不能违反党章党纪,不管谁违反,都要受到纪律处分,也不许任何人干扰党纪的执行,不许任何违反党纪的人逍遥于纪律制裁之外。只有真正坚决地做到了这些,才能彻底解决搞特权和违法乱纪的问题。"②

从以上几点不难看出,邓小平同志始终把社会主义现代化建设作为当前最大的政治来看待,认为实现四个现代化是一场深刻的伟大革命,关心的是如何坚持和加强党的领导,坚持按照历史唯物主义观点来认识执政党自身建设的问题,强调"正确的政治领导的成败,归根结底要表现在社会生产力的发展上,人民物质文化生活的改善上"。③ 因此,他总是把坚持社会主义制度和搞好四化建设摆在同一个位置上,从来没有孤立地提出搞好党风,而是将党的建设问题同改革开放和四项基本原则,同精神文明建设和打击各种犯罪活动放在一起,坚持的是两手一起抓而不是一手抓。同抓经济建设一样,抓党风廉政建设也要抓住不放,这是邓小平同志的一个基本思想。而且,抓党风廉政建设不论在何种情况下要有两只手,又都离不开教育和法制。坚持一手抓改革开放,同时又坚持一手抓打击犯罪活动,一手抓惩治腐败,这就是邓小平同志把"两手抓"的思想应用于党风廉政建设的关键所在,直至党的十二大以后逐渐形成一整套党风廉政建设理论,明确提出把廉政建设

---

① 《邓小平文选》第 2 卷,第 253 页。
② 《邓小平文选》第 2 卷,第 332 页。
③ 《邓小平文选》第 2 卷,第 128 页。

纳入法制轨道的思想，都是符合建设有中国特色社会主义理论的发展必然的。

四、提高认识，自觉坚持一手抓改革开放，一手抓打击经济犯罪活动

一手抓改革开放，一手抓打击经济犯罪活动，是邓小平同志关于"两手抓"的思想的一项重要内容和表现形式，是运用"两手抓"具体指导我国改革和建设事业的一种思维方式和行为过程。对我们党来说，完整地、准确地领会和运用邓小平同志"两手抓"的一贯思想，用它来指导两个文明建设，解决党的工作的重点和全局，处理好改革、稳定和发展的关系，无疑是对马克思主义领导科学的一个重大建树，同时也为我们在新时期如何不断改善和加强党的领导增添了新鲜内容和生机活力。十一届三中全会以来，我们党正是以邓小平建设有中国特色社会主义理论为指导，坚持以经济建设为中心，同时在各项具体工作中又坚持"两手抓"的基本方针，这样才有效地保证了我国顺利走上实现现代化的必由之路，使得我们党在国际风云急剧变幻的形势面前能够立于不败之地，以及显示出我国社会主义制度的强大生命力。在中国建立社会主义市场经济体制，实现经济现代化是一项前无古人的开创性伟业，我们面临着许多亟须解决的极其复杂的问题。这些年来，我们在改革开放的历史进程中积累了一些贯彻"两手抓"的经验，但由于两手抓是一项长期的战略方针，它本身所富于的深刻意义和巨大威力是一个动态展现过程，所以必须看到，随着党的十四届三中全会提出的在上世纪末的两大奋斗目标的实现，贯彻这个基本方针的重要性和必要性也必将愈来愈充分地表现出来。这是必然的，确定无疑的。

根据过去贯彻"两手抓"的经验和教训，为了更好地做到"两手都要硬"，不再在某个时期某个问题上出现"一手硬一手软"的现象，我们实在有必要认真领会这个方针，并且把它当做各级领导干部必须进一步解决的一个重要课题。我以为，从思想认识和行为过程入手，在以下几个问题上是需要花点气力的。

第一，要深刻理解，端正认识。"两手抓"是邓小平同志的一贯思

想,是他在领导我国人民进行改革开放和社会主义现代化建设的开创性事业中,运用发展了的当代中国马克思主义解决各种重大实际问题的产物,是对马克思主义科学方法论作出的突出贡献之一。"两手抓"不是一般的工作方法,也不是一般的策略手段,而是创造性辩证思维的结晶。邓小平同志将这个思想广泛具体应用于我国经济建设与改革进程的不同时期和不同阶段,针对所要抓的具体对象有着许多不同的表述方式,但"两手抓"的形象概括始终首尾一贯,本质上都是体现辩证法的两点论与重点论相统一的全面性。我们是马克思主义者,观察问题的思维方式从来都是两点论、两分法,因此必须坚持"两手一起抓";我们共产党人又是最讲"认真"二字的,解决问题的具体过程从来就要求把握事物发展的不平衡性,要看到两点论中的重点,处理好两点和重点的关系,因此必须是"两手都要硬"。在这个意义上说,"两手抓,两手都要硬",不但很好地坚持了两点与重点、重点与非重点的对立统一关系,体现了思维方式与领导艺术的高度结合,而且一个"抓"字当头,又最形象地概括了我们的一切工作必须体现改革精神,无论做什么都要求必须坚持高效、自觉和主动,都应该具有紧迫的时代感和革命的责任感。

第二,要总结经验,汲取教训。搞社会主义现代化建设,必须一手抓物质文明,集中力量改革解放和发展社会生产力,并在此基础上逐步提高人民的物质文化生活水平;同时,又必须一手抓精神文明,包括思想道德建设和科学教育文化建设,要使全国各族人民都成为有理想、讲道德、有文化、守纪律的人民。要把这两手当做大事来抓,紧紧抓住不放。然而,在20世纪80年代就曾出现过几次明显的不足,一手硬一手软,两只手配合得不好,致使物质文明建设和精神文明建设形成鲜明的对照。由于精神文明这只手太软,整个社会曾一度出现精神污染现象,资产阶级自由化思潮泛滥,经济工作滑坡,而犯罪现象、社会治安形势和党风廉政建设问题尤其突出。用邓小平同志在前几年讲的一句话说,"十年最大的失误是教育",主要是"思想政治教育"。① 前事不忘,后事之师。回过头来看,导致"文化大革命"的一个重要条件,是过去

---

① 《邓小平文选》第3卷,第306页。

没有重视社会主义民主政治建设;而导致 1989 年春夏之交在北京发生那场政治风波的一个重要社会原因,就是由于在这以前的几年中忽视了社会主义精神文明建设。我们应该认真总结历史经验教训,不断提高坚持"两手抓"的自觉性。

第三,要一丝不苟,落到实处。当然,要真正做到这一点并不是一件容易的事情。这里有思想认识问题,也有个领导艺术问题,但说到底是认识问题。一般弄清"两手抓"的道理并不难,难就难在是不是把它提到了基本方针应有的高度,有没有决心把它贯彻到改革开放的全过程中去,愿不愿意通过它来彻底变革原有的领导方式,以及善不善于不断总结经验以期提高自己的领导艺术。就像我们经常所见到的,有人口头上也讲坚持"两手抓",但实际上搞的是半斤八两,是离开重点论的两点论。也有的人看样子是在"两手一起抓",但思想上强调的是"条件论"和"特殊论",结果两只手还是不相称。可见,要把两手抓的基本方针落到实处,是需要有点改革精神的,也就是要用"两手抓"推进改革,又要通过改革更好地贯彻"两手抓"。必须做到,就像坚持党的基本路线一百年不动摇一样,也要把"两手抓"的基本方针长期坚持下去。只有这样,我们才是真正学会了运用唯物辩证的思维方法,真正坚持了"两手抓"的基本方针。

(原载《〈邓小平文选〉(第 2 卷)辅导教材》,
人民出版社 1994 年版)

港澳回归与"一国两法"

　　"一国两制"是邓小平同志建设有中国特色社会主义理论的一个重要组成部分,按照"一国两制"方针实现祖国和平统一是前无古人的一个伟大创举。"一国两制"作为小平同志留给中华民族的巨大遗产的一部分,不但已成为当代马克思主义国家学说的宝贵财富,而且也为国际社会解决历史遗留问题提供了一个全新思路。喜迎香港回归,展望祖国完全统一的前景,更有一幅"一国两法"的绚丽画面呈现在我们面前,真叫人好不振奋!面向 21 世纪,如何从历史源流和现实联系出发,围绕港澳回归对"一国两法"问题做些必要的研究,这对于把握香港、深圳、珠江三角洲互补关系新态势,乃至探索粤港澳三地社会经济一体化的发展途径和法制保障,无疑都是具有现实意义的。笔者不揣简陋,愿就这个题目略陈管见,唯学殖不深,尚祈方家正谬。

一、港澳回归与"一国两法"新格局

　　香港自古以来就是中国的领土,鸦片战争后被英国占领,并通过强迫清政府签订三个不平等条约,从割让、租借、开埠建设发展至今,已近一个半世纪之久。而葡萄牙早在 16 世纪中叶就以自治租居者身份生活在澳门,从 1849 年葡在澳门的行政长官阿马留宣布澳门为自由港开始,直至 1887 年强迫清政府签订《中葡北京条约》,获得"永久管理"澳门的殖民统治权,也有 100 多年的历史。港澳背靠广东,与深圳、珠海唇齿相依,隔海相望,尽管一个多世纪来经历了不同的社会发展道路,有着不同的政治经济制度和生活方式,但三地人民血脉相连,历史形成的亲情代代相传,社会经济文化联系始终绵延不绝。现在,随着"一国两制"方针在和平统一祖国进程中的成功运用,我国政府将于今年 7 月 1 日和 1999 年 12 月 20 日分别恢复对这两个地区行使主权,使它们重新回归祖国怀抱,并将根据现行宪法第 31 条的规定,成为在我国实行"一个国家、两种制度"的两个特别行政区。这是一件举世瞩目的大事,百年国耻一朝得雪,中华民族再纵豪情,包括港澳同胞在内的全国人民莫不激情满怀,更加笃信在五星红旗下完成祖国统一大业的日子必将到来。

"一国两制"方针在香港、澳门的顺利实现,将对我国国家结构产生巨大的影响。按照马克思主义国家观,一般主张建立民主集中制的单一制共和国,认为它是一种"历史的进步",有益于社会生产力发展,有助于国家的团结和统一,并在实际上能给地方提供比联邦制更多的民主和自由。我国是一个统一的多民族的国家,原来就是据此采取单一制的国家结构形式,并在单一制国家范围内依靠实行民族区域自治制度来解决民族问题。当然,马克思主义不一定就完全否定联邦制;相反,认为在某些"例外"情况下(如在民族矛盾突出的国家)也可以采取联邦制。而我国现在的"一国两制",就是在统一的中华人民共和国内,内地实行社会主义制度,在香港、澳门、台湾地区则仍然允许保持原有的资本主义制度,这也是实行单一制国家的另一种"例外",是小平同志对马克思主义关于国家结构形式理论的一个伟大创造和发展。实现"一国两制"后,我国单一制国家结构的基本特点还继续保留,比如有一个统一的国家和国籍,有一个统一的最高权力机关,国防权、外交权也由中央人民政府统一行使。但是,实行"一国两制"必将引起我国国家结构形式的新变化,这就是虽然国家主权只有一个,在国际上代表中国的只能是中华人民共和国,新设立的特别行政区也都不是一个独立的政治实体,但特别行政区享有高度自治权,即具体享有行政管理权、立法权、独立的司法权和终审权,并且现行的社会经济制度和生活方式不变,法律基本不变,中央人民政府还赋予特别行政区很大的外事权(处理某些涉外事务),尤其对台湾回归祖国后的政策更宽,如允许它保留自己的军队,党政军系统都由台湾自己管,中央人民政府还可给台湾留出名额等。显然,这种新情况不能不影响我国原来单一制的国家结构形式,甚至在客观上不能不改变其原有的特定含义,在它上面刻上"一国两制"的印记,使我国从此变成一个带有某些复合制国家结构形式特点的单一制国家。它的具体表现是,在特别行政区实行与全国其他省、自治区、直辖市根本不同的特殊社会经济制度和政策,这种高度自治权不但突破了单一制下地方政府的权力范围,而且比许多联邦制成员国享有的自治权力还要大得多。然而,我们国家的主权只有一个,在这个意义上还是单一制的国家。

国家的结构形式与组织形式、管理形式密切联系在一起,它们共同构成国家形式的整体模式。"一国两制"带来国家结构形式的新变化,也必然影响国家形式的其他方面,尤其反映在法律制度上的变化更加巨大,这就是导致"一国两法"崭新法制格局的出现和形成,影响波及我国现行法制建设、法律体系、法律结构、法律传统和法文化观念等各个方面。在一个国家内存在两种性质不同的社会经济制度,进而在一个国家内出现两种性质不同的法律和法律制度,这是"一国两制"新生事物自身发展的逻辑,是不依人们意志为转移的。随着港澳相继回归,我们将愈来愈清晰地看到"一国两法"这个奇特现象,即社会主义法律体系与资本主义法律体系并存,它们以中华人民共和国宪法为核心,又以特别行政区几个基本法为纽带,各自都有构筑自身法律体系的主干法律部门,还有自身法律体系所需要的相关法律法规群,在共同发展中彼此既相融合又相冲突,各个异法区域竞相活跃,整个法制领域将呈现出一幅主次有序、作用互异、层面纵横交叉的板块式结构的画面。由此不难看出,我国"一国两法"新格局的基本特色和主要构成,可以高度概括为"一国"、"两法"、"三系"、"四域",这是确定无疑的。

"一国",是指国家结构形式仍是具有某些复合制特点的单一制国家,在中国按照"和平统一、一国两制"方针解决香港、澳门、台湾问题以后,国家立法权依然统一,只有一个最高立法机关,一个中央人民政府,一部国家根本大法。未来法制体系不论具体构成如何,也不论法律制度怎样多元存在,都必须符合主权国家的宪法原则。"一国两法"的前提是"一国",是国家主权的完整统一,这个法权关系基础是动摇不得的。

"两法",是指中国内地实行社会主义性质的法律,而在港、澳、台特别行政区实行资本主义性质的法律。内地社会主义法与特别行政区资本主义法是对立统一的,它构成"一国两制"式法制建设的基本矛盾,处理好这对基本矛盾有助"一国两制"的实现和稳定,对建设"一国两法"的法制体系尤其具有关键性的意义。就两法在"一国"中的地位而言,内地的社会主义法是主体,起主导作用;特别行政区基本法为辅助,起必要补充作用。但是,二者可以相互容纳,又可以相互借鉴。

"三系",是指按照法律制度的传统和外部特色看问题,中国内地和香港、澳门、台湾原有法律分属三个不同法系(legal system),即社会主义法系、英美法系和大陆法系。其中,海峡两岸同属中华法律传统,但中国法制从 19 世纪初起中经清末政府、北洋政府和民国政府的不断努力,至 19 世纪 30 年代初奠定以民法法律传统为模式的方向,正式宣告纳入大陆法系(Continental Law System,习惯称 Civil Law),在新中国成立后才被社会主义法(Socialist Law)所取代,而属大陆法系的台湾法也逐渐受到了英美法系的影响;香港法属于英美法系(Anglo - American Law System,又称英国法系,习惯称 Common Law),在英国殖民统治下没有自己的宪法,被称为"香港宪法"的不过是《英皇制诰》(Letters Patent)和《皇室训令》(Royal Tnstructions)两个法律文件,法律渊源形式主要是普通法(Common Law)、衡平法(Equity)、制定法(Legislation)和习惯(Custom);澳门法是以葡萄牙法律形式出现的,属民法传统即大陆法范畴,以制定法尤其是葡萄牙的几大法典即民法典、刑法典、商法典、刑事诉讼法典和民事诉讼法典为基本法律渊源,主要包括法律(Leis)、法令(Decretos - Leis)和立法性命令(Decretos Legislativos)三种形式,此外还包括政府各部门在自己权限内就具体事宜制定的专门性规章和判例(Assentos)解释。

"四域",是指由上述两种性质不同、分属三个不同法系的法律,形成法律适用的四个异法区域,构成了四个运用区域法律冲突规则的区域空间,即四个不同法域。作为一国内部各具独特法律制度的地区,它们都是平等独立的法域,在"一国两制"的国家结构下内地与特别行政区是中央与地方的关系,但在"一国两法"法律体制下,在这四个独立法域又都允许保留自己不同性质和各具特色的法律制度。

上述由"一国"、"两法"、"三系"、"四域"构成的我国"一国两法"式法制建设的新格局,首开中外法律制度史的先河,它的理论意义将远远超出一国的范围,成为我们中华民族对整个人类法制文明的一大贡献。为了更好地加强"一国两法"的建设,推进港澳回归后本地区法制建设的进程,我们对"一国两法"新格局的结构特征不能不深探力取,廓清内中的相互关系。我以为,把握其结构特征的关键,主要是弄清外在形式和内在本质这样两个问题。

首先是外在形式,如上所说它表现为板块式结构,但这个整体结构绝非杂乱无章,而是主次有序、地位和作用有别的一个全新框架。在"一国两法"基本框架中,中华人民共和国宪法处于核心地位和指导层面,它是四个异法域的共同母法;特别行政区的《基本法》为第二层级,其结构与宪法相似,作为全国性法律还内含宪法性的特点和属性,效力次于宪法但高于一般法律,是连结"一国两制"和"一国两法"的基本纽带;内地的社会主义法是主体国家在政治和法律上的一般表现形态,在"一国两制"法律体系中是主体部分,又是特别行政区赖以存在和发展的后盾;各个特别行政区的资本主义法是它们实现高度自治权的基本保障,为它们回归祖国后的地位所规定,在"一国两制"法制体系中处于辅助地位,在国家法制结构功能中起着补充作用。此外,同板块结构各个组成部分或构成要件相联系的,是源于"三系"、"四域"的法渊源、法习惯、法律文化观念和区际法律冲突规则,等等。它们在这个法制建设新格局中处于中介环节,在保证法制体系良性循环方面起着一种整合作用。

其次是内在本质,由于"两法"特别是"三系"、"四域"的交互作用频繁,充满各种矛盾,其对立与统一,互动与互补、和谐与摩擦贯穿法制建设全过程,但归根结底表现为异质法文化的相互包容与冲突。因此,一方面要充分把握各种矛盾现象,主要是坚持主权统一与保证治权相对分离的矛盾,层次结构中主体法与辅助法之间的矛盾,特别行政区基本法与地区原有法律之间的矛盾,中国内地法律与特别行政区法律本地化之间的矛盾,香港法律、澳门法律和台湾地区法律相互之间的矛盾,尤其是"两法"之间的矛盾更为基本和突出,必须始终给予足够的重视。另一方面,要充分认识到法律文化现象从来就是人类文化的重要组成部分,"一国两制"式法制建设中出现的或隐含的种种矛盾,往往通过法律规范、法律规则和法律制度表现出来,但寻求解决之道却又往往需要追溯到法律传统,非由表及里是断然解决不好的。其实,如同机遇与挑战并存一样,异质法律文化的并存不仅仅是摩擦与冲突,而且更多的是融合与和谐,阻力与助力相伴而生、相随而行,事物的发展从来就是互动互补的。

港澳回归和"一国两法"新格局的出现,都是直接实现"一国两制"的客观必然,又都产生于相同的市场经济条件和相同的时代背景,这绝不是偶然巧合而是中国人民作出的一种历史性选择。在市场经济条件下,社会利益结构发生深刻变化,利益主体多元化和利益关系复杂化必然要反映到政治法律上层建筑上来,现实生活中的法律问题总是会层出不穷的。我们搞法制建设本来就经常遇到这样那样的"热点"和"难点",何况从港澳回归开始,我们将要进行的"一国两法"的法制建设是一项创新事业,这就更需要保持清醒的认识,做好充分的思想准备,用改革的精神迎接我国法制建设新时期的到来。

二、关于特别行政区现行法律的取舍

按照"一国两制"原则建立特别行政区法律制度,是解决这些地区历史问题的最重要和最基本的环节。鉴于"一国两制"的伟大构想是彻底唯物主义和实事求是的,是在解决和平统一祖国大业问题上反思过去、面对现实、把握未来所作出的理性选择,是国家利益和民族利益之所在,我们必须紧紧抓住这个基本环节不放,把一代中国人的共识变成活生生的事实。必须承认,为法的本质所规定,各个国家和各个民族的不同的法律,都应该是个性与共性、阶级属性与社会属性的统一,是民族特色与全球意识的统一。法律不仅是国家意志的一般表现形态,还是依靠国家强制力作保障并用来调整社会生活和经济关系的行为规范和行为模式,而在这一点上是不受地区界限和社会制度制约的。不论社会关系何等复杂并具有多层面性,也不论具体法律形式如何多种多样,但在事实上各个国家的主要法律部门大都是相同或近似的,这说明各种法律制度必定还有共同的规律性可循,包括法律背后起作用的伦理道德观念也必定包含了共同的成分。关于这一点,民商法表现得尤其明显。马克思、恩格斯所以把古代罗马法称为简单"商品生产者社会的第一个世界性法律",[①]恩格斯早就预见到"一切后来的法律都不能对它作任何实质性的修改",[②]真谛就在于它是反映商品经济法需要的经典性的法律表现形式。可见,民商法作为商品经济关系的主体法、关系法、行为法、组织法和程序法,从来就是联结人类生活的天然纽带。建立特别行政区法制不但其势必然,而且也是定能开花结果的。

港、澳《基本法》明确规定其原有法律基本不变,这就为两个特别行政区的法制建设奠定了基础和发展的起点。但按《基本法》的规定,香港原有的法律,澳门原有的法律、法令、行政法规和其他规范性文件,除同基本法相抵触或者经港、澳特别行政区的立法机关作出修改者外,予以保留。两个《基本法》第8条所作的相同界定表明,现行香港、澳门法定施行的相当一部分法律,只有经过必要的修订和立法转换程序之后,才能成为这两个特别行政区的法律。换句话说,现行香港、澳门法律虽然构成未来的法制基础,但绝不意味着现行法律中凡和基本法不相抵触的,都会成为它们自己的法律。于是便出现一个新问题,这就是决定这两个地区原有法律取舍的判据和标准是什么,或者说原有法律究竟在多大范围内、在何种程度上并且需要通过哪种方式的努力,最终才能成为香港、澳门特别行政区法律的问题。对此,两个《基本法》总则的第8条和附则的第160条或者第145条都分别作了规定,即原有法律只要与《基本法》不相抵触的,港澳回归后就可以作为它们自己的法律予以保留。然而,这些规定只不过为解决问题提供了一个根本原则或大的前提,它并不能代替港、澳法律本地化过程中的具体操作标准。直至1997年2月23日,第八届全国人大常委会第二十四次会议通过《处理香港原有法律的决定》(以下简称《决定》),进一步将香港

---

① 《马克思恩格斯选集》第4卷,第248页。
② 《马克思恩格斯全集》第21卷,第454页。

《基本法》第 160 条和第 8 条的规定具体化,这才为解决香港原有法律的取舍问题作出明确的立法界定。

全国人大常委会通过的《决定》是非常适时的,《决定》精神也是非常明确的。香港原有法律的取舍,必须遵循《决定》确立的以下几项原则:

第一,法律冲突原则。根据《决定》的第一项规定,"香港原有法律,包括普通法、衡平法、条例、附属立法和习惯法,除同《基本法》抵触者外,采用为香港特别行政区法律。"这是一个总的原则和标准,它体现了"一国两法"的核心要求,也是香港特别行政区法律得以自立的关键所在。《基本法》是依我国宪法并由全国人民代表大会制定的,在特别行政区原有法律不得同《基本法》相抵触或者冲突,就能从根本上保证《基本法》与我国宪法的和谐统一,保证"两法"不越出"一国"的轨道。

第二,反殖民统治原则。这是维护民族尊严和国家主权的需要,也是法律抵触原则的集中表现。我国政府将在今年 7 月 1 日恢复对香港行使主权,这意味着宣告英国在香港的殖民统治从此结束,中国和平统一的历史潮流是任何力量阻挡不住的。但是,回归祖国后的香港仍然面临着肃清殖民主义影响的任务,只有从制度特别是法律制度上来解决问题,才能继续保持香港的繁荣、稳定和发展。因此,凡一些体现英国对香港殖民统治的法律,不论是原有法律中的条例或附属立法,还是香港回归前港英推行"三违反"政改方案而制定的,违反《中英联合声明》和《基本法》有关香港原有法律不变规定的法律规定或重大修改,都理所当然地不能被采用为香港特别行政区法律。《决定》第二项、第三项对此分别规定了两种情况,一是香港原有的条例和附属立法整体抵触《基本法》,二是原有的条例及附属立法的部分条款抵触《基本法》,并将这种情况具体化,分别以附件一和附件二的形式明示出来,以利遵行。前一种情况就是附件一所列举的 14 个条例及附属立法,其中如《英国法律应用条例》(香港法例第 88 章)、《皇家香港军团条例》(香港法例第 199 章)、《香港以外婚姻条例》(香港法例第 180 章)、《强制服役条例》(香港法例第 246 章)、《英国国籍(杂项规定)条例》(香港法例第 186 章)以及《选举规定条例》(香港法例第 367 章)等;后一种情况则是《决定》附件三所列的 10 件条例及附属立法的部分条款，诸如《人民入境条例》（香港法例第 115 章）第二条中有"香港永久性居民"的定义和附表一"香港永久性居民"的规定、任何为执行在香港适用的英国国籍法所作出的规定，《市政局条例》（香港法例第 1 章），《香港人权法案条例》（香港法例第 383 章）第 2 条第 3 款有关该条例的解释及应用目的的规定、第 3 条有关"对先前法例的影响"和第 4 条有关"日后的法例的释义"的规定，《个人资料（隐私）条例》（香港法例第 486 章）第 3 条第 2 款有关该条例具有凌驾地位的规定，以及 1992 年以来根据"人权法案"凌驾地位对原有法律的重大修改等。

第三，法律适用程序原则。《决定》第四项明确规定："采用为香港特别行政区法律的香港原有法律，自 1997 年 7 月 1 日起，在适用时，应作出必要的变更、适应、限制或例外，以符合中华人民共和国对香港恢复行使主权后香港的地位和《基本法》的有关规定，如《新界土地（豁免）条例》在适用时应符合上述原则"。这就是说，香港原有法律经采用为香港特别行政区法律并不等于立即就可操作，在适用这些法律时还须经过一个立法转换程序，非法香港立法机关依照法定程序对其作出必要的变更、适应、限制或例外，不能生效。显然，立法意图是为了解决香港特别行政区法律本地化的问题，以期体现香港回归后的地位，使它既符合《基本法》的有关规定，又符合对香港原有法律的取舍原则。关于香港法律本地化的实质，主要是在于把从英国法延伸到香港生效适用的条例和附属立法，根据香港回归后的地位及其本地区的实际情况，进行有计划的、系统的评价、整理和修订，最终再由香港立法机关完成必要的立法程序，使原有被采用为香港特别行政区的法律真正成为香港地区的法律。

第四，国家主权统一原则。国家主权统一和治权相对分离，这是实行"一国两制"的根本和关键，也是建设"一国两法"的法权关系基础。根据《基本法》的规定，香港回归后实行"港人治港"，在中央政府对香港地区享有完全主权的前提下，依法不但享有高度的自治权，而且还要履行维护国家统一和领土完整的神圣职责。因此，全国人大常委会关于《处理香港原有法律的决定》还通过对若干情况的审慎考虑，在字里行间又重申了国家主权统一和治权相对分离的原则。这方面涉及的内容很多,概括说来主要包括:(1)规定与香港有关的外交事务的法律,如果同在香港特别行政区实施的全国性法律不一致,应以全国性法律为准,并符合中央政府享有的国际权利和承担的国际义务;(2)任何给予英国或英联邦其他国家或地区特权待遇的规定,除有关英国或英联邦国家或地区与香港之间的互惠性规定外,不予保留;(3)有关英国驻香港军队的权利、豁免及义务的规定,凡与《基本法》和中国香港特别行政区《驻军法》不相抵触的予以保留,并适用于中央人民政府派驻香港的军队;(4)实行双语制,中文和英文都是正式语言;(5)在条款中引用英国法律的规定,只要不损害中国主权和抵触《基本法》的规定,在香港特别行政区对其作出修改前,作为过渡可继续参照适用。

第五,文义解释或适用替换原则。由于原有法律是英国式的法律,反映在立法指导原则和立法技术、立法语言等各个方面,难免受其影响,甚至连原有法律中使用的名称、术语和概念也留下殖民统治的痕迹。因此,在原有香港法律被采用为香港特别行政区法律的过程中,对其法律文义所指以及内中名称或词句的解释或适用均须作出处理,而且这不仅仅是技术操作问题,同时又是一个政治原则问题。正因为这个问题是极其严肃的,《决定》对处理香港原有法律又明确规定了替换原则,这就是"在符合第四条规定的条件下,采用为香港特别行政区法律的香港原有法律,除非文义另有所指,对其中的名称或词句的解释或适用,须遵循本决定附件三所规定的替换原则。"《决定》附件三共规定了10项这样的原则,内容涉及英国"女王陛下"和"王室"称谓,英国政府和港英行政机关、组织机构及其官职,以及有关"本殖民地"和政治性专有名词或文义解释等各个方面,令人一目了然,便于操作替换。

处理香港原有法律除上述主要原则外,《决定》还针对"处理"本身规定了一条有关纠错的补救原则,即被采用为香港特别行政区法律的香港原有法律,如以后发现与《基本法》相抵触的,还可按《基本法》规定的程序进行修改或停止生效。《决定》所体现的这种原则性与科学性高度统一的精神,同它为处理香港原有法律所规定的取舍标准或原则一样重要,不但对香港特别行政区法制建设起了奠基的作用,而且对澳门特别行政区乃至对未来台湾特别行政区的法制建设,都将具有直接实践的意义。

三、"一国两法"与港、澳法制建设

"一国两制"赋予我国国体以新的内容,又增添了政权建设的新形式,致使国体和政体在国家主体部分和特别行政区出现了不一致,形成两种民主制度和两种法律制度并存的局面。这对加快我国社会主义市场经济建设,扩大爱国统一战线,发展多党合作制度,推进我国改革开放和依法治国,都必将产生积极深远的影响。

国无法不治,民无法不立。"一国两制"将改变原来社会主义法制建设的格局,不能没有适应"一国两制"需要的新的"一国两法",否则不能成其为"一国两制";"港人治港"、"澳人治澳",不能上无道揆、下无法度,否则不成其为当家做主。所以,在我国政府恢复对香港、澳门行使主权以后,如何实现国家主权与治权的统一,保持繁荣与稳定的统一,其中很重要的一项工作,就是按照"一国两法"新格局加强香港、澳门特别行政区的法制建设。而在这个新生事物和崭新课题面前,我们恰恰缺少经验,也没有现成的模式可供借鉴,只能是依靠实践来解决。关键是从何处着手,这是需要认真对待的。处理香港原有法律的取舍,属于为香港、澳门特别行政区法律奠基铺路的工作,只是意味着港澳法制建设的开始,更加艰巨的历程却尚待启动。这方面内容丰富,涉及法制建设的各个层面、各个环节和各个制度,也涉及立法指导思想、背景与要求、法制传统以及模式选择等许多比较深层的问题。这里,我想就香港、澳门特别行政区法制建设中几个具有共性的问题,分别谈谈看法。

(一)关于港澳特别行政区立法背景

本质上说,特别行政区法律制度就是"一国两制"式的法律制度,即这些地区自己的法律制度。法律制度是现行社会制度的重要组成部分,港、澳、台原有法律制度是由其地区性社会物质生活条件和历史文化经过长期发展而积淀起来的产物。回归祖国后所要建立的特别行政区法律制度也不是一朝一夕就能成就的。我们现在所讲的港、澳法制建设,就是在它们回归祖国后所需要的法制建设。这样一种法制建设有别于我们原来意义的法制建设,它是在"港人治港"、"澳人治澳"即将变成现实、"一国两法"新局面开始形成的条件下起步的,是由"一国两制"推向舞台的。

因此,香港、澳门特别行政区法制建设一提到议事日程,就必须直面两个基本事实:一是特别行政区自身历史造成的法律制度,而且自己原有的这种法律制度又与中国内地的社会主义法律制度存在着鲜明的差异;二是长期以来香港受英国殖民统治、澳门受葡萄牙准殖民管治及其政治力量的影响,港、澳社会的政治和文化又都具有十分明显的英国色彩或葡萄牙色彩。换句话说,不能不看到是"一国两制"把港、澳原有法律同大陆社会主义法律联起来,并导致两种性质殊异的法律制度同时并存于"一国";同样还不能不看到,一国条件下"两法"的法律传统不同,二者并存且又交叉重叠,这就必然给我国包括港澳特别行政区在内的整个法制建设的理论与实践带来深刻的影响。而且,这种影响有些已开始暴露,有些潜在深层,且会长期发生作用,本文在这里不打算展开讨论,只想就其明显表现出来的列举一二。比如,在"一国两法"的情势下,法的阶级性与社会性统一的现象日见其多,法律产生的社会物质生活条件不再单一,法的意志表现形态的内涵将起变化,法的指导原则也出现了差异,法的作用将会得到整合,法的渊源形式日趋多元,法律传统的地位势必加强,法律解释也日益增多,立法体制呈现出新的形式和特点,以及在司法组织、司法原则、司法制度和法律适用等方面都可能引起新的调整。可是,港、澳特别行政区将根据全国人民代表大会授权而依《基本法》的规定实行高度自治,享有行政管理权、立法权、独立的司法权和终审权,在香港、澳门特别行政区实行的法律是《基本法》以及《基本法》第8条规定的港、澳原有法律和港、澳特别行政区立法机关制定的法律,而全国性法律除列于两个《基本法》附件三外,不在香港、澳门特别行政区实施。这就是摆在我们面前的客观事实,是看得见和摸得着的。港、澳特别行政区法制建设必须承认这两个事实,并且根据这两个事实提出问题和认识问题,才能正确地理解和把握自身的立法背景。

所谓立法背景,当然是指立法的社会背景。"一国两制"方针在香港、澳门实现后,面向"一国"中两法并存局面及其相互交叉重叠的事实,为港、澳特别行政区法律本地化的要求所决定,这两个地区法制建设的社会背景只能是面向中国内地,立足香港、澳门社会,代表"港人治港"、"澳人治澳"的民意,以两地现行法律为基础,以国家宪法和《基本法》为准绳,并以中国港人、澳人的历史文化传统为依据。或者说,未来香港、澳门特别行政区法律制度一定是以当地为立法背景,以其现行法律制度为原点或起点,既能体现中国法文化传统的博大精深和兼容并蓄,又不可避免地分别成为带有英国式法律特色和葡萄牙法律特色的本地社会的法律制度。我们可以这样预期,并笃信是确定无疑的。

(二)关于法律传统与港澳法律本地化

法律传统和法律本地化是一个问题的两个方面,都是香港、澳门特别行政区法制建设必须给予足够重视和认真加以解决的问题。弄清港、澳特别行政区法制建设的社会背景,无疑有助于港澳法律的本地化,但光靠解决立法背景是不够的,还必须处理好法律本地化与法律传统的关系。香港、澳门法律的本地化决不意味着法律原有化,更不等于坚持原来法律传统以拒绝中国历史文化传统。港、澳法律本地化的实质如前所述,主要是把从英国法、葡萄牙法延伸至港、澳生效适用的一些法律,根据港澳回归后的地位及其本地区的实际情况,进行有计划的系统的评价、整理和修订,最终再由香港、澳门立法机关完成必要的立法程序,使原有被采用为港澳特别行政区的法律真正成为它们本地区的法律。舍此,不会也不应有别的什么法律本地化,因为只有这种特定含义的法律本地化才是"一国两制"所绝对必需的。

"一国两法"的重要特点之一,就是中国内地和港、澳、台地区原有法律分属三个不同法系,代表着三种法律传统。因此,香港、澳门特别行政区法律本地化必须面对这个法文化背景,既要看到受异质法律传统的制约,又应学会在几种不同法律传统中彼此容纳并汲取对方的营养,从而在共谋发展的过程中逐渐形成适合法律本地化需要的、新的法律传统的特色。

必须看到,由于我国内地的法律与台湾的法律都属于中华法系传统,尽管法的本质属性有别,但在法律形式、法律体系、司法体例以及社会法心理构成因素等方面毕竟肇始神州,实有同根同源的历史渊源联系。正是在这个意义上说,将来台湾的法律制度建设肯定要比港、澳特别行政区的法律建设顺利一些,因为法律传统更为接近,相互容纳和相互借鉴的成分也会更多。相反,香港、澳门的情况不同,其原有法律不但与我国内地的法律有别,而且它们彼此间的差别也很大。但香港特别行政区法律本地化的有利因素也是明显的:历史形成的地位,比较完备的原有法制,"一国两法"进程的率先步入,以及法律界早已存在的合作等,都会成为推动本地区法制建设的动力。至于澳门,虽然为其法律制度形成与发展的特殊历史所决定,原有法律与中国内地法和台湾法、香港法都不相同,但是它的法文化始终以中国传统为主,澳门居民对从葡萄牙移植过来的法律不熟悉也不予认同,相反对英国式香港法(特别是商法)更感兴趣,甚至宁愿把其相邻地区或国家的法律当做澳门法的补充。澳门立法机关自己制定的法律不多,1995 年 11 月公布并于 1996 年 1 月 1 日起施行的新的《澳门刑法典》,可算作为第一部本地化法典。这就说明,在澳门特别行政区法制建设过程中,要按其构成形态与内在联系构筑一个统一法体系可能比香港地区更困难,但有一点可以肯定,处理澳门原有法律不如香港特别行政区复杂,因而在其回归祖国后,法律本地化将会更具特色。

(三)关于港、澳特别行政区法制的构想

从法律传统看问题,不论香港、澳门的历史条件如何,它们毕竟都是以华人为主的小社会,因此它们的法律文化归根到底是中国文化的一部分。鉴于长期以来的民族共处、文化交汇和交通起始等历史和社会条件,中华民族的法律文化完全有可能同英国式香港法文化、葡萄牙式澳门法文化发生影响和渗透,直至被当地原有法律文化所部分接受或移植,只不过需要经过香港、澳门传统法文化的转型与改造罢了。现在,我们还无法设想港、澳传统法文化在何种程度与规模上转型改造,现实态度应该是采取求大同存小异的做法,在人类行为的共性方面相同,在区别一民族法律文化的特殊行为模式与观念意识方面存异,而不能强行改变一个立足于特定文化传统的法律传统,更不能任意否定一个特定法文化传统去接受或汲取异质法文化传统所反映的优秀文明成果。我们如果从这个基本前提出发,那么,香港、澳门特别行政区法律制度的形态,至少可以有以下几种现实的选择。

其一,以港、澳特别行政区立法机关制定的法律为基础,借鉴其原有法律,参照大陆法系国家的传统做法,从《基本法》和港、澳本地区实际情况出发,采用法典或制定法的模式,依据宪法指导原则将几个主要基本法律以法典化的形式制定出来,并与之相配套,制定其他法律法规,从而构建香港、澳门自身的完整法律体系。这种选择还可以照顾香港、澳门原有立法习惯,香港仍然可像英美国家那样用制定法补充判例法,澳门仍然可像欧洲大陆国家那样以司法判例来补充制定法,以期与当今世界主要法系的发展走向趋同。

其二,以香港、澳门原有法律为本,保持其框架结构,将香港、澳门特别行政区立法当做法律渊源补充进去,并按照港、澳地区自己的习惯,各自可分别从对方民法法系或普通法系中借鉴汲取所需的一些内容,为保持与我国内地法相和谐又在具体问题上作出适当调整,最终在香港特别行政区建立起一种以英国式法律为主导型的法律制度,在澳门特别行政区建立起一种以葡萄牙式法律为主导型的法律制度。选择结果,二者必然反映英、葡法文化的影响。

其三,以我国内地的法律为主要参照系,吸收香港、澳门特别行政区现行法律,其中尤其注重吸收英国法律和葡萄牙法律中的一些值得借鉴或移植引进的内容,同时充分照顾港、澳当地的习惯,以及在港、澳法律实践中实际上已经产生影响的民法法系和普通法系(即大陆法系和英美法系)的某些内容,由此建立起香港、澳门特别行政区的法律制度。按照这个选择模式,港、澳特别行政区法律制度就会离自己的法律传统走得较远,而与我国内地法律制度更为接近,成为一种能够充分反映我国内地法律影响的港、澳特别行政区法律制度。

以上几种现实的选择并不具有同等的可能性,也不是对港、澳特别行政区法制建设整套思路的完整概括,说到底还是一种初步构想。就前两种选择而言,最终结局是相同的,即香港特别行政区法制是英国式的,澳门特别行政区法制还是葡萄牙式的,仅仅是这两个特别行政区法律的渊源形式存在区别而已。至于第三种选择的可能性则相当小。因为它与"一国两法"间的关系难以处理恰当,恐怕有悖于实现香港、澳门特别行政区法律本地化的初衷,甚至给贯彻"一国两制"方针造成不利影响。我们必须承认,政治制度与法律制度从来就是内容与形式的关系,一个国家的政治制度与法律制度固然有着不可分割的一面,但又不仅仅是这一面。我们还必须承认另外的一面,这就是法律制度更多的是受经济关系和经济制度的制约,它毕竟不完全取决于政治制度,如果从人类文化的角度看问题,不同法律文化之间的摩擦与融合就更是一种正常现象。所以,按照"一国两法"在香港、澳门特别行政区建立相对独立的法律制度和法制体系,这不仅是政治的需要,更是中华民族的利益所在。

四、异法区域与区际法律冲突

随着"一国两制"在香港变成现实,不但香港这颗"东方明珠"将更加璀璨,而且我国现代化建设在祖国和平统一进程中也将更加腾飞。从此以后,大陆与港、澳、台地区的交往与合作将比以往更加密切,尤其珠江三角洲的经济协作会更加卓有成效,整个粤港澳社会经济发展的互补优势更会充分地显示出来。大陆与特别行政区人民间的交往愈频繁,社会经济文化间的合作愈密切,反映在四个异法区域间出现的法律问题就会层出不穷,如何调整区际法律冲突关系的问题也就必然突出起来。各个法域要求相互承认外法域公民的民事法律地位和民事权利,希望解决外法域法律在自己域内的域外效力,这在"一国两制"下是必然的,也是正常的现象。

然而,鉴于区际法律冲突是各种利益关系在异法区域间的复杂表现,内隐多种特殊因素的交互作用,这就决定了我国区际冲突立法的多层性和高难度。它涉及异质文化的本质属性,深层问题远比"一国一制"内部多法域间的区际法律冲突尖锐得多。我国四个法域间的法律冲突直接反映当今世界三个主要法系之间的冲突关系,它不同于其他多法域国家内相同法秩序中的法律冲突,也不同于个别国家(如美国)存在两个法秩序条件下的法律冲突。我国现在是一个带有复合制特点的单一制国家,内部所产生的法律冲突也有别于联邦制国家的区际冲突,它们本来就设置了专门协调解决区际法律冲突的专门职能机构,而在我国没有。此外,我国设立的特别行政区本来就"特别",它享有包括处理部分对外事务权力的高度自治权,这就导致大陆同这些法域间的法律冲突不可避免地含有涉外因素,因为有些国际协定只能在某个地区适用,便使得各个法域的本地法同其他异法域适用的国际协定间,或者各个法域在适用不同国际协定间所产生的法律冲突,不能不涉及适用国际协定的冲突原则。当然,这些情况无非是说明我国区际立法的困难较大,但适应新出现的"一国两法"的需要,又必须尽快地解决区际法律冲突问题。

我国区际法律冲突究竟怎样解决,在国内同样缺少这方面的经验,这还需要认真摸索和积极准备,可能要经过一个渐进过程。总的来说,解决这个问题应立足"一国两制",坚持国家主权原则,从有利于国家经济繁荣和政治稳定的大局出发,充分照顾各个法域的利益和实际,在平等互利的基础上共谋互补和发展。至于我国区际冲突法采用何种方式构建,要不要采取单一立法的途径,这个问题可以暂且不形成思维定式,最好由实践作出回答。当前亟须解决的问题是,应该从服务于改革开放的需要进行考虑,按照大的思路从小处着手,先研究提出一些解决问题的原则措施。笔者认为,我国区际冲突立法的主要任务不是急于制定冲突规则,而是要根据我国改革开放以来处理涉外经济法律关系的实践经验,按照"一国"、"两法"、"三系"、"四域"的法制新格局对这些经验作出评价与调整,然后将它们具体运用于解决我国区际法律冲突的实际,以期解决当务之急。与此相联系,考虑我国区际冲突立法应与实现和平统一祖国大业的进程大体相一致,滞后被动,过于超前也未必现实,所以不能急于求全,涉及的问题不宜过于宽泛。现在亟须考虑的,主要不外乎特别行政区居民的民事法律地位和民事权利,以及法律适用、司法管辖权、商事仲裁和海事仲裁、司法判决的承认和执行这样一些问题。下面,本文仅就其中三个问题谈点看法。

(一)关于特别行政区居民的民事法律地位和民事权利

这是在区际交往特别是区际经济交往中产生的、必须妥善解决的一个重要法律问题。根据大陆宪法制定的香港、澳门特别行政区《基本法》都明确规定,特别行政区是中华人民共和国不可分离的部分,香港、澳门居民包括永久性居民和非永久性居民,其中永久性居民大都是中国公民,他们是在港、澳特别行政区成立以前或以后在香港、澳门出生的,通常居住7年以上的中国公民,以及他们成为永久性公民以后在港、澳以外所生的中国籍子女。而所有港、澳居民,不论永久性居民或非永久性居民,在法律面前都是一律平等的,所不同的只是港、澳永久性居民依法享有选举权和被选举权。显然,我国港澳地区居民与国内其他区域在经济交往中产生的法律地位与民事权利同在我国境内的外国人是不同的,因而赋予他们民事权利的做法就不同于国际私法上的制度,应该主要是通过国内立法而不是通过条约来解决。换句话说,对香港、澳门特别行政区永久性居民中的中国籍公民,似应通过中国内地民事立法来解决,而对其中的非中国籍公民,总的原则应是根据我国现行《宪法》第32条的规定来解决,即"中华人民共和国保护在中国境内的外国人的合法权利和利益,在中国境内的外国人必须遵守中华人民共和国的法律"。

(二)关于法律适用

我国四个异法区域间的经济交往都互有域外因素或涉外因素,这些域外因素或涉外因素又都有可能导致两个以上法域的法律同时适用于某个具体的经济法律关系,因而在法律适用时出现冲突现象不足为怪。解决国家间法律冲突的法律适用规则主要是由国内立法、国际条约和国际惯例组成,其中又以国内立法为法律适用规则的主要渊源,解决一国内的区际法律冲突尤其是这样。在国际私法中,当事人有权选择合同适用的法律,只要这种选择不违反有关国家的公共秩序和强行规则就是允许的。这就是国际私法上的"意思自治原则"。不论明示或暗示的选择,各国有关法律选择的立法主要是规定了技术引进合同只能适用本国法,要求当事人在合同中订立适用本国法的法律选择条款,有条件地允许当事人选择适用的法律,以及对法律选择条款不作明文规定,而通过国内行政措施来达到适用本国法的目的。在我国涉外法律实践中的法律适用规则,一方面承认当事人"意思自治原则",甚至把当事人选择的法律放在准据法的优先地位;另一方面,立法也作了"例外"规定,像中外合资经营企业合同、中外合作经营企业合同、中外合作勘探开发自然资源合同等,就不允许当事人根据"意思自治"原则选择中国之外的其他国家的法律。我国对当事人未作法律选择的合同,则适用与外国有最密切联系国家的法律。此外,我国国内立法未作明文规定的,也适用国际惯例,有的还采用双边冲突规范来解决。这里需要指出的是,法学界历来就对有关源于"契约自由"原则的"意思自治"的范围存有争论,有的力主自治是"绝对"的和"无限制"的,有的则持相左的观点,认为"意思自治"应是"相对的"和"有限制"的,当事人只能选择与合同有实际联系的法律。在英国,传统的冲突法理论和判例就主张无限的"意思自治",允许当事人选择与合同毫无关系的法律。英国人认为自己是历史悠久的海上贸易大国,他们有关国际贸易和海上航运的法律是最完备的,不论合同是否和英国有联系,只要当事人愿意选择英国法律作为合同的准据法,就应当予以承认。所以,英国人主张的"无限制"意思自治原则与当代西方国家的主导观点是大相径庭的。事实上其他国家的立法和司法实践更多的是强调对"意思自治"的限制。如上面说到的,我国立法规定的"例外"情况,这本身就是对"意思自治"原则的一种限制。毫无疑问,国际私法上的意思自治原则对解决我国区际法律冲突关系是完全可以适用的,而我国在涉外法律中的成功运用,又为我国制定区际冲突法提供了有益的启示。

(三)关于区际司法协助

在"一国两制"下区际法律冲突不可避免,区际司法协助就成为一个重要的理论与实际问题。司法协助制度早已有之,世界上许多国家诸如英国、美国、加拿大、澳大利亚、德国、西班牙以及前苏联和前南斯拉夫等,都存在区际司法协助问题。从国外解决区际司法协助的实践来看,主要有英国、美国和澳大利亚三种模式。英国模式是采取统一法形式实行有条件的区际司法协助,一则要求各个法域相互承认对方诉讼程序的效力,二则允许各法域仍然有权依法审查对方的诉讼行为,给予或拒绝司法协助。由于英国普通法的民事诉讼是典型的当事人模式,一般由当事人或律师送达文书和调查取证,只是最初法定传票对确定管辖权具有决定性作用,这就决定了英国的区际司法协助主要是区际判决的承认和执行。美国的区际司法协助则采取层次结构的做法,首先由宪法规定各州必须对其他州的法律和司法判决给予信任和尊重,其次在宪法确定的这项基本原则下实行统一州法并建议其他州均可自愿参加,再次由各州单独立法即在其民事诉讼法中规定区际司法协助,最后是由全国法律学会组织国际私法学者编写示范法为解决区际司法冲突和司法协助提供规则程序。在澳大利亚,做法不像美国那样由宪法界定基本原则、各州自愿参加统一州法或单独立法,并辅之以示范法开展区际司法协助,而是采取非常简捷而且不附条件的办法,干脆由最高立法机关制定有关的统一法来解决各州的司法协助。看来，这几个国家处理区际司法协助的做法都是比较成功的，对我国无疑具有借鉴的意义。

我国开展司法协助应建立在区际互惠的基础之上，究竟如何起步，从长远看究竟要建立一个什么样的具有我国特色的区际司法协助制度，似应还须经过一个准备阶段，有计划、有步骤地进行。面对香港回归，我国进入"一国两法"式法制建设的初期阶段，为适应区际司法协助的急需，从现在起在内地审理港澳台民事案件，参照我国涉外民事诉讼程序特别规定是必要的和可行的。与此同时，还可考虑着手以下几项工作：

其一，由各法域分别立法，各自制定本地区的区际司法协助法，先解决调整区际相互间司法协助关系有章可循的问题。我国内地作为"一国两制"的主体部分，考虑在民事诉讼法中增设区际诉讼专章尤其必要。

其二，我国四个异法域也可搞区际间的双边协议甚至是多边协议，至于代表各方签订这类协议的机构，在港澳地区自然是其终审法院，在内地是由最高人民法院代签协议还是另设专门代签机构，可经过研究后依实际而确定。这里涉及内地和台湾之间签订此种协议的情况暂时较为复杂，也可考虑分别授权海协会、海基会的做法，通过谈判予以解决。在台湾实现"一国两制"前，这种解决区际司法协助的过渡性举措应该是不成问题的。

其三，借鉴国外解决区际司法协助的成功经验，可以积极创造条件，在适当时机采取统一立法的模式。立足"一国两制"考虑，以统一立法为主导、各法域单独立法为辅助的做法是比较现实合理的。

其四，鉴于我国"两法"特别是"三系"法律传统的差异性较突出，设想我国特色区际司法协助制度必须是全方位和多维度的，不论考虑采取上述何种模式的思路，都不应是单一的而应是多元的，包括国际条约、示范法乃至中介机构和律师协助的内容在内，都是可以配套容纳的。

其五，不论我国未来区际司法协助制度呈现出怎样的特点，最终应实现四个法域间程序的统一。因此，考虑成立一个专门机关或机构，比如"中国区际司法协助委员会"之类的官方或半官方组织,同样绝不是多余的。

(原载《21 世纪香港深圳珠江三角洲互补关系新态势》,

海洋出版社 1997 年版)

对外开放与国际经济法

我国正处在社会主义的初级阶段。我们必须经历这样一个很长的阶段,去实现别的许多国家在资本主义条件下实现的工业化和生产的商品化、社会化、现代化。党的十三大从初级阶段的实际出发,把必须坚持对外开放作为一项具有长远意义的指导方针提了出来,这对于我们在落后基础上建设社会主义,尤其是对发展国际经济技术与合作,努力吸收世界文明成果,缩小同发达国家的差距,具有十分重要的意义。同样,这个指导方针对于我们加强国际经济法的研究,进一步加强涉外经济法制建设,健全适合外向型经济发展的经济立法,改善外商投资的软环境,推进沿海经济发展战略的实施,加快我国经济发展的步伐,也必将产生积极的作用。

一、我国发展国际经济关系的意义

我国国民经济属于社会主义经济体系的范畴,是当代世界经济的一个组成部分,也是构成国际经济关系的一个重要因素。新中国成立以来,我国就注意扩大和运用国际经济来加快自己的发展,这种努力从未中断过。但由于我们在各个时期的经济指导思想不同,以至对社会主义国家发展国际经济关系的必要性的认识,对本国和其他社会主国家发展国际经济关系的历史实践的评价，都存在很大的差异。尤其在"文化大革命"中，一系列"左"的路线与政策泛滥，加之对现代资本主义的片面宣传，与国际经济交往格格不入的人治思想统治着一切，从根本上否定了我国的经济发展战略，因而站在世界经济舞台之外，使我国发展对外经济关系的实践一度横遭挞伐和破坏。直到党的十一届三中全会拨乱反正，随着全国工作重点的转移，我们才又重新进入世界经济舞台，并在实行对外开放这个基本国策中取得了重大成就。特别是党的十三大，坚持和发展十一届三中全会以来的路线，明确地回答了我国社会现在所处历史阶段的性质问题，提出了社会主义初级阶段的理论和党在这个历史阶段的基本路线，确立了在初级阶段具有长远意义的指导方针，这就标志我们开始自觉地进入从事社会主义现代化建设的新阶段。今后，我们必须按照党的十三大提出的要求，以更加勇敢的姿态进入世界经济舞台，进一步扩大对外开放的广度和深度，不断发展对外经济技术交流与合作，以加快我国科学技术的进步和国民经济的发展。

按照马克思主义的观点，商品生产和交换是发展国际间经济关系的基础，国际经济交往的发展又是商品经济运行的必然结果。早在一百多年以前，马克思、恩格斯在《共产党宣言》中就曾指出，随着大机器生产的发展和世界市场的开拓，过去那种地方的、民族的自治自足和闭关自守的状态必将被打破，各民族的、多方面的相互往来和相互依赖必将加强，一切国家的生产和消费都将成为世界性的事情。现在，马克思、恩格斯在资本主义初级阶段所作预言已经变成了现实，当今世界成为一个开放的世界。这就表明，处在商品经济时代，不但资本主义国家需要开拓国际市场和发展国际贸易；同样，其他国家也需要不断扩大国际经济贸易关系。换句话说，在世界范围的商品交换中发展自己的国家，这是人类社会生产发展的客观规律。理由很明显，首先，世界上任何一个国家的资源都是有限的，随着社会化大生产的发展，不可能拥有经济现代化所需要的全部资源，而必须通过国际交换途径来弥补自己的不足。其次，科学技术和先进管理经验是人类共同创造的财富，无论哪个国家也不可能拥有自己所需要的一切先进技术，同样要靠互相交流和运用各国的先进技术和文明成果来加快本国经济的发展。第三，通过国际市场进行商品交换,各个国家还可以扬长避短,以自己的优势产品换回比在本国生产更为便宜的其他产品,这样有利于节约社会劳动和物质消耗,为提高经济效益创造更好的条件。所以,发展国际经济关系,扩大国家间的经济技术合作和贸易交流,是商品经济规律的固有要求,不是谁喜欢不喜欢、愿意不愿意的事情。我们的唯一选择是,按客观规律办事。

社会主义是在资本主义发展比较薄弱、经济技术比较落后的国家首先取得胜利的。无产阶级夺取政权并建立政权后,共同面临的一项重要任务是,建设民主政治和发展经济,巩固社会主义制度。这就需要很好地汲取和运用资本主义发展过程中人类所积累的先进技术和物质财富,加速本国的经济建设,以充分发挥社会主义制度的优越性。在这个意义上说,发展国际间的经济技术合作与贸易往来,就成为社会主义国家实现经济发展战略,推进社会主义事业的一项基本国策。从列宁领导苏维埃政权开始,为发展外向型经济,就曾不惜付出高昂代价同资本主义国家发展经济贸易关系。斯大林在领导苏联社会主义建设中,也十分重视发展对外经济贸易关系。20 年代末和 30 年代初,苏联利用资本主义世界经济危机大量引进西方技术,争取了建设的时间。30年代和卫国战争时期,苏联继续利用西方国家的资金和技术,新建和扩建了一批重要企业,为保证反法西斯战争的胜利准备了重要的物质条件。第二次世界大战后,苏联仍继续坚持从西方引进先进技术和设备。新中国成立以来,对外经济贸易在我国国民经济发展中同样起了重要作用。但总的来说,由于我国原来是一个半殖民地半封建的大国,生产力落后,商品经济不发达,从这个基本国情出发,因此建国以来在对外经济贸易方面所取得的进展,同我们在中国这样落后的东方大国中建设社会主义仍然是很不相适应的。经过三十多年来社会主义的发展,我们已经清醒地认识到我国社会远没有超出社会主义初级阶段,这就决定了我们要解决现阶段的主要矛盾——人民日益增长的物质文化需要同落后的社会生产之间的矛盾,就必须大力发展商品经济,扩大对外开放的程度和范围,加快我国经济建设的进程。

根据我国社会主义建设的实践和许多国家的经验,都已表明发展国际间经济关系,扩大国际经济技术交流与合作,是能够增强各国自力更生能力,促进民族经济自我发展的。同时,国际经济关系能够促进国际政治关系的发展,国际政治关系又能巩固和推进国际经济关系。经济关系影响政治关系,当代外交往往和经济联系在一起。和平与发展是当代世界的主题,我们坚持改革开放的总方针恰恰符合这个主题。国内经济建设需要有和平的国际环境,发展国际经济关系非常重要,这也是我国和平外交政策的一个组成部分。

二、国际经济法在发展国际经济关系中的意义

在当代世界经济条件下,由于同我国发展对外经济关系的主体不同,我们在国际社会中面临的经济关系也就多种多样。具体说来,包括社会主义国家之间的经济关系,社会主义国家与发达资本主义国家之间的经济关系,社会主义国家与发展中国家之间的经济关系,发达资本主义国家之间的经济关系,发达资本主义国家与发展中国家之间的经济关系,以及发展中国家之间的经济关系。在这种错综复杂的不同类型的国际经济关系面前,我们不仅要依靠对外经济政策取得加快本国经济建设的主动权,而且要依靠新的国际秩序来保障本国经济建设的顺利发展。同世界上其他国家一样,我们需要的国际经济新秩序应当是一种法律秩序,而国际经济法恰恰是以法律形式表现出来的国际经济关系,是建立和维护这种国际经济新秩序的法律手段。所以,新的国际经济秩序可以为我国经济建设创造良好的外部环境,国际经济法是我们必须充分利用的法律武器。近几年来对外开放的实践也充分表明,国际经济法对于发展与扩大国际间的经济贸易与经济合作,引进国外先进技术和吸引更多的外来投资,加速我国社会主义现代化建设的客观进程,所起的作用是明显的、积极的和多方面的。

第一,国际经济法为我国有效地利用外资提供了良好的法律条件。我国是一个地大物博、人口众多、政治上安定团结的国家,有着稳定而又广阔的市场,但又是一个底子薄、积累不可能很快增长、缺乏建设资金的国家。我们国内经济建设不但需要充分利用外来投资,而且还需要不断开辟发展国际间经济技术合作和国际贸易关系的广阔前景。在这方面,有关国际金融信贷、国际投资的法律制度提供的可靠保证,就

能使我们据以同外国签订贷款和其他引进外资的合同,达到对外资的有效利用。

第二,国际经济法为我国引进适合自己需要的先进技术开辟了有效途径。迄今,我们国家在经济技术上同发达国家之间依然存在着很大差距,还缺乏现代化管理的经验。正如党的十三大所指出的,"必须清醒地认识到,技术落后,管理落后,靠消耗大量资源来发展经济,是没有出路的"。尤其在世界新技术革命迅速发展的形势下,要振兴国民经济,使我国经济走向新的成长阶段,决定性因素是要靠科学技术进步和管理水平的提高。因此,我们必须抓紧时机,从国外引进先进科学技术和现代化管理的经验,并且切实加强对引进技术、引进经验的消化、吸收和创新,从根本上加快我国现代化建设的进程。然而,在引进技术方面经常会遇到许多复杂的法律问题,涉及专利权、专有技术、许可证协议等一系列法律制度,如果对它们一无所知,技术引进工作就无法进行。这就需要借助国际经济法这个武器,正确处理好知识产权的国际保护和许可证协议等问题,从而在平等互利的基础上努力汲取世界各国的先进技术成果,带动整个国民经济向前发展。

第三,国际经济法为我国发展对外经济联系、加强国际合作奠定了法律基础。对外经济联系是我国经济建设的一个重要组成部分,发展这种联系是我国社会主义现代化建设的长远需要。自从我国实行改革开放的基本国策以来,在对外经济活动中已采取多种国际经济合作形式,开展了合资经营、合作经营、国际租赁、补偿贸易、合作开采自然资源以及在海外开展国际工程承包等,所取得的成绩是巨大的。而且,这种合作大都遇到涉外经济合同,涉及国际经济法的许多法律制度问题。我们正是运用了国际经济法,才得以在对外关系和经济活动中切实维护国家利益,真正贯彻公平互利原则,立于不败之地的。

第四,国际经济法为我们及时、合理地处理国际经济纠纷解决了有法可依的问题。国际经济交往频繁,国际间经济关系复杂,在合资经营、合作经营、合作开发、技术引进、金融借贷、租赁业务、对外贸易合同等方面,难免发生这样那样的争议和纠纷,这是不足为怪的。但是,如何以事实为根据,以法律为准绳,适用适当的法律,参考有关的国际惯例,及时、公平合理地解决这些国际经济纠纷,这对于保护当事人的合法权益,发展国家对外经济合作与贸易往来,关系重大。这样,不论是适合建立和维护国际经济秩序的时代要求,还是出于发展国际经济关系的客观需要,都离不开和世界经济联系在一起的国际经济法。因为国际经济法是以国际经济关系整体为对象,用来调整自然人、法人、国家、国际经济组织之间的国际经济关系的法律规范,其中包括国际投资法、国际贸易法、国际金融法、国际技术转让法、国际税法、国际合作开采自然资源的法律制度以及各国的涉外经济法律等,都为国际经济贸易仲裁提供了依据。所以,了解国际经济法,借助这个法律武器,我们在处理国际经济纠纷时便有法可依,能更好地服务于当代和平与发展这个主题。

如上所述,国际经济法在我国经济建设中的作用是不容忽视、不能取代的。可以肯定,随着我国经济建设和对外经济关系的发展,它的作用将愈来愈得到充分的发挥。事实上,国际经济法的作用并不限于对我们国内经济建设,包括与经济建设关系密切的涉外经济法制建设在内,同样是在它的影响和推动下建立和完善起来的。

三、我国国际经济法制建设的现状及其完善

目前,社会化大生产和新技术革命的迅速发展,使整个世界受到严重挑战,国际经济关系越来越密切,任何国家谁也离不开谁,都不可能在封闭状态下求得发展。通过对外开放发展国际友好往来和国际经济关系,以加强本国经济建设,已成为世界经济发展的潮流。

我国正面临着实现四化建设这样伟大的宏伟目标。加快我国现代化建设进程、振兴国民经济的口号已经深入人心,但实现这个目标却需要几代人的努力。党的十一届三中全会以来,我国经济建设的战略部署大体是分三步走的:第一步是实现国民生产总值比 1980 年翻一番,解决人民的温饱问题。这个任务已经基本实现;第二步是到上世纪末,使国民生产总值再增长一倍,人民生活达到小康水平;第三步是到 21 世纪中叶,使全国人均国民生产总值达到中等发达国家的水平,人民生活比较富裕,基本实现现代化,并在这个基础上继续前进。

几年来,我国对外经济贸易关系、国际经济合作和科学技术交流发

展迅速,已充分显示出对外开放政策的巨大威力。在对外经济关系方面,我国的经济已经从封闭半封闭型开始转向积极利用国际交换的开放型经济。现在的问题是,我们必须继续坚持利用国内国外两种资源,继续开拓国内国外两个市场,继续学会组织国内建设与发展对外经济关系,总结掌握和运用这两套本领的经验,进一步作出更大的成绩。

应该看到,我国发展国际间的经济交流、技术合作和贸易往来,是有着广阔前景的。我国宪法从本国市场广阔稳定、投资环境良好、法律保障可靠的实际出发,明确作出规定:"中华人民共和国允许外国的企业和其他经济组织或者个人依照中华人民共和国法律的规定在中国投资,同中国的企业或者其他经济组织进行各种形式的经济合作,""它们的合法权利和利益受中华人民共和国法律的保护。"近十年来,根据宪法关于鼓励外国投资的原则,我们国家非常重视涉外经济立法工作,先后制定了50多个涉外经济方面的重要法律。这些法律贯穿国家主权原则、平等互利原则和保护外商正当权益的精神,规定外商可以在中国投资,举办"三资"企业。这些企业都有自主决定生产经营管理和招收职工的权利,外商在中国的投资、获得的利润和其他合法权益受我国政府的法律保护,外国投资者可依法享受较低的所得税税率和减免所得税等优惠待遇,可以按照批准的合同范围在中国销售产品,向国外汇出利润和工资等合法收入。我们国家对外国投资企业不实行国有化和征收,即使在特殊情形下根据社会公共利益的需要实行征收时,也必须依法办事,并给予相应的补偿。处理涉外经济合同争议时,除我国法律另有规定外,允许当事人选择自己适用的法律。我国《民法通则》、《民事诉讼法(试行)》还规定,我国缔结或参加的国际条约,同我国民事法律有不同规定的,适用国际条约的规定,只是我国申明保留的条款除外。外国人在我国法院起诉应诉,与我国公民享有同等的诉讼权利和义务。此外,从有利于发展对外交往出发,我国还制定了《国籍法》、《外国人入境出境管理法》、中国公民《出境入境管理法》、外交特权与豁免条例等法律规范。从主要的基本的方面看,外国人在我国投资和进行经济活动,是有法律保障的。

诚然,我国虽然已经有160多个涉外经济法规,而且内容涉及外资、外贸、外汇、产权、海关、仲裁等,其中有国内的国际的,也有双边条约,但总的来说,我国涉外经济法制还不健全,不能很好地适应我国沿海地区经济发展战略的要求。从总体看,我国民事、商事法律是不完备的,民法典亟待制定,公司法、票据法、保险法、海商法、合伙企业法、独资企业法、外国人投资法、担保法、抵押法、清算法等仍应尽快制定,不然会影响国际交往,于进一步发展外向型经济不利。从具体制度看,有关民商事立法的观念也亟须更新,不然适应商品经济发展的一些成功的法律制度,比如企业法人所有权制度、居间制度、行纪制度、股份制度、证券制度等,就不能切实加快引进,对它们进行消化、吸收和创新。从法律实施看,随着对外开放的深度广度的进一步扩大,外商投资软环境的不断改善,我们已有的一些法律法规由于本身存在一定问题就无法实施,甚至不少涉外经济立法本身是好的,在实践中也还没有得到充分的、有效的贯彻执行。与此相联系,我们的执法制度也还不够严格,虽则令行全国但却存在着地方保护主义,以致出现地区部门规定与法律法规相矛盾,妨碍统一司法执法的现象。所有这一切表明,加强涉外经济法制建设仍然是摆在我们面前的一项繁重任务,不但应加快对外经济立法的进程,尽快制定出适合沿海地区经济发展战略要求的新法规新规章,进一步完善有利于发展外向型的法律机制,而且更应在清理涉外法规的基础上检查法律法规贯彻实施的情况,健全执法制度,加强法律监督体系的建设。

总之,加强涉外经济法制,是发展对外经济关系、建立和维护国际经济新秩序的需要;加强国际经济法的研究,为建立具有本国特色的国际经济法体系和国际经济法学的理论体系所做的实际努力,又有助于借鉴国际间的有关法律制度,健全涉外经济法制建设,促进国际国内商品交换的发展。当前,我们正以勇敢的姿态进入世界经济舞台,尤其需要对国际经济法给予足够的重视。

（原载《青海社会科学》1989 年第 1 期）

关于学会与学会立法

    我国社会主义现代化建设的新局面正在全面开创,社会主义的民主与法制生活日益健全,为加快科学教育事业的发展创造了极为良好的条件。喜看学术界新蕾绽开,群星灿烂,呈现出前所未有的繁荣景象,委实振奋人心,鼓舞斗志。我国科学事业的振兴极大地开阔了人们的视野,尤其各种学会、协会和研究会的崛起倍加令人刮目。学会蓬勃兴起的现象,从一个侧面反映了我国学术界的大好形势,说明我们继往开来的事业是何等的兴旺发达!在这里,笔者仅就学会与学会立法的问题,谈点个人的看法,以就教于读者。

一、学会的形成及其作用

    据我所知,古罗马是世界上最早有学会的一个国家。再往前追溯,可以说学会是希腊罗马城邦制度的产物,距今已有两三千年的历史了,不过,罗马的学会最初叫做"公会",系指团体、联合体、联盟而言。"公会"曾经是罗马城市生活的一个重要因素,相传产生于王政时期,至帝国时期才获得特别的发展。与这种发展过程相适应,公会这个概念渐渐演变为学会,而在罗马帝国时期崛起的"罗马学会",也就成了学会史上的佳话,迄今仍为人们传诵。

古罗马的学会,曾经是比较完善的组织。当时,尽管还没有专门的"学会法",但在罗马法中有关学会的规定却是有的,诸如学会的性质、种类、成立程序、会员条件、章程、组织机构、会费、会徽和节日等,几乎均有涉及。学会是作为法人而存在的,始初其活动大都带有宗教或娱乐的性质,甚至还在宗教外衣下隐含着政治内容,比如在意大利和各个行省自治市的选举中就起着重要作用,而在帝国时期历次重大政治运动中更是离不开学会的影响。西罗马帝国灭亡后,具有悠久传统的"罗马学会"依然存在和发展,迨欧洲进入文艺复兴时期几乎遍及所有大小城市,近代学会莫不导源于此。

当今世界各国的学会,是以罗马学会为初阶而逐渐发展起来的。英文中用来表示"学会"的词比罗马"学会""公会"的外延要广,也泛指学院、大学、公学、书院和社团,以及联谊会、兄弟会、团体和宗教性的会社。与罗马学会所不相同的是,今天的学会是学会发展史上的高级形式,它以学术性取代了以往的宗教娱乐性,实现了会员条件的专业化,尤其组织规模之大、活动范围之广更是远非罗马学会所能比拟的。

自中世纪以来,学会经历的变化是巨大的,即由宗教娱乐性的私人团体发展成为富于某种政治色彩的民间组织,然后再由这种民间组织过渡到以开展学术活动为宗旨的社会团体。而当学会在欧陆国家获得空前发展,日益成为国家生活重要因素的时候,我国却还沉睡在封建专制主义制度下,有关学会的知识仍然是茫然一片。学会在我国初露端倪,是在资本主义列强侵入之后,随着所谓"西方文明"相继输入的。直到新中国成立前,全国属于自然科学方面的学会仅仅 25 个,至于社会科学学会则更是寥若晨星。旧中国学会几乎空白,这正是专制主义扼杀民主与科学的一个明显例证。

在我国新民主主义革命胜利之后,学会开始出现某种程度的发展。据统计,自然科学全国性学会至 1964 年发展到 44 个,社会科学界属于全国性的学会虽然为数不多,但省、市、自治区一级的地方性学会已经数以百计。所遗憾的是,由于我们党的指导思想发生"左"的严重错误,特别是遭到林彪、江青"反革命集团"的破坏,致使我国革命和建设的成就几乎毁于一旦,学会自然也遭到严重的劫难。

党的十一届三中全会以来,经过拨乱反正,全国工作的重点转移到以经济建设为中心的社会主义现代化建设上来,迎来了民主与科学的春天。这时,也只有在这时,学会才得到恢复,真正进入繁荣发展的新时期。根据一年前的统计资料,在自然科学界仅全国性的学会、协会和研究会就有106个,而其中62个是近几年成立的,与"文化大革命"前的17年相比,总数增加了一倍多。全国各省、市、自治区恢复和新建的社会科学各学会,总数有几千个,更是蔚然可观。学会事业的发展超乎人们的预料,我们据此可以毫不夸张地说,至少在理论学术界"学会盲"的现象已经为之一扫,像以往那种对学会陌生、不知学会为何物的时代已是一去不复返了。

随着学会被重新认识,人们对于学会在国家生活中的地位与作用,也愈来愈重视了。以自然科学界全国性专门学会、研究会为例,其中仅就编辑出版学术刊物一项来说,91个学会总数为282种,平均每个学会达三种以上。一个中华医学会,编辑出版的学术刊物就多达34种。足见学会事业的发展,对于繁荣科学园地具有何等重大的作用,这是为学界有目共睹的。又据今年7月30日《人民日报》报道:湖北省会计学会成立三年来,充分利用学会的智力资源,试行学会办事业,以文养文,在开展学术研究、培养人才、出版发行书刊方面做了大量的工作,还安置了近50名待业青年就业。这个学会已成为拥有百余万元资金的事业实体。为此,中央领导同志赞扬了这个学会的工作,并且指出,我们现在不能单靠财力去开发智力,还要靠智力去开发智力。与这篇报道同时发表的评论员文章指出,学会靠智力挖掘财力去开发智力,这是"加速智力开发的一条重要途径"。事实上,除湖北省会计学会外,全国许多学会也都在探索如何用智力开发财力并以此开发智力的路子,也程度不同地取得了这样或那样的一些实际经验,集中到一点,就是做到少花钱、多办事、多出人才。学会正是以自己的独特实践证明,它在开发智力,加快我国科学事业的发展方面,潜力之大,作用之重要,是不容人们等闲视之的。具体说来,学会在国家生活中的作用主要表现在以下几个方面:

1.为消除理论界与实际部门的分离状态疏通了渠道,促进了科学工作者与实际工作者之间的交往接触,致使以往那种"隔行如隔山"的观念得以开始改变,从而为提高整个中华民族的科学水平开拓了一条

新路;

2.为科学工作者开阔眼界、扩大视野创造了极好的条件,推动着他们从书斋里走向社会舞台,切实获得交流学术成果的机会以及较多的实际材料和情报信息,有助于他们去掉陈腐之见,克服教条主义,更新知识结构,提高自身的素质,加快整个科研队伍的建设;

3.为充分发挥知识分子对国家建设事业的咨询作用开辟了广阔的前景,极大地调动了他们的积极性,有助于加速智力开发的步伐,改善国家的决策工作;

4.为自然科学与社会科学的密切结合找到了有效形式,这对于适应当前两大科学门类相互渗透的新趋向,逐渐改变二者长期分离隔绝的状态,实现社会科学工作者与自然科学工作者的联盟,有着重大的意义。

学会之所以能够起到这些重要作用,归根结底,取决于学会自身的性质和特点,是受其固有规律制约的结果。学会是由科学工作者与科学爱好者基于共同的学术爱好,出于推动学术研究与交流的共同目的,或由学术界的单位,或由科学工作者个人,自愿发起和组织起来的一种社会集体。它不同于一般意义上的群众团体,行政因素最少,主要立足于学术,能更好地按照科学规律办事。学会的成分结构以科学工作者和科学爱好者为特定对象,会员大都知识化和专业化,这样雄厚的智力资源是一般行政机关和群众组织所无法比拟的,因此它依靠发挥自身优势就能赢得社会的支持,受到各界群众的欢迎。学会是根植于群众之中、奠基于科学事业之上的学术团体,会员布局分散,组织纵横全国,领导机构成员几乎全系兼职,它与按常规开展活动的方法所不相容,同任何行政命令、官僚主义格格不入,而为了使自身活动达到最佳学术水平,它要求自觉坚持四项基本原则,一切从实际出发,理论联系实际,贯彻"双百方针",因而它的的确确是名副其实的学术性社会团体,主要不是依靠国家的财政资助,只能依靠智力资源达到自力更生,以文养文。凡此种种,正是学会存在的实际价值得以被人们普遍认识的真正原因,也是学会这种事物得以具有伟大生命力的实质所在。

二、学会建设中的法律问题

在我国,学会的历史不长,总的发展情况虽然是健康的,于国家智力开发起了重大作用,但我们的认识毕竟落后于学会迅猛发展的实际,这就需要我们再实践再认识,因势利导,探索出一条建设具有我国特色的学会工作的有效途径。从长远看,这是一项艰巨任务,在科学史上将是一件富于深刻变革意义的事情。而要完成这样的任务,光靠少数学会工作者是不行的,必须纳入国家发展科学事业的总体规划之内,依靠整个理论学术界的共同努力。包括法学界在内,依靠整个理论学术界的共同努力。包括法学界在内,怎样从国家法制工作的角度来考虑我国学会的建设,应该说已经提到了议事日程,是值得我们予以研究的一个实际问题。

根据近几年来学会建设的初步实践,固然学会存在的客观实际及其重要作用正在引起整个社会对它的重视,在人们认识上开始引起质的飞跃,然而学会作为一种民间性、松散性、跨域性的学术团体,在人财物各个方面远远不及其他群众团体优越,因此每前进一步都是非常艰难的,的确存在着许许多多的问题,这同样是需要承认的事实。学会建设方面存在的种种问题,需要运用法制手段加以调整解决的,看来主要是:

第一,关于学会的法律依据。学会发展到今天这样的规模和水平依然无章可循,无法可依。成立一个学会,到底需要经过何种法律程序或行政程序,需要向国家哪个部门办理申请、登记、注册手续,又需要获得哪一级领导机关或主管部门的批准,这是国家法律和行政文件没有明文规定,实际工作中无据可查的。至于学会能不能利用自己的智力资源试办一些事业,这个问题在中央领导同志赞扬湖北省会计学会的工作以前,各地许多学会莫不有感于此,且曾作出过许多分散的努力,但却招致共同的结果,即被某些人指摘为"大逆不道",认为是"非法的",尤有甚者,竟以"莫须有"的"罪名"加怪于从事学会工作的人员。

与上述问题相联系的,学会开展的活动哪些是需要请示有关领导部门批准的,哪些则可不必请示,也统统缺乏法律化和制度化,执行起来就比较混乱。现在,习惯的做法不外乎两条:一是由各级党委宣传部门统管,但又没有内设专门管理机构(或组织),结果要么"闻过则问",要么"不闻不问";二是由党委领导部门委托行政机关代替,但这种"代管"又非领导方面的隶属关系,究竟"管"的范围有多大,内容包括哪些,怎样一个管法,管到何程度,也就是说学会这种学术团体要不要保持相应的独立性,学会工作到底应否遵循学术规律的固有要求,也统统是不确定的。

第二,关于学会的权利义务。学会的宗旨是,促进国家科学事业的发展与繁荣,普及和推广科学知识,为提高整个中华民族的科学文化水平,为尽快地把我国建设成为具有高度民主、高度文明的社会主义现代化强国而作出贡献。这是一支了不起的智力大军,它担负着多方面的任务,主要是积极组织与热情支持会员参加各种学术活动;重视会员研究成果,编辑出版学术刊物,为会员交流学术提供园地和情报信息;发动和组织会员对国家建设事业特别是与本学科联系密切的重大决策进行学习讨论,及时反映大家的建议,充分发挥学会的咨询作用;通过日常会务密切学会与会员、理事之间的联系,及时向党和政府有关部门反映他们的意见和呼声;为加速智力开发,在努力提高会员学术水平的同时,运用恰当的方式组织会员向社会普及科学知识;根据本学会的实际情况和国家创造的条件,积极发展同国内外学会团体(包括学者个人)之间的学术交流与往来,等等。基于这样的宗旨任务,学会通过章程规定了会员的权利义务关系,将会员的学术利益与学会组织紧密地结合起来,大大增强了会员关心学会建设的责任感,无论从思想上组织上都为学会发展提供了切实的保证。但是,学会在国家的政治生活、社会生活特别是科学文化生活中享有当之无愧的学术地位,据此它要不要享有同其学术地位相当的一些权利,要不要向国家向社会履行同这些权利相应的一些义务,国家对于这个问题也是没有明文规定的。从长远考虑,为保障学会的学术地位,增强学会的社会责任感,鼓励学会试办更多的事业,提倡学会在开发智力资源方面努力工作,从法律意义上规定它对国家的权利义务关系还是完全必要的。

第三,关于学会存在的必要条件。在我们国家,学会应该享有的崇高威信同它实际所起的重要作用必须是统一的,如若名不副实,便不成其为学会。学会既然是由学术界单位或科学工作者个人发起组织的学术团体,会章也做了入会自愿、退会自由的一般规定,但由于团体自身条件的变化,究竟在什么情况下需要解散,这是任何一个学会章程所没有作出规定的问题。实际情况是,多数学会是好的和比较好的,经常有活动,成绩显著,实现了自己的宗旨和任务,确实是名副其实的学会。但也必须看到,有的学会是由某些不愿意埋头做切实工作的同志串联发起的,缺乏群众基础,只是少数人在那里疲于奔命,热衷于"筑台拜将"和"布道施法",确实是"逐名者多,务实者少"。尤其值得注意的是,学会中确有少数同志在学术讲坛和刊物上搞精神污染,散布一些违反四项基本原则的错误理论和错误观点,而有的学会对自身出现的精神污染的斗争又是不力的。当然,这里所指出的现象有许多是属于学会的会风问题,主要靠通过整顿,用加强学习和思想教育的方法来加以解决。但如果我们对学会的成立与解散设立一些必要的条件,无疑对学会建设的健康发展是有益的。

第四,关于学会的领导体制。目前,这已经成为我们党如何加强与改善对学会领导的一个突出问题。同自然科学界相比,在社会科学界连个全国性的学会联合组织也没有建立起来,加之学会建设本身缺乏统一的准则,就更无法在全国范围内进行学会间的有效协调,把所有的学会都纳入健康发展的轨道。这个问题如果得不到解决,仍然用陈旧眼光在看待学会,将它混同一般群众组织或行政机关,不是按照学术活动的规律而是采用行政的办法去指导学会,那么就很难取得对学会工作的主动权,要想推动学会向更高水准发展是非常困难的。

上述几个问题的存在,说明学会的现状与社会主义现代化建设的实践是不相适应的。因此,现在提出加强学会建设的课题,并且从思想上、作风上和组织上进行必要的整顿,从立法方面作出必要的规定,就显得十分重要了。可以预料,随着我国科学教育事业的发展,方兴未艾的学会事业也必将会有一个大的发展,从知识体系看学会甚至会发展成一门新的科学,其势恐怕也是必然的。令人瞩目的是,自然科学与社会科学的发展已经出现了一种相互渗透的新趋势,而且涉及许多学科,发生于两大科学门类的大范围之内,各自正以不同的速度发展着,彼此挑战,互相汲取营养武装自己,为自己扩大视野和开拓新的领域。它们之间这种又相矛盾又相促进的关系,不仅为逐步消除两大科学门类长期分离隔绝的状态,建立自然科学工作者与社会科学工作者的联盟,开辟了一个新的发展起点,而且从更大的领域创造了和谐的条件,推动着未来的学会向更高层次的发展。学会作为一个国家或地区自然形成的学术联系枢纽和学术网络中心,正如我们已经看到的,在发展学术研究与学术交流的过程中,往往可以同时形成一个、两个或者更多的学会活动区,而在学会活动集中的地区往往又是各方面比较发达的城市易于逐渐形成发展为学术中心。不论在中国还是在外国,这类学术中心往往同时是和作为其他中心紧密相联系的。在一个大的学术中心的周围,还会出现许多中小规模的学术中心。我们的任务在于,从发展科学事业的战略目标出发,充分而又恰当地运用学会这种组织形式,在全国范围内建立起足够多的学会活动区,以及足够多的学术工作中心。这样,对发展社会主义科学事业好处极多,主要是能够为社会主义现代化建设提供更多的学术研究成果,有效地组织和推动地区和全国性的学术交流,充分运用各种学术杠杆对党和国家起到更好的咨询作用,凭借学术活动的丰富经验来推进宏观科学与微观科学、社会科学与自然科学的结合,利用学会的智力资源试办更多的事业,以及能够在学会中心尽快地建立起先进的学术情报系统,把科学预测与学术分析的活动逐步地开展起来,从而为国家调整学术研究项目和制定科学决策服务。正因为学会发展的前景无限,新情况新问题层出不穷,所以我们解决上述问题不但具有必要性和重要性,而且还有着直接实践的迫切性。

三、学会立法的指导思想

国家有计划地发展社会主义的教育和科学文化事业,这是我国宪法的规定,为我们制定这方面的专门法律提供了立法依据。近几年来,我国的立法工作已经并且正在大大加强,立法体制也已确立,立法技术愈来愈臻于完善,法律制度的系统化愈来愈显得重要。从法制工作的总要求出发,大家已认识到制定科学立法势在必行,但与科学立法密切相关的学会立法,似乎尚未引起人们足够的注意。为此,我们有必要探讨学会立法的问题。

实践证明,学会工作如果没有必要的法律规范来加以调整,最终只能求助于行政的办法,此外别无其他。这样做的结果,不是加强党对学会工作的领导;相反,而是削弱了党对学会的领导。如果学会的地位能以国家立法形式固定下来,学会的各项活动都是有法可依和有章可循,那么,党政分工的原则同样可以在学会工作中得到很好的贯彻,党对学会的领导就会大大加强和改善。不言而喻,学会立法不仅反映了国家立法系统化的内在要求,而且对建立发展科学事业的法律设施尤为必要。

我们讲学会立法,首先就要谈到研究学会是不是法人、应不应该成为法人的问题。这是学会立法的关键所在。我国还没有设定法人制度,固然为讨论这个问题增加了许多困难,但我们认为,这并不影响我们现在比照法人的意义来探讨学会的法律地位问题。

所谓法人,它是与自然人相对应的概念,亦即指非自然人,也是具有人格,能够作为权利义务主体的组织。目前,世界各国对待这种权利义务主体的看法虽然不尽一致,既有持根本否定态度的,也有认为这种情况并非实在而是由法律拟制的,还有主张法人人格是实在的而不是由法律拟制的,但所有这些分歧观点并不妨碍法人制度的确实存在。从这样的意义考虑,我们提出学会应该是法人的命题,同样绝非无稽之谈。

一般说来,法人的存在必须同时具备几个基本特征:有统一的组织,以保证自身作为一个整体进行活动;拥有独立的财产,这种法律意义上的独立财产并不是指法人组织的成员的个人财产,更不是其他法人的财产,而是指法人享有独立经营和支配的财产;以及能以自己的名义在法律上独立地享有权利,承担义务。而且,各国关于法人分类的情况差别极大,在欧洲大陆国家(罗马法系)有公法人和私法人、社团法人和财团法人、营利法人和公益法人之分;英美法系国家则有集体法人和独立法人之别;苏联和东欧一些国家划分法人的标准,主要是依据经费来源和所有制的性质,分类繁多,其中社会团体及其联合组织都是法人。具体到我国,《经济合同法》中所指的法人,是具有一定的组织机构、独立的财产或独立的预算、能够以自己的名义进行经济活动、享有权利和承担义务、依照法定程序成立的企业、农村社队、国家机关、事业单位和社会团体等。这些原理、原则、概念和情况,对于我们研究学会的法律地位,确定学会是否应该成为法人,都是可供参考的依据。

我们已经知识,古代"罗马学会"就是法人,当今世界上许多国家的学会亦然同样。在我们国家,自然科学各学会比社会科学各学会的条件要优越一些,比如中国科协及其所属全国性学会,它们大都是由学术界的集体或个人发起组织的,完全合乎设立法人的程序,具备法人的几个基本特征,实质上都统统是独立的法人。它们的共同特点是:有着比较健全的机构,充裕的经费来源,稳定的工作秩序,众多的学术阵地,以及经常化的国内、国际间的学术交流活动。相形之下,我国社会科学各学会条件就比较差,真正能够得上法人的并不多,许多学会都是挂靠某个行政单位或由科研单位兼管,它们的地位很不确定。这种情况,在我们考虑学会法律地位的时候,自然是不可忽视的。

诚然,学会工作同其他各项社会工作一样,都必须遵守国家的宪法和法律,要在宪法和法律规定的范围内进行活动,不得有超越宪法和法律的特权。不这样,我国社会主义法制的统一和尊严,就得不到维护和保障。但是,宪法毕竟是国家的根本大法,是国家的总章程,主要是规定国家的根本社会制度和国家制度,规定人民的基本权利和义务,以及国家机构和国家各项基本政策。宪法在国家法律体系中虽然居于首位,但它调整的对象不是一般的社会关系,是代替不了其他法律部门的。而学会属于一般社会关系的范畴,似乎应有一个专门的立法进行调整为好。

同样,我们所需要的学会立法必须是以马列主义、毛泽东思想为指导思想,以国家宪法为依据,并且依照国家发展科学文化教育事业的政策,结合学会建设的具体经验和实际情况来制定。需要特别强调的是,学会立法必须体现四项基本原则,服务于国家智力开发的需要,正确处理会员、学会、国家三者之间的关系;必须体现学会本身所固有的客观规律性要求,对它与一般行政机关、群众团体的相互关系作出明确的规定,以保持学会相应的独立性;必须考虑学会对国家对社会需要承担的学术性义务,将学会及其联合组织纳入国家科学体制,合理安排学会布局谋篇,具体解决学会怎样参与国家科学管理的问题;必须认真贯彻"百花齐放,百家争鸣"的方针,以学术保护为宗旨,有利于鼓励会员大胆探索,发扬独创精神,进一步肃清"左"的流毒影响,清除精神污染,增强会员从事学术研究的"稳定感",达到推动学术的不断繁荣与昌盛。一句话,学会立法必须坚持从实际出发,实事求是,达到原则性与灵活性的有机统一。学会立法绝非可有可无,即使一时制定出来有困难,哪怕先由国家行政部门拟订出一个条例或试行办法以应急需也是好的。

至于我国的学会立法究竟应该是个什么样子,它的主要内容又是什么,我们不妨提出以下的初步设想:

1.关于学会的地位与任务。这无非是指学会的社会地位、法律地位和学术地位,指它在发展国家科学事业中必须对国家、对社会履行的特殊职责。目前,学会问题上缺乏法定规格,对学会的认识尚不统一,反映在态度上也就截然不同。如果通过学会工作的立法,首先明确解决学会的地位和任务,那么我们在实践中也就有了兴利除弊的依据,鉴别得失的标准,衡量态度正确与否的尺度,以及全国学会一体遵循的法律准绳。

2.关于学会的管理体制。这是学会工作制度化的一个根本问题。从实践看,学会由党委领导是决不可动摇的,从来不存在党委要不要管学会的问题。现在的问题是如何加强和改善党对学会工作的领导,使这样的领导实现法律化、制度化的问题。具体说来,诸如学会组织机构的职能作用,学会工作请示报告的渠道和原则,学会业务的相应独立性,学会同其联合组织之间的协调关系,全国性学会与地区学会保持学术联系的固定形式,学会、协会和研究会的分类分级,以及政府部门和企事业单位对支持学会事业所应担负的实际责任等,都在明确规定之列。

3.关于学会的组织机构。总的来说,现有各学会的组织机构的名称并不完全相同,但其层次、结构、职能的划分却是大体相同的。经过实践,学会这种组织机构的设置原则与通常模式已经为会员所喜闻乐见,变为约定俗成的东西。如果用法律形式把它们确定下来,可以肯定,这种组织机构无疑会运转得更好。为了有助于学会建设与学会活动的开展,在学会领导机构的废、改、立方面也可规定学会享有较多的主动权。

4.关于成立学会的条件和程序。学会成立应该具备哪些条件,需要经过什么程序,这是必须明确规定的。不然,学会就失去客观标准,学会的发展就很难走上正确的轨道。除此外,对于那些不合乎法定条件和违反法定程序而成立的学会,也应规定必要的限制条款,目的在于坚持四项基本原则,更好地促进学会事业的发展。

5.关于学会的权利与义务。在确定学会地位之后,自然对学会在国家生活中的权利义务关系也须作出明确的规定。根据近几年来学会所起的实际作用,看来学会仍应享有财产权和从事科学事业的公益权,在不违背四项基本原则的前提下,享有学术集会和学术观点不受行政、司法干预的权利,享有审查鉴定会员学术成果和授予会员学位的咨询权利,以及有权开展学术联络和交流,编辑出版学术会刊和论文资料,利用智力资源试办其他事业等。同时,根据权利与义务不可分离的原则,学会除了必须履行国家宪法和法律规定的一般义务外,还必须对国家履行一种特殊的学术性义务。比如,学会必须承担国家指定或临时交付的研究项目,定期向国家决策部门提供咨询意见,重视智力开发,普及科学知识,发现和培养人才,所有这些都是学会立法应当作出相应规定的问题。学会的权利义务关系一旦以法律形式固定下来,学会的社会责任感就会大大加强,学会的作用就会得到更加充分的发挥。

6.关于学会的会员。关于会员条件以及会员的权利与义务,学会章程都有明确具体的规定,这不是学会立法所要考虑的问题。但是,国家要不要对会员在学术界的身份与地位作出某种形式的认可,要不要对成绩卓著的会员给予适当的奖励,以及要不要对会员进行调查研究提供必要的物质保证,从增强会员的责任感与荣誉感来看,还是列入学会立法的范围较好。

7.关于学会的经费。在国外,学会经费来源主要有三条渠道,即政府资助、社会事业团体捐赠和征收会费。具体到我国,近几年来的实际情况是靠国家财政拨款为主,会员缴纳会费者不多,至于社会募捐、学会自筹的实例则是更为罕见。照此做法,尽管国家增加了智力投资,但由于我们国家毕竟还穷,加快教育和科学事业发展亟须办的事情很多,真正用于学会经费方面的极为有限,况且每个地区的学会都很多,所以分摊到每一个学会的经费就更少了。实际上,经费严重不足已成为学会面临的一个普遍性问题。而解决这个问题的关键不应该是依靠国家增加这方面的投资，最可靠的途径，还是需要用智力开发智力。据此，学会立法必须对学会办事业做出明确规定，以利于学会发展为事业实体。

8. 其他问题。在这方面需要考虑的也很多，例如学会的编制、交通工具和活动场所等，凡属必要的，也应纳入学会立法之列。

综上所述，我们认为提出学会立法的时机是适宜的，只是鉴于经验缺乏，情况复杂，问题较多，加之学会仍在迅速发展变化中，实难对所有问题从立法方面作出精当的概括，所以现在提出的一些看法无非是个大致的设想。说到底，我们更希望各级领导关心学会工作和学会立法的问题，从现在起能对学会给予必要的支持，争取在较短的时期内，为建设具有我国特色的学会事业作出实际的贡献。

（原载《青海社会科学》1984 年第 3 期）

五、法学随笔及其他

与群下教

由于工作关系,我重又获得同首都法学界老前辈和同志们交往接触的机会。大家碰在一起,每每谈及怎样使法学界能更好地为四个现代化服务的问题,心情总是那样的振奋,反复考虑怎样为民主与法制建设,为繁荣社会主义法学多贡献一份力量。但又感到,对法制建设工作的情况闭目塞听,实在不得其门而入,不得其地而"用武"。始初,我并不以为然,后来我终于发现同志们的刍议,的确颇有一番道理。

在法律科学开始受到高度重视的今天,我们的法学家、教学研究人员和专业法律工作者,完全有决心、有信心、有能力尽快地改变我国法学的落后状态。但是,在奋发前进的征途中,他们的主观努力在客观上受到一些人为的制约,致有望洋兴叹之感,这是不足为怪的。看来似乎缘由很多,我以为除了法学取消主义的影响在障碍法学发展之外,恐怕其中的一个重要原因,还是多数同志苦于无法了解国家立法工作更多的实际,在法学领域内探索新情况、新问题、新经验的渠道尚未完全畅通。大概,这也是法制建设与法学研究还没有紧密结合的表现之一吧。要解决这个问题,同样需要多方面努力,而如何进一步加强民主立法,在理论和实践上则是更有现实意义的步骤。我这样想着,于是又自然地联想起诸葛亮那篇《与群下教》①的短文,重新读来,果觉兴趣盎然。

提起诸葛亮,大家都很熟悉。诸葛亮这个封建社会杰出的政治家和军事家,他就非常注意倾听不同的意见,可说是一个诚恳踏实而又谦虚谨慎的人物。他在任蜀汉丞相的时候,总是鼓励幕府里的秘书、参谋人员从做好工作出发,开动脑筋,多提意见,认为只有集中多数人的智慧,才能把工作做得更好。在他看来,事情只有经过反复讨论,是非才会愈辨愈明,自然得出正确的结论。但他发现自己的部属并不是都敢于对工作发表不同意见的,特别是不敢提相反的意见,原因是有顾虑、存私心的人毕竟不少。当然也有例外,比如他的老朋友徐庶就毫不迷惑,不但能提意见,而且还做到知无不言,言无不尽。另外还有一个董和,他在幕府里工作了 7 年,凡是被他认为办得不妥的事情,他都能向诸葛亮反复禀告十几次,要求予以重新考虑。针对这些情况,诸葛亮便写了一篇仅有 94 个字的短文,题目叫做《与群下教》。他所说的"群下",是指当时丞相幕府里的那些做秘书、参谋工作的官吏;至于"教",则是一种文体(即手谕,亦含有告知、商量、纳言之意),系指封建社会上级官员向下级群僚发布的书面指示。诸葛亮就是在这篇言简意赅、思想充实的短文里,第一次提出了"集思广益"的正确立论,并经过由正及反、因远及近的透彻分析和层层转折,把为什么要"与群下教"的道理讲得入木三分。他在书面指示中,提倡和号召大家学习徐庶和董和,说:"苟能慕元直之十一,幼宰之殷勤,有忠于国,则亮可少过矣。"可见诸葛亮这种从国家利益出发要求大家提意见的精神,作为一个封建社会的政治家来说,的确难能可贵,在今天仍然是值得我们学习借鉴的。

自然,诸葛亮"与群下教"的意见毕竟有着时代和阶级的局限性,我们切不可以一概全,主观任意地夸张古人。事实上,马克思主义者比起诸葛亮来不知要高明多少倍,像我们党的群众路线的工作方法,民主集中制的组织活动原则,党内民主与国家民主生活的优良传统,就要比诸葛亮的意见更加全面、更加辩证得多。尽管这样,丝毫也不应该以此当做拒绝学习古人的理由,因为经过"文化大革命"十年动乱,迄今在

---

① 《诸葛亮集》,第 31 页。

我们一些同志的心目中群众观点依然淡薄，姑且不说"与民下教"，恐怕就连"与群下教"也是不占显著位置的。在这种情形下，提倡一下"与群下教"，难道不是很有必要的吗？

实行民主立法，加强法制建设，是很需要"与民下教"、"与群下教"的。三十年来，我国法制建设走过荆棘丛生、曲折坎坷的道路，既有重大成绩又有惨痛教训。在林彪、"四人帮"极左路线横行猖獗之时，民主凌夷，法制荡然，哪有什么民主立法！当时，理论和实践处于极端矛盾的状态，这里是无法无天，那里是恐怖统治，这里大讲"一元化"领导，那里是一伙阴谋家横行霸道。与这种专制独裁统治相适应的是，国家没有法律，只有特权！如果硬要说这是法律，那不过是追究思想倾向的法律，恐怖主义的法律！历史的惨痛教训使我们认识到：林彪、"四人帮"之所以能够横行肆虐，原因不是国家没有法律，也不是由于法律不完备，关键在于我们运用法律武器保障人民民主的时候，只注意了运用"铁腕"对付阶级敌人的一面，而对于运用法律防止和反对专制独裁的一面，则几乎没有引起足够的注意，因此就不可能制定出专门用以对付野心家的一套有效法律。这样，法律在阴谋家面前就发挥不出惊天动地的威胁，它不可能像钢铁一般的坚强，而只能是像豆腐一样的软弱。但究竟怎样才能使我们的法律真正成为保障社会主义民主的"铁腕"呢？应该说，这个问题在今天是不难回答的，因为以往的挫折和教训作出了明白无误的结论：只有实行社会主义民主，同时又实行民主立法，让人民群众自己学会和运用法制武器，法律才会真正是权威的和有效的法律。至于怎样才能搞好民主立法，当然还是群众最有发言权，专业法学人员也有相当的发言权，这就要求我们的立法工作始终坚持群众路线，要善于调查研究，"与群下教"，"与民下教"。

在社会主义制度下，人民群众是国家的主人。人民需要法律，法律保护人民，这是社会主义制度本身所固有的要求。我们要遵循马克思主义，尊重历史发展的客观规律，就要承认和尊重人民群众的社会实践，承认和尊重人民群众是革命法制的源泉，承认和尊重人民群众参加立法的权利。马克思主义的群众观与真理观、法律观与民主观，都是辩证统一的。民主首先是一种国家制度，同时又是一种意识形态。所以，民主精神必须贯彻到国家制度和法律制度中去；否则，就很难实现民主制度化、法律化,也谈不上法律民主化。我们不仅仅是在宪法中规定人民立法的权力,而且还将这种权力具体化,明确为制定宪法、修改法律以及监督宪法和法律的实施等,这无疑是合乎社会主义原则的。然而,要把宪法规定的原则付诸实践,还需要我们做出重大的努力。不论是尊重国家权力机关的立法权,也不论是吸收人民群众参加立法活动,都不应当是形式主义的,而应当是扎扎实实、广泛而又深入的。具体到制定宪法、法律和修改法律,在全过程中最好事前同人民群众商量,并采取各种有效途径来征求人民群众的意见和要求。这样,人民代表大会的作用必将发挥得更加充分,吸收人民群众参加立法活动就更加广泛,民主立法也就获得切实的保障。正如马克思说的:"立法的职能是一种不表现为实践力量而表现为理论力量的意志。在这里意志不应代替法律,它的作用恰恰在于发现和拟定真正的法律。"①我们能不能依据社会生活的客观发展进程,"发现和拟定真正的法律",这就要看能不能为国家权力机关和广大人民群众充分行使立法权力创造有利条件了。

粉碎"四人帮"以后,我们党坚定不移地执行发展社会主义民主与法制的方针,采取一系列重大措施,改善了以往那种不尊重国家权力机关和人民群众立法权的状况。随着社会主义现代化建设的深入发展,在我国进一步实行民主立法的条件愈来愈好。为了制定出比较完善和切实可行的法律,使当前的立法工作做得既快又好,我们还是必须经常强调民主立法,必须提倡法制建设与法学研究相结合,因而提倡诸葛亮"与群下教"的精神也不会是毫无裨益的吧。

(原载《法学杂志》1980 年第 7 期)

---

① 《马克思恩格斯全集》第 1 卷,第 394 页。

法学家与罗马法

古罗马流行一句谚语:"法学家创造了罗马法"。究竟这句谚语的真实性若何?是源出当时的社会,还是后人杜撰?现在无从稽考,姑且不论。但有一点是确定无疑的,大凡论及罗马法时总离不开罗马法学家,足见他们对罗马国家法制建设影响之巨大和深远。

中世纪文艺复兴以来,欧洲大陆国家普遍掀起一股"罗马法热",法学家们曾为罗马法这棵枯树的重新发芽而欣喜若狂,悉皆争相研习暗诵,莫不顶礼膜拜,致使罗马法的影响旁及各国法苑。人们把罗马法的最高成就与罗马法学家的卓著功勋紧密联系起来,愈是推崇罗马法法理之精纯,就愈是着意夸大罗马法学家的历史作用,因而著书立说总爱援引这类谚语,大有不事渲染不谈法之势。迨罗马法"被重新发现",并立即"得到恢复"和"取得威信"之后,罗马法更是被捧为古代法的鸿篇巨制,从此成了罗马法学家独享的一种特殊荣耀。

按照马克思主义的法律观看问题,所谓"法学家创造了罗马法"的说法,纯系无稽之谈,不过是一种法律谎言。罗马法作为罗马社会上层建筑的一个重要组成部分,它同罗马国家一样产生于相同的物质生活条件,而不是依据法学家的个人意志和理性观念。它同所有法律一样,是国家意志的一般表现形式。罗马法学家可以根据奴隶主统治阶级的利益和需要,运用立法语言对各种法律现象和法律关系做出这样那样的表述和规定,但毕竟创造不了法律,相反倒是罗马的法制建设造就了他们。

当然,罗马法学家创造不了法律,但并不等于说他们同罗马法就没有丝毫的联系。事实上,罗马法学家对于罗马法的历史发展起过非常重要的作用。恩格斯称罗马法"是纯粹私有制占统治的社会的生活条件和冲突的十分经典性的法律表现"①,认为"它包含着资本主义时期的大多数的法权关系",是"简单商品生产即资本主义前的商品生产的完善的法"②,"以致一切后来的法律都不能对它做任何实质性的修改"③。罗马法所以对后世影响巨大,其真谛恐怕盖然如此。罗马法这种历史地位的形成,固然同罗马帝国历代皇帝重视法制建设有关,但同当时法学繁荣、学派崛起、学术争鸣持续 167 年的局面也是分不开的,而其中就包含了罗马法学家的辛勤劳动,以及他们由此而作出的杰出贡献。

古代罗马最早的法律事项全由贵族僧侣所垄断,传授法学是秘密进行的,整个社会并不知道法学为何物。至公元前 3 世纪中叶,平民出身的僧侣柯伦康里尔斯公开就法律问题任人质疑并且尽量解答,一举打破贵族僧侣的垄断,才使平民获得学习法律知识的机会。不过,由于当时社会公认法学家是"最高尚"的,他们的职业被推崇为一种"荣誉",既不领取官俸又不收取私人费用,所以达官显贵之外的普通自由民和下层劳动群众是很难跻身法学家行列的。始初,尽管法学家解答法律纯系个人意见,对司法实践并无法定之约束力,但是那些不懂法律而又兼理司法的执政官,却一开始就尊重法学家的解答意见,甚至有时注意遵循,奉若律令。尤其鉴于这种法律解答范围的日益扩大,诸如答复公民和法官、执政官提出的各种问题,办案中指导辩护人怎样进行辩护,诉讼当事人怎样起诉,为订约双方当事人编撰合同证书,直至著书立说等无所不包,实际上法学家一身三任——法律顾问、职业律师和法学研究人员三位一体,以至他们的特殊地位与日俱增,终于成为罗马统

---

① 《马克思恩格斯全集》第 21 卷,第 454 页。
② 《马克思恩格斯全集》第 36 卷,第 169 页。
③ 《马克思恩格斯全集》第 21 卷,第 454 页。

治者最得力的助手。法学家这种历史作用的演变过程，不仅反映了罗马法制建设的发展与加强，而且也说明了他们对罗马法发展的推动作用乃是历史的必然。

既然法学家对罗马国家有着一种特殊功用，那么，罗马统治者向他们报以偏宠也就不足为奇。公元前一世纪末，罗马第一个皇帝奥古斯都(恺撒的甥孙屋大维)给予若干法学家以"公开解答法律的特权"，渐次规定他们的法律解答和法学论著均具法律效力，几乎无异于国家立法。公元 426 年，罗马统治者进而颁布所谓《引证法》，明令巴比厄安、保罗士、乌尔比安、盖尤士和毛特斯丁五大法学家的著作都可当做法律加以援引，具体实施原则是诸家意见分歧时取多数，意见相同时以巴比厄安为准，若巴比厄安著作未曾涉及时则由司法长官酌情处置。经过采取这些实际步骤，罗马法学家的特殊地位便为立法形式所固定，从而实现了皇权与法学的结合，法学家的解答始成罗马法的渊源之一，罗马法同法学家便结下了不解之缘。

当前，我国四化客观进程要求法学本身必须有一个大的发展与繁荣。摆在我们面前需要研究的东西很多，包括罗马法在内，实在大有提倡的必要。在这里暂且不说罗马法对于欧洲乃至世界各国的影响如何，以及它的基本原则、制度和法理观念对我们究竟有哪些借鉴作用，即使从"法学家创造了罗马法"这样一句普通的谚语，对于我们这些专业法学人员说来，仔细思考一番也不是毫无意义的。

（原载《法学杂志》1980 年第 2 期）

"推事"之虞小议

　　同司法界的朋友相聚一起,谈起来,大家几乎没有不赞成司法独立的,尤其是这个法制原则在极左路线下经受了巨大的破坏,所以它更是当前我们党加强和改善对司法工作领导的一项重要措施。但是,究竟怎样切实有效地贯彻司法独立,大家仍感到问题不少。贯彻 1979 年中央 64 号文件以来,党委审批案件的制度虽然已经取消,但思想认识并没有完全统一,有的党委部门和一些领导同志觉得这不是加强而是削弱了党的领导,因此他们或者以"交换意见"为名,或者公开对某案"表示关心",继续自觉或不自觉地干预人民法院的独立审判。在这种情形下,审判人员对于出现的这些个人干涉有时很难对付。于是,有的同志直言不讳地说,现在情况是有些地方"法怨不独立",反倒"依法绊事"。因此大家心里多少存有一种"推事之虞"。老实说,同志们能在一起作这种推心置腹的交谈是很有益处的,尽管它反映了一定的个人思想问题,但为什么在改善党的领导的过程中会出现这个新情况,它究竟说明了什么,以及我们应该如何解决这个问题,是应该发人深思、给人以启发的。我想,就此发点议论,并不是多余的。

　　提起"推事",人们自然会联想起旧社会的司法制度和法官。中国古时候把法官叫做"推事",意思是推究审讯犯人,治刑断狱。"推事"作为我国封建社会的司法官名,由来已久。据历史记载,"推事"之职名目繁多,诸如左推事、右推事、受命推事、受托推事、首席推事、陪席推事、独任推事,等等,可谓光怪陆离。但是,在封建集权制之下皇帝个人权威至高无上,独揽立法、司法、行政大权,集最高裁判权于一身,通行的原则是言出即是法、依言不依法,审判权隶属于行政权,各级刑狱官吏不过是行政长官的附庸,所以原来意义上的推事大都是名不副实的。在国民党统治时期,蒋介石政权标榜"五权分立",实际上奉行的是封建法西斯个人独裁,同样推事之制也没有独立过。由于"推事"职务名实不副由来久远,后来人们索性将其用来以喻贬意,习惯把"推事"引申为推诿、推延、推托乃至推出了事。新中国成立后,我们建立了崭新的人民司法制度,法院的法官不再沿用过去的"推事"称谓,而易名为"审判员",这里头大概也含有避免望文生义的考虑。当然,从根本上说,这种易名绝不是出于主观的随意选择,而是我国人民司法制度发展的必然产物。新司法制度的内容要求必须找到与之相适应的官制形式,恰恰在这个意义上,"审判员"最能体现我国审判机关工作人员的名称与职责的辩证统一关系,从而在新旧两种司法制度、司法人员之间划清了原则界限。顾名思义,审判就是审理案件和判决案件。因此,人民司法制度赋予审判人员的神圣职责与"推事"之风是格格不入的,目前一些同志思想上出现"推事"之虞,与我们的制度本身并不存在必然的联系。

事出有因。应该承认,"推事"之虞的出现,同我们党怎样领导司法工作的问题倒是确乎有着密切关系。党必须加强对司法工作的领导,这是毫无疑义的,任何时候也不许动摇。问题是怎样来加强?是切实保障法律的实施,保证司法独立,充分发挥司法机关的作用呢,还是混淆党委和司法机关的职责,以党代政,包揽具体司法业务?换句话说,是实行党政分工,还是坚持党政不分?对于这个重要问题,实践做出的选择是后者而不是前者。从 20 世纪 50 年代起,在我们国家就开始形成党委包揽司法行政事务,以党代政、以言代法、不按法律规定办事的习惯与做法,以致司法独立的原则流于形式,至"十年浩劫"期间更是被彻底加以否定。党的十一届三中全会以后,随着党和国家的立法工作的加强,民主与法制生活的发展,虽然以往那种情况已经有了明显的改善,但它们所造成的影响却是根深蒂固的,这就给人民法院依法独立行使审判权带来许多困难。审判人员无力彻底改变过去的习惯做法，由此产生"推事"之虞，自然也就不足为怪了。我们是没有理由责难他们的。事实上，他们忠于人民、忠于事实和忠于法律，也富于刚直不阿的品格和以身殉职的精神，不是他们不想发挥主动精神，不能依法独立审判案件，而是主观愿意为之但客观上却不易做到，在"能"和"为"之间出现了矛盾。上有变相的党委审批案件的制度继续"把关"，内有法院院长、庭长审批案件的习惯经常在起作用，外有来自某些特权现象的非法干涉，所有这些都涉及我国司法工作领导体制、司法制度怎样改革和完善的问题，何况制度的改革带有根本性，所以光凭人民法院自身是无法解决这个矛盾的。不言而喻，目前司法界一些同志对司法独立反映出来的担心，绝不是无缘无故的。

党政不分的现象在司法界表现得格外突出，原因似乎是复杂的，除了主要是极左路线下的法律虚无主义、法学取消主义的影响，以及过多地强调权力集中而外，还有一个不可忽视的因素，就是我们党还缺乏运用法律指导政权建设的经验。我国司法制度存在着缺陷和弊端，其中"审"与"判"的严重分离就是明显一例。宪法和法律明明规定人民法院是要独立行使审判权的，但实践中又不按宪法和法律的规定开展工作，习惯于"审而不判"、"判而不审"甚至于"先判后审"的做法，自然要为党政不分、以党代政提供条件。特别是在"左"的错误和极左路线的干扰下，"一元化领导"终于完全否定并取代司法独立，致使人民法院变成了专门履行法律手续的橡皮图章。在这种情形下，审判人员在其位并不敢谋其职，加之公检法三机关横遭"彻底砸烂"的厄运，他们又哪里来的积极性，恐怕遇事就推还嫌不保险哩！可见，如果说在我国人民司法制度史上确实出现过一阵"推事"之风，那么不是因为别的，恰恰是极左路线给审判工作造成的一个恶果。

必须指出，上面提到的"推事"之虞，它是在正确路线指引下，党加强和改善对司法工作的领导，保证实行司法独立，由于认识的不统一而暂时出现的新问题，今天没有并且今后也不会形成"风"的，因此它不但根本区别于旧社会的一切"推事"陋习，而且也根本区别于林彪、江青反革命破坏造成的"推事"哲学。只要我们认真对待，这种现象是不难消除的。为了克服长期以来"审"与"判"脱节的现象，对"审判"二字固然似有重新"正名"的必要,不然,对审判工作这样一种特殊性的业务就不会给予足够的重视,它也享有不了真正的独立。医生是可以独立地给患者看病处方的,但审判员却很难依法独立审案判案,这样又怎能调动他们的积极性,更好地运用审判职能来打击敌人、惩罚犯罪、保护人民呢? 人民民主专政的国家机器得不到加强,安定团结的局面又怎能巩固和发展? 加强党的领导不就没有着落吗? 至于到底怎样加强和改善党对司法工作的领导,实践已经做出了明白无误的回答:必须实行党政分工,切实保证司法独立。总之,党委审批案件的制度不能再继续下去了,院、庭长审批案件的做法必须改变了,以权压法的现象也一定要改掉。如果能引起大家对此的广泛注意,从现在起能逐步着手改革现行司法制度的某些弊端,一切"推事"之虞必然随之消逝,有法必依和严格依法办事,就会愈来愈获得切实有效的保障。

(原载《法学杂志》1981 年第 2 期)

论"法盲"

最近,许多读者纷纷给《法学杂志》编辑部来信,倾诉"法盲"之苦,呼吁法学界加以重视,承担起"扫除法盲"的任务。黑龙江省有一位退休老工人在信中写道:"……党的十一届三中全会以来,大家都很关心国家的民主与法制生活,包括我这个退休工人在内,就很想学点法律知识,想弄清加强法制与实现四化究竟是什么关系,学会运用法制武器同那些破坏安定团结的行为作斗争。但苦恼的是对法律一窍不通,没有人组织和指导我们学习,也不知啥时能摘掉这顶'法盲'帽子。我们是很喜爱《法学杂志》和《中国法制报》的,觉得这是我们学习法学的良师益友。因此,我们建议贵刊开辟一个'大家都来学法学'的专栏,为加快四化建设承担起扫除法盲的责任。"读罢,我很自然地想起了当前的法学界,想起了法学界所特别关心的以法治国和发展法学事业的问题。透过这一封封信件,我感到分外痛快淋漓,耳边仿佛听到全国人民共同的心声,眼前又仿佛展现出一幅人心思法、民要读律的动人画面。振奋之余,回味"法盲"二字,更觉惟妙惟肖,令人思绪滔滔。

大约去年春天,我和法学界同行谈及社会上法制观念亟待增强的问题时,有感于耳闻目睹那些"法律笑话"的纷至迭出,曾经就想写点东西来和大家商讨。老实说,当时我并没有想到要使用"法盲"这个概念,原因是还没有觉悟到我国仍是一个"法盲"充斥的国家。现在深受读者启示,于是抚今追昔,鉴往追来,更加感慨倍增。

究竟何谓"法盲",笔者知识浅薄,不敢妄下定义。但是,若论"文盲",这倒是人所共知的。旧中国是一个文盲充斥的国家。剥削阶级是极端害怕科学和真理的,他们深深地懂得光靠暴力镇压维持不了其反动统治,必然同时要实行文化专制,推行愚民政策,置劳动人民于愚昧无知的境地。所以,凡是从旧社会过来的人——当然主要是劳动人民,几乎绝大多数都饱尝过"文盲"之苦。而与"文盲"紧密相连的,恐怕就是"法盲"了。理由不言而喻,很难设想一个"文盲"却又能通晓法律,大概天底下不会有这样的怪事。凡"文盲"必定也是"法盲",而"文盲"古已有之,"法盲"自然也绝非今天所特有的现象。不过,我们还不能得出"法盲"等于"文盲"的结论,因为"法盲"不外乎专指对法律的无知,而这一点同文化水平的高低并没有必然的因果关系,"法盲"中可以有不识字的,也可以有文化程度很高的。

提起"法盲"甚多。说怪,其实也不怪。我国自秦汉以来,法藏于官。法家自理官出,民不读律,"法盲"自当比比皆然。只不过人民群众出于对旧法的传统仇恨心理,根本不知"法盲"为何物,更不知"法盲"何苦之有。在几千年封建专制主义束缚下的中国人民,他们所见所闻的都是"权大于法"的现实,只知道封建皇帝是言出法随,可以一言立法、一言废法,尽管对"依言不依法"、"依人不依法"的弊端深恶痛绝,但并没有意识到"法盲"已成社会痼疾,自己还堪称为"虔诚"的法盲,故而"法盲"之说在旧中国无足轻重。历史发展到近现代,当资产阶级民主与法制作为所谓西方"文明社会"的标志提出来的时候,在这方面对中国的"启蒙"作用仍然是不大的,同样无法把中国人民从"法盲"状态中解脱出来。因此,法制为什么总是和国家相互依存的,为什么没有法制便不成其为国家,法制和治国到底是什么关系,以及法学的发达与否对国家的前途与命运又有什么相干,这些问题在我国人民心目中从来不占有重要位置。正由于这样的缘故,随着四个现代化的发展进程必然提出以法治国的要求,以及我们党明确宣布贯彻发展社会主义民主与法制这一坚定不移的方针,这时"法盲"问题才似乎被重新发现,甚至人们感觉有些奇怪了。

"冰冻三尺,非一日之寒。"我国"法盲"何其多,这里除了历史的根由之外,还应该看到这是极"左"路线造成的恶果之一。回忆"文化大革命"期间那种无法无天的情景,往事历历在目,这是人们永远也不会忘记的。大家都知道新中国成立后法制建设是卓有成绩的,人民群众对于新法律是衷心拥护的。令人痛惜的是好景不长。我国法制建设在20世纪50年代后期突然中断了,法律虚无主义猖獗一时,法学取消主义接踵而至,以致法学界噤若寒蝉,国人莫不谈法色变。面对林彪、"四人帮"大搞现代宗教迷信,实行文化专制和愚民政策造成的严酷逆境,人们更是习法无门,谈法忤逆,执法有罪。既然明法有害,倒不如"法盲"保险,于是只好"逆来顺受",彼此也都见怪不怪了。问题在于今天情况起了根本变化,理论上经过了"拨乱反正",批判了极"左"的流毒和影响,实践上党和国家又为加强法制做了大量工作,如果我们的思想依然停留在"人心思法"的主观愿望上,行动上却并不打算为增强法制观念做出实际的努力,那么"法盲"帽子是断然摘不掉的。

应该说,"法盲"问题的严重性,迄今还没有引起人们的普遍注意和警惕。必须指出,既然"法盲"遍于国中,那么社会上的一些违法犯罪现象,就不能说与这没有关系。至于因为缺乏起码的法律知识,在现实生活中"法律笑话"层出不穷,就更需要引起人们注意了。说到"笑话",就是在干部中也是引人触目的。比如,有的党委书记居然可以随意撤换经过人民代表选举产生的法院院长和检察长;有的地方党委竟然擅自改变上级法院对于案件的终审判决;有的审判长居然在法庭上拍案宣布"取消某某的律师资格,驱逐出庭";有的地方党委书记至今不知道设置检察院是依据宪法的规定;有的地区凭书记一句话就能撤销所有的检察机关。凡此种种不一而足,简直令人啼笑皆非。这里面既有以权压法、干涉司法独立的问题,又有对法律浑然无知的问题。不论具体情况若何,如任其泛滥蔓延,法制的权威和尊严就无法树立,依法办事的原则就难以贯彻实施。因此,我们对"法盲"的严重性切不可低估而掉以轻心!

谈起"法盲",人们也自然地想到我国法学教育事业的落后。从某报社记者调查统计的数字来看,解放前全国有63个法学院、系,1928年至1947年毕业学生总数是51000人,占全国高校同期毕业生总数的27.5%;而在1952年院、系调整后,全国仅建立了四所政法学院和六个大学法律系,1953 年至 1979 年毕业生总数为 19500 人,约占全国高校同期毕业生总数的百分之零点六。看,我国法律教育的落后状况是何等惊人!现在虽然法学研究开始振兴,法学教育正在恢复和发展,但总的说来与四化建设的要求极不相适应。我以为惊呼是极自然的,这种落后状况亟须迅速改变。不然,要想建设一支宏大的专业法律工作者队伍,要想在全国范围内扫除"法盲",进而把法学提高到与四化相适应的水平,这一切全都是不可能的。

（原载《法学杂志》1981 年第 3 期）

龙启瑞和"纵囚论"

《法学杂志》1981年第5期发表过吴澄同志的一篇短文——"从欧阳修'纵囚论'谈起",读后兴趣盎然,于是联想到清朝人龙启瑞,因为他不同意欧阳修论及纵囚之道的某些观点,还专门写过一篇"书欧阳子纵囚论后"的文章。我以为,将这篇文章同欧阳修的《纵囚论》对照读来不仅更加有趣,而且更加耐人寻味。

北宋中叶著名文学家欧阳修的《纵囚论》,写的是唐太宗如何把被判处死刑的三百多名罪犯释放回家,要他们什么时候回来服刑都能办到的事情,本意无非是说唐太宗能够施"恩德"以感化罪犯。然而,作者本人对这种"纵囚"的做法却又不以为然。他认为唐太宗是君子小人不分,人情道理不辨,用放走死囚的做法来制造美谈,为的不过是标新立异,沽名钓誉。在欧阳修看来,靠上面施恩德来感化下面知信义的事是绝不可能的,绝没有连君子都难以做到的事而小人却能轻易做到,果真这样,岂不是不近人情、反乎常理吗?所以,依照他的看法,认为施恩德释放罪犯,使罪犯受感化而知信义的政策是不足取的,若偶一为之尚且犹可,但绝不应该成为天下通行、经常使用的法律。

清朝道光年间进士龙启瑞对欧阳修关于处置囚犯的见解是不满意的,认为他固然知晓世道人情,但并没有把反对"纵囚"的理由说透。

在龙启瑞看来,纵囚是没有道理的,如果照欧阳修所说的那样,对于释放后又自动归案的死囚杀之无赦,既存必杀之心又为什么要释放他们呢?既然罪犯是受感化纵而复归有何必要杀呢?如果将先释放的一批杀掉,而将后一批放走归案的加以赦免,那么又怎样判断他们不是受上面恩德感化所致呢?所谓"仁政"者也必定是罪罚相当,若刑罚相同却有赦与不赦之别,又怎么能合乎情理呢?你欧阳修明明知道对放走后重又归案受刑是圣君不忍心做的事情,这种嬉戏人命的说法是站不住脚的,为什么认为"必然没有的事"竟能偶尔为之,难道就合乎礼义吗?在他看来,既然是囚犯,只要量刑恰当,执法公平,就绝没有释放的理由。所以,他认为唐太宗释放罪犯的做法是根本行不通的,包括欧阳修的分析在内也不过是无的放矢。同欧阳修有一点不同,龙启瑞固然反对"纵囚",但却把处囚之道"必归于无纵而后可",而不是笼统地采取不承认主义的态度。

不论欧阳修还是龙启瑞,尽管他们对处置罪犯的看法存在着差别,但有一点又是相同的,亦即站在封建统治阶级的立场上,总算是把执行刑事政策同治理国家联系在一起,模糊地意识到了处理罪犯问题的重要性。他们的文章之所以值得我们一读,意义恰恰也在这里。

当然,我们的劳改工作干部要比唐太宗高明千百倍,而我们的劳动改造罪犯政策比起古人的一孔之见更是有着天壤之别。劳动改造罪犯的工作,是我们党改造人、改造社会的伟大事业的一部分。在我国,对犯罪分子的劳动改造与教育感化从来是并行不悖的,实践也一再证明,通过强迫劳动与教育感化,除了极个别不可救药分子外,绝大多数罪犯是可以挽救过来,争取重新做人的。今天,我们国家正处在新的历史时期,把罪犯改造成新人,减少重新犯罪,变消极因素为积极因素,这是四化建设的需要。劳改工作的要求比过去更高了,我们应该在继续清理"左"的错误的同时又注意防止"右"的偏差,真正严格依法办事,坚决执行党的政策,使多年来劳改工作创造的"人间奇迹"有所创新,更加光彩夺目。

附：

书欧阳子纵囚论后

欧阳子论唐太宗纵囚之事，谓其上下交相贼以成此名，善哉乎言！其于当世之情事尽矣；惜所以处囚者犹未善也。窃尝推而论之，以为既谓之曰囚，则无可纵之理者也。如欧阳子之言，上既失刑而纵之，纵而来归，则又杀之无赦。夫既存一必杀之心，则何必纵？既纵之而有来归之义，则又何必杀？！此说之不可通者也。而又纵之而又来，则将何以处之乎？如因其实为恩德之致而赦之，则安知前者之来为非恩德之至也？同罪而异罚，尚不可谓仁。今同罚而异赦，独可谓之义乎？如又来而又杀之，是以民命为戏也，王者不忍为也。欧阳子亦知其说之无以处也，而归之于必无之事。夫治天下者，安可因其必无而偶为之？假因必无而偶为之，则今日之偶者其果合于义也？且安知天下之不倖吾偶尔以为常者例也？然则如之何？曰：由吾之言，既谓三曰囚，则决无可纵之理者也。王者之持政也平，故致罚惟求甚当，而不示吾以何倖之恩；王者之虑患也深，故用法必守其常，而不望民以难得之事，固有所不行，而欧阳子之说，亦有不必用者矣。然则偶一行之，终不可乎？曰，偶一行之，是待今之纵者则为宽，而视他日之刑者，则不恕也。故论处囚之道，必归于无纵而后可。

（本文选自《经德堂文内集·卷二》。作者龙启瑞
（1814—1858）字翰臣，亦字辑五，广西临桂人，
道光二十一年进士，官至江西布政使。其为学喜事微实，
曾专攻音韵、训诂，著有《古韵通说》、
《尔雅经注集证》诸书。——编者）

今译：

欧阳先生论述唐太宗放走囚犯的事情，认为这是上下之间互相窥

到彼此的心情而制造的一种美谈。说得很好！他对当时的世道人情都说得很透彻；可惜他对囚犯的处置这一点，说得还不够完善。我曾对此作过推论，既然叫做囚犯，那就没有无故放走的道理。如像欧阳先生所说的那样，上面既然放弃刑罚原则而放走他们，他们又自动归案，然后杀了他们不加赦免。既已存着一条杀他们的心，那又何必放走他们？既然他们自动归案，又何必杀呢？这在道理上是讲不通的。放了又回来，应怎样处置他们呢？如果因为他们是由恩德感化所致就赦免他们①，那怎样知道前一批自动归案的不是由恩德感化所致呢？同罪不同罚不能叫做仁政。而今刑罚相同却有赦与不赦，还能合乎情理吗？如果对再来归案的也杀了他，那是以百姓的性命开玩笑了，圣王是不忍心做的。欧阳先生也知道这种说法是站不住的，故而归结为必然没有的事。可是治理天下的，怎么可以是因其必然没有而要偶尔去做呢？假如因为必然没有而偶尔去做，那今天偶尔为之的做法，能合乎义理吗？况且怎样知道天下人之不利用我的偶尔为之，当做常例来看待呢？到底怎样好？我说，既然叫做囚犯，则绝没有无故释放之理。圣王掌握政策是平衡的，所以量刑务求其恰当，而不能显示可被利用的恩惠；圣王考虑忧患深切，所以使用法律必定保持正常，而不去希望老百姓做出难以做到的事情。有了至平的心去掌握政策，又以最深切的思虑对待忧患，那唐太宗弄的这种事，固然有所不行，而欧阳先生的说法，也是有用不上的了。然而偶然做一次到底也不可以吗？我说，偶然做一次，那是对待今天被放走的就宽大，而对于他日受到刑罚的，就没有宽大了。所以论处置囚犯的道理，必定归结为不能无故放走才可以。

（原载《法学杂志》1982 年第 2 期）

---

① 《纵囚论》中谓纵囚可将先放走又归案的杀掉，而将后放走的一批归案后赦免，这里指的是后一批。

我国立法回顾

加强立法是我国法制建设的主旋律,同司法、行政执法、法律设施建设、法律文化传播和法律咨询服务等各个环节的声部交融一起,奏响了一曲依法治国、建设社会主义法治国家的动人乐章。

立法是一种国家行为,是国家权力机关的日常职能,本身并没有什么奇特之处,关键是它在我国发生的根本性变化,使其变得非同凡响,格外令人瞩目。正如"文化大革命",使我们记住了"要人治,不要法治";党的十一届三中全会"拨乱反正",使我们记住了迎来民主与法制的春天;香港回归祖国,使我们记住了由"一国两制"到"一国两法";因为市场经济呼唤法治,进一步开放需要同国际社会的法律接轨等,使我们自然记住了我国立法这个主旋律。

一、厉行依法治国方略

九届全国人大一次会议刚刚闭幕,品味本届盛会确定的任务,回首往届全国人大的立法进程,放眼依法治国的前景,我们会得出一个明确的结论:今后的五年,全国各族人民的光荣使命是要全面完成"九五"计划,实现小康。为本世纪中叶基本实现现代化打下坚实基础,而全国人大将继续认真履行最高国家权力机关的各项职能,着实厉行依法治国方略,也绝不会改变加强立法这个主旋律。加强立法是依法治国的前提,为现代法治社会发展潮流所使然,其势不可逆转。我国改革开放伊始,伟人邓小平提出发展社会主义民主和法制坚定不移的方针,由此迎来法制建设的春天,立法工作也重又获得生机,一反过去长期冷落沉沦而成为现代化建设中引人关切的一个"热点"。于是乎从五届全国人大开始,其后三届人大立法一直呈直线上升,五、六届大体都为 60 多件,到了七届增至 87 件,而在八届任期内则达到 118 件,大约相当于六、七两届全国人大立法总和的 3/4。五年来,全国人大对立法的重视日见其甚,立法步伐较以往大大加快,且立法成绩越来越斐然卓著,这在当今国际社会实为鲜见。国人称颂第八届全国人大及其常委会刮起一股"立法旋风",世人称赞我国"立法驶入快车道",这是不无道理的。

二、立法适应市场经济

建立健全法律制度,是依法制定的需要,也是建立适应市场经济体制的社会主义法律体系的需要。新中国成立后的 17 年里,我国制定的法、法令和行政法规大致有 1500 件,其中能够继续适用或基本适用的极少,因而进入新时期后的立法任务十分繁重。据此,立法工作自然一马当先,一大批适应现代化建设需要的法律也就应运而生。据不完全统计,改革开放二十年来我国最高国家权力机关制定的法律(含两个宪法修正案和有关法律问题的决定)已有三百一十多件,国务院制定的行政法规也有七百五十多件,加上有立法权的地方人大制定的五千三百多件地方性法规,现行法律的总数已接近 6400 件,数量的确蔚然。然而,法律对社会关系的涵盖值依旧有限,尤其近几年出台的市场经济法律不过三十余件,这对于满足现实生活的法需求,构建市场经济法律体系的要求显然是不相适应的。因此,尽管"有法可依"的局面已经基本形成,但我国立法持续加强的趋向在今后几年是不会改变的。

三、受到国内国外肯定

我国立法步伐之快、立法数量之多,这在过去计划经济体制下是不敢想象的。计划体制需要的是一种行政权力协调下的经济秩序,一切经济活动都围绕政府部门的行政权力来运行,连处理经济纠纷也不必经过法律程序,所以法律的多少并不重要。而发展市场经济就不同了,离不开法律的规范、引导、保障和约束,当然要导致立法工作出现喜人的变化。至于引起变化的原因自当殊多,其中重要的一条,就是基于国家权力机关对自身肩负着的历史使命的深刻认识,以及立法思想适应市场经济需要所进行的深刻变革。正如有关人士指出,我国立法成就引人注目并受到国内外的充分肯定,是八届全国人大及其常委会在立法中时刻注意掌握开放性和民主性两个原则直接有关。我认为这个观点是对的,因为从一个侧面说明我国立法质量也是在不断提高的关键所在。

四、立法数量质量并重

其实,提高立法质量又何尝不是一个重要原则,一个科学性的原则。与其紧密关联的开放原则、民主原则相比较,也许它恰恰还是我们缺少把握的一个原则。不言而喻,依法治国没有比较健全完备的法律不行,没有足够质量的法律更不行。健全不等于完备,完备也不等于完善,而只有比较完备的、成熟的法律才可堪称高质量的法律。我国现有法律的社会承受力欠缺,贯彻实施情况欠佳,对法资源的分配也欠适度平衡,正说明提高立法质量乃当务之急。必须看到,立法的数量与质量、民主性与科学性是互补的,只有实现二者的有机统一,才能保证立法的良性循环,畅通走向法治社会的流向。令人高兴的是,九届全国人大一次会议将不负历史使命,以后将加强立法与提高质量并重,向着依法治国迈出更加坚实的步伐!

(原载《香港商报》1998 年 3 月 31 日)

约法三章与从严治政

朱镕基总理在主持新一届中央政府第一次全体会议上发表施政讲话时与大家约法三章:"第一,在国内考察工作要轻车简从,减少随行人员,简化接待礼仪,不陪餐、不迎送;第二,精简会议,压缩会议时间,减少会议人员,不在高级宾馆和风景名胜区开会;第三,除党中央、国务院统一组织安排的活动外,国务院领导同志一般不出席各部门、各地方、各单位召开的会议,不参加接见、照相、颁奖、剪彩及首发首映式等事务性活动,不为各部门工作会议发贺信、贺电,不题词、题名,把精力集中到研究处理重大问题上来。"这个"章法"约得好,实在应天顺人,举国上下莫不拍手称快,赞不绝口。

提起"约法三章",国人并不陌生。尤其在今天的中国,全国人民正高举邓小平理论伟大旗帜,同心同德把建设有中国特色社会主义伟大事业全面推向 21 世纪的时候,面对各种腐败现象的滋生蔓延,无不希冀我们的国家励精图治,有一个致力于建设廉洁高效的政府与民约法三章。果然,新一届中央政府想人民之所想,通过朱镕基总理在新一届国务院第一次全体会议上与大家约法三章,向人民交了一份合格的答卷,这就无异于公开树立起廉洁、务实、高效的旗帜,亮明我国政府的形象是值得全国各族人民信赖的。这样的约法三章之所以难能可贵,就在于本质上它是对当前各种腐败现象和不正之风的公开抵制,也是对多年来令行不止的官僚主义、文牍主义、形式主义的公开宣战。它切中时弊，令人振奋，怎不叫好！

我们为朱镕基总理的"约法三章"叫好，在某种意义上说，是因为透过它使我们看到了本届政府决心厉行法治、从严治政的精神，而这种精神恰恰再现了人民总理周恩来躬行实践的伟大品格，反映了一代伟人风范犹存的客观事实。周总理生前在七机部一院总装厂视察工作前，就曾让秘书给部里下达一个"六不准"的通知，而朱镕基总理与大家的"约法三章"，同"六不准"的精神完全一脉相承。这就说明，我们新中国的第三代领导集体是有信心继往开来的，也是有能力领导人民把本国的事情办好，并为促进世界和平与发展的崇高事业做出应有贡献的。

建设民主与法治国家，不能上无道揆下无法度。治国安邦自然要以立宪为先，但要实现现代化，尤其要以从严治政为先。现在，我国社会生活基本的和主要的方面已经有法可依，安民立国也有许多伦理准则为循，建设法治国家的流向也是畅通的。但突出的一个问题是，法律的权威尚未真正确立起来，一些法律还不能有效实施，有法不依、执法不严、违法不究的现象还常有发生，尤其依法治政不严，政府部门的行政执法未能得到根本解决。在这种情形下，朱镕基总理提出约法三章，不仅仅表现了本届政府从严治政的决心，而且也可看做是在依法行政、依法治国问题上向全国人民的庄严承诺，它把政府领导人的言行举止置于社会舆论监督之下，这就为我国的勤政廉政建设又增加了一层自律保障。

我们笃信，一向勤政务实的朱镕基总理既然能与大家约法三章，自然也一定是言必信，行必果的。值得高兴的是，有了中央政府的率先垂范，又有香港特区政府以法治廉、以法促廉的成功经验可供借鉴，其他各级地方政府也必定能够恪守一轨同风，努力做到望风希旨的。上行下效，各级政府只要认真落实约法三章，依法从严治政就必定出奇制胜，这是确定无疑的。

（原载《香港商报》1998 年 7 月 18 日）

机构改革顺乎民心

"两会"共同感兴趣的话题很多,其中反响最强烈恐怕莫过于政府机构改革问题。3月6日,大家听了国务院秘书长罗干就国务院机构改革方案所作的说明后,竟报以长达两分多钟的热烈掌声,这就是有力的写照。这种现象为多年来所鲜见,把它视为"民意的真实表达"是一点也不过分的。会上如此,会外反应亦然。若问机构改革何以这等深得民心,原因大概就在于此举符合深化经济体制改革、促进经济和社会发展的迫切需要,反映中国式民主政治实践的客观要求,体现全国上下的普遍共识,事关密切政企关系、官民关系的大局。

我国政府机构之庞大,人员数量之多,财政支出之巨,为古今中外所罕见。这种现象的出现绝非偶然,而是过去长期实行计划经济体制的产物。

在计划经济体制下高度集权,试图用计划手段来分配社会经济资源,靠行政命令、行政手段谋求经济和社会的发展,这就决定了组织经济运行的全部构想必须以庞大的政府机构作后盾,至于要不要建立办事高效、运转协调、行为规范的行政管理体系和国家管理体制,则被看做是离经叛道和不可思议的。既然整个社会和国家一切经济活动都要围绕政府部门的行政权力来运行,事无巨细都要靠行政手段来解决。社会有没有普遍遵循的法律准则这一点并不重要,即使已经制订的法律也很难实际介入,所以政府机构设置与社会经济发展之间的矛盾被"人治"观念所淡化,人们对庞大的政府机构也就司空见惯了。而我们现在是发展市场经济,受历史条件和宏观环境制约的条件也发生了变化,如何按照市场要求实现政企分开,如何按照现代国家管理体制建立办事高效、运转协调和行为规范的行政管理体系,这就需要解决现有政府机构设置同深化改革"不适应"的矛盾,克服权责不清、多头管理和政出多门的弊端,切实把政府职能转变到宏观调控、社会管理和公共服务方面来。因此,人民群众对政府机构庞大的现状越来越不满意,因为它不但造成国家财政开支的沉重负担,带来人力、智力、精力的极大浪费,而且还滋生官僚主义和文牍主义,助长了贪污腐败和不正之风。大家对机构庞大的弊端莫不感同身受,都觉得政府机构改革是时候了,不然吃亏的还是国家,倒霉的还是企业,受损的还是百姓。

俗话说,"温故而知新"。改革开放以来,我们虽然有过多次精简政府机构的努力,但由于受国家领导和管理体制制约,许多问题无法从根本上解决,结果是精简一次又膨胀许多,机构庞大的现象反倒有增无减。然而,这次机构改革就明显不同于以往:一是原则明确,精简、统一、效能融于一炉;二是立足根本,旨在克服机构设置同发展市场经济的矛盾;三是目标与方向一致,把建立市场经济体制与建设民主政治有机地统一起来;四是坚决果断,重点突出,改革后的国务院组成部门将由 40 个减少为 29 个,机构变化之大、人员调整之多为过去所不能比拟。如果不是吸取了以往的经验教训,这次机构改革方案是很难脱颖而出的。

邓小平早在 80 年代就不止一次地指出,政治体制改革同经济体制改革必须相互依赖、相互配合,还指出机构改革是政治体制改革的重要内容,"精简机构就是一场革命"。既然政府机构改革是一场革命,这就难免会遇到阻力和风险,无论如何是不可掉以轻心的。值得高兴的是,政府对于这次推进改革不但坚定不移,而且又将是审慎稳妥的,不但重视科学性,而且又讲求操作性,因而改革方案的实施必将是比较顺利的。当然,不论这次机构改革的时机如何成熟,经济发展、国力增强和社会政治稳定的条件如何好,社会承受能力又如何有保障,但机构改革是在依法治国的背景下进行的,本身就是建设社会主义法治国家的一种实际努力,说到底还是要按照依法治国,最终实现国家管理体制与行政管理体系的制度化、法律化。

（原载《香港商报》1998 年 3 月 28 日）

《法学杂志》发刊词

《法学杂志》,在北京市委和中央政法部门的关怀与支持下,经过首都法学界的共同努力,今天已和广大读者见面了。它是北京市法学会的会刊,是一个以普及为主、兼顾提高的法学刊物。《法学杂志》在今天应运而生,这正是社会主义法学繁荣昌盛的一个生动表现。

在我国进入社会主义现代化建设的伟大历史时期,为了推动法学研究的开展,大力提高我国的法学水平;总结交流政法实际工作和法律教育、法学研究工作的经验;坚持持久不懈的法制宣传,使法学为加强社会主义民主和法制、实现政治民主化和民主制度化法律化服务,为巩固无产阶级专政、保障安定团结地进行社会主义建设服务,举办这样一个法学刊物是完全必要的。当前情况的特点是:适应社会主义现代化建设的需要,在法学方面如调整经济关系中的许多法律问题都亟待我们去探索和做出解答,许多新的法律部门和新的司法业务都必须抓紧建立和健全。社会主义民主已经并正在有所发扬,但要真正使民主制度化、法律化,还需要作出艰苦的努力。社会主义法制建设刚刚迈出可喜的一步,但还要继续完善。新公布的法律开始实施,但很多问题亟待研究,经验需要总结。法律教育恢复不久,不少政法院、系刚刚成立,但要跟上新的形势,无论政法干部训练和大学法律教育的教育质量都急需大力提高。普及法制的宣传教育已经卓有成效,但仍然不够深入,尤其在青少年中更需加强。安定团结的政治局面已经基本实现,但极左路线的流毒尚未肃清,同各种反革命和刑事犯罪的斗争仍然是长期的艰巨的任务。由于我国国际威望的提高和在国际事务中作用的增强,与世界各国的交往关系日益密切,必须要大力开展国际法和国际经济法的研究,了解和介绍世界各国的立法、司法情况。这一切都表明,在当前形势下出版这样一个法学刊物,是有着理论和直接实践意义的。

林彪、"四人帮"践踏民主、破坏法制的惨痛教训,使我们终于认识了一条真理:社会主义国家不能没有完善的法律和健全的法制,否则,反革命的破坏活动就会猖獗,无政府主义也会泛滥成灾,正常的生产秩序、工作秩序、科研秩序、社会秩序就会横遭破坏,人民靠斗争争取到的民主权利就会得而复失,阴谋家、野心家进行反革命复辟就会有漏洞可钻,因而社会主义事业就会失去必要的保障。然而,加强社会主义法制,不仅要加强立法、司法工作,要坚持有法可依、有法必依、执法必严、违法必究,而且更要使全党全民增强法制观念,自觉学法、懂法和守法,一丝不苟地依法办事。要做到这一点,就需要我们长期努力,在培养和造就一大批忠于职守、精通业务的专门法律人才的同时,广泛开展法学研究,深入地开展法制宣传,进行法律教育,普及法律知识。

法律科学是社会科学中一个极为重要的部门,它是研究和阐明国家的立法、司法活动所应遵循的客观规律,研究和阐明各个部门法的本质、作用及其适用的科学。社会主义现代化建设的丰富实践,愈来愈显示出法律科学的重要性。但是,同法制的重要性一样,法学在过去相当长的时期是不被人们所认识的。以往这种认识上的盲目性,应该说,很重要的一条就是人们的法制观念薄弱。究其原因,又是多方面的。几千年来,人民对旧法的态度影响到我们相当多的同志,他们不区分新旧两种法的本质,看不到法在社会主义社会政治经济生活中的重要作用,一提到法就和旧法观点、束缚群众的手脚联系起来。这是造成法制观念淡薄的历史原因。其次,旧中国的阶级结构是枣核形的,两头小,中间大,小生产者和小资产阶级有如汪洋大海,他们囿于自给自足的自然经济,表现在政治上有其革命性的一面,同时也存在无政府主义的自发倾向。这是不重视法制的阶级根源。还应该看到,中国革命过去很少有合法斗争的可能,走的是农村包围城市、武装夺取政权的道路。在这种情形下,人们在付出高昂的学费后,对政驻和武装的作用的认识是有的,但对法的作用几乎是普遍不重视的。只是经过"文化大革命"十年的动乱之后,才开始出现了"人心思治"、"人心思法"的局面。不过,如像列宁所说的要运用法律向群众指明道路,对于我们仍然是不熟悉的。加之我们一些同志对党的崇高威望还产生另一种看法,以为有了党就有了一切,有法无法似乎无关紧要。凡此种种造成的人们法制观念的不强,在今天都是加强社会主义法制的重大障碍。

实践已经证明,有障碍存在,加强社会主义法制就不会是一帆风顺的。这就必须继续加强立法、司法工作,坚决同各种违法犯罪作斗争;就需要花大气力去改变人们头脑里与社会主义民主和法制相抵触的思想,需要同各种违法乱纪的现象,同官僚主义、家长作风、特权思想和无政府主义进行斗争。这是法学战线上的共同任务,也是《法学杂志》不可推卸的责任。

《法学杂志》是北京市法学会的会刊,它是法学各个学科的综合性刊物。在学术研究方面,提倡理论探讨与总结实际经验并重,专题论著与知识介绍并重,实行普及为主、兼顾提高的方针。本刊的主要任务是:在四项基本原则指导下,贯彻执行党的三中全会以来制定的路线、方针和政策,开展学术活动,宣传社会主义法制,普及法律知识,繁荣法律科学,提高法学水平,增强法制观念,总结和交流政法实际、法律教育工作的经验,加强社会主义民主和法制,为实现社会主义现代化服务。

基于上述任务,本刊坚持以马克思列宁主义、毛泽东思想作指导,提倡解放思想,开动机器,独立思考,勇于创新,服从真理,修正错误的科学态度;贯彻"百花齐放,百家争鸣"、"古为今用"、"洋为中用"的方针;发扬理论联系实际,实事求是,注重调查研究的学风;坚持实践是检验真理唯一标准的马克思主义的基本原则;实行学术民主,主张"三不主义",鼓励不同学派之间自由的探讨与争辩,敢于破除迷信,打破旧框框,探索前人尚未探索过的问题。对于那种思想僵化和半僵化,千篇一律,人云亦云,言之无物,从书本到书本,脱离群众和脱离实际的教条八股,应当力求避免。学术性文章,提倡要有独到见解。宁做杜子美(语不惊人死不休),不做文抄公,要求观点明确,论据充实,言之成理,持之有故。评论性文章,不怕锋芒毕露,不求四平八稳。历史性文章,要史料可靠,史论结合,古为今用。宣传性文章,要力求形式多样,短小精悍,语言生动,文字活泼,通俗易懂,明白无误。总结介绍经验的文章,要从实际出发,实事求是,不要弄虚作假,哗众取宠。一句话,《法学杂志》应该力求在政治上旗帜鲜明,思想上明朗活跃,学术上勇于创新,文采上才情横溢,形式上绚丽多姿,逐渐形成富于自己独特风格的、为广大群众所喜闻乐见的刊物。

《法学杂志》不仅是北京法学会会员自己的刊物,同时也是一切热心于法学、有志于加强民主与法制的广大干部和群众的刊物。因此,为了办好《法学杂志》,我们迫切需要大家的积极支持,希望法学界和各行各业、各条战线的干部和群众都来关心它,使社会科学领域里这块新辟的园地更加光彩夺目,使法律科学为实现社会主义现代化建设发挥出更大的作用!

(原载《法学杂志》1980 年第 1 期)

凌云健笔开新篇

——读《中华人民共和国检察制度研究》

王桂五同志主编的《中华人民共和国检察制度研究》(以下简称《研究》)最近已由法律出版社出版。全书分总论、职能论(法律监督论)、程序论、组织论和管理论五编,章节浩繁,蔚然大观,是迄今所见第一部全面研究具有中国特色检察制度的创始之作。

一

新中国成立以来,我们的检察制度在不同发展阶段呈现出不同的特点,但直至1978年检察机关得以恢复并重新获得发展之前,成绩不可低估但却缺少理论建树。必须承认我国检察立法、检察实践在许多方面与经济建设和民主政治建设的发展还不相适应。如果不改变这种状况,检察机关如何更好地服务于现代化建设就将是一句空话。同样必须承认,我国检察理论也落后于检察实践,虽然近年来热心检察制度研究的人日见其多,但因指导思想与方法论大都停留在具体制度、具体业务微观细密的研究水平上,所以真正涉及检察制度宏观研究成果的殊为鲜见。如果不改变理论研究这种落后状况,要建设有中国特色的检察制度也是不切实际的。据此,本书作者选择这样一个与现实息息相关的重大课题进行研究,其用心所在是不言而喻的。值得称道的是,作者研究检察制度与以往同类问题的研究者不同,在思维与视角方面表现出高度的创造性,令人耳目一新。作者把研究视角从微观单一转向宏观机理,立足我国根本政治制度和社会制度,通过全面论述人民代表大会制度下法律监督职能由一般国家职能中最终分离和专门化,揭示国家权力机关的直接监督及其所由派生的检察机关的专门监督的内在联系与相互区别,将检察制度置于人民代表大会的法律监督机制的范畴,为实现宏观研究与微观研究的有机结合,拓开了一种新的理论与方法论的层次格局和思维模式。正如本书作者所指出的,我国检察制度是由人民代表大会制度决定和产生的一项法律监督制度,检察权是国家权力的一个方面;国家法律监督权体现国家权力的统一性和集中性,是实行民主集中制原则对国家政体横向结构的要求,与西方国家的"三权鼎立"相区别,但并不一般地排斥国家工作中必要的、合理的分工,包括法律监督权同样体现了统一领导下的分工负责制即民主集中制的内在要求;同我国的立法体制相适应,国家权力机关监督宪法和法律的实施,不但要有自身的直接法律监督形式,而且还要运用检察机关这种专门法律监督的间接形式。作者正是基于国家政体的系统功能、结构功能等诸多因素的考虑,才采取了与以往检察制度研究所不同的思路,将整个研究寓于国家根本政治制度之中。

本书作者将研究视角由以往单一诉讼制度转向国家根本政治制度,在检察制度研究的指导思想上获得新的突破。新中国成立后的前30年中,法学研究受"阶级斗争为纲"指导方针的禁锢,社会流行观点是把法律监督机关简单等同于"专政机关",把检察制度混同于"国家公诉制度",反映在立法思想上赋予检察职能"唯专政论"或"唯刑事论"的色彩,将全面法律监督载体的其他检察形式排除在外,致使法律监督的影响力仅仅及于刑事和狱政范围,国家的专门法律监督权无法全面推行。检察机关进入重新恢复和发展的时期以来,检察制度建设上"左"的影响依然存在,立法思想并没有解决检察职能与检察机关性质之间的矛盾,检察制度建设和检察业务的全面开展还不能畅行无阻。《研究》一反过去陈旧狭窄的眼光,确立起从国家根本政治制度上对检察制度进行总体考察的全新思路,无疑为过去"左"的思维格局所不相容,但它却是我国检察制度研究由一般通向提高的一条正确门径。

二

《研究》始则以探索历史渊源开篇,全面总结了我国检察制度产生和发展的曲折过程和经验教训,依据检察制度的宪法原则论述了检察机关的性质和任务,论证了建立检察制度的理论基础和客观依据;继则以检察制度的本质属性(法律监督)为主线,从法律监督一元化出发,探讨了监督法律关系和法律监督诸因素,揭示了我国检察职能的核心内容;接着围绕检察机关采取何种方式行使法律监督的程序,阐明了检察程序作为法律监督职能载体所具有的自我完善的功能及其表现形式的特点,在分析各种诉讼中的检察程序的同时又分析探讨了纠正违法行为、检察建议两种非诉讼检察程序,得出了检察机关的法律监督职能可以通过诉讼职能与非诉讼职能体现出来的结论;终则从组织和管理角度,全面讨论了检察组织、检察官制度、检察机关的领导体制和管理现代化等一系列重大问题,为我国检察制度建设勾画出一个轮廓和模式。可见,《研究》体现了一种创新的理论思维活动,在很大程度上,它是作者解放思想、实事求是、运用新的理论与方法论的产物。

必须指出,作者在填补学术"空白"时不囿于成见,坚持理论创造性与科学想象性、求实探索与勇于创新的统一,提出并阐发了许多全新的概念和全新的观点。主要是:

——我国检察制度不单纯是国家公诉制度,而是由人民代表大会制度决定和产生的一项法律监督制度。

——检察制度的本质属性是法律监督,由此决定检察机关是法律监督机关而不是专门的公诉机关,检察机关的法律监督职能是全面的而不是"唯刑事论"所能概括替代的。

——适应我国改革的客观进程的需要,应加快建立和健全国家监督机制体系,但法律监督不应搞"多元化",而必须坚持法律监督权的一元化。

——运用法律监督理论作为考察研究诉讼制度的工具,将公诉权统一于法律监督,更新和充实了公诉概念的内涵,得出了许多过去未曾有过的理论概括。

——从国家法律监督机制特别是检察机关纠正违法行为的程序出发,提出监督法律关系的新概念,指出它是由国家行使法律监督权所形成的,并由相应法律规范所确认和调整的监督者与被监督者之间的一种权利义务关系。在这种关系中起主导作用的是国家法律监督权,依据的是国家制定的有关法律规范,内容则是权利义务关系。

——把检察机关的监督与国家权力机关的监督联系起来,对中外弹劾制度的历史渊源、本质特征和变化规律进行比较研究,得出职务犯罪监督是检察机关法律监督职能的组成部分,是国家一项重要的法制管理活动的结论。提出健全和完善我国职务犯罪监督法律制度有必要建立司法弹劾制度,把民主制与司法程序结合起来,使之区别于对一般国家工作人员职务犯罪适用起诉的普通职务犯罪和监督形式,成为专门适用于担任要职的国家工作人员的职务犯罪的特殊监督形式。

——从改革检察体制、加强检察制度现代化建设出发,坚持党的领导和马克思主义的理论指导,运用一般系统论、结构论的观点和行为科学的原理与方法,围绕组织和管理方面的历史与现实的状况及其发展趋向,提出了一整套新的立法构想、改进意见和改革方案的思路。

三

《研究》作为一部创新之作,在创作风格方面,也独具特点。

1. 现代意识与民族特色的统一。作者研究的是有中国特色的检察制度,但没有半点的我道独尊,而是立足现代意识和与世界各国的比较研究上来考察我国检察制度的民族特色。

2. 尊重历史的辩证法。作者为了研究如何完善我国现代检察制度,首先注意到它必然有一个过去、现在和未来的历史发展过程,使本书成为一部反映我国检察制度发展全过程的历史性论述。

3. 贯彻了拨乱反正的精神。本书作者所研究的内容距我们最近,它与现实政治生活紧密关联,这就特别需要有实事求是的精神和足够的理论勇气。本书在防止"右"特别是注意防"左"的问题上具有较高的自觉性,对许多有争论的问题进行了拨乱反正的阐明,从而取得某些理论上的突破,这无疑是值得称道的。

四

　　《研究》在理论与实践上的创见已如前述。但作为一部创始之作,也不无可议之处。比如,本书在论及检察机关法律监督的内容时对"一般监督"望而却步,采取了存而不论的态度,我以为这就值得商榷。

　　所谓一般监督,原是建国初期从前苏联借用过来的一个法律概念,指的是检察机关对有关国家机关违反法律的行政决定和措施,以及对国家机关工作人员的违法行为实行的检察监督活动。在 1954 年"宪法"和"人民检察院组织法"关于检察机关职权的规定都含有一般监督的内容。然而,由于它是检察机关一项全新的职权,监督对象与范围比较宽泛,过去又缺少这方面的系统经验,实际执行中难度较大。因此对于法律要不要为检察机关设置此项职权,检察机关是否应当或能否承担这项职权,统统成了问题。认识上的分歧导致对一般监督的概念有不同理解,以致在反"右派"斗争运动中,这个正在争论的纯学术问题,被当做政治错误进行批判,当做"凌驾于党政之上"、"反党反社会主义"的言论予以批判,致使检察建设受挫折,法学研究领域又多了一个"禁区","一般监督"再也无人敢问津。这就是历史,就是研究我国检察制度不应回避的历史。

　　事实上,据我所知,《研究》一书主编王桂五同志,在过去的论著中,对一般监督的理论是非有过拨乱反正的精当的匡正,但令人遗憾的是,作者在另一个地方得出过的正确结论,在《研究》一书中却不见了。

　　笔者以为,现在重提一般监督对我国检察制度建设不但必要,而且也是检察学研究中不可或缺的一个理论问题。首先,列宁关于法律监督的理论是全面的,忽视对行政违法行为的法律监督,不符合这个理论本身的内在要求。其次,在社会主义初级阶段采取"设官而治"的国家管理体制是一种不可逾越的历史必然,但"官"与"民"的地位和权力不同,为行政权广泛性和强制性的特点所决定,历史遗留下来的"行政至上"、"行政专横"的旧意识旧作风也不可能一时根除,这就决定了行政机关和行政人员在执法过程中的行为对国家生活,不可避免地产生滥用职权、以权谋私、严重行政侵权的潜在危险,对廉政建设危害极大。为有效制止权力滥用和防范社会公仆变成社会主人,国家不能不设置一般监督的职能。第三,一般监督作为检察机关的一项职权,不论法律是否设定,也不论人们是否愿意或者承认,它早已为我国检察业务实践证明是一个客观存在的事实。即使在它横遭批判的年代,也不可否认有的地方确实在这方面做出过相当的成绩。现行《宪法》和《人民检察院组织法》虽然不再规定检察机关享有这项职权,但近几年来检察机关在贯彻"两手抓"的方针,结合社会治安"综合治理"帮助发案单位改进执行政策法律方面,几乎普遍兼理一般监督的内容,其表现形式就是"检察建议"。第四,除国家法律监督系统外,连同国家行政系统内部的领导监督、职能监督和各种专门监督,以及行政系统外部的群众监督、社会组织监督和社会舆论监督在内,一般监督几乎成为国家整个监督系统的共同属性,不承认检察机关享有一般监督职权是不符合实际的,尤其根据法律监督一元化的观点,规定检察机关享有一般监督职权就更是绝对必要的。至于此项职权是否需要易名,它在检察职能中居于何种地位,同其他检察职能又是什么关系,以及怎样使它与国家权力机关的宪法监督联系和区别开来,这一切都需要认真研究,但无论如何不应成为否定一般监督可行性的理由。正是基于这些想法,我更加希望《研究》中本应得出而没有得出的结论,在将来修订再版时能够明确反映出来。

(原载《中国法学》1992 年第 6 期)

后　记

　　近年来,我对手头仅有的存稿曾进行了整理缉录,原拟找个适当时机付梓,权当为自己半个世纪来的学术生涯留下一点依稀的痕迹。未曾想到,现在竟然已厥功成书,并以其不起眼的面貌奉献于读者面前。在此,我首先要以由衷的心情感谢法律出版社黄闽社长的宝贵支持,感谢出版社编辑同仁的辛勤付出,并向诸贤致以诚挚的学礼!

　　委实而言,我这一生学的是法律,教的是法律,用的还是法律,虽然兴趣旁及领域较宽,但基本上是一个地道的"法律人"。按照常理,我这次本应为《法学文选》的面世感到格外的高兴,然而却思绪翩跹,百感交集。像我们这些新中国第一代的法律人,原本是可以为法制建设和法学事业有所作为甚至是大有所为的,但在前三十年那个"特殊的年代"里,万事起波澜,民主陵夷,法制荡然,结果只能是事与愿违。直至"四人帮"被粉碎,"左"的思想体系被炸开,在邓小平理论的指引下,经过党的十一届三中全会"拨乱反正",重新端正党的解放思想、实事求是的思想路线,确立改革开放的基本国策,将全国工作重心转移到经济建设上来,我国民主政治建设和法制建设才得以重获生机,成为开创现代化建设新局面的一个重要组成部分。所以,在新中国成立后的前三十年中,全国高等法律院校仅有的一千余名法律教育和法学研究人员,在重新"归队"前都不同程度地有过一段坎坷曲折的经历,由于法学生涯曾被人为中断，是很难用正常衡文论稿的标准来评判他们的教学科研成果的。拙著《法学文选》虽然已经出版，但内容取舍并不包括"文化大革命"以前那些极为有限的作品，显然这就是一个缺憾。何况现已收入的文章也并非全系新作，更不敢自诩为什么佳作，言及可取之处，无非文章命题源于社会现实，意到成文未流俗于一般罢了。有鉴于此，想到出版社对我的关爱和鞭策，心存高兴自当难免，只不过由于自己学殖不深，从不敢动辄以言述作，而现在却是《法学文选》跃然于面前，以致在高兴之余又多添了几分愧然之感。

《法学文选》共分三卷，但形式上并无必然联系，内容也不存在体系结构问题，在文选编排过程中所以形成独立谋篇的三个部分，纯粹为个人的研究习惯和专业兴趣所使然。而所谓研究习惯，其实指的就是研究法学的视角、方法和侧重点有别于我们原来已经习惯的思维模式。由于这个缘故，便决定了《法学文选》内容必然宽泛而混杂，于是凸显出一个特点，实际上它不仅包括罗马法和行为法学这样的专论，而且主要表明它还是有关法学研究的一部泛论。囿于这个特点，进而决定了全书体裁不一，文章详略取舍不论，内容删繁就简不严，尤其文论质量差别悬殊，甚至个中舛误之处亦恐难免，所有这一切尚祈读者指正为祷。纵然如此，我还是希冀于这部《法学文选》能对繁荣我国法学和研究新中国法学史多多少少有所裨益。倘若果真如愿以偿，我将会感到莫大的慰藉。

值《法学文选》出版之际，我觉得实在有必要特别向中国人民大学法学院高圣平博士、最高人民法院研究室黄建中博士、北京师范大学法学院刘璐博士和法律出版社编辑王扬博士致意，感谢他们对我的热情支持与鼎力相助。如果没有他们的精心策划，为出版全过程付出的殊多偏劳，没有他们的积极参与，这部《法学文选》是断然不可能提前面世的。因此，我将十分珍惜这种学术意义上的真情友谊，把它化作前进的助力，争取在有生之年继续为我国法学事业和法治文明建设竭尽一份绵力。

在后记中，我想要说的和我实际上所能的，仅此而已。

谢邦宇

谨识于二〇〇八年八月

图书在版编目(CIP)数据

法治文稿/谢邦宇著. —北京:法律出版社,2008.10
(谢邦宇法学文选)
ISBN 978 - 7 - 5036 - 8810 - 2

Ⅰ.法⋯ Ⅱ.谢⋯ Ⅲ.社会主义法制—中国—文集
Ⅳ.D920.0 - 53

中国版本图书馆 CIP 数据核字(2008)第 150829 号
ⓒ 法律出版社·中国

法治文稿
谢邦宇 著

编辑统筹 法律应用出版分社
责任编辑 王 扬
装帧设计 乔智炜

出版 法律出版社
总发行 中国法律图书有限公司
经销 新华书店
印刷 北京北苑印刷有限责任公司
责任印制 陶 松

开本 A5
印张 13
字数 366 千
版本 2008 年 11 月第 1 版
印次 2008 年 11 月第 1 次印刷

法律出版社(100073 北京市丰台区莲花池西里 7 号)
网址/www. lawpress. com. cn
电子邮件/info@ lawpress. com. cn

销售热线/010 - 63939792/9779
咨询电话/010 - 63939796

中国法律图书有限公司(100073 北京市丰台区莲花池西里 7 号)
全国各地中法图分、子公司电话:
北京分公司/010 - 62534456
上海公司/021 - 62071010/1636
深圳公司/0755 - 83072995

西安分公司/029 - 85388843
重庆公司/023 - 65382816/2908
第一法律书店/010 - 63939781/9782

书号:ISBN 978 - 7 - 5036 - 8810 - 2
(如有缺页或倒装,中国法律图书有限公司负责退换)

定价:56.00 元